U0692667

古典文學研究資料彙編

秦觀資料彙編

周義敢　周雷　編

圖書在版編目(CIP)數據

秦觀資料彙編/周義敢,周雷編. -北京:中華書局,2006 重印
(古典文學研究資料彙編)
ISBN 7-101-01906-4

Ⅰ.秦… Ⅱ.①周…②周… Ⅲ.秦觀(1049~1100)-文學研究-研究資料 Ⅳ.I207.23

中國版本圖書館 CIP 數據核字(98)第 16079 號

責任編輯:王秀梅

古典文學研究資料彙編
秦觀資料彙編
周義敢 周雷編
*
中 華 書 局 出 版 發 行
(北京市豐臺區太平橋西里 38 號 100073)
http://www.zhbc.com.cn
E-mail:zhbc@zhbc.com.cn
北京市白帆印務有限公司印刷
*
850×1168 毫米 1/32 · 15½ 印張 · 307 千字
2001 年 5 月第 1 版 2006 年 2 月北京第 2 次印刷
印數:3001-6000 册 定價:32.00 元

ISBN 7-101-01906-4/I·308

目錄

二　金元

三　明代

四　清代

附　録

序言

秦觀是北宋著名作家。他以詩文聞名於當時，蘇軾、王安石曾給予很高的評價。他是婉約詞派的傑出代表，詞作長期盛傳不衰。特別是在近代，秦觀詞集的整理者和注釋者接踵而起，足見其詞作深受讀者喜愛。為了全面了解秦觀以及歷代研究秦觀的詳情，多年來筆者廣泛彙集有關他的研究資料，希望這部資料能為廣大讀者和研究工作者提供方便。

有關秦觀的家世生平、版本著録、作品真偽，是歷來争論不休的論題。這是研究秦觀的前提，離開此前提來評論秦觀或注釋其作品，則將失去根據。下面擬就此三題提出我們的看法。

一　家世與生平考

關於秦觀的先世，至今我們僅知其父祖二代，以上則不可考。他在《送少章弟赴仁和主簿》一詩中曾追叙祖先：「我宗本江南，為將門列戟。中葉徙淮海，不仕但潛德。」此詩自叙秦氏為將門之後，但為將任於何朝，家住江南何處，則語焉不詳。秦觀的後裔繁衍，歷代宗譜有十餘種之多。現在我們能見到最早的明嘉靖時的《海陵秦氏族譜》，萬曆時的《秦氏重修族譜》，均未言及更早的先世。直到清乾隆時裔孫秦蕙田才有具體的闡述。其《五修錫山秦氏宗譜序》云：「秦氏受姓以來，遊聖門者有四。唐時籍屬會稽，天寶末分徙高郵左厢里。今譜之可考者則自宋淮海先生始。」序中言明宗本江南會稽，唐中葉徙淮海，但無可考，有案可查者僅從秦少游始。嘉慶時裔孫秦瀛曾云：「吾秦氏遠祖自汴遷會稽，由會稽遷高郵。處度先生官於常，復由高郵遷常州。」（《先城集補序》）他的追溯更為久遠，但僅是揣測而已。其子秦緗業就表示懷疑，在《重修洞庭秦氏宗譜序》中明言：「吾錫山之秦與洞庭之秦，同祖淮海公·淮海以上無考也。」

秦蕙田等稱宗本江南會稽，可能是根據秦觀除正字時所寫的《謝館職啟》。啟中云：「竊觀前史，具見鄙宗：西蜀中郎，孔明呼為學士；東海釣客，建封任以校書郎。」三國時秦宓任於蜀，諸葛亮稱其為學士。唐時會稽秦系，自號東海釣鰲客，張建封署其為校書郎。秦觀以當家二故事為典，僅為切合於其除館職，并未稱自己乃秦系之後。宋神宗元豐二年（一〇七九），他曾去會稽省親，為時達半年多，寫了大量的詩文，可從未提到會稽乃祖籍。秦蕙田等人若以此啟作為宗本會稽之根據，則近乎臆斷。

關於秦觀的生平，其明代後裔秦淇、秦鏞編有年譜，清代後裔秦瀛、秦清錫對年譜先後進行重編和校訂，所記乃祖生平事蹟甚詳。下面僅就諸年譜錯漏之處提出個人看法。

在中舉之前，秦觀長期在高郵鄉間閉門讀書。高郵接近京畿，物產豐富，但當時的階級矛盾却十分尖銳。南宋岳珂曾藏有秦觀致同郡某達官一書簡，簡云：「自公之西，終日閉關而已。郡中比來多事，萑苻鴟張，未就擒滅。仲謨亦出督捕，煎熬尤盛也。」（《寶真齋法書贊》卷十七）書簡表明他對農民起義持反對態度。元豐初年他已寫就策論《盜賊》等，向統治者獻治民術，顯然是與他當時的經歷分不開的。在鄉居期間，他寫有《對淮南詔獄二首》(《淮海集》卷七)，詩中提到「一室如懸磬，人音盡不聞。」「笳動朱樓曉，參橫粉堞秋。」他何時因何故入獄，諸年譜均未言及，後裔為尊者、長者諱，亦屬情理中事。南宋周必大曾在吏部直舍親見秦觀一書帖。該帖自叙入詔獄事甚詳：「觀自去歲入京，遭此追捕，親老骨肉亦不敢留。鄉里治生之具，緣此蕩盡。今雖得生還，而仰事俯育之計蕭然不給，想公聞之，不能無惻然也。不知能為謀一主學處否？試望留意！……家叔已赴濱州渤海知縣，祖父在彼幸安，但地遠難得書耳。」(《益公題跋》卷十)秦觀叔父秦定由會稽尉改官渤海知縣，是在元豐四年，其祖父卒於元豐五年，《詔獄》詩所寫為秋景，可知詩作於元豐四年秋。其時秦觀西行入京應試，遭追捕而入淮南獄，可推知此書帖作於元豐五年，在生還後而言不幸。詔獄是奉詔命關押犯人之牢獄，足見案情不輕，故至親骨肉不敢相留，變賣家産後始留得性命。諸舊譜俱載秦觀於元豐四年秋後入京應試，次年春罷歸。一些注釋淮海詩詞的專著，據此而言某些篇章乃當年落第後之作。其實秦觀當時是否出獄，出獄後能否參加應試，至少均是懸案。

諸年譜均言秦觀於元豐五年去黄州看望蘇軾，作《吊鏄鐘文》。然查《淮海集》、《東坡集》以及有關蘇軾的譜表，皆未列此事。如上所述，秦觀當時出詔獄不久，幾乎傾家蕩産。他考慮的是謀一教席，維持家計，豈有餘力尋師訪友？而在黄州的蘇軾，躬耕東坡，稍濟乏食，亦無法相助。秦觀曾有去黄州的願望，其《與李德叟簡》云：「余去年除日還自會稽，鄉里交朋皆出仕官，所與游者無一二人。杜門獨居，日益寡陋，秋間本欲一至黃州，過舒奉見。不意遭此疾病，遂不能遠去親側，頗負平時區區之意。」（《淮海集》卷三十）簡中説明，自己欲去黃州是在元豐三年，因病而未能成行。至於《吊鎛鐘文》，雖為秦觀得意之作，但不一定赴黃州始能作。以此作為其遊黃州之孤證，缺乏説服力。

秦觀於元豐八年登焦蹈榜進士第，除定海主薄，尋調蔡州教授。而其回京任職，諸年譜均云：元祐初，蘇軾與鮮于侁以賢良方正薦秦觀於朝。此説失之空泛，秦觀在《進策·序篇》中曾提到當時「使大臣任舉賢良方正能直言極諫之士」，其時鮮于侁確曾引薦。秦觀《與鮮于學士書》云：「昨蒙左右不以觀之不肖，猥賜論薦，以備著述之科。」（《淮海集》卷三十七）書謝論薦厚意，但所薦為著述科。元祐初司馬光為相，以十科舉士：「一曰行義純固，可為師表；二曰節操方正，可備獻納；三曰智勇過人，可備將帥；……七曰文章典麗，可備著述」。秦觀文麗而思深，故以著述科薦之。他曾作《鮮于子駿行狀》，其中提到鮮于侁卒於元祐二年五月，言及「某被遇最厚，又嘗辱薦於朝」，可以證明推薦是在元祐初。蘇軾在元祐三年十月所寫的《乞郡劄子》曾云：「臣所舉……十科人王鞏，制科人秦觀，皆誣以過惡，了無事實。」（《蘇軾文集》卷二十九）可證蘇軾當時是以制科薦。

元祐初論薦秦觀的還有曾肇。他曾同狀薦章處厚、吕南公和秦觀，《狀》云：「蔡州學秦觀，文辭瑰瑋，固其所長，而守正不回，兼通世務。臣自熙寧中識之，知其為人實有可用，非但采聽人言塞明詔而已。臣今保舉堪充著述科。」（《曲阜集》卷二）曾肇字子開，執政曾布之弟，元祐初為中書舍人，與秦觀交游久。《淮海集》卷三十七有《謝曾子開書》。曾肇答書見於宋紹興年間刻本《淮海集》卷首，書中稱秦觀詩文「瓌瑋閎麗，言近指遠」，是「靈蛇之珠，荆山之璞」，其以狀薦秦觀，乃屬必然。

經鮮于侁、曾肇等人引薦，元祐三年秦觀被召至京，但未能授館職。其時洛黨、蜀黨互相攻訐，愈演愈烈，蘇軾乃稱病疾，乞請到外郡任職。秦觀受到牽連，鬱然引疾而回蔡州。元祐四年范純仁罷相知許州，薦秦觀備著述科，次年入秘書省校對書籍。錢大昕據文集與《續資治通鑑長編》所記，糾正諸年譜編年之誤，考證甚為精當。《長編》卷四百四十三云：「元祐五年六月丁酉，謂秘書省見校對黄本書籍可添一員，以明州定海主簿秦觀充。校對黄本始此。」《長編》又記元祐六年七月，秦觀因御史中丞趙君錫之薦除秘書省正字。御史賈易（屬洛黨）攻以曖昧事，詆觀不檢之罪，君錫翻然自首，撤回薦狀。八月六日觀罷新命，仍為校對黄本書籍。《長編》所記，摘自劉摯之《日記》，劉時為丞相，深悉内情。當時蘇軾所寫的《辨賈易彈奏待罪劄記》（《蘇軾文集》卷三十三）記此事與劉摯的《日記》大體一致。秦觀再除正字在元祐八年六月，時御史黄慶基彈劾蘇軾「援引黨羽，分布權要」，稱秦觀「素號猥薄」，不應除正字。彈劾未成，黄慶基被罷官。

秦觀坐黨籍，改館閣校勘，出為杭州通判。諸年譜均稱在紹聖元年三月。又因御史劉拯論秦觀在史館時增損實録，故中道貶監處州酒税。然本年四月始改元祐九年為紹聖元年，秦之貶官當在四月，貶官原因主要是影附蘇軾。南宋寶祐刻本《皇宋通鑑長編紀事本末》卷一百零一云：「紹聖元年閏四月乙酉，監察御史劉拯言：秦觀游薄小人，影附於軾，請正軾之罪，褫觀職任，以示天下後世。詔：蘇軾合叙復日，未得與叙復；秦觀落館閣校勘，添差監處州茶鹽酒税。」「紹聖元年七月丁巳，監察御史周秩言：秦觀已落館閣校勘，左宣德郎差監處州茶鹽酒税，罪重罰輕，人言未允。詔：秦觀降授左宣義郎，依舊處州監當。」所記二條，言貶官前後事甚詳。南宋岳珂曾親見秦觀當時致某知州書簡，簡云：「觀雖已罷免，然所承者公坐耳，不煩深念也。兼已被省符令，在外聽候指揮，吏議才畢，便還淮南待報。然親老高年，時氣向熱，須官舟以濟，輒欲從使府射一舟到高郵，幸望開允。」（《寶真齋法書贊》卷十七）此簡説明：罷官的原因是連坐元祐黨籍；在天氣向熱之四五月間尚在途中；欲求一官舟，將老母送回高郵原籍，然後自己去揚州待報。此親筆書函，當比後人所編年譜更為可信。

紹聖三年（一〇九六）秦觀削秩，由處州徙郴州，諸年譜據《宋史》均言是由於「謁告寫佛書」。但秦觀《留别平闍黎跋》則云：「管庫三年，以不職罷。」（《淮海集》卷十一）其以「不職罷」，還見之南宋王明清所記：「秦少游道貶監處州酒税，在任，兩浙運使胡宗哲觀望羅織，劾其敗壞場務，始送郴州編管。」（《揮麈録餘話》卷二）稍加考察，後者才是秦觀削秩徙郴州的主要原因。以後秦觀又從郴州被遣送到横州編管，諸年譜訂為元符元年，一些秦觀詩詞的注釋者，遂將其某些作品注為紹聖四年在郴州時所作。然而秦觀徙横州是在紹聖四年春，而不是元符元年。元符元年，他已從横州被送往雷州編管。《皇宋通鑑長編紀事本末》卷一百零二云：「紹聖四年二月庚辰詔：……郴州編管秦觀，移送横州編管。其吴安詩、秦觀所在州，差得力職員押伴前去，經過州軍交割，仍仰所差人常切照管，不得别致疎虞！」「元符元年九月庚戌，追官勒停，横州編管秦觀特除名，永不收叙，移送雷州編管，以附會司馬光等同惡相濟也。」如上所述，可知宋哲宗對元祐黨人的懲治日益嚴酷，秦觀在三年中連徙三地，由貶官削秩直至被除名，永不叙用。詔命差得力職員押送，嚴加防範，形同罪犯。據此我們應重新考訂秦觀南遷後作品系年，也可進一步理解，當時的作品為何哀厲凄絶。

元符三年正月，哲宗崩，皇弟端王佶即位，是為徽宗，向太后臨朝。遷臣多内徙，秦觀在北還途中卒於藤州。人雖去世，但舊案未了。崇寧年間，宋徽宗詔立元祐黨人碑，御書刻石端禮門，秦觀仍名列餘官之首。詔毁蘇軾、秦觀等人的文集，印板悉行焚毁。直到政和年間，秦觀靈柩才正式安葬於無錫惠山。諸年譜所記與史實相符，不贅述。

二　版本著録考

秦觀文集問世後，海内風行。歷代剞劂傳寫，版本實繁。由於宋徽宗曾下詔毁其文集雕版，禁切甚嚴，其生前所見到的文本早已絶板。又由於歷代編纂者各有所本，各有增删，加之時代久遠，屢遭兵火，版本常有殘損。故其文集源流，名家衆説紛紜。下面僅就所見諸善本及有關資料，略抒己見。

先説宋本。宋代所編刻的秦觀著作，有資料可考的，有《淮海全集》六種，另有《淮海詞》多種，《蠶書》兩種。

（一）作者自定之《淮海閑居集》　元豐七年作者自編，共十卷，收有古律體詩一百一十二篇，雜文四十九篇，以及他人唱和之作五十六篇。合計二百一十七篇，無長短句。其時作者三十六歲，西行赴京師應舉，編此集作干進用。該是自己書寫，未刻板刊行。

（二）北宋刻本《淮海集》　晁公武《郡齋讀書志》卷四云：「秦少游《淮海集》三十卷。」未注明刊行年代。或曰：此即四十卷本，因晁氏誤記「四」為「三」所致。此說近乎揣測，蓋晁公武為晁補之從侄，因世交之誼可能與秦觀結識，不應誤記如此。《郡齋讀書志》成書于南宋紹興二十一年，是在此之前已有三十卷本刊行。另外，元馬端臨《文獻通考》卷二三七、明陳第《世善堂藏書目録》卷下，亦記有此三十卷本，其必有所據。筆者認為：三十卷本很可能是北宋時秦集首次刊本，以後由於編者陸續增輯，遂出現四十卷本，四十六卷本。

（三）南宋紹興年間刻本《淮海集》　共四十九卷，依次是前集四十卷，長短句三卷，後集六卷，半葉十行，行二十一字，白口，左右雙闌。卷首有《淮海閑居文集序》、舒王《答蘇内翰薦秦公書》、曾子開《答淮海居士書》、蘇内翰《答淮海居士書》、後山居士陳師道《淮海居士字序》。集後有左朝奉大夫試給事中兼侍講三山林機景度寫的序，序云：「高郵薦更兵火，索囊善本，訛舛失真」，及至王公定國牧是邦，遂「搜訪遺逸，咀華涉源，一字不苟，校集成編。總七百二十篇，釐為四十九卷，板置郡庠。」此集現存日本淺草文庫，筆者在中華書局看到其複製膠卷，并據膠卷放大複製成册。書末有市橋長昭捐獻記，題為《寄藏文廟宋元刻書跋》，跋云所寄藏諸本，「即在西土亦或不易也」。此言甚確，傳世的宋本秦集完璧，僅此而已。有的學者定此集為乾道癸巳年間刻本，其根據是集末附有林機所寫的後序，標明此集刻於乾道癸巳年。其實此後序是後人所加，刻工的刀法筆法跟正文不相同。確定版本的年代，最可靠的辦法是避諱字。有關上自宋太祖下至宋欽宗的名諱、兼諱，此集均嚴守缺末筆的規定。而對宋高宗名諱「構」字，則刻為「御名」兩個小字，亦嚴守當日皇上名諱之規定。統計全集共出現「構」字十五個，其中十三個刻作「御名」，另外兩個一疏漏，一缺末兩筆。如果此集刻於乾道年間，則應避宋孝宗名諱「昚」、「慎」等字。而此集未避此諱，如前集卷九中，兩首詩之詩題中均出現「慎」字而未避，足見此集是南宋紹興年間的刻本，不是乾道年間的刻本。

（四）南宋初蜀刻本《淮海集》　此本失傳，但可從現存宋本《淮海集》和有關史料中考知。一是曾幾的《東萊先生詩集後序》曾云：「蓋知之不深，則歲月先後，是非去取，往往顛倒錯亂，不可以傳。近世張文潛、秦少游之流，其遺文例遭此患，知與不知之異也。」（《茶山集·拾遺》）曾幾卒於乾道二年，生前已親見南宋另一新刊本，此本非門人故舊所編，故歲月顛倒，去取錯亂，因而感慨良深。其所見或即南宋初蜀刻本。二是南宋謝雩據乾道本編紹熙本時，曾以南宋初蜀刻本校勘，并跋云：「雩以蜀本校之，纔得一二，或者謂初蜀本入板也。」紹熙本上距乾道本僅二十年，目次、款式、刻工、避諱大體相同，而謝雩却云或以初蜀本入板，可推知初蜀本刊行更早，為乾道本所據本，即上述林機後序中所提到的「索囊善本」。初蜀本成書該在紹興年間。蓋建炎末詔追贈秦觀等為直龍圖閣學士，他們的文集在紹興年間重編刊行。

（五）紹熙本《淮海集》　共四十九卷，乾道癸巳高郵軍學刻、紹熙壬子謝雩重修本。半葉十行，行二十一字，白口，左右雙闌，板心上記字數，下記刻工人名，有曲訢、劉仁、劉志、劉明、劉文、劉宗、李憲、潘正、周佾、趙通等。宋諱敬、徵、桓、構、慎闕筆，寧宗時嫌名擴、郭、廓等字不避，故知為宋光宗時所刻。筆者在北京圖書館見到此本，卷首有閑居文集序，舒王、曾子開、蘇軾之答書，陳後山之少游字序。後有謝雩跋，跋稱乾道本、紹熙本以初蜀刻本入板，故以初蜀刻本校勘時「纔得一二」，微見差異而已。

傅增湘在《藏園群書經眼録》卷十三中，曾記親見三種紹熙本。一為較全之本，記云：「此書余在故宮御花園位育齋檢出，重裝付善本書庫，前有原簽題一葉。」「後有嚴繩孫《跋》。」一為殘本，存卷三十至四十，共十一卷，其中有六卷仍有缺葉。記云：「此自午門紅本袋中清出者，今歸北京圖書館。」另一亦為殘本，存卷十二至二十五，共十四卷，各卷中有缺葉。此本原為黃丕烈蕘夫所藏，後有黃跋云：「此故友陶五柳主人為余購得者，因借無錫秦氏宋刻四十卷全本手校過，故此不之重，其實非一刻也。今手校本已歸他所，而近又得一孫潛藏鈔本，因出此殘帙勘之，略正幾字。中有《淮海閑居集序》一葉錯入二十三卷中，以別本長短句偶存全集序文證之却合，因得考見宋刻源流，莫謂竹頭木屑非有用物也。蕘夫記。」前一殘本，未見今版《北京圖書館善本書目》。後一殘本，筆者曾在北京大學圖書館親見。

一九三一年，葉恭綽將當時存世的《淮海詞》兩種殘宋本合印，名為《宋本兩種合印淮海居士長短句》，其一出自故宮所藏紹熙本，即傅增湘自位育齋檢出并有嚴秋水跋者。吴湖帆《七夕跋》曾記此本入宮經過。跋云：「嚴氏跋時康熙甲戌，藏無錫秦對巖宮諭處，淮海先生二十四世孫也。彊村老人跋云：『全集藏無錫秦氏，今不知尚存否？』朱氏應見秋水之跋，不知已歸内府，藏之位育齋，疑乾隆間《四庫》進本也。」（《宋本兩種合印本》卷末）故宮所藏紹熙本留存原宋版不多，葉恭綽以為其中闕葉是據李之藻刻本補鈔。其二出自吳湖帆藏本，此為淮海詞單行本，先後為明吳文定、李日華，清朱臥庵、黄蕘圃、潘祖蔭所藏，後歸吳湖帆。所保留原宋版較多，闕葉由朱臥庵據張綖本補鈔。此本現藏上海博物館。葉氏將兩種殘宋本合印時，其中凡無宋版之葉，均以吳本朱臥庵之補鈔頁重新補鈔。他以為兩本同出一版，同出於乾道癸巳本。然據傅增湘所見，原故宫所藏并無癸巳本，僅有紹熙本三種。筆者以為：紹熙本據癸巳本重修，行款、版面、刻工基本相同，但究係二本，認為淮海詞兩種殘宋本均出於癸巳本，尚難定論。

（六）蜀刻大字本《淮海先生文集》　共四十六卷，前集四十卷，後集六卷。宋寧宗時眉山刻，現存一至十八卷，二十七至三十四卷，共計二十六卷。筆者在北京圖書館看到此殘本，半葉九行，行十五字，白口，左右雙闌，前葉版心下有「眉山文中刊」五字，第七葉板心下有「南仁刊」三字。卷一題作《淮海閑居集》，其餘二十五卷均稱「淮海先生文集」。宋諱慎、郭、廓闕末筆，可知為宋寧宗時所刊。與當時蜀刻大字本蘇文忠、蘇文定、陳後山三集相同，刊刻精美。集前有秦觀自序，序後有無名氏《題記》。《題記》云：「右學士秦公元豐間自序云耳，故存而不廢。今又採拾遺文而增廣之，合為四十有六卷，大概見於後序，覽者悉焉。」惜後序已闕，故無從考知編纂者及其採拾增廣的情況。此集雖晚於乾道本、紹熙本，但更多地保持北宋本的原貌，卷一題作《淮海閑居集》即為明證。卷首無名氏之《題記》，或是新撰，或是沿用北宋本，見出諸刻本的編者將原三十卷本增廣為四十六卷本之端倪。否則無法解釋在四十九卷的紹興本、紹熙本行世之後，四十卷的蜀刻大字本的編者為何還要採拾增廣？蜀刻大字本有元官印，郁松年（泰豐）、田耕堂、虞山瞿紹基印，可知流傳經過。黃丕烈、韓應陛曾先後借此集校《淮海先生文集》清初鈔本。季錫疇復借此集校明張綖刻本，由此可見名家對此集之重視。兩種校集今均藏北京圖書館，筆者均曾親見。

筆者曾用蜀刻大字本殘存的二十六卷，會校紹興本、紹熙壬子本和明張綖嘉靖己亥本，發現紹興本、壬子本和己亥本的目録幾乎完全相同，集中的和詩常附原韻，僅文字略有不同而已，可知是同出一源，或即謝雩所云：以「初蜀本入板也。」而蜀刻大字本的目録則不同，集中的和詩均不附原韻，文字錯訛少，可見是屬於另一版本系統。如卷一《寄老庵賦》中的「誅薙草茅」、「波及鄰國」、「與神自會」、「引年乞身」、「負杖屨而從」，蜀刻大字本無誤字，而己亥本「薙」誤為「雉」、「波」誤為「被」、「神」誤為「妙」、「年」誤為「老」，「屨」誤為「屢」。紹興本、壬子本「波」誤為「被」、「神」誤為「妙」，其餘未誤。又如卷八《次韻子由蜀井》詩，大字本詩後未附子由原韻，有注云：「府尹司封、高安著作，皆是蜀人。」此注便於讀者理解詩中之「二公」所指為誰。紹興本、壬子本有此注，又附子由原韻。己亥本詩末無此注，附子由原韻。下面的《次韻子由題摘星亭》詩亦同樣。大字本詩後有注云：「障泥事見李商隱《隋宮詩》。」未附子由原韻。紹興本、壬子本有注，又附子由原韻。己亥本詩後無注，附子由原韻。又如卷二十八《謝程公闢啟》末句，三宋本均為「追國士之風」，而己亥本則誤為「追王國之風」。又如卷二十七《代中書舍人謝上表》謝上時，大字本書作「此蓋伏遇太皇太后、陛下，德配任姒，道稽唐虞」，同時謝高太后、宋哲宗，符合元祐年間宮廷實際，文理可通。而其它三本則書為「此蓋伏遇太皇太后」，未書哲宗，事理、文理兩不通。又如卷三十一《代蔡州太守謁城隍文》首句，大字本書爲「淮西古城」，因宋時蔡州屬淮西路。而其它三本俱誤寫爲「淮南古城」。由此可以得出結論：蜀刻大字本雖較癸巳本、壬子本爲晚，但所據爲善本，文字錯訛少，惜已殘缺。其餘三本同屬一版本系統，文字錯誤較多，己亥本尤甚。

（七）《淮海詞》最早的單行本與注本　秦詞最早的單行本始於何時，現在已很難考知。宋曾季貍《艇齋詩話》曾提到：「章質夫家子弟有注少游詞者」。章質夫即章楶，蘇軾的好友，其子弟當與秦觀年齒相近。在其中出現了也許是北宋最早的秦詞的注釋者，是因爲普通的秦詞彙編本已無法滿足當時愛好者的需要。南宋亦有秦詞注釋者，楊萬里的《胡英彦墓誌銘》云：胡氏「注《蘭臺詩》及《淮海詞》各若干卷」。（《誠齋集》卷一百二十八）文中把胡氏的注《淮海詞》與其著詩文、説《論語》并稱，足見其對秦詞注本的重視。而且注本有若干卷，則詞集當是多卷本。胡氏卒於淳熙六年（一一七九），其注秦詞當在此之前，與《淮海集》紹興本的出版相後先。兩宋各有《淮海詞》的注釋本，可證詞作另印單行，并不附於全集。

（八）長沙刊本《淮海詞》　南宋時長沙書坊刻《百家詞》，其中有《淮海詞》。宋陳振孫《直齋書録解題》卷二十一云：「《淮海詞》一卷，秦觀撰。」《直齋》此卷爲歌詞類。全録《百家詞》之目，凡九十一家，《淮海詞》列爲第十，郭應祥的《笑笑詞》居末，云「皆長沙書坊所刻」。《彊村叢書·笑笑詞》卷末有滕仲因嘉定六年所作之跋，亦謂「長沙劉氏書坊」所刻。《淮海詞》刻板在前，當在嘉泰、開禧年間。

（九）閩中刊本《淮海琴趣》　南宋閩中刊本《琴趣外編》中有《淮海琴趣》。清《季滄葦書目》云：

「歐〔陽〕文忠、秦淮海、真西山《琴趣》。四本宋刻」錢泰吉《曝書雜記》卷下亦云：「更有宋版《琴趣外編》，乃歐陽文忠、黄山谷、秦淮海三人之詞稿也。」近人張元濟亦云其先代曾藏有宋刻《淮海琴趣》，（見葉恭綽《淮海詞系統表》附記）版本中既包括真德秀（西山）詞作，則當刻於宋理宗時。

（十）南宋刻《蠶書》兩種　秦觀《蠶書》，原見《淮海後集》卷六，而在此之前是否另印單行，則不得而知。嘉定庚午高郵郡齋刻《蠶書》一卷，主持者為汪綱。事見《天禄琳瑯書目》卷二。汪綱時為高郵軍知軍，為政注意興修水利，奬勵農桑。《高郵州志》録有孫鏞的《蠶書跋》，跋稱汪綱為使高郵重興蠶桑，很重視淮海此書，「乃命鋟木，俾與《農書》并傳。」清人陸心源《皕宋樓藏書志》，記真州郡齋亦曾刻此書，時在嘉定甲戌年。

再説明刊本。今可考知的明刻《淮海集》有八種，其中大多數有詞作。詞作的另印單行本有四種。

（一）閩刻和正德刻本《淮海集》　據《增訂四庫簡明目録標注》卷十五所記，明初有閩刻本四十九卷。清人莫友芝的《郘亭知見傳本書目》卷十三，亦稱明初有《淮海集》刊本，但未言是閩刻。今均未見傳本。明黄瓚為山東巡撫，任内曾重刻《淮海集》四十六卷本。黄瓚字公獻，號雪洲，儀真人，其任山東巡撫，據《明實録》所記是在正德十年六月，三年後離任，刻集當在此期間。其後張綖、盛儀重刻秦集時均言及黄氏山東刻書一事。清丁丙曾云家藏山東刻本：「此本前後無序跋，又無長短句三卷，刊版較大於嘉靖本。……所謂不全者，殆因未刻長短句耳。」（《善本書室藏書志》卷二十八）。李盛鐸亦云家藏此本：「序跋缺，半葉十行，行二十一字，相傳此本為黄瓚刻於山東者。以較他本，殊有勝處。」然李氏所藏僅前集四十卷，無後集。筆者曾在北京圖書館見到一明刻四十六卷本，前後無序跋，半葉十行，行二十一字，刻工精湛，可與宋刻比美。此本與紹興本、壬子本不同，無長短句，詩後未附注釋，和韻均不附原詩，故張綖云「近日山東新刻不全」。但目録、文字與二宋本相同。仍以上文所舉會校為例，如卷一《寄老庵賦》中的「波及鄰國」、「與神自會」，「波」誤為「被」，「神」誤為「妙」。復又增加錯訛：「誅薙草茅」之「薙」誤為「雉」，「引年乞身」之「年」誤為「老」。這些錯字張綖本均沿襲。又如卷二十七《代中書舍人謝上表》中未提哲宗，卷二十八《謝程公闢啟》末句「追王國之風」之誤，卷三十一《代蔡州太守謁城隍文》首句「淮南古城」之誤，亦同於二宋本，可知是同屬一體系。

（二）安正堂刻《淮海集》　前集四十卷，後集六卷，無長短句，亦無序跋，集後署名「嘉靖壬辰孟夏安正堂刊」。案安正堂為北京書號，乃書賈劉宗器之堂號，可知此集壬辰年刊於北京。此集今上海圖書館有藏本，扉葉有「群碧廔」、「百靖齋」、「嘉靖刻本」朱印，刀工不甚佳。清袁芳瑛《卧雪廬藏書簿》，還記有萬曆壬辰年「書林劉宗器安正堂刻《淮海集》四十六卷」，可證此集以後仍在刊行。

（三）張綖鄂州刻本《淮海集》　前集四十卷，後集六卷，長短句三卷。嘉靖己亥張綖刻於鄂州任所。半葉十二行，行二十一字，前有張綖所寫序云：「北監舊有集板，歲久漫漶；近日山東新刻不全，予迺以二集相校，刻之郡齋。」序言説明，其刻集取北京國子監舊板和黄瓚正德新板。北監舊板今已難考知，李盛鐸在其《木樨軒藏書題記及書録》卷四中云：「或為宋刊。」筆者曾以蜀刻大字殘本，會校紹興本、壬子本和張綖本，從目録、篇目和文字看，可知蜀刻大字本屬另一板本系統，後三者同出一板本，北監舊板或即紹興本。筆者在北京圖書館親見季錫疇以蜀刻大字本所校之張綎本，二本不同之處三百有餘，絶大部分是張綎本的譌字和錯句。四庫全書《淮海集》據張綎本印，四部叢刊據張綎本縮印，其影響甚大，故筆者屢言及之。

（四）胡民表高郵刻《淮海集》　四十九卷本，嘉靖乙巳高郵州守胡民表翻刻張綎鄂州本，行款、刻工、板框大小均相同，前有張綎、盛儀序及《宋史》本傳。後集有張繪序。詞集後有張綎跋。此刻北京圖書館、南京圖書館均有藏本。

（五）漢中府刻《淮海集》　四十九卷本。嘉靖戊午翻刻張綎鄂州本，行款相同。目録後有「嘉靖戊午春漢中府重刻」一行。傅增湘曾見此本，事見《藏園群書經眼録》卷十三。

（六）李之藻高郵刻《淮海集》　四十九卷本。萬曆戊午敕理河道、工部郎中李之藻校刻於高郵，前有姚鏞、李之藻序，并刻張綎、盛儀舊序及王應元《郡志本傳》。此本卷數、作品篇數同於張綎本，但卷首標目與篇目編排次序又與張本不同。如目録卷二、卷五下，張本均標為「古詩」，李本分別標為「五言古」、「七言古」。李本詩歌重新按五、七言編排，因此篇第與每卷篇數多寡，與張本不同。筆者在北京圖書館見到此本，十册一函。又在北京大學圖書館見到此本，六册一函，天地較窄，長短句有戊午年高郵知州海鹽王廷俊據宋本之朱筆校字，為海内之僅見。

（七）段之錦武林刻《淮海集》　四十卷本，明末新刻。筆者在北京大學圖書館見到此書，每半葉九行，每行二十字。分五册裝訂，有宫、商、角、徵、羽標號。前有許吉人《秦少游淮海集序》，以行草大字入版，并刻張綖、盛儀、姚鏞、李之藻諸序。目録之前有武林校閱《淮海全集》姓氏，列段之錦、鄧章漢、鍾人傑、沈逢春等十七人姓名，知均為同時人。許吉人序曰：徐渭評點此集，蓋因性格、才學、遭遇相同，其評語堪稱人間瑰寶。徐謂評語刻於板框之上，集中文詞精彩處有圈點。此本分卷、篇目次序依李之藻刊本，屬翻刻而益以評點語者。

（八）段之錦武林刻《淮海集》　四十九卷本，後附鄧章漢輯《詩餘》一卷。前集同於段刻四十卷本。後集六卷與長短句三卷有評點語，刻於板框之上，仍稱徐渭評點本。鄧章漢輯詩餘共十七首，并注云：「見《草堂集》，本集失載。」并仿前體例，亦加評點。筆者於北京大學圖書館見到此刻，亦屬翻刻李之藻本。

（九）李廷芝刻《淮海集長短句》　一卷本。李廷芝，高郵人，具體生卒年不詳。傅增湘在周叔弢家見到此本，其《藏園群書經眼録》卷十九記云：「明刊本，八行二十字，題『明郡人李廷芝九畹、長洲袁玄又玄校』二行。版心有『戲鴻館』三字，葉陰葉陽各為單闌，字體俊逸，兼作行書，似手書上版。後刻東坡、山谷二跋，亦行書。」清錢曾、何小山曾借宋本校此刻本。錢曾手跋云：「戊午九月二十七日，從不全槧本校一過，述古主人遵王。」何小山手跋云：「辛巳五月二十三日，再以殘宋本校，缺更倍於錢所見本，而刻則一也。小山。」

（十）王象晉刻《少游詩餘》　一卷本。萬曆年間王象晉刻《秦張兩先生詩餘合璧》二卷，以秦觀詞與張綖詞合為一編，因同是高郵人也。前有刻者序。共收録秦詞凡一百四十首，較宋刊多出六十三首，除少數幾首為秦作外，其餘難以憑信。

（十一）毛晉汲古閣刻《淮海詞》　不分卷，有單行本及《宋六十名家詞》本二種。汲古閣藏有宋刻秦集，原録之七十七首詞皆收録，新增補十首，其中七首與鄧章漢所輯相同，三首新增。目次未依宋本，重新編排，以小令置前，長調在後。調名時有不同，調下常加詞題。毛氏博雅好古，精於校勘，此集刻印精良。然趙萬里云：所增十首，除《喜春來》以外，餘皆非秦作。（故宮博物院圖書館影印《淮海居士長短句》後附）

（十二）明鈔本《淮海詞》　三卷本。鈔主闕，原為清許宗彥止水齋藏書。許宗彥，字積卿，德清人，生平喜購書。丁丙於許家見到此鈔本，稱為明鈔三卷，後有張綖原跋。（《善本書室藏書志》卷四十）

最後談清刊本。清傳刻《淮海集》有七種，《淮海詞》單行本有二種，其中包括以宋本校勘者。

（一）虚止道人清初鈔本《淮海先生文集》　四十九卷本，另有補遺一卷。半葉十二行，行二十六、七字。清初虚止道人鈔本，并校一至四十卷。有校記六則，自題「讀書堂西齋虚止道人元之」，由此可略知其名號。以後黄丕烈以宋本數種校勘，其校記云：「此鈔本出香嚴書屋，因有孫潛印，故收之文集四十卷、後集六卷、詞三卷，較為全備。及收得俞長孫的舊藏殘宋對勘，并搜得文集四十卷鈔本，更舊，亦出孫潛所藏，逐的對勘。始知余所藏者，即孫潛據以鈔録之本，而兹所云校者，亦即是本也，故校正於四十卷。後集及詞，又別據鈔録矣。」韓緑卿（應陛）亦曾以宋本《閑居集》一至十卷校。筆者於北京圖書館見此鈔校本。鈔本有孫潛、黄丕烈蕘圃、古婁、韓氏應陛、載陽父子珍藏善本印。

(二)黄儀校本《淮海長短句》　共三卷，黄儀鈔校。據葉恭綽《宋本兩種合印淮海長短句附録》，黄儀字子鴻，康熙辛亥七月，自汲古閣本鈔出淮海詞，校語屢引宋本《淮海琴趣》及本集，係曾見此兩種宋本者。此校本原藏南陵徐積餘(乃昌)家，現況不明。

(三)余恭高郵補刻《淮海集》　四十六卷本。康熙己巳高郵學正余恭補刻。前有余恭、毛之鵬序，均稱取諸生家藏舊本，補梓前集之殘缺，兼刻其後集，逾年告竣。其所據高郵民間藏本，大致不外乎張本、胡本和李本。

(四)乾隆《四庫全書》本　館臣編《淮海集》時，據張綖所刻四十九卷本，編《淮海詞》則據毛晉刻本。編纂時均略加釐正。

(五)何廷模高郵補刻《淮海集》　四十九卷。乾隆丁亥何廷模補刻。前有何序，云藏板殘缺，因別求善本，補其缺失。秦國璋《淮海集考》云：「清乾隆時以李之藻本修補。」(《錫山秦氏文鈔》卷十)可知是以李本補刻康熙己巳本。

(六)徐源高郵補刻《淮海集》　四十九卷。嘉慶乙丑徐源補刻，跋稱乾隆丁亥補刻本漫漶遺失，遂補刻之。

(七)黄丕烈校《淮海居士長短句》　三卷本，嘉慶庚午黄丕烈據宋刻手校，跋云：「庚午人日，書客携殘宋刻來，目録及上卷全，中卷止有第二、第四葉。挑燈手校。復翁。」所云「殘宋刻本」，即吴湖帆藏本。

（八）王敬之高郵刻《淮海集》　前集十七卷，後集三卷，詞一卷，補遺、續補遺各一卷，道光丁酉王敬之等據李之藻本進行重編和增訂。前有《續資治通鑑長編》節録，秦瀛重編《淮海先生年譜》節要等，有宋茂初《重刊淮海集序》，後有王敬之《淮海集補遺序》。補遺中有賦一首、詩七首，詞較毛晉本多出十三首，文六篇。此本今收入《四部備要》中。

（九）秦元慶家塾本《淮海集》　四十九卷本，同治癸酉裔孫秦元慶刻於楚地，具體地點不明。此本為翻刻明段之錦本，卷首有秦瀛重編《淮海先生年譜》并錢大昕《跋》。

綜上所述，將秦觀著作之版本源流列系統表如下。

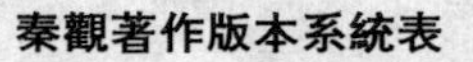

秦觀著作版本系統表

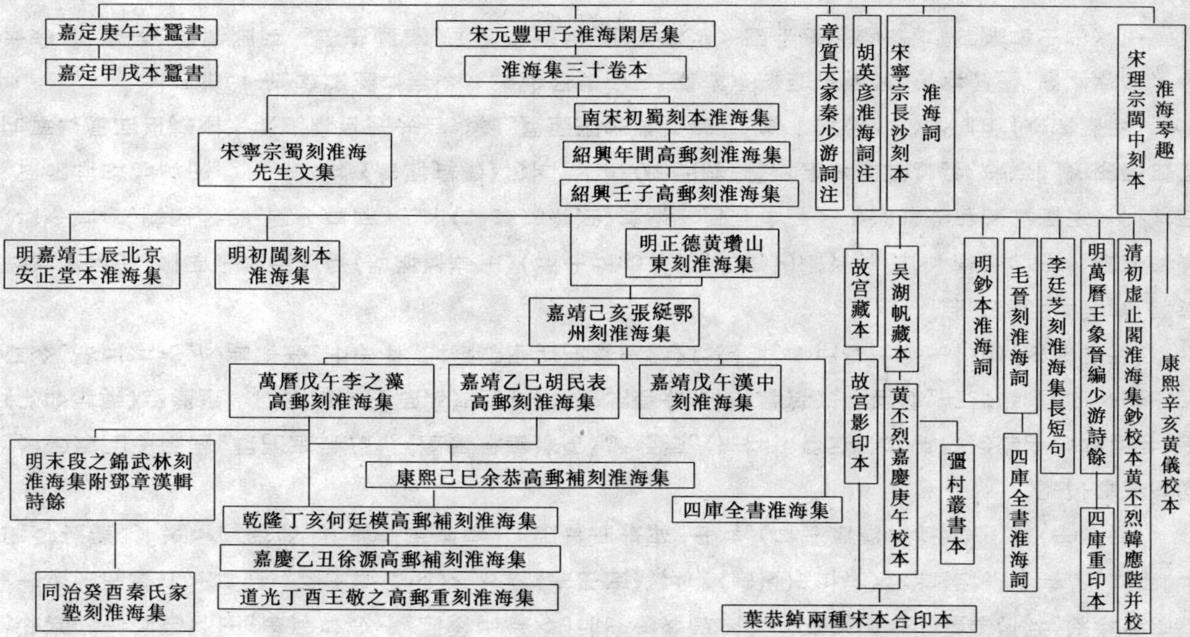

- 嘉定庚午本蠶書
  - 嘉定甲戌本蠶書
- 宋元豐甲子淮海閑居集
  - 淮海集三十卷本
    - 宋寧宗蜀刻淮海先生文集
    - 南宋初蜀刻本淮海集
      - 紹興年間高郵刻淮海集
        - 紹興壬子高郵刻淮海集
          - 明嘉靖壬辰北京安正堂本淮海集
          - 明初閩刻本淮海集
          - 明正德黃瓚山東刻淮海集
          - 嘉靖己亥張綖鄂州刻淮海集
            - 萬曆戊午李之藻高郵刻淮海集
              - 明末段之錦武林刻淮海集附鄧章漢輯詩餘
                - 同治癸酉秦氏家塾刻淮海集
            - 嘉靖乙巳胡民表高郵刻淮海集
              - 康熙己巳余恭高郵補刻淮海集（出自萬曆戊午李之藻高郵刻淮海集、嘉靖乙巳胡民表高郵刻淮海集）
                - 乾隆丁亥何廷模高郵補刻淮海集
                - 嘉慶乙丑徐源高郵補刻淮海集
                - 道光丁酉王敬之高郵重刻淮海集
            - 嘉靖戊午漢中刻淮海集
            - 四庫全書淮海集
          - 故宮藏本
            - 故宮影印本
          - 吳湖帆藏本
            - 黃丕烈嘉慶庚午校本
              - 彊村叢書本
          - 葉恭綽兩種宋本合印本（出自故宮影印本、黃丕烈嘉慶庚午校本）
          - 明鈔本淮海詞
          - 毛晉刻淮海詞
            - 四庫全書淮海詞
          - 李廷芝刻淮海集長短句
          - 明萬曆王象晉編少游詩餘
            - 四庫重印本
          - 清初虛止閣淮海集鈔校本黃丕烈韓應陛并校
- 章質夫家秦少游詞注
- 胡英彥淮海詞注
- 淮海詞 宋寧宗長沙刻本
- 淮海琴趣 宋理宗閩中刻本
  - 康熙辛亥黃儀校本

三 作品真僞考

上文曾引曾幾所言，秦觀文集非門人故舊所編，故歲月顛倒，錯謬相紛。他與蘇軾、晁補之、張耒等人過從甚密，酬唱甚多，因此作品錯交雜糅，往往難以分辨。今據有關資料，作考辨如下。

《淮海後集》卷二有《無題》詩一首：「掃地焚香閉閣眠，簟紋如水帳如煙。客來夢覺知何處？掛起西窗浪接天。」據考，此為蘇軾黄州詩《南堂五首》之一，見於《蘇軾詩集》卷二十二。南堂乃當時居所，由其友人淮南轉運使蔡景繁命人增葺而成。蘇軾《與蔡景繁書》云：「近葺小屋，强名南堂，暑月少紓。蒙德殊厚。小詩五絶，乞不示人。」（《蘇軾文集》卷五十五）《王直方詩話》亦記邢敦夫所言，稱此首乃蘇軾詩，嘗請其題於扇面。

《淮海後集》卷二末有七絶五首，詩題為《蘇子瞻記江南所題詩，本不全，余嘗見之，記其五絶，今以補子瞻之遺》。據詩題，輒知非東坡詩，更非秦觀所作，僅為補東坡所記之遺而已。馮應榴《蘇詩合注》稱，此五首乃孔毅父之作，見《清江三孔集》，原題為《題織錦璇璣圖》。秦觀補記時，詞序不同於原著，該是傳鈔之誤。

《淮海集》卷三有《春日雜興十首》，其中「桃李用事辰」、「昔我遊京室」、「客從遠方來」、「潭潭故邑井」四首，一作張耒詩，見於《張右史文集》卷九、《柯山集》卷七，文字略有不同。四首大旨寫困居鄉里，嘆良辰易逝，壯志難酬；眷戀遊汴京時所過豪華生活，交通五陵間，千金具飲啜，士女競芳華。據考，此四首為秦觀詩。他少豪雋，好大而見奇，願過立功邊陲、浩歌劇飲的生活。然屢舉不第，「淹留場屋幾二十年」。為此常泛汴入京，結交顯貴，以求擴大影響。其時朝中大臣如孫覺、李常、喬希聖、鮮于侁、程公闢等，皆與之遊。而張耒家境更為貧寒，其《再和馬圖》詩，言年十五即遊關西。《投和己書》又云：「十有七歲而親病，又二年而親喪」，為活妻孥，「西走巴蜀，南盡吴會，陸困於周秦，而水窮於江淮。」（文集卷五十）鑒於此，他不可能常遊汴京，交結權貴。而且他弱冠及第，隨即赴任臨淮、壽安等地。他不像秦觀那樣，屢試不中，因而嚮往攀龍附驥的生活。

《張右史文集》卷八、《柯山集》卷十一，均有《讀中興頌碑》一詩。胡仔《苕溪漁隱叢話》據石刻以為張耒作。嗣後周紫芝《竹坡詩話》、王士禎《浯溪考》、厲鶚《宋詩紀事》等，亦引作張耒詩，當作於哲宗親政之前。但曾敏之《獨醒雜志》據傳聞以為秦觀所作，因懼禍而署名為張耒。王象之《輿地碑記目·永州碑記》沿用此說，所録即此詩之首四句。據考，此為張耒詩，因胡仔所見乃石刻，非得之傳言。女詩人李清照曾作《和張文潛讀中興頌碑》詩，亦用借古喻今的手法，譴責誤國昏君和奸臣。她是蘇門四學士之晚輩，又是金石家，所記應無誤。如同前述，紹聖四年，秦觀自郴州移送横州編管，宋哲宗曾詔令：差得力職員押送，經過州軍交割，不得致疎虞。其時為欽犯，豈有閑情抒壯懷？豈敢借古諷今？張耒當時亦遭貶，秦觀豈能因畏懼而嫁禍於友人？曾敏之所聞傳言，實不足信。

《淮海集》卷三十四有《書王蠋後事》一文，亦見於晁補之《鷄肋集》卷三十三。據考，此為晁補之文。今傳《鷄肋集》，為其從弟晁謙之所編，紹興七年重刊於福建建陽，上距補之去世僅二十八年。弟為兄編集，年歲相近，所據為家集，自當可信。補之長於春秋之學，文集中有《春秋左傳雜論》四十六篇。王蠋為戰國時齊人，縱筆及之，駕輕就熟。此文温潤典縟，自然天成，乃晁氏固有風格。秦觀擅長在於漢唐二代歷史，其論文所引史料，漢唐史書超過半數。其文集中，亦未見春秋人物專論。

《淮海後集》卷三有《悼王子開五首》。此屬誤收，詩乃賀鑄之作。陸游《老學庵筆記》卷五云：「賀方回作《王子開挽詞》：『和璧終歸趙，干將不葬吴』者，見於《秦少游集》中。子開大觀己丑年卒於江陰，而返葬臨城，故方回此句為工，時少游已没十年矣。」他如陸游《渭南文集》卷三十一，王明清《玉照新志》卷一，亦言秦觀文集誤收方回此詩，其誤明顯，無須冗述。

《淮海後集》卷四有《秋興九首》，乃秦觀模擬李白、杜甫、韋應物、孟郊、韓愈、白居易、盧仝、李賀、杜牧九人之詩作，詩風亦各相似，顯示出其詩才。其後許顗《彦周詩話》、胡仔《苕溪漁隱叢話》皆云：讀元撰《續樹萱録》，書中記杜甫、白居易、李賀、杜牧等人，於夫差墓中賦詩，句法亦各相類，其中老杜所賦詩，與秦觀《秋興》詩所賦相同，遂生「竟誰作邪」之疑問。後經洪邁考證，《續樹萱録》乃王銍（性之）所作，而託名他人。其書才有三事，一曰賈博喻，一曰全若虚，一曰元撰，詳命名之義，蓋取諸子虚烏有、亡是公之意。洪邁曾見關子東為秦集所作序，序稱秦觀秋興「擬古數篇，曲盡唐人之體。」詳見《容齋隨筆》卷十六。王銍為兩宋間人，年輩晚於秦觀，其幻設怪語，摘録秦詩，以供抵掌而已。

秦觀的作品，除與他人錯交雜糅之外，還有不少遺佚。清道光年間，王敬之、茆泮林重刻《淮海集》時，編有補遺兩卷，共輯得遺文、詩詞四十餘篇，斷句若干。補遺中某些作品或非秦觀所撰，或目前仍難定論，故筆者在有關篇目後加有按語。此次在蒐集研究資料過程中，又新輯得散佚詩文十餘篇，其中有秦觀親寫書帖題跋八篇，這些佚文的發現，有助於了解作者的生平和交往。新輯得的近十首詩中，有的尚待進一步考訂，於篇末均加按語，供研究者作參考。秦觀的詞作，衆所公認的僅八十餘首。然自明代以來，一些印本常有增添，少則數首，多則數十首，衆説紛紜，莫衷一是。詞學前輩趙萬里、葉恭綽、唐圭璋於秦詞均有精湛考證，鴻篇巨著，於淮海為功臣。筆者後學，不敢冒昧。

本書在編輯過程中，曾得到北京圖書館、北京大學圖書館、北京師大圖書館、南京圖書館、南京大學圖書館、安徽省圖書館、安徽大學圖書館，以及校内外許多同志大力支持，謹此致以謝意。中華書局傅璇琮、許逸民兩位先生提供最珍貴、最完整的日本淺草文庫所藏的《淮海集》複印件，文學編輯王秀梅先生反復審定原稿，提出不少寶貴的意見。特此表示衷心感謝！朱東潤、唐圭璋兩位先生生前曾多次賜教，令人懷念！本書在資料的收録和編排等方面，會存在缺點和錯漏，衷心地希望能得到專家和廣大讀者的批評指正。

周義敢　周雷　一九八九年三月於安徽大學

凡例

一、本書輯集從北宋中葉至「五四」以前有關秦觀研究的資料，内容大致包括：秦觀生平事跡的記述，秦觀作品的評論，作品和版本的考證，文字和典故的詮釋等。

二、本書所輯資料的範圍，包括詩文集、總集、詩話、筆記、史書、地志和類書。凡研究秦觀的專集、年譜等，其篇幅較大、已單獨成書、且易找得者，均不予收録。

三、本書對古代文獻中的重複材料，一般採用其中最早或較為完備者。對後出資料，如無新意則不録。秦觀的同時人與秦觀的唱和酬贈之作，一般加以收録，以便我們瞭解其交游的情况。輯集的原則是：宋代部分求全，元明以後取精。他人的詩文，而後人誤為秦觀所作并加評論者，也予輯録，後附按語，加以説明。

四、本書資料按時代先後順序排列。同一人名下的資料，其編排次序為先本集，次其它著作，最後列見於他書的文句。古人所編的綜合性的詩歌評述著作，如《苕溪漁隱叢話》、《詩人玉屑》等，其中引及的有關秦觀的資料，均一一分屬於原作者的名下，力求恢復原貌。其作者甚可懷疑者，附按語説明。

五、本書所收各書的版本，原則上擇其通行可靠者。如無通行本，則採用舊刻本。原書中明顯的誤字，或可確知的闕字，就逕行改正或補足，不加校語。各家所引的秦觀詩文，異處甚多，除明顯錯誤外，也一仍其舊，以供校勘者參考。

一　宋

元　净

【次韻參寥四照閣夜坐懷秦少游學士】　巖棲木食已皤然，交舊何人慰眼前。素與畫公心印合，每思秦子性珠圓。當時步月來幽谷，拄杖穿雲冒夕煙。臺閣山林況無異，故應文墨未離禪。（引自《咸淳臨安志》卷七十八）

按：據蘇轍《龍井辯才法師塔碑》：「師姓徐氏，名元净，字無象，杭之於潛人。」文見《欒城後集》卷二十四。

王安石

【回蘇子瞻簡】　某啟：承誨喻累幅，知尚盤桓江北，俯仰踰月，豈勝感悵！得秦君詩，手不能捨。葉致遠適見，亦以為清新嫵麗，與鮑、謝似之。不知公意如何？餘卷正冒眩，尚妨細讀。嘗鼎一臠，旨可知也。公奇秦君，數口之不置。吾又獲詩，手之不捨。然聞秦君嘗學至言妙道，無乃笑我與公嗜好過乎？未相見，跋涉自愛，書不宣悉。（《臨川先生文集》卷七十三）

徐積

【寄秦少游太虛】　子用心於我，知者蔡彦規。彦規今死矣，誰能述所為。若説子用心，古人如此稀。顧我不能報，臨老形於詩。(《節孝先生文集》卷十)

【謝秦少游并簡參寥】　講罷潮溝吟緑槐，手持銅鉢待相陪。青瞳好客難留住，白足高僧又帶迴。今日許尋陶令菊，明年約寄陸生梅。龐公妻子方炊黍，且報舟人莫起桅。(同上卷十六)

【送秦少游】　叟罷耕耘妾能機，怱怱人意甚牽衣。可憐數里笙歌地，但見一番楊柳稀。(同上卷十八)

【秦淮海帖】　觀再拜，昨日幸獲參晤，極慰久企之懷。宿昔伏惟尊候萬福。觀本欲詣門下請辭，適鄉人喬吏部約同行，小宦因迎親遠涉畏途，且欲藉其徒御之衆，遂挽舟出關，以此不皇前詣。先生素見知愛，必不以為責也。食遠言侍，敢乞為道自重，千萬千萬，不宣。觀再拜上仲車教授先生座前，九月二日謹言。(《節孝先生文集》附載)

按：《淮海集》未收秦觀此帖，録以補遺。

程頤

……他日國忌，禱於相國寺，伊川令供素饌。子瞻詰之曰：「正叔不好佛，胡為食素？」正叔曰：「禮，居喪不飲酒食肉。忌日，喪之餘也。」子瞻令具肉食，曰：「為劉氏者左袒。」於是范淳夫輩食素，秦、

黄輩食肉。（《河南程氏外書》卷十一）

一日，偶見秦少游，問「『天若知也和天瘦』是公詞否？」少游意伊川稱賞之，拱手遜謝。伊川云：「上穹尊嚴，安得易而侮之？」少游面色騂然。（同上卷十二）

蘇 軾

【次韻秦觀秀才見贈，秦與孫莘老、李公擇甚熟，將入京應舉】 夜光明月非所投，逢年遇合百無憂。將軍百戰竟不侯，伯郎一斗得涼州。翹關負重君無力，十年不入紛華域。故人坐上見君文，謂是古人吁莫測。新詩説盡萬物情，硬黄小字臨《黄庭》。故人已去君未到，空吟《河畔草青青》。誰謂他鄉各異縣，天遣君來破吾願。一聞君語識君心，短李髯孫眼中見。江湖放浪久全真，忽然一鳴驚倒人。縱横所值無不可，知君不怕新書新。千金弊帚那堪换，我亦淹留豈長算。山中既未決同歸，我聊爾耳君其漫。（《蘇軾詩集》卷十六）

【太虚以黄樓賦見寄，作詩為謝】 我在黄樓上，欲作黄樓詩。忽得故人書，中有黄樓詞。黄樓高十丈，下建五丈旗。楚山以為城，泗水以為池。我詩無傑句，萬景驕莫隨。夫子獨何妙，雨雹散雷椎。雄詞雜今古，中有屈、宋姿。南山多磬石，清滑如流脂。朱蠟為摹刻，細妙分毫釐。佳處未易識，當有來者知。（同上卷十七）

【次韻參寥師寄秦太虚三絶句，時秦君舉進士不得】 秦郎文字固超然，漢武憑虚意欲仙，底事秋來不得解，定中試與問諸天。一尾追風抹萬蹄，崑崙玄圃謂朝隮。回看世上無伯樂，却道鹽車勝月題。得喪秋毫久已冥，不須聞此氣峥嵘。何妨卻伴彦寥子，無數新詩咳唾成。(同上)

【與秦太虚、參寥會于松江，而關彦長、徐安中適至，分韻得風字二首(録一首)】吴越溪山興未窮，又扶衰病過垂虹。浮天自古東南水，送客今朝西北風。絶境自忘千里遠，勝游難復五人同。舟師不會留連意，擬看斜陽萬頃紅。(同上卷十八)

【和秦太虚梅花(節録)】西湖處士骨應槁，只有此詩君壓倒。東坡先生心已灰，為愛君詩被花惱。多情立馬待黄昏，殘雪消遲月出早。江頭千樹春欲闇，竹外一枝斜更好。(同上卷二十二)

【次韻滕元發、許仲塗、秦少游】二公詩格老彌新，醉後狂吟許野人。坐看青丘吞澤芥，自慚黄潦薦溪蘋。兩邦旌纛光相照，十畝鋤犁手自親。何似秦郎妙天下，明年獻頌請東巡。(同上卷二十四)

【秦少游夢發殯而葬之者，云是劉發之柩，是歲發首薦。秦以詩賀之，劉涇亦作，因次其韻】君看三代士執雉，本以殺身為小補。居官死職戰死綏，夢尸得官真古語。五行勝己斯為官，官如草木吾如土。仕而未禄猶賓客，待以純臣蓋非古。……二生年少兩豪逸，詩酒不知軒冕苦。故令將仕夢發棺，勸子勿為官所腐。塗車芻靈皆假設，著眼細看君勿誤。時來聊復一飛鳴，進隱不須煩伍舉。(同上)

【次秦少游韻贈姚安世】帝城如海欲尋難，肯捨漁舟到杏壇。剥啄扣君容膝户，巍峨笑我切雲冠。問羊獨怪初平在，牧豕應同德曜看。肯把《參同》較同異，小窗相對為研丹。(同上卷三十六)

【次韻秦少游王仲至元日立春三首(選一首)】　詞鋒雖作楚騷寒，德意還同漢詔寬。好遣秦郎供帖子，盡驅春色入毫端。(同上)

【秦太虛題名記并題名】　覽太虛題名，皆予昔時游行處。閉目想之，了然可數。始予與辯才别五年，乃自徐州遷於湖。至高郵，見太虛、參寥，遂載與俱。辯才聞予至，欲扁舟相過，以結夏未果。太虛、參寥又相與適越，云秋盡當還。而予倉卒去郡，遂不復見。明年予謫居黄州，辯才、參寥遣人致問，且以題名相示。時去中秋不十日，秋潦方漲，水面千里，月出房、心間，風露浩然。所居去江無十步，獨與兒子邁棹小舟至赤壁，西望武昌，山谷喬木蒼然，雲濤際天，因録以寄參寥，使以示辯才，有便至高郵，亦可録以寄太虛也。(《蘇軾文集》卷十二)

【秦少游真贊】　以君為將仕也，其服野，其行方。以君為將隱也，其言文，其神昌。置而不求君不即，即而求之君不藏。以為將仕將隱者，皆不知君者也，蓋將挈所有而乘所遇，以游于世，而卒反於其鄉者乎？(同上卷二十一)

【乞郡劄子(節録)】　元祐三年十月十七日，翰林學士朝奉郎知制誥兼侍讀蘇軾劄子奏。……臣所舉自代人黄庭堅、歐陽棐，十科人王鞏，制科人秦觀，皆誣以過惡，了無事實。……陛下若謂臣此言狂妄，即乞付外核實其事，顯加黜責。若以為然，即乞留中省覽，臣當别具劄子乞郡外付施行。(同上卷二十九)

【辨賈易彈奏待罪劄記(節録)】　秦觀自少年從臣學文，詞采絢發，議論鋒起。臣實愛重其人，與之密熟。近於七月末間，因弟轍與臣言賈易等論浙西災傷，乞考驗虛實行遣，其尤甚者，意令本處官吏，觀望風旨，必不敢實奏行下，却為給事中封駮諫官論奏。臣因問弟轍云：「汝既備位執政，因何行此文字？」轍云：「此事衆人心知其非。然臺官文字，自來不敢不行；若不行，即須群起力争，喧瀆聖聽。」又弟轍因言秦觀言趙君錫薦舉得正字，今又為賈易所言。臣緣新自兩浙來，親見水災實狀，及到京後，得交代林希、提刑馬瑊及屬吏蘇堅等書，皆極言災傷之狀，甚於臣所自見。臣以此數次奏論，雖蒙聖恩極力拯救，猶恐去熟日遠，物力不足，未免必致流殍。若更行下賈易等所言，則官吏畏懼臺官，更不敢以實言災傷，致朝廷不復盡力救濟，則億萬生齒，便有溝壑之憂。適會秦觀訪臣，遂因議論及之。又實告以賈易所言觀私事，欲其力辭恩命，以全進退。即不知秦觀往見君錫，更言何事。又是日王遹亦來見臣，云：「有少事謁中丞。」臣知遹與君錫親，自來密熟，因令傳語君錫，大略云：「臺諫、給事中互論災傷，公為中丞，坐視一方生靈陷於溝壑，略無一言乎？」臣又語遹説與君錫，公所舉秦觀，已為賈易言了。此人文學議論過人，宜為朝廷惜之。臣所令王遹與趙君錫言事，及與秦觀所言，止於此矣。二人具在，可覆按也。（同上卷三十三）

【答張文潛縣丞書】……僕老矣，使後生猶得見古人之大全者，正賴黄魯直、秦少游、晁無咎、陣履常與君等數人耳。（同上卷四十九）

【答李琮書（節録）】秦太虛維揚勝士，固知公喜之，無乃亦可令荆公一見之歟？（同上）

【答李昭玘書（節録）】軾蒙庇粗遣，每念處世窮困，所向輒值牆谷，無一遂者。獨於文人勝士，多獲所欲，如黄庭堅魯直、晁補之無咎、秦觀太虚、張耒文潛之流，皆世未之知，而軾獨先知之。今足下又不見鄙，欲相從游，豈造物者專欲以此樂見厚也耶？然此數子者，挾其有餘之資，而騖於無涯之知，必極其所如往而後已，則亦將安所歸宿哉。（同上）

【與王荆公二首（選一首）】……向屢言高郵進士秦觀太虚，公亦粗知其人，今得其詩文數十首，拜呈。詞格高下，固無以逃於左右，獨其行義修飭，才敏過人，有志於忠義者，某請以身任之。此外，博綜史傳，通曉佛書，講習醫藥，明練法律，若此類，未易以一二數也。才難之歎，古今共之，如觀等輩，實不易得。願公少借齒牙，使增重於世，其他無所望也。（同上卷五十）

【與范元長十三首（選四首）】……方此炎暑，萬里扶護，哀苦勞艱，如何可言。忝觀友之末，不能匍匐赴救，已矣，不復云也。獨前所見委文字，不敢不留意，今託少游議其詳。餘惟節哀慎重。……

……扶護哀痛，且須勉强開解，卑心憂懸，書不能盡。奉囑之意，唯深察此心。哀哉少游，痛哉少游，遂喪此傑耶！賴昆仲之力，不甚狼狽。某日夜前去，十六、七間可到梧。若少留，一見尤幸。

……與公隔絶，不得一拜先公及少游之靈，為大恨也。同貶先逝者十人，聖政日新，天下歸仁，惟逝者不可及，如先公及少游，真為異代之寶也。徒有僕輩何用，言之痛隕何及。

……漂流江湖，未能赴救，已為慙負。有銀五兩，為少游齋僧，託送與處度也。（同上）

【答秦太虚七首】某啟。别後數辱書，既冗懶且無便，不一裁答，愧悚之至。參寥至，頗聞動止，為慰。然見解榜，不見太虚名字，甚惋歎也。此不足為太虚損益，但弔有司之不幸爾。即日起居何如？參寥真可人，太虚所與之，不妄矣。何時復見，臨紙惘惘，惟萬萬自愛而已。謹奉手啟上問。諸事可問參寥而知，入夜困倦，書不詳悉。程文甚美，信非當世君子之所取也。僕去替不遠，尚未知後任所在，意欲東南一郡爾。得之，當遂相見。

某昨夜偶與客飲酒數盃，燈下作李端叔書，又作太虚書，便睡。今日取二書覆視，端叔書猶粗整齊，而太虚書乃爾雜亂，信昨夜之醉甚也。本欲別寫，又念欲使太虚於千里之外，一見我醉態而笑也。無事時寄一字，甚慰寂寥。不宣。

某啟。昨晚知從者當往何山。辱示，方悟以雨輟行，悔今日不相從也。聞只今遂行，故不敢奉謁。分韻詩語益妙，得之殊喜。拙詩令兒子録呈。暑濕，惟萬萬慎護，早還為佳。不一一。

軾啟。五月末，舍弟來，得手書勞問甚厚，日欲裁謝，因循至今，遞中復辱教，感愧益甚。……寄示詩文，皆超然勝絶，亹亹焉來逼人矣。如我輩亦不勞逼也。太虚未免求禄仕，方應舉求之，應舉不可必。竊為君謀，宜多著書，如所示論兵及盜賊等數篇，但似此得數十首，皆卓然有可用之實者，不須及時事也。但旋作此書，亦不可廢應舉。此書若成，聊復相示，當有知君者，想喻此意也。公擇近過此，相聚數日，說太虚不離口。……欲與太虚言者無窮，但紙盡耳。展讀至此，想見掀髯一笑也。子駿固吾所畏，其子亦可喜，曾與相見否？此中有黄岡少府張舜臣者，其兄堯臣，皆云與太虚相熟。……

某啟。别後欲奉書，紛紛無暇，且謂即見無所事書，而日復一日，遂以至今。疊辱手教，具聞動止甚慰。

某宜興已得少田，至揚附遞，乞居常，……見艤舟竹西待之，不過更三兩日必至，必能於冬至前及見公也。

某書已封訖，乃得移廉之命，故復作此紙。治裝十日可辦，但須得泉人許九船，即牢穩可恃。……至渡海前一兩日，當别遣人去報也。若得及見少游，即大幸也。

某啟。近累得書教，海外孤老，志節朽敗，何意復接平生欽友。伏閲妙迹，凛凛有生意，幸甚！幸甚！比日毒暑，尊候佳否？前所聞果的否？若信然，得文字後，亦須得半月乃行。自此徑乘蛋船至徐聞出路，不知猶及一見否？示諭二范之賢，不惟喜公得婿小范，且以慶吾友夢得之有子為不死也。言之淚落不已。過蒙許與，恐不副所期，實能躬勞辱以佚厥考爾。令子想大成，曾寄所作來否？借一二亦佳。文潛、無咎得消耗否？……（同上卷五十二）

【答李端叔十首（選一首）】　某年六十五矣，體力毛髮，正與年相稱，或得復與公相見，亦未可知。……少游遂死於道路，哀哉！痛哉！世豈復有斯人乎？（同上）

【與錢濟明十六首（選一首）】　某已到虔州，二月十間方離此。此行决往常州居住。……塗中聞秦少游奄忽，為天下惜此人物，哀痛至今。（同上卷五十三）

【答李方叔十七首（選二首）】　比年於稠人中，驟得張、秦、黄、晁及方叔、履常輩，意謂天不愛寶，其獲蓋未艾也。比來經涉世故，間關四方，更欲求其似，邈不可得。以此知人决不徒出，不有益於今，必有覺於後，决不碌碌與草木同腐也。

某啟。比辱手教，邇來所履如何？某自恨不以一身塞罪，坐累朋友。如方叔飄然一布衣，亦幾不免。純甫、少游，又安所獲罪於天，遂斷棄其命，言之何益，付之清議而已。（同上）

【與袁真州四首（選一首）】某再啟。承示諭，勝之少駐，恨不飛馳，然須風熟乃敢行爾。太虛書已領，却有一書，乞送與太虛，不在金山，即在潤州也。不罪，頻煩不一。（同上卷五十七）

【答蘇伯固四首（選一首）】辱書，勞問愈厚，實增感槩。……得來示，又知少游乃至如此。某全軀得還，非天幸而何，但益痛少游無窮已也。同貶死去太半，最可惜者，范純父及少游，當為天下惜之，奈何！奈何！（同上）

【與歐陽元老】秋暑，不審起居佳否？某與兒子八月二十九日離廉，九月六日到鬱林，七日遂行。初約留書歐陽晦夫處，忽聞秦少游凶問，留書不可不言，欲言又恐不的，故不忍下筆。今行至白州，見容守之猶子陸齋郎云，少游過容，留多日，飲酒賦詩如平常，容守遣般家二卒送歸衡州，至藤，傷暑困卧，至八月十二日，啟手足於江亭上。徐守甚照管其喪，仍遣人報范承務。范先去，已至梧州。范自梧州赴其喪。此二卒申知陸守者，止於如此，其他莫知其詳也。然其死則的矣，哀哉痛哉，何復可言！當今文人第一流，豈可復得。此人在，必大用於世，不用，必有所論著以曉後人。前此所著，已足不朽，然未盡也，哀哉！哀哉！其子甚奇俊，有父風，惟此一事，差慰吾輩意。……（同上卷五十八）

【與參寥子二十一首（選一首）】……太虛只在高郵，近舍弟過彼相見，亦有書來。《題名》絶奇，辯才要書其後，復寄一紙去，然不須入石也。（同上卷六十一）

【太息一首送秦少章秀才(節録)】　張文潛、秦少游此兩人者，士之超越絶塵者也，非獨吾云爾，二三子亦自以為莫及也。士駭於所未聞，不能無異同，故紛紛之言常及吾與二子。吾策之審矣。士如良金美玉，市有定價，豈可以愛憎口舌貴賤之歟？(同上卷六十四)

【書遊湯泉詩後】　余之所聞湯泉七，其五則今三子之所遊，與秦君之賦所謂匡廬、汝水、尉氏、驪山，其二則余之所見鳳翔之駱谷與渝州之陳氏山居也。皆棄於窮山之中，山僧野人之所浴，麋鹿猿猱之所飲。……今惠濟之泉，獨為三子者咏歎如此，豈非所寄僻遠，不為當塗者所慁，而後得為高人逸士，與世異趣者之所樂乎？或曰：明皇之累，楊、李、禄山之汙，泉豈知惡之？然則幽遠僻陋之歎，亦非泉之所病也。泉固無知於榮辱，特以人意推之，可以為抱器適用而不擇所處者之戒。(同上卷六十七)

【記少游論詩文】　秦少游言：「人才各有分限。杜子美詩冠古今，而無韻者殆不可讀。曾子固以文名天下，而有韻者輒不工。此未易以理推之也。」(同上卷六十八)

【書秦少游挽詞後】　庚辰歲六月二十五日，予與少游相別於海康，意色自若，與平日不少異。但自作挽詞一篇，人或怪之。予以謂少游齊死生，了物我，戲出此語，無足怪者。已而北歸，至藤州，以八月十二日卒於光化亭上。嗚呼！豈亦自知當然者耶？乃録其詩云。(同上)

【書秦少游詞後】　少游昔在虔州，嘗夢中作詞云：「山路雨添花，花動一山春色。行到小溪深處，有黄鸝千百。飛雲當面化龍蛇，夭矯轉空碧。醉卧古藤陰下，了不知南北。」供奉官儂君沔居湖南，喜從遷客游，尤為吕元鈞所稱。又能誦少游事甚詳，為余道此詞，至流涕，乃録本使藏之。建中靖國元年

三月二十一日。(同上)

【記鬼詩】 秦太虚言:寶應民有以嫁娶會客者。酒半,客一人徑起出門。主人追之,客若醉甚,將赴水者。主人急持之。客曰:「婦人以詩招我,其詞云:『長橋直下有蘭舟,破月衝烟任意游。金玉滿堂何所用?争如年少去來休。』」蒼黄就之,不知其為水也。」然客竟亦無他。夜會説鬼,參寥舉此,聊為記之。(同上)

【跋秦少游書】 少游近日草書,便有東晉風味,作詩增奇麗。乃知此人不可使閑,遂兼百技矣。技進而道不進,則不可,少游乃技道兩進也。(同上卷六十九)

【跋太虚、辯才廬山題名】 某與大覺禪師别十九年矣,禪師脱屣當世,雲棲海上,謂不復見記,乃爾拳拳耶,撫卷太息。欲一見之,恐不可復得。會與參寥師自廬山之陽並出,而東所至,皆禪師舊迹,山中人多能言之者,乃復書太虚與辯才題名之後,以遺參寥。太虚今年三十六,參寥四十二,某四十九,辯才七十四,禪師七十六矣!此吾五人者,當復相從乎?生者可以一笑,死者可以一歎也。元豐七年五月十九日慧日院,大雨中書。(同上卷七十一)

【相國寺題名】 蘇子瞻、子由、孫子發、秦少游同來觀晉卿墨竹。申先生亦來。元祐三年八月五日。老申一百一歲。(同上後附《蘇軾佚文彙編》卷六)

【千秋歲次韻少游】 島邊天外,未老身先退。珠淚濺,丹衷碎。聲摇蒼玉佩。色重黄金帶。一萬里。斜陽正與長安對。 道遠誰云會。罪大天能蓋。君命重,臣節在。新恩猶可覬。舊學終難改。吾

已矣。乘桴且恁浮於海。（轉引自《能改齋漫録》卷十七）

蘇轍

【次韻秦觀秀才携李公擇書相訪】 濟南三歲吾何求？史君後到消人憂。君言有客輕公侯，扁舟相從古揚州。致之匹馬恨無力，千里相望同異域。誦詩空使四坐驚，隱居未易凡人測。史君南歸無限情，鴻飛携書墮我庭。此書兼置昔年客，神中秀句淮山清。老夫强顔依府縣，堆案文書本非願。清談亹亹解人頤，安得坐右長相見。狂客吾非賀季真，醉吟君似謫仙人。末契長遭少年笑，白髮應慙傾蓋新。都城酒貴誰當换？塵埃汙面非良算。歸來泗上苦思君，莫待黄花秋爛漫。秦君與家兄子瞻約，秋後再遊彭城。（《欒城集》卷八）

【次韻秦觀見寄】 東家有賢人，西家苦相忽。幽蘭委冰霜，掩靄特未發。春風限芳蕤，爛熳安可没？東南信多士，人物世不闕。考槃溪山間，自獻耻干謁。誰憐幽閑女，艶色比南越。垂耳困鹽車，捐金空買骨。讀書謝世事，閉門動論月。予生亦羈旅，處世常卒卒。誰令釣竿手，强復此持笏。惟餘七尺軀，空洞中無物，時蒙好事過，解榻聊一拂。野情樂江海，夢想扁舟兀。隱居便醉睡，世路多顛蹶。榮華一朝事，毁譽百年歇。相勸沐咸池，陽阿晞汝髮。（同上卷九）

【高郵别秦觀三首】 蒙蒙春雨濕邗溝，蓬底安眠晝擁裘。知有故人家在此，速將詩卷洗閑愁。

筆端大字鵶棲壁，袖裏清詩句琢冰。送我扁舟六十里，不嫌罪垢汙交朋。

高安此去風濤惡，猶有廬山得縱遊。便欲携君解船去，念君無罪去何求？（同上卷九）

【次韻秦觀梅花】病夫毛骨日凋槁，愁見米鹽惟醉倒。忽傳騷客賦寒梅，感物傷春同懊惱。江邊不識朔風勁，牆頭亦有南枝早。未開素質夜先明，半落清香春更好。鄰家小婦學閑媚，靚粧惟有長眉掃。孤芳已與飛霰競，結子仍先百花老。苦遭横笛亂飛英，不見遊人醉芳草。可憐物性空自知，羞作繁華助芒昊。（同上卷十三）

【與秦秘校二帖】昨晚辱迂步，迫晚，不果從容，良以愧感。新書益清麗可愛，不肖何足以當之？欽佩欽佩。天寒欲雪，為况佳否？

前日不果從容，承誨示，重感怍也。新詩飄然，益見高典，但不肖者頗愧虚辱耳。何時能再枉教，庶更卜清論也，傾企傾企。《播芳大全》卷八十（《欒城集·拾遺》）

【徐三翁善言人災福】泰州天慶觀布衣徐三翁，不知所從來，日掃觀中地，非衆道士殘食不食。時言人災福，必應。……時予亦自績溪被召為校書郎，至高郵遇秦觀。觀適欲見翁，予因託問之。（《龍川略志》卷十）

李　頎

【蘇、黄、秦南土詩】秦少游謫雷州，有詩曰：「南土四時都熱，愁人日夜俱長。安得此心如石，一時忘了家鄉。」黄魯直謫宜州，作詩曰：「老色日上面，歡情日去心。今既不如昔，後當不如今。輕紗一幅巾，短簟六尺牀。無客日自静，有風終夕凉。」少游鍾情，故詩酸楚；魯直學道，故詩閑暇。至東坡《南中詩》曰：「平生萬事足，所欠惟一死」，則英特之氣不受折困。（《古今詩話》）

闕　名

【真率記事一卷】　舊有秦少游責監處州酒《與胡子文》一帖，説債宅云：「遠方必無閑空地宅，如成都僦債。然括蒼士大夫淵藪，其父兄必多賢，聞僕無居，宜有輒居以見賃債者。幸前期聞之，不然使遷客有暴露之憂，亦郡豪傑之深耻也。輒尋事契，叙此一篇。」（引自《説郛》卷六十四）

按：此帖文集未録，記以補遺。

孔平仲

元祐中，秘閣上已日集西池。王仲至有詩，張文潛和最工，云「翠浪有聲黄繖動，春風無力綵衫垂。」秦少游云：「簾幙千家錦綉垂。」王笑曰：「又待入小石調也。」（《孔氏談苑》卷四）

闕　名

秦觀少游，一日寫李太白《古風》詩三十四首於所居壺隱壁間。予因問燕昭延郭隗遂築黄金臺之詩，史但言築宫而師事，不聞黄金之名，太白不知何據？少游曰：「《上谷圖經》言：昭王築臺，置千金於其

上，遂因以為名。」閲之信然。（《道山清話》）

微仲為人剛而有守，正而不他，輔相泰陵八年，朝野安静。……左正言上官均言其以張耒、秦觀浮薄之徒撰次國史，以李之純為中司，……微仲遂落職，猶知隨州。（同上）

秦觀南遷，行次郴道遇雨，有老僕滕貴者，久在少游家，隨以南行，管押行李在後，泥濘不能進。少游留道旁人家以俟，久之，方槃珊策杖而至，視少游歎曰：「學士，學士，他們取了富貴，做了好官，不枉了恁地。自家做甚來陪奉他們，波波地打閑官，方落得甚聲名！」怒而不飯，少游再三勉之曰：「没奈何！」其人怒猶未已，曰：「可知是没奈何！」少游後見鄧博文，言之大笑，且謂鄧曰：「到京見諸公不可不舉，似以發一笑也。」（同上）

朱長文

【少章過吴門，寵示淳夫、子瞻唱和并惠山寄少游之什，俾余繼作，輒次二公韻以寄之】　懷友對華月，身如匏繫何。遥聆金玉音，悵望江湖波。戛來誦三篇，調饑餡嘉禾。蘇、范天下賢，閲士歲月多。憐君似蘭芷，長育瑶山阿。良工得寶璧，韞櫝加琢磨。發為驚人語，九曲傾洪河。蟠蜿寄短章，浩蕩寫長歌。一官得武陵，萬景盡包羅。又如彈響泉，餘韻清且和。籍、湜師韓文，其則在伐柯。俯視枳棘間，翔鸞豈蹉跎。聖朝頌聲作，《周雝》與《商那》。二公且大用，豈得歸岷沱。（《樂圃餘稿》卷一）

道潛

【次韻少游學士送龔深之往金陵見王荆公】春風隨意可嬉娛，水有舟航陸有車。應笑揚雄未忘我，閉門猶著解嘲書。

夢幻皆輸古竺乾，功名何用咤燕然。羡君一棹江南去，碧薺時魚暮雨邊。

虎踞龍盤亦漫雄，城荒狐兔往來通。可人誰有秦淮月，出没娟娟波浪中。

白下長干春霧披，家家桃李粲朝暉。懸知一見毗耶老，心地如灰不更飛。（《參寥子詩集》卷二）

【次韻太虚夜坐少游一字太虚】古寺冬蕭瑟，天寒色更冥。捲幃延素月，轉眄失流星。爐底眠枯枿，窗根立凍鉼。談餘焚柏子，一燧小煙清。（同上）

【彭門書事寄少游】我思君處君思我，此語由來自謫仙。欲借野人傳紙尾，待憑新雁寄遼天。

戲馬臺邊駐馬蹄，迴廊曲院揔攀躋。秦郎前日曾來否？試拂凝塵覓舊題。

百尺黄樓拂杳冥，樓前風物極峥嶸。東州詞客渾争詠，獨怪相如賦未成。（同上卷三）

【次韻少游寄李齊州】畫舡京口見停橈，蕭灑渾疑謝與陶。但把好山供勝踐，不將餘論挂塵勞。諫垣一天上經焚草，藩國年來屢夢刀。北客近傳新政美，未嘗因物强吹毛。（同上）

【次韻少游和子理梅花】朔風蕭蕭方振槁，雪壓茆齋欲欹倒。門前誰送一枝梅，問訊山僧少病惱。强將筆力為摹寫，麗句已輸何遜早。碧桃丹杏空自妍，嚼蘂齅香無此好。先生携酒傍玉叢，醉裏雄辭

驚電掃。東溪不見謫仙人，江路還逢少陵老。我雖不飲為詩牽，不惜山衣同藉草。要看陶令插花歸，醉卧清風軼軒昊。（同上）

【子瞻赴守湖州少游與余同載，因游惠山覽唐處士王武陵、竇群、朱宿詩，追用其韻，各賦三首。（選一首）】山煙弄滅没，山木含葱蒼。刺舟傍遥岸，理策升虚堂。周遭矚曾巘，矯矯如翱翔。下瞰平田流，澹然浮日光。青篘解初籜，洗雨聞清香。雖云迫前涂，真賞豈易忘。（同上卷四）

【吴興道中寄子瞻與少游同賦】弱性嗜幽散，出門隨所便。蓮房紛可襲，林崿正高褰。群木含晨景，孤撐破宿煙。逶迤屯秀嶨，宛轉滄清漣。岸匝藤花暗，崖垂桂影圓。引鷁鳴鵠鶘，解籜露嬋娟。恍若經愚谷，渾疑渡輞川。葑田青泛泛，石葛蔓綿綿。緬想醉山簡，相從狂謫仙。援毫更妙韻，愧乏碧雲妍。（同上）

【夏日龍井書事呈辯才法師，兼寄吴興蘇太守并秦少游四首，少游時在越。（選一首）】翠櫪高蘿結晝陰，驕陽無地迫吾身。石崖細聽紅泉落，林菓初嘗碧奈新。揮麈已欣從惠遠，談經終恨少遺民。何時暫著登山屐，來岸烏紗漉酒巾。（同上）

【雙溪曉步懷少游、子實】亭午炎威劇，風溪破曉行。紆餘憐野彴，錯落見長庚。翻藻魚呈媚，梢林露獻清，二豪俱二闕，此樂與誰并？（同上卷五）

【四照閣奉陪辯才老師夜坐懷少游學士】猨鳥投林已寂然，芭蕉過雨小樓前。雲依絶壁中間破，月自遥峰缺處圓。照坐不須紅蠟炬，可人唯有蕙爐煙。校酬御府圖書客，疇昔還同此夜禪。（同上卷七）

【次韻秦少游學士觀宗室大年觀察所畫江干晚晴圖四首】 數幅生綃上，形容萬態心。坐窺天下勝，何用遠登臨。

漠漠雲披岫，斑斑雨弄晴。横江舟一葉，注目使人驚。

陽秋閟肝膈，無處見微茫。時作丹青戲，風流冠帝鄉。

參差山接野，渺茫水連空。笠釣沙頭客，真宜避世翁。（同上卷十）

【哭少游學士】 江左有豪英，超驤世無倫。妙齡已述作，識造窮天人。儒林老先生，相與為友賓。客來叩治亂，亹亹披霜筠。波瀾與枝葉，猶足誇後塵。青衫入仕初，十年争扶輪。孤嘲可敵衆，志鬱不得信。造物念流落，薦收付洪鈞。干將不許就，中書如有神。七年投炎荒，日與山鬼鄰。妻孥各異土，相望同參辰。秋風吹黄茅，八月瘴霧新。回車嬰重癘，惸惸無與親。中原尚杳隔，墳隴懷棘薪。淒凉浯水頭，魂逝歸無因。精爽竟了了，挽章見情真。流傳到京闕，悲讀聞搢紳。斯人儻不亡，光華國之珍。彼蒼未易曉，三歎鼻酸辛。

念子少年日，豪氣吞九州。讀書知宎奥，游刃無全牛。當時所獻策，考致第一流。論高追賈誼，氣勝凌馬周。勝理非空文，灼可資廟謀。危根易摇動，謂子不好修。嗚呼一齊人，奈彼衆楚咻。孔門餘四科，士豈一律求。區區事屠釣，崛起為公侯。數奇信有命，君亦忘怨尤。平生所著書，字字鏗琳球。子道决不泯，千載傳芳猷。瓶盂客京口，仿佛熙寧末。君方駕扁舟，歸來自苕霅。中泠忽相值，傾蓋忘楚越。禪揮龐老鋒，辯鼓子貢舌。連宵極名談，江閣倚清絶。扣檻出黿鼉，時取一笑發。金山江中多黿，扣欄即出，賓客常以為戲。邗溝介淮海，濟濟多俊傑。良辰苦招要，結好從此設。堂堂紫髯翁，道德冠前烈。謂孫莘老龍圖。風流廣文先，炯炯事修潔。謂閻求仁博士。老禪魁藂林，冠蓋趨雜遝。謂慶顯之禪師。三豪相繼往，墓木葉屢脱。子今復云亡，枯棊愈殘缺。相聞舊好間，悲詫那忍説。明年東下船，繫纜竹西月。茗奠蜀岡南，彈指當永訣。（同上）

黄庭堅

【次韻孫子實寄少游】　薛宣欲吏雲，季氏或招閔。此公胸中秋，萬物欲收稛。賣藥偶知名，草《玄》非近準。才難不易得，志大略細謹。士生要弘毅，天地為蓋軫。驥來鹽車驂，井下短綆引。難甘呼爾食，聊寄粲然䪨。誰能借前籌，還婦用束緼。吾聞調羹鼎，異味及枌菫。豈其供王羞，而棄會稽筍。（《黄山谷詩集·内集》卷十一）

【戲書秦少游壁】　丁令威，化作遼東白鶴歸，朱顏未改故人非。微服過宋風退飛，宋父擁篲待來歸，誰饋百牢鸐鴿妃。秦氏烏生八九子，雅烏之兄畢逋尾，憶炊門牡烹伏雌。未肯增巢令女棲，莫愁野雉疎家鷄，但願主人印纍纍。（同上）

【贈秦少儀】　汝南許文休，馬磨自衣食。但聞郡功曹，滿世名籍籍。渠命有顯晦，非人作通塞。秦氏多英俊，少游眉最白。頗聞鴻雁行，筆皆萬人敵。（同上）

【送少章從翰林蘇公餘杭】　東南淮海惟揚州，國士無雙秦少游。欲攀天關守九虎，但有筆力回萬牛。

文學縱横乃如此，故應當家有季子。(同上)

【病起荆江亭即事十首(之八)】　閉門覓句陳無己，對客揮毫秦少游。正字不知温飽未？西風吹淚古藤州。(同上卷十四)

【寄賀方回】　少游醉卧古藤下，誰與愁眉唱一盃。解作江南斷腸句，只今唯有賀方回。(同上卷十八)

【晚泊長沙示秦處度、范元實，用寄明略和父韻五首(録四首)】　昔在秦少游，許我同門友。掘獄無張雷，劍氣在牛斗。今來見令子，文似前哲有。何用相澆潑，清江渌如酒。

秦郎水江漢，范郎器鼎鼐。逝者不可尋，猶喜二子在。相逢唾珠玉，貧病問薪萊。豫愁帆風船，目極别所愛。

往時高交友，宰木已樅樅。今我二三子，事業在燈窗。秦、范波瀾闊，笑陸海潘江。願兹秉經術，出仕榮家邦。

少游五十策，其言明且清。筆墨深關鍵，開闔見日星。陳友評斯文，如鍾磬鼓笙。誰能續鳳鳴，洗耳聽兩甥。(同上卷十九)

【花光仲仁出秦蘇詩卷，思兩國士不可復見，開卷絶歎，因花光為我作梅數枝及畫煙外遠山，追少游韻記卷末】　夢蝶真人貌黄槁，籬落逢花須醉倒。雅聞花光能畫梅，更乞一枝洗煩惱。扶持愛梅説道理，自許牛頭參已早。長眠橘洲風雨寒，今日梅開向誰好。何况東坡成古丘，不復龍蛇看揮掃。我向湖南更嶺南，繫舡來近花光老。歎息斯人不可見，喜我未學霜前草。寫盡南枝與北枝，更作千峰

倚晴昊。（同上卷二十）

【與王庠周彦書（節録）】　東坡先生遽捐館舍，豈獨賢士大夫悲痛不能已，人之云亡邦國殄瘁者也，可惜可惜！立朝堂危言讜論，切於事理，豈復有之。然有自常州來云，東坡病亟時，索沐浴，改朝衣，談笑而化，其胸中固無憾矣！……秦少游没於藤州，傳得自作祭文并詩，可為霣涕。如此奇才，今世不復有矣。（《豫章黄先生文集》卷十九）

【與王觀復書三首（録一首）】　……文章蓋自建安以來，好作奇語，故其氣衰爾，其病至今猶在。唯陳伯玉、韓退之、李習之，近世歐陽永叔、王介甫、蘇子瞻、秦少游，乃無此病耳。（同上）

【與秦少章書】　庭堅頓首，惠示與晁十書，筆勢駸駸可喜。庭堅心醉於詩與楚詞，似若有得，然終在古人後。至於議論文字，今日乃當付之少游及晁、張、無己，足下可從此四君子一二問之。（同上）

【書秦覯詩卷後】　少章别來踰年，文字亹亹日新，不惟助秦氏父兄驩喜，子與晁、張諸友亦喜交游，間當復得一國士。然力行所聞，是此物之根本，冀少章深根固蔕，令此枝葉暢茂也。（同上卷二十六）

【與太虚】　屏棄不毛之鄉，以禦魑魅，耳目昏塞，舊學廢忘，直是黔中一老農耳。足下何所取重，而賜之書，陳義甚高，猶河漢而無極，皆非不肖之所敢承。古之人不得躬行於高明之勢，則心亨於寂寞之宅，功名之塗，不能使萬夫舉首，則言行之實，必能與日月争光。卧雲軒中主人，蓋以此傲睨一世耶。先達有言「老去自憐心尚在」者，若庭堅則枯木寒灰，心亦不在矣。足下富於春秋，才有餘地，使有力者能挽而致之通津，恐不當但託之空言而已。無緣承教，以開固陋，因來有所述作，幸能寄惠。灌園

之餘，尚須呻吟以慰衰疾。謹勒手狀。（《山谷全書》卷二十一）

【題蘇子由黄樓賦草】　銘欲頓挫崛奇，賦欲宏麗，故子瞻作諸物銘，光怪百出。子由作賦，紆徐而盡變。二公已老，而秦少游、張文潛、晁無咎、陳無已，方駕於翰墨之場，亦望而可畏者也。（《山谷全書》卷六）

【論作詩文】　……余自謂作詩頗有自悟處，若諸文亦無長處可過人。余嘗對人言，作詩在東坡下，文潛、少游上。至於雜文，與無咎等耳。（《山谷全書》卷十一）

【答李端叔書】　老來懶作文，但傳得東坡及少游嶺外文，時一微吟，清風颯然，顧同味者難得爾！（《山谷老人刀筆》卷十四）

【答王周彦書】　往在元祐初，始與秦少游、張文潛論詩，二公初不謂然。久之，東坡先生以為一代之詩當推魯直，而二公遂捨其舊而圖新。方其改轅易轍，如枯弦敝軫，雖成聲而疎闊，跌宕不滿人耳。少焉，遂能使師曠忘味，鍾期改容也。（同上卷十七）

【雜簡】　去年失秦少游，又失東坡蘇公，今年又失陳履常，余意文星已宵墜矣。然幸此三君子者皆有佳兒未死，猶待其嶄然見頭角爾。（同上）

【戲草秦少游好事近因跋之】　三十年作草，今日乃似造微入妙，恨文與可不在世耳。此書當與與可老竹枯木竝行也。（《山谷題跋》卷八）

【書自草秋浦歌後】　……秦少游學書，人多好之，唯錢穆父以為俗。初聞之不能不嫌，已而自觀之，誠

如錢公語，遂改度，稍去俗氣。既而，人多不好。老來漸嬾慢，無復此事。（同上）

【跋秦少游踏莎行】　右少游發郴州，回横州，多顧有所屬而作，語意極似劉夢得楚蜀間詩也。（同上）

【千秋歲少游得謫，嘗夢中作詞云：「醉卧古藤陰下，了不知南北。」竟以元符庚辰，死於藤州光華亭上。崇寧甲申，庭堅竄宜州，道過衡陽。覽其遺墨，始追和其千秋歲詞】　苑邊花外。記得同朝退。飛騎軋，鳴珂碎。齊歌雲繞扇，趙舞風回帶。嚴鼓斷，杯盤狼藉猶相對。　灑淚誰能會。醉卧藤陰蓋。人已去，詞空在。兔園高宴悄，虎觀英遊改。重感慨，波濤萬頃珠沈海。（《豫章黄先生詞》）

曾　肇

【薦章處厚、吕南公、秦觀狀】　臣竊見……蔡州學秦觀，文辭瑰瑋，固其所長，而守正不回，兼通世務。臣自熙寧中識之，知其為人實有可用，非但采聽人言塞明詔而已。臣今保舉堪充著述科，如蒙朝廷擢用，不如所舉，及犯正入己臟，臣甘伏朝典不辭，謹録奏聞，伏候勅旨。（《曲阜集》卷二）

【答淮海居士書】　某頓首復書太虚足下。某比過高郵，始得足下姓名於所書舅氏埋銘中。後遊金山，遇參寥師，愛其温粹有文，然未知與足下善。參寥至京，久而復見，自言與足下遊最舊。一日，出足下所為詩并雜文，讀之，其辭瓌瑋閎麗，言近指遠，有騷人之風，且誦且歎，欣然如獲明珠大璧。德非隋侯，識非卞和，未敢謂能辨之，然磊落奇怪，動人耳目，固已知其為希世之寶矣。他日以示一二同舍，皆咨嗟愛玩，然後信其真靈地之珠、荆山之璞也。方其時，雖未識足下面，而心亦已相親，因其文而想見其為人，固知足下之為也。既而辱顧敝廬，未及再見而行李已東。繼辱枉書，歷叙未嘗相求而相知之意，以謂有古人之風，此非固陋之所敢當。雖然，吾二人者皆與參寥遊，因參寥以相得，雖異乎世俗之相求，蓋所因者，賢也。又蒙示以詩賦文記七篇，蓋見文章之富。擴而充之，何所不至，又區區竊望足下於他日也。久欲以書叙萬一，都城多故，每以事奪。足下既相期以古人之誼，則疏數淹滯，固未足道也。即日且留里中，或寓他郡。春寒，眠食佳否？未獲晤對，嚮風馳情千萬。（紹興本《淮海集》卷首）

李　彭

【遣興兼寄豫章二弟】　國士無雙有山谷，斗南獨步憶秦郎。鸚鵡洲前多勝日，古藤蔭下夜何長。（《日涉園集》卷十）

邢居實

【秋風三疊寄秦少游】　秋風夕起兮白露為霜，草木憔悴兮竊獨悲此衆芳。明月皎皎兮照空房，晝日苦短兮夜未央。有美一人兮天一方，欲往從之兮路渺茫，登山無車兮涉水無航，願言思子兮使我心傷！

秋風淅淅兮雲溟溟，鴟梟晝號兮蟋蟀夜鳴，歲月徂邁兮忽如流星，少壯幾時兮老冉冉其相仍。展轉反側兮從夜達明，悵獨處此兮誰適為情？長歌激烈兮涕泣交零，願言思子兮使我心怦！秋風浩蕩兮天宇高，群山逶迤兮溪谷寂寥。登高望遠兮不自聊，駕言適野兮誰與遊遨。空原無人兮四顧蕭條。猿狖與伍兮麋鹿為曹，浮雲千里兮歸路遥，願言思子兮使我心勞。（引自《宋文鑑》卷三十）

米　芾

【西園雅集圖記】　李伯時效唐小李將軍，為著色泉石、雲物、草木、花竹，皆絶妙動人。而人物秀發，各肖其形，自有林下風味，無一點塵埃氣，不為凡筆也。其烏帽黄道服，捉筆而書者，為東坡先生。仙桃巾紫裘而坐觀者，為王晉卿。幅巾青衣，據方几而凝竚者，為丹陽蔡天啟。捉椅而視者，為李端叔。後有女奴，雲鬟翠飾，倚立自然，富貴風韻，乃晉卿之家姬也。孤松盤鬱，上有凌霄纏絡，紅緑相間。下有大石案，陳設古器、瑶琴，芭蕉圍繞，坐於石盤旁，道帽紫衣，右手倚石，左手執卷而觀書者，為蘇子由。團巾繭衣，手秉蕉箑而熟視者，為黄魯直。幅巾野褐，據横卷畫淵明歸去來者，為李伯時。披巾青服，撫肩而立者，為晁無咎。跪而捉石觀畫者，為張文潛。道巾素衣，按膝而俯視者，為鄭靖老。後有童子，執靈壽杖而立二人，坐於盤根古檜下，幅巾青衣，袖手側聽者，為秦少游。琴尾冠，紫道服摘阮者，為陳碧虚。唐巾深衣，昂首而題石者，為米元章。幅巾袖手而仰觀者，為王仲至。前有髯頭頑童，捧古研而立。後有錦石橋，竹逕繚繞，於清溪深處、翠陰茂密中，有袈裟坐蒲團而説無生論者，為圓通大師。旁有幅巾褐衣而諦聽者，為劉巨濟。二人並坐於怪石之上，下有激湍潨流於大溪之中，水石潺湲，風竹相吞，爐煙方裊，草木自馨，人間清曠之樂，不過於此。嗟乎！洶湧於名利之域而不知退者，豈易得此耶？自東坡而下，凡十有六人，以文章議論、博學辨識、英辭妙墨、好古多聞、雄豪絶俗之資，高僧羽流之傑，卓然高致，名動四夷。後之攬者，不獨圖畫之可觀，亦足彷佛其人耳。（《寶晉英光集·補遺》）

賀　鑄

【寄别秦觀少游，秦南遷桂陽，再過沔上，隔江不及見，因寄是詩。余三為錢官，丙子十月江夏賦】　沔陽湖上小留連，疑是前時李謫仙。流向夜郎纔半道，徑還江夏樂當年。箇儂生以才為累，阿堵官于老有緣。待得公歸吾亦罷，春風先辦兩漁船。（《慶湖遺老詩集·拾遺》）

【題秦觀少游寫真】　淮海多才士，徒希馬少游。誰容老芸閣，自識死藤州。狀貌披圖爽，陽春掩卷愁。湛郎長鬣爾，殊不嗣風流。（《慶湖遺老詩集·補遺》）

晁補之

【飲酒二十首同蘇翰林先生次韻追和陶淵明（録一首）】　黄子似淵明，城市亦復真。陳君有道舉，化行閭井淳。張侯公瑾流，英思春泉新。高才更難及，淮海一髯秦。嗟予競何為，十駕晞後塵。文章不急事，用意斯已勤。平生不共飲，歎息無與親。問道伯昏室，何人獨知津。各在天一方，淚落衣上

巾。歸休可共隱，山中復何人。（《鷄肋集》卷四）

【安康郡君龐氏墓誌銘】國子博士彭城陳侯之夫人安康郡君龐氏，紹聖二年三月壬戌卒，年七十有七。將以其秋七月丁酉，祔于彭城白鶴之呂栅博士之兆。其子江州彭澤令師道以書來曰：「師道不幸，先君之喪也，高郵秦觀嘗銘矣，不克葬。今舉夫人以祔，惟子實銘吾母。」……（同上卷六十四）

【千秋歲次韻弔高郵秦少游】江頭苑外，常記同朝退，飛騎軋，鳴珂碎。齊謳雲繞扇，趙舞風回帶。嚴鼓斷，杯盤藉草猶相對。　灑涕誰能會，醉卧藤陰蓋。人已去，詞空在。兔園高宴悄，虎觀英遊改。重感慨，驚濤自卷珠沈海。（《晁氏琴趣外篇》卷二）

唐圭璋案：此首又見黄庭堅《豫章黄先生詞》。《能改齋漫録》卷十七云：「晁無咎集中嘗載此詞，而實非也。」惟《樂府雅詞》卷上亦作晁詞，茲兩收之。

陳師道

【贈秦觀兼簡蘇迨二首】兩秦並立難為下，萬里長驅在此初。别後未忘三日語，人來肯作數行書。

文章從古不同時，詩語驚人筆益奇。過與阿平應絶倒，世間能有幾人知。（《後山居士文集》卷一）

【次韻少游春江秋野圖二首宗室畫】翰墨功名裏，江山富貴人。倏看雙鳥下，已負百年身。

江清風偃木，霜落雁横空。若箇丹青裏，猶須着此翁。秦詩云：請君添小艇，畫我作漁翁。（同上）

【寄文潛、無咎、少游三學士】北來消息不真傳，南渡相忘更記年。湖海一舟須此老，蓬瀛方丈自飛

仙。數臨黄卷聊遮眼，穩上青雲小着鞭。李杜齊名吾豈敢？晚風無樹不鳴蟬。（同上）

【次韻答少章】秦郎淮海士，才大難為弟。蔚然霜雪後，不受江漢洗。春畦不滿眼，采掇到芹薺。多病促餘年，秋光欲辭抵。儒林文士行，掘起三界底。出入銀臺門，為米不為醴。白頭容北面，斯文分一體。愧我無異聞，口闞不得啟。（同上）

【和秦太虛湖上野步】曉風踈日乍相親，黯黯輕寒拂拂春。觸目漸隨紅蕊亂，經年不見緑條新。寧論白黑人間世，懶復雌黄紙上塵。十里松陰窮野步，暫時留得自由身。（同上卷六）

【書舊詞後】晁無咎云，眉山公之詞，蓋不更此境也。余謂不然，宋玉初不識巫山神女，而能賦之，豈待更而知也。余他文未能及人，獨於詞自謂不減秦七、黄九。而為鄉掾三年，去而復還，又三年矣，而鄉妓無欲余之詞者。獨杜氏子勤懇不已，且云：「所得詩詞滿篋，家多畜紙筆墨，有暇則學書。」使不如言其志，亦可喜也。（同上卷九）

【答李端叔書】師道啟：前日秦少游處得所惠書，教以空竃舐鼎之説，勤懇甚厚。竊怪足下無父兄之好，邑里之舊，面目相誰，何聲氣不接顧，知而賜之。足下安得此哉？此殆少游有以欺足下，足下信之過矣。少游之文過僕數等；其詩與楚詞，僕願學焉。若其傑才偉行，聽遠察微，僕終不近也。足下以為少游何取而譽僕耶？顧嘗與僕有游居之好，以僕之老且病，誠不忍其窮而死也。噓濡挽摩，借之聲光，以幸百一。期以取信於人，而曾不知自累於不信，惟足下察焉，毋為所欺，以重其過。……足下謂僕之文類兩蘇，人情喜於自伸，蔽於自知，至其擬之非其倫，譬之非其情，亦知避矣。兩公之門有客四人：黄魯直、秦少游、晁無咎，長公之客也；張文潛，少公之客也。僕自念不敢齒四士，而足下遽進僕於兩公之間，不亦汰乎？……(同上卷十)

【與少游書】 師道啟：辱書喻以章公降屈年德，以禮見招。不佞何以得此？豈佞嘗欺之耶？公卿不下士，尚矣，乃特見於今而親於其身，幸孰大焉。愚雖不足以齒士，猶當從佞之後，順下風以成公之名。然先王之制：士不傳贄，為臣則不見於王公。夫相見所以成禮，而其弊必至於自鬻。故先王謹其始，以為之防，而為士者世守焉。某於公前有貴賤之嫌，後無平生之舊，公雖可見，禮可去乎？且公之見招，豈以能守區區之禮乎？若昧冒法義，聞命走門，則失其所以見招，公又何取焉？雖然有一於此幸，公之他日成功謝事，幅巾東歸，某當馭款段，乘下澤，候公於上東門外，尚未晚也。拳拳之懷，願因佞以聞焉。某再拜。(同上卷十)

【秦少游字序】 熙寧元豐之間，眉蘇公之守徐，余以民事太守，間見如客。揚秦子過焉，置醴備樂，如師弟子。其時余病卧里中，聞其行道雍容，逆者旋目，論説偉辯，坐者屬耳。世以此奇之，而亦以此疑之，惟公以為傑士。是後數歲，從吴歸，見于廣陵逆旅之家，夜半語未卒，别去。余亦以謂當建侯萬里外也。元豐之末，余客東都。秦子從東來，别數歲矣，其容充然，其口隱然。余驚焉，以問秦子，曰：「往吾少時，如杜牧之强志盛氣，好大而見奇。讀兵家書，乃與意合，謂功譽可力致，而天下無難事。顧今二虜有可勝之勢，願效至計，以行天誅。回幽夏之故墟，弔唐晉之遺人，流聲無窮，為計不朽，豈不偉哉！於是字以太虚，以導吾志。今吾年至而慮易，不待蹈險而悔及之，願還四方之事，歸老邑里，如馬少游。於是字以少游，以識吾過。嘗試以語公，又以為可。於子何如？」余以謂取善於人，以成其身，君子偉之。且夫二子或進以經世，或退以存身，可與為仁矣。然行者難工，處者易持。牧之之智得，不若少游之拙失也。子以倍人之才，學益明矣。猶屈意於少游，豈過直以矯曲耶？子年益高，德益大，余將屢驚焉，不一再而已也。雖然，以子之才，雖不效於世，世不捨子，余意子終有萬里行也。如余之愚，莫宜於世，乃當守邱墓，保田里，力農以奉公上，謹身以訓閭巷。生稱善人，死表於道，曰：「處士陳君之墓」。或者天祚以年，見子功遂名成，奉身以還，王侯將相，高車大馬，祖行帳飲，於是乘庳御駑，候子上東門外，舉酒相屬，成公知人之名，以為子賀。蓋自此始。(同上卷十六)

【先夫人行狀】……先君之喪，高郵秦觀為銘焉，而不克葬。及夫人卒，以其年七月甲子，奉兩親之柩，葬於彭城白鶴鄉龍山之陰先大父之兆次，於是秦公在淮江湖浙之南，閩東粤之兩界，以日月之不餘，不克附於先君之銘。(同上卷十九)

秦少游有李廷珪墨半錠，不為文理，質如金石。潘谷見之而拜，曰：「真李氏故物也，我生再見矣。王四學士有之，與此為二也。」墨乃平甫之所寶，谷所見者，其子以遺少游也。又有張遇墨一團，面為盤龍，鱗鬣悉具，其妙如畫。其背皆有「張遇麝香」四字。潘墨之龍，略有大節耳，亦姸妙，有紋如盤絲。二物世未有也。(《後山談叢》卷二)

余於石舍人楊休家，得蘇明允《送石北使引》，石氏子謂明允書也。以示秦少游，少游好之，曰：「學不迨其子而資過之，乃東坡少所書也。」故嘗謂書為難，豈余不知書，遂以為難也。(同上)

少游謂《元和聖德詩》，於韓文為下，與《淮西碑》如出兩手，蓋其少作也。(《後山詩話》)

退之作記，記其事爾；今之記乃論也。少游謂《醉翁亭記》亦用賦體。(同上)

退之以文為詩，子瞻以詩為詞，如教坊雷大使之舞，雖極天下之工，要非本色。今代詞手，惟秦七、黄九爾，唐諸人不迨也。(同上)

世語云：「蘇明允不能詩，歐陽永叔不能賦。曾子固短於韻語，黄魯直短於散語。蘇子瞻詞如詩，秦少游詩如詞。」(同上)

王斿，平甫之子，嘗云：「今語例襲陳言，但能轉移爾。」世稱秦詞「愁如海」為新奇，不知李國主已云：「問君能有幾多愁？恰似一江春水向東流。」但以江為海爾。(同上)

【高僧參寥集叙】　妙揔師參寥，大覺老之嗣，眉山公之客，而少游氏之友也。釋門之表，士林之秀，而詩苑之英也。遊卿大夫間，名于四海三十餘年矣。(《參寥子詩集》卷首)

張　耒

【次韻秦觀】　琬琰非世珍，昔以羊皮換。嗟君復何來，衆棄乃所玩。十年少游兄，閉口受客難。二毛才一第，俗子猶憤惋。人間異巧拙，善琢貴顔汗。嬋娟守重閨，倚市争倩盼。君胡寶滯貨，屢辱彷衰懊。譬猶仆卧塗，更侑觥與散。球然瑚璉質，磨琢争璀璨。遲君三年鳴，更用驚我慢。(《張右史文集》卷十)

【寓陳雜詩十首(録一首)】 秦子死南海,旅骨還故墟。辛勤一生事,空得數編書。琅琅巧言語,玉佩聯瓊琚。知者能幾人,憎者頗有餘。書生事業薄,生世苦勤劬。持以待後世,何足潤槁枯。興懷及昔者,使我涕漣如。道路阻且長,悲者違撫孤。(同上卷十三)

【贈李德載二首(録一首)】 長翁波濤萬頃陂,少翁巉秀千尋麓。黄郎蕭蕭日下鶴,陳子峭峭霜中竹。秦文倩藻舒桃李,晁論峥嶸走金玉。六公文字滿人間,君欲高飛附鴻鵠。(同上)

【寄答參寥五首(録一首)】 秦子我所愛,詞若秋風清。蕭蕭吹毛髮,肅肅爽我情。精工造奥妙,寶鐵鏤瑶瓊。我雖見之晚,披豁盡平生。又聞與蘇公,復與子同行。更酬而迭唱,鐘磬日撞鳴。東吴富山水,草木餘春榮。悲余獨契闊,不得陪酬賡。(同上卷十四)

【次韻秦七寄道潛】 衰疲久厭五更朝,每愧冥鴻在泬寥。顧我塵冠彫舊鬢,愛君山桂長新條。文詞畫虎工逾拙,世味春冰老益消。只欲歸依香火社,高堂時聽法音潮。(同上卷二十六)

【祭秦少游文】 嗚呼少游!淮海之英,自其少時,文章有聲。脱略等輩,論交老成。衆譽歸之,誰敢改評?聿來秘書,亦既飛鳴。脱身亟去,事變隨生。嗚乎!官不過正字,年不登下壽。間關憂患,横得罵詬。竄身瘴海,卒仆荒陋。君孤奉喪,歸葬廣陵。拜我於黄,尚有典刑。會葬撫孤,我窮不能。具此菲薄,聊致我誠。隻雞斗酒,懷想平昔。嗟我少游,尚肯來食。(同上卷四十五)

【跋吕居仁所藏秦少游投卷】 余見少游投卷多矣,《黄樓賦》《哀鎛鐘文》,卷卷有之,豈其得意之文歟?少游平生為文不多,而一一精好可傳。在嶺外亦時為文。臨殁自為《挽詩》一章,殊可悲也!此

卷是投正獻公者，今藏居仁處。居仁好其文，出予覽之，令人愴恨。大觀丁亥仲春，張耒書。(同上卷四十八)

【感春(節録)】　昔我東南交，藹藹賢簪紳。朝晡不相捨，談笑夜達晨。……南士多文章，最愛蔡與秦。蔡彦規、秦太虚。吴僧參寥者，參寥法名道潛。瀟灑出埃塵。(《柯山集拾遺》卷二)

李之儀

【莊居值雨偶得十首示秦處度】　累日雨不止，風高如作寒。三分雖過二，忽忽便向闌。一身百憂集，況可計先懽。不見是無悶，念此聊自寬。

滿眼都是水，歲事從可知。早時謂有餘，今空未免饑。一雨又三日，見者皆攢眉。天作人承之，到此終何為？

我雖非故侯，通籍三十年。孰不夷險半，而我終歲難。念非跣弗視，不覺乘波瀾。餘生豈所期，我君信如天。

平生三四友，一一人中英。況逢不世主，唾手可太平。參差十年間，契闊而死生。相見復何語？但有淚如傾！

死生固可嗟，一謫輒不返。君恩非不深，奈爾道路遠。反初不忍歌，折臂信能遣。已矣何足論，幸子真入眼。

念我宜州兄，見時論弟昆。詩書固分路，翰墨俄同門。人雖不歸來，獨沾死後恩。萬里一銘旌，猶能葬家原。

多即天下士，異同親見之。欲掩不可得，交口終何為？百汰剛愈精，魑魅今尚疑，浮雲空去來，皎皎端所期。

不返故鄉義，何妨陸子居。昔游既有約，是豈人所圖。我嘗邀此卜，蹭蹬不自如。憑將一掬淚，聊寄夜臺書。

向晚風斗轉，場上稻已芽。問雨何薄相，偏來戲吾家。蟋蟀床下吟，□□□□□（原缺）。戒寒謂稍疎，行矣逢此嗟。

競爽聯夜光，一個乃明月。吾友不可見，賴爾相怡悦。蒹葭空非倚，聲聞乃不輟。啜菽安暮年，足以□□（原缺）絶。（《姑溪居士文集》卷二）

【跋蘇黄衆賢帖（節録）】　少游自以書名，行筆有秀氣。無咎騣欲度驊騮，要亦不凡。睿達特立不羣，遂能名家，雖未可入神，蓋可入妙。然未嘗以書經意者，未易窺藩籬也。（同上卷三十八）

【祭秦少游文】　嗚呼少游！子不可得而見矣！而子之平生，未嘗一日忘於胸次也。想像展轉，一嚬一笑，拱揖步驟，折旋俯仰，至於眉鬚膚髮，已來歷歷可數可覼，如扶攜傾倒，論難抑揚之際也。晝而思，夜則往往發於夢寐：不在扁舟江湖之上，即並轡闕廷之下，與委蛇班列之中，或相與追逐樽俎之地也。嗚呼！子一去雖冥冥寂寂，無路可從；然子之所寓，予已得之而無疑。其清都紫府，雲衣玉簡，實子之素志，而今輒未及者，豈有以託之，而適乘其係累也？方其聞子之訃也，予哭之幾不欲生。已而丹旐之歸，又得哭於江上。蓋嘗寫予之哀，而宣之以祭也。於是子之孤，羸然衰服，執徐夫人之喪，來訃之於予，曰：將遷子之柩，合葬於惠山之陰，而用予昔遊之詩以定計也。嗚呼！故鄉義也。今子之藏，予固所願，歸骨似在其左右。而一語動搖，遽不能自果，亦初不謂子由此而來，遂失阡隴為鄰，使子孫歲時展省，永不相捨。命矣，乃天若有所制也。衰疲苟生，餘日無幾，既不得憑棺一慟，又不得從撼鐸之聲，以臨其堋而雪涕也。不腆儀物，聊致一奠，庶幾不忘疇昔，為予隨所厚薄，屬饜而盡醉也。（同上卷四十三）

【千秋歲用秦少游韻】　深秋庭院，殘暑全消退。天幕迥，雲容碎。地偏人罕到，風慘寒微帶。初睡起，翩翩戲蝶飛成對。　歎息誰能會，猶記逢傾蓋。情暫遣，心常在。沈沈音信斷，冉冉光陰改。紅日晚，仙山路隔空雲海。（同上卷四十五）

【採桑子席上送少游之金陵】　相逢未幾還相別，此恨難同。細雨濛濛，一片離愁醉眼中。　明朝去路雲霄外，欲見無從。滿袂仙風，空託雙鳧作信鴻。（同上卷四十六）

【金山寄懷秦太虛用建除體】　建古求亡子，寓意一何疎。除道聲出師，老將定胡盧。滿座語更發，誰是囊中珠？平生不少貸，鮮不相謂迂。定分固有來，跛鱉參乘駒。執別才幾日，眷眷瞻雲衢。破碎物役爾，此理君何如。危步上傑觀，疇昔相攜扶。成茲塵外趨，感慨反不舒。收我漏盡景，課君種樹書。開山一百里，玉粒隨香葅。閉口不復語，早晚同歸與！（《姑溪居士後集》卷四）

【秦太虛寄書云：想君在毗陵廣座中，白眼望青天也。因録此語為寄，兼簡諸君】白眼望青天，我乃厭多酒。秦郎才語新，高低秀蜀柳。春風昨夜來，傳書自江口。固為愁水光，物物慙我醜。歸程無多日，僧窗不驚帚。投懷二三子，自許口不朽。笑言忌有累，醆斝來所有。莫問夜如何，為君專一斗。(同上)

【子瞻、參寥、太虛同遊惠山，用王武陵、竇群、朱宿三詩韻各有所賦，參寥録以相示。余將遊焉，用次其韻】曾為惠山客，心已寄蒼茫。知今幾何時，常在山間堂。淹留情莫縶，悵望身疑翔。聯翩得秀句，古殿逢燈光。耳冷徹孤韻，神幽拂清香。買舟行有期，此興安能忘？

三子骨已朽，來者非一人。簫聲起孤鳳，抑按皆清新。松陰貯老月，蘚暈涵蒼磷。崎嶇固有屬，千載無纖塵。物物吾已矣，今昔均可旻。何當事一廛，顧水終為鄰。

膏肓有前人，老意繫叢樾。差池紛鬢霜，味蠟火已絶。一啜風漱液，幽思起復滅。詎慚數及七，緬予在明月。疎更蹇修途，景耿重激發。冷然儻可御，千古同一轍。(同上卷五)

【再登斗野亭路舊韻寄太虛】北舟攬黄氏，楚楚不自平。故步聊低回，新月微風清。蛙聲語莫下，泡湧浮修甍。何在超世游，翳路情難傾。西堂夢不到，春草還復生。長年浸枯枿，有時懷層城。適從吴兒炊，又作淮人烹。皇皇偏諸侯，吾人愧安行。獨抱照乘姿，花枝似相明。拂衣歸待旦，南州逢顧榮。(同上)

【秦太虛出魯直所寄詩，因次其韻】別子又春杪，幽懷誰與讙？反復事遠途，繚繞如理綿。家山雖入眼，尚疑隔晨煙。破悶得子詩，鳴鷄還到船。追隨日苦短，容易悲長年。猶能共一轍，植足臨天旋。下澤政有味，萬户自我捐。惟有不捨心，常如俯奔川。（同上）

【真師約過寄老庵，雨不止，兩日不得往。小霽□（原缺）輒涉淖，以契前約。次其所示韻。菴壁有孫莘老、秦少游、劉貢父諸君詩】一接深言一點頭，離騷致處未為幽。不嫌壞路容連步，且欲他年作舊遊。翰墨抑揚雖已晚，林泉棲止會終收。孤雲祇恐元無定，候我歸來共此丘。（同上卷九）

【朝中措望新開湖有懷少游，用樊良道中韻】新開湖水浸遥天，風葉響珊珊。記得昔遊情味，浩歌不怕朝寒。故人一去，高名萬古，長對孱顔。惟有落霞孤鶩，晚年依舊争還。（同上卷十三）

【跋東坡諸公追和淵明歸去來引後（節録）】予在穎昌，一日從容，黄門公遂出東坡所和，不獨見知為幸。而於其卒章，始載其後盡和。平日談笑問所及，公又曰：「家兄近寄此作，令約諸君同賦。而南方已無魯直、少游相期矣。二君之作未到也。」居數日，黄門公出其所賦，而輒與亭强。後又得少游者，而魯直作與不作未可知，竟未見也。張文潛、晁無咎、李方叔，亦相繼而作。三人者，雖未及見，其賦之則久矣，異日當盡見之。以是知窮而後工者，不為虚發。藏雲秋日，周智臣以此紙見邀，云必滿軸乃已。因尋繹所得者，次第書之，而不腆之作，遂託其後，真所謂淘之汰之者也。政和元年八月二十日。（同上卷十五）

李廌

廌謂少游曰：「比見東坡，言少游文章如美玉無瑕，又琢磨之功，殆未有出其右者。」少游曰：「某少時用意作賦，習貫已成。誠如所諭，點檢不破，不畏磨難，然自以華弱為愧。」邢和叔嘗曰：「子之文銖兩不差，非秤上秤來，乃等子上等來也。」廌曰：「人之文章，闊達者失之太疎，謹嚴者失之太弱。少游之文，詞雖華而氣古，事備而意高，如鐘鼎然。其體質規模，質重而簡易，其刻畫篆文，則後之鑄師莫彷彿。宜乎東坡稱之為天下奇作也，非過言矣。」（《濟南先生師友談記》，下同）

秦少游論賦至悉，曲盡其妙。蓋少時用心於賦，甚勤而專，常記前人所作一二篇，至今不忘也。

少游言：凡小賦如人之元首，而破題二句乃其眉，惟貴氣貌有以動人。故先擇事之至精至當者先用之，使觀之便知妙用。然後第二韻探原題意之所從來，須便用議論。第三韻方立議論，明其旨趣。第四韻結斷其説，以明題意思全備。第五韻或引事，或反説。第七韻反説，或要終立義。第八韻卒章，尤要好意思爾。

少游言：賦中工夫不厭子細，先尋事以押官韻，及先作諸隔句。凡押官韻須是穩熟瀏亮，使人讀之不覺牽强，如和人詩不似和詩也。

少游云：賦中用事唯要處置，才見題便類聚事實，看緊慢分布在八韻中。如事多者，便須精擇其可用者用之。可以不用者棄之，不必惑於多愛，留之徒為累耳。如事少者須於合用者先占下，别處要用，不可那輟。

少游言：賦中用事，如天然全具對屬親確者，固為上。如長短不等對屬不的者，須別自用其語而裁剪之，不可全務古語而有疵病也。譬如以金為器，一則無縫而甚陋，一則有縫而甚佳。然則與其無縫而陋，不若有縫而佳也。有縫而佳，且猶貴之，無縫而佳，則可知矣。

少游言：賦中用字，直須主客分明，當取一君二民之義。借如六字句中兩字最緊，即須用四字為客。兩字為主，其為客者必須協順賓從，成就其主，使於句中煥然明白，不可使主客紛然也。

少游言：賦中作用與雜文不同，雜文則事詞，在人意氣變化。若作賦則惟貴鍊句之功，鬬難、鬬巧、鬬新。借如一事，他人用之，不過如此，吾之所用，則雖與衆同，其語之巧迥與衆別，然後為工也。

少游言：賦家句脉，自與雜文不同。雜文語句，或長或短，一在於人。至於賦則一言一字，必要聲律。凡所言語，須當用意，屈折斲磨，須令協於調格，然後用之。不協律，義理雖是無益也。

少游言：凡賦句全藉牽合而成。其初，兩事甚不相侔，以言貫穿之，便可為吾所用，此鍊句之工也。

少游言：今賦乃江左文章彫敝之餘風，非漢賦之比也。

少游言：「賦之説雖工巧如此，要之，是何等文字？」廌曰：「觀少游之説，作賦正如填歌曲爾。」少游曰：「誠然，夫作曲雖文章卓越，而不協於律，其聲不和。作賦何用好文章，只以智巧飣餖為偶儷而已。若論為文，非可同日語也。朝廷用此格以取人，而士欲合其格，不可奈何爾。」

晁説之

【聽唱秦少游溪路雨添花詞感舊作】 秦郎不知我，我豈知秦郎。相逢每戲劇，此狷而彼狂。坐有令輔弼，正色屢低昂。逮今白髮垂，悔昔少年場。一聞溪路雨，淚與雨爭行。黃鸝千百在，斯人今則亡。如其並老去，娱樂豈遽央。況復有諸生，遺頌滿汝陽。予與少游蔡州教授交代。瘴霧殺君時，龍門曾慟傷。今雖苟生活，蒼蠅待我傍。誰家有歌喉，此曲宜斷腸。攄我一夕恨，與世同悲凉。(《嵩山文集》卷五)

(范)純夫撰《宣仁太后發引曲》，命少游製其一，至史院出示同官。文潛曰：「内翰所作，烈文昊天，有成命之詩也。少游直似柳三變。」少游色變。純夫謂諸子曰：「文潛奉官長，戲同列，不可以為法也。」(《晁氏客語》)

元祐末，純夫數上疏論時事，其言尤激切，無所顧避。文潛、少游懇勸，以謂不可，公意竟不回。其子冲亦因間言之。公曰：「吾出劍門關，稱范秀才，今復為一布衣，何為不可！」其後遠謫，多緣此數章也。(同上)

鄒 浩

【夢秦少游】 淮海維揚第一流，三關齊透萬緣休。真心豈復隨灰劫，遺骨終然寄橘州。專為流通深歎

賞，莫相純置豁愁憂。覺來欲語無人聽，屋角熒熒空斗牛。（《道鄉集》卷十）

【送郭照赴徐州司理序】頃在廣陵，秦觀少游為僕言，彭城陳師道履常者，高士也。其文妙絶當世，而行義稱焉。嘗銘黄樓，曾公子固謂如秦刻石。傅公欽之初為吏部侍郎，聞其游京師，欲與相見。先以問觀，觀曰：「師道非持刺字、俛顔色伺候於公卿之門者，殆難致也！」公曰：「非所望也，吾將見之，懼其不吾見也，子能介於陳君乎？」公知其貧甚，因懷金餽之，及覩其貌，聽其論議，竟不敢以出口。少游不妄人物，其言二公所以待履常者如此。（同上卷二十八）

【為錢濟明跋書畫卷尾】某生晚，不及識蔡公。公之宰木既已合抱，方於濟明家見遺墨四軸。某雖不能書，然當世士大夫能書者咸先之，固知其筆妙與人稱也。……愛其人者，愛其屋上之鴉，況鶴乎？少游歎之，良有以也。右秦少游為錢公所作《鶴賦》（同上卷三十二）

趙令畤

東坡在徐州送鄭彦能還都下，問其所游，因作詞云：「十五年前，我是風流帥，花枝缺處留名字，記坐中人語。」嘗題於壁。後秦少游薄游京師，見此詞，遂和之，其中有「我曾從事風流府。」公聞而笑之。（《侯鯖録》卷一）

少游嘗作《遊仙詞》案《淮海集》題云：四時四首贈道流。坡稱之。云：「陰風一夜攪青冥，風定霏霏雪霰零。想見遥想玉清真境上，白虚光裏誦《黄庭》。」又云：「夜深樓上撥書眠，天在闌干四角邊。風掃亂雲毫髮盡，獨留壁碧月照人圓。」又云：「天風吹月入闌干，烏鵲無聲子夜閑闌。織女明星來枕上，了知身不在人間。」又云：「本是廬匡山種杏人，出山來事碧虛君。上清欲問因何到事，請看仙家十賚文。」側注五字俱從本集校。余聞仙家十賚猶人間九錫也。（同上卷二）

按：文集卷十一有此四首詩，題為《四絶》，文字亦稍有不同。録以備考。

東坡先生在嶺南言：元祐中有見李白酒肆中，誦其近詩云：「朝披夢澤雲，笠釣青茫茫」，此非世人語也。少游嘗手録其全篇。少游叙云：「覩頃在京師，有道人相訪，風骨甚異，語論不凡，自云嘗與物外諸公往還。口誦二篇，云東華上清監清逸真人李白作也。」詩云：「人生燭上花，光滅巧妍盡。春風遶樹頭，日與化工進。昔我飛骨時，慘見當塗墳。青松靄朝霞，縹緲山下村。既死明月魄，無復玻璃魂。念此一脱灑，長嘯登崑崙。醉著鸞鳳衣，星斗俯可捫。」又云：「朝披夢澤雲，笠釣青茫茫。尋流得雙鯉，中有三元章。篆字若丹蛇，逸勢如飛翔。歸來問天姥，妙義不可量。金刀割青素，靈文爛煌煌。燕服十二環，想見仙人房。暮跨紫鱗去，海氣侵肌凉。龍子善變化，化作梅花妝。遺我纍纍珠，靡非明月光。勸我穿絳縷，繫作裙間當。揖子以疾去，談笑聞餘香。」（同上）

瞿塘之下，地名人鮓甕。少游嘗謂未有以對。南遷度鬼門關，乃用為絶句云：「身在鬼門關外天，命輕人鮓甕頭船。北人慟哭南人笑，日落荒村聞杜鵑。」（同上卷三）

秦少游、賀方回相繼以歌詞知名。少游有詞云：「醉卧古藤陰下，了不知南北。」其後遷謫，卒於藤州光華亭上。方回亦有詞云：「當年曾到王陵鋪，鼓角秋風，千歲遼東，回首人間萬事空。」後卒於北門，門外有王陵鋪云。知不足齋按：曾達臣《獨醒雜志》載王陵鋪事，其後半與此無異，始據其文補録。曾、趙同時，二書互見者凡數處。以侯鯖之義揆之趙，蓋本於曾也。（同上卷七）

方勺

陳去非謂予曰：「秦少游詩如刻就楮葉，陳無己詩如養成内丹。」又曰：「凡詩人古有柳子厚，今有陳無己而已。」（《泊宅編》十卷本，卷九）

秦觀字少游，嘗眷蔡州一妓陶心者，作《浣沙溪》，詞中二句：「缺月向人舒窈窕，三星當户照綢繆。」缺月三星，蓋「心」字。愛其善狀物，故書之。

按：此乃誤記東坡詞耳。少游詞云：「一鉤殘月帶三星」也。（《泊宅編》三卷本卷上）

王直方

【西池唱和】　元祐中，秘閣上巳日會西池，王仲至有詩。文潛和之最工，云：「翠浪有聲黄繖動，春風無力彩旌垂。」至少游即云「簾幕千家綿繡垂」。仲至讀之笑曰：「此語又待入小石調也。」然少游有「已煩逸少書陳迹，更屬相如賦《上林》」之句。諸人亦以為難及。（《王直方詩話》）

【秦少游詩讖】　秦少游以校勘出為杭倅，方至楚泗間，有詩云：「平生逋欠僧房睡，準擬如今處處還。」詩成之明日，報責監處州酒，好事者以為詩讖。（同上）

【蔡天啟詩】蔡天啟嘗和秦少游詩云：「願同籍湜輩，終老韓公門。」(同上)

【寂齋詩】山谷避暑城西李氏園，題詩於壁云：「荷氣竹風宜永日，冰壺涼簟不能回。題詩未有驚人句，會喚謫仙蘇二來。」少游言於東坡曰：「以先生為蘇二，大似相薄。」少游極怨山谷《和寄寂齋》詩云「志大略細謹」，言蔡州事少人知者，因此吹毛耳。

郭紹虞按：《漁隱叢話》所謂少游極怨山谷云云，語意不甚明晰。考《詩林廣記》三謂少游嘗教授蔡州，有官妓婁婉及陶心兒者，與之甚密，少游嘗贈以詞見《高齋詩話》。所謂蔡州事指此。其後山谷嘗次孫子實寄寂齋韻寄少游云：「才難不易得，志大略細謹。」語含譏諷，故少游怨之。(同上)

【秦少游口號】呂申公在揚州日，因中秋，令秦少游作口號。少游有「照海旌幢秋色裏，激天鼓吹月明中」之句。然是夜却微陰。公云：「使不着也。」少游乃別作一篇，末云：「自是我公多惠愛，却回秋色作春陰。」參寥與余言如此。余曰：「此真所謂翻手作雲也。」(同上)

【少游詩意氣之盛衰】秦少游始作蔡州教授，意謂朝夕便當入館，步青雲之上，故作《東風解凍詩》云：「更無舟楫礙，從此百川通。」已而久不召用，作《送張和叔》云：「大梁豪英海，故人滿青雲；為謝黃叔度，鬢毛今白紛」，謂山谷也。說者以為意氣之盛衰一何容易。(同上)

【少游和參寥詩】參寥言舊有一詩寄少游。少游和云：「樓閣過朝雨，參差動霽光。衣冠分禁路，雲氣繞宮牆。亂絮迷春闊，嫣花困日長。平康何處是？十里帶垂楊。」孫莘老讀此詩至末句，云：「這小子又賤相發也。」少游後編《淮海集》，遂改云：「經旬牽酒伴，猶未獻《長楊》」。(同上)

【秦少游詩銜耀】　秦少游晚出左掖門，有詩云：「金雀觚稜轉夕暉，飄飄宮葉墮秋衣。出門塵漲如黄霧，始覺身從天上歸。」識者以為少游作一黄本校勘，而銜耀如此，必不遠到。（同上）

【山谷詩用賀方回詞】　賀方回初作《青玉案》詞，遂知名。其間有云：「彩筆新題斷腸句。」後山谷有詩云：「少游醉卧古藤下，誰作詩歌送一杯。解道江南斷腸句，只今惟有賀方回。」蓋載《青玉案》事。（同上）

【少游詩學東坡】　東坡作《藏春塢》詩，有云「年抛造化甄陶外，春在先生杖屨中」，而秦少游作俞充哀詞乃云：「風生使者旌旄上，春在將軍俎豆中。」余以為依倣太甚。（同上）

【詩詠白髮】　古詩云：「公道世間惟白髮，貴人頭上不曾饒。」而元祐初多用老成。故東坡有云：「此生自斷天休問，白髮年來漸不公。」陳無己答邢敦夫云：「今代貴人頭白髮，挂冠高處不宜彈。」其後秦少游謂李端叔復有「白髮偏於我輩公」之句，則是白髮有隨時之義。（同上）

【東坡梅花詩】　秦少游嘗和黄法曹《憶梅花詩》，東坡稱之，故次其韻，有「西湖處士骨應槁，只有此詩君壓倒」之句。此詩初無妙處，不知坡所愛者何語。和者數四，余獨愛坡兩句云：「江頭千樹春欲暗，竹外一枝斜更好。」後必有能辯之者。（同上）

【少游、山谷書邢敦夫扇】　秦少游嘗以真字題「月團新碾瀹花甆，飲罷呼兒課《楚詞》，風定小軒無落葉，青蟲相對吐秋絲」於邢敦夫扇上。山谷見之，乃於扇背復作小草，題「黄葉委庭觀九州，小蟲催女獻公裘。金錢滿地無人費，百斛明珠薏苡秋」。皆所自作也。少游後見之，云：「逼我太甚。」（同上）

【參寥書官妓裙帶詩】參寥云，東坡在徐州日，嘗為秦少游置酒。少游飲罷，擁一官妓，從參寥，書其裙帶云：「寄語巫山窈窕娘，好將閑夢惱襄王。禪心已作沾泥絮，不逐春風上下狂。」(同上)

【秦少游食粥詩】秦少游為黄本，錢穆父為户部，皆居於東華門之堆垜場。少游春日嘗以詩遺穆父云：「三年京國鬢如絲，又見新花發故枝，日典春衣非為酒，家貧食粥已多時。」穆父以米二石送之，復為二十八字云：「儒館優賢蓋取頤，校讎尤自困朝饑。西鄰為禄無多少，希薄才堪作淖糜。」時人以少游有如此人而亦食粥，似不相稱耳。(同上)

【詩嘲張文潛】張文潛在一時中，人物最為魁偉。故陳無己有詩云：「張侯魁然腹如鼓，雷為饑聲酒為雨，文云要瘦君則肥」。山谷云：「六月火雲蒸肉山」，又云「雖肥如瓠壺」。而文潛卧病，秦少游又和其詩云：「平時帶十圍，頗復減臂環。」皆戲語也。(同上)

【蘇、王、黄、秦詩詞】東坡嘗以所作小詞示無咎、文潛曰：「何如少游？」二人皆對云：「少游詩似小詞，先生小詞似詩。」陳無己云：「荆公晚年詩傷工，魯直晚年詩傷奇。」余戲之曰：「子欲居工奇之間邪？」(同上)

【少游論山谷詩文】山谷舊所作詩文，名以《焦尾》、《弊帚》。少游云：「每覽此編，輒悵望終日，殆忘食事，邈然有二漢之風。今交遊中以文墨稱者，未見其比。所謂珠玉在傍，覺我形穢也。」有學者問文潛模範，曰：「看《退聽藁》。」蓋山谷在館中時，自號所居曰退聽堂。(同上)

【詩文難兼擅】秦少游言人才各有分限，杜子美詩冠古今，而無韻者殆不可讀。曾子固以文名天下，

而有韻輒不工，此未易以理推也。(同上)

【篲龍】舒王有詩云：「篲龍將雨遶山行」，而周次元有《遊天竺觀》詩亦云：「竹龍驅水轉山鳴。」余以為當與秦少游同科。(同上)

李　錞

【語病】諫議大夫鮮于公子駿守揚州，嘗至隋煬帝九曲池等處，徘徊賦詩，俾郡中屬和，用陰字韻。郡人秦少游和云：「司花人遠樹陰陰。」蓋用煬帝司花女故事也。有教官頗通經術而詩非所長，和詩有「蒼鼠臥花陰」之句。鮮于公讀之，笑曰：「老杜《玉華宫詩》云『蒼鼠臥古瓦』，蓋宫久廢，故蒼鼠竄於瓦間。今乃臥於花陰，此無限殺大四體也。」(《李希聲詩話》)

惠　洪

【東坡畫應身彌勒贊并序】東坡居士游戲翰墨，作大佛事，如春形容，藻飾萬像。又為無聲之語，致此大士於幅紙之間，筆法奇古，遂妙天下，殆希世之珍，瑞圖之寶。相傳始作以寄少游，卿上人得於少游之家。二老流落萬里，而妙觀逸想，寄寓如此，可以想見其為人。(《石門文字禪》卷十九)

【跋東坡與荆公帖】予嘗見東坡與荆公帖，謂少游願公稱揚之，使增重於世。又舉魯直自代，《表》曰：魁壘之才，足以冠絶天下；孝友之行，足以追配古人。是四老俱登鬼録，覽此翰墨，尚足以增山

川之勝氣也。（同上卷二十七）

【跋石臺肱禪師所蓄草聖】 少游此詩，荆公自書於紈扇，蓋其勝妙之極，收拾春色於語言中而已。及東坡和之，如語中出春色。山谷草聖，不數張長史、素道人，遂書兩詩於華光梅花樹下，可謂四絶。予不曉草字，開卷但見其雷砰電射，揭地祇而西七曜耳，吁哉，異也！（同上）

【跋四君子帖】 秦少游舌頭無骨，王定國察見淵魚，山谷口業猶在，道鄉習氣不除，華光不語如雷。（同上）

【跋三學士帖】 秦少游、張文潛、晁無咎，元祐間俱在館中，與黄魯直居四學士，而東坡方為翰林，一時文物之盛，自漢唐已來未有也。宣和四年七月，太希先倒骨董箱，得此三帖，讀之為流涕。嗚呼！世間寧復有此等人物耶！（同上）

【秦少游作東坡筆語題壁】 東坡初未識秦少游，少游知其將復過維揚，作坡筆語題壁於一山中寺。東坡果不能辨，大驚。及見孫莘老，出少游詩詞數百篇，讀之，乃歎曰：「向書壁者，豈此郎邪？」（《冷齋夜話》卷一）

【安世高請福鄖亭廟，秦少游宿此，夢天女求贊】 安世高者，安息國王之嫡子也，為沙門。漢桓帝建和初至長安，靈帝末，關中大亂，謂人曰：「我有道伴在江南，當往省之。」人曰：「遊宦乎？沙門乎？」曰：「以嗔故為神，然吾亦往廣州償債耳！」世高舟次廬山鄖亭湖廟下，廟甚靈，能分風送往來之舟。世高舟人捧牲請福，神輒降曰：「舟有沙門，乃不俱來耶？」世高聞之，為至廟下。神復語曰：「我果以多嗔至此業，今家此湖，千里皆所轄。以雖嗔而好施，故多寶玩。以縑千疋黄白物付君，為建佛寺，為冥福。」今洪州大安寺是也。秦少游南遷，宿廟下，登岸縱望久之。歸卧舟中，聞風聲，側枕視微波，月影縱横，追繹昔常宿雲老惜竹軒，見西湖月色如此，遂夢美人，自言維摩詰散花天女也，以維摩詰像來求贊。少游愛其畫，默念曰：「非道子不能作此。」天女以詩戲少游曰：「不知水宿分風浦，何以秋眠惜竹軒？聞道詩詞妙天下，廬山對眼可無言？」少游夢中題其像曰：「竺儀華夢，瘴面囚首。口雖不言，十分似九。天笑覆大千，作獅子吼，不如博取妙喜如陶家手。」予過雷州天寧，與戒禪夜話，問少游字畫，戒出此傳為示，少游筆蹟也。（同上卷二）

【少游、魯直被謫作詩】　少游調雷悽愴，有詩曰：「南土四時都熱，愁人日夜俱長。安得此身如石，一時忘了家鄉。」魯直謫宜，殊坦夷，作詩云：「老色日上面，懽情日去心。今既不如昔，後當不如今。」「輕紗一幅巾，短簟六尺牀。無客白日静，有風終夕涼。」少游鍾情，故其詩酸楚；魯直學道休歇，故其詩閑暇。至於東坡南中詩曰：「平生萬事足，所欠惟一死。」則英特邁往之氣，不受夢幻折困，可畏而仰哉！（同上卷三）

秦少游曰：「蘇武、李陵之詩，長於高妙；曹植、劉公幹之詩，長於豪逸；陶潛、阮籍之詩，長於冲澹；謝靈運、鮑照之詩，長於峻潔；徐陵、庾信之詩，長於藻麗；而杜子美者，窮高妙之格，極豪逸之氣，包冲澹之趣，兼峻潔之姿，備藻麗之態，而諸家之作不能及焉。」予以謂子美豈可人人求之，亦必兼諸家之長？故唐人工詩者多專門，以是皆名世。專門句法，隨人所去取。（《天厨禁臠》卷上）

「有情芍藥含春淚，無力薔薇卧曉枝。」又，「白蜡撥醅官酒熟，紫綿揉色海棠開。」前少游詩，後山谷詩。夫言花與酒者，自古至今，不可勝數，然皆一律。若兩傑則以妙意取其骨而换之。（同上卷中）

《扇》：「玉斧修成寶月團，月邊仍有女乘鸞。青冥風露非人世，鬢亂釵横特地寒。」《宿東林寺》：「溪聲便是廣長舌，山色豈非清浄身。夜來八萬四千偈，他日如何舉似人。」前舒王作，後東坡作，此所謂令人一唱而三歎，譬如朱絃疏越有遺音者也。秦少游欲效之，作一首曰：「獼猴鏡裏三身現，龍女珠中萬象開。争似此堂人散後，水光清泛月華來。」然終不及也。（同上）

「野雁見人時，未起意先改，君從何處見，得此無人態。無乃槁木形，人禽兩自在。」此東坡賦蘆雁詩也，欲叙閑暇之態，故筆力頓挫如此。……如少游詩曰：「松江浩無旁，垂虹跨其上。漫然御洞庭，領略非一狀。……逾知宇宙寬，斗覺東南壯。」云云，此但排比好句，非能使之頓挫也。（同上卷下）

范温

【杜詩高處】……淮海小詞云：「杜鵑聲裏斜陽暮。」公曰：「此詞高絶。但既云斜陽，又云暮，則重出也。」欲改斜陽作簾櫳。余曰：「既言孤館閉春寒，似無簾櫳。」公曰：「亭傳雖未必有簾櫳，有亦無害。」余曰：「此詞本模寫牢落之狀。若曰簾櫳，恐損初意。」先生曰：「極難得好字，當徐思之。」然余因此曉句法不當重疊。（《潛溪詩眼》）

按：公指東坡。

吴可

秦少游詩：「十年逋欠僧房睡，準擬如今處處還。」又晏叔原詞：「唱得紅梅字字香。」如「處處還」、「字字香」，下得巧。（《藏海詩話》）

參寥《細雨》云：「細憐池上見，清愛竹間聞。」荆公改「憐」作「宜」。又詩云：「暮雨邊」。秦少游曰：「公直做到此也。『雨中』、『雨傍』皆不好，只『雨邊』最妙。」評：「雨傍」不成語，「雨中」有何不可？此是秦與之作劇耳，何堪舉作話頭邪？（同上）

趙煦

【除左宣教郎太學博士校正秘書省書籍敕】　朕惟太學者，教化之源；博士者，儒賢之選。俾天下之士，守道而服業，任至重也，未始輕授。汝觀賢良昭於薦剡，條對列於制科，辨論精深，暢明作述。特除左宣教郎太學博士，校正秘書省書籍，朕之所期，豈在承謌襲舛、蹈常喜舊而已哉？宜懋遠猷，無忘所學。辛楣、小峴兩先生疑為後人贋作，姑依年譜之舊，録入俟考。（道光本《淮海集》卷首）

葉夢得

元祐初，駕幸太學，吕丞相微仲有詩，中間押行字韻，館閣諸人皆和。秦學士觀一聯云：「涵天璧水遥

迎仗，映月深衣不亂行。」諸生聞之，亦閧然。觀為人喜傲誰，然此句實迫於趁韻，未必有意也。（《石林詩話》卷中）

秦觀少游，亦善為樂府，語工而入律，知樂者謂之作家歌。元豐間盛行于淮楚。「寒鴉萬點，流水繞孤村」，本隋煬帝詩也，少游取以為《滿庭芳》辭，而首言「山抹微雲，天粘衰草」，尤為當時所傳。蘇子瞻於「四學士」中最善少游，故他文未嘗不極口稱善，豈特樂府？然猶以氣格為病，故常戲云：「山抹微雲秦學士，露花倒影柳屯田」。「露花倒影」，柳永《破陣子》語也。（《避暑録話》卷下）

政和間，大臣有不能為詩者，因建言：詩為元祐學術，不可行。李彦章為御史，承望風旨，遂上章論陶淵明、李、杜而下皆貶之，因詆黄魯直、張文潛、晁無咎、秦少游等，請為科禁。故事進士聞喜燕，例賜詩以為寵。自何丞相文縝牓後，遂不復賜詩。（同上）

國史院初開，史官皆賜銀絹筆墨紙，已開而續除者不賜。（《石林燕語》卷八）

汪應辰辨：按秦少游記云：「元祐八年八月十一日，臣觀始供史職，詔遣中使賜墨硯紙筆，後二日乃賜器幣。近歲史臣唯遇開院有墨硯紙筆之賜，續除者但賜器幣而已。續除備賜，自臣觀始。」又按曾子開有《史院謝賜紙筆表》文，又有《謝賜銀絹表》，其間云，「史屬備員，最為後至」，又云，「申敕有司，特循優比」。此云「續除不賜」，非矣。而備賜亦非始於秦也。（《石林燕語》附録一）

汪　藻

【呻吟集序(節録)】　元祐初，異人輩出，蓋本朝文物全盛之時也。邢敦夫于是時，以童子游諸公間，為蘇東坡之客，黄魯直、張文潛、秦少游、晁無咎之友，鮮于大受、陳無己、李文叔皆屈輩行與之交。……敦夫卒六十餘年，而其姪總出此書，于是敦夫之詩文盛行于時，與黄、秦、晁、張並傳。(《浮溪集》卷十七)

【柯山張文潛集書後(節録)】　元祐中，兩蘇公以文倡天下，從之游者，公與黄魯直、秦少游、晁無咎，號四學士，而文潛之年為最少。公于詩文兼長，雖當時鮮復公比。兩蘇公諸學士既相繼以歿，公巋然獨存，故詩文傳于世者尤多。(同上)

馬永卿

李方叔初名豸，從東坡游。東坡曰：「五經中無公名，獨《左氏》曰：『庶有豸乎？』乃音直氏切。故後人以為蟲豸之豸。又《周禮》：『置其絺。』亦音雉，乃牛鼻繩也。獨《玉篇》有此『豸』字，非五經不可用，今宜易名曰廌。」方叔遂用之。秦少游見而嘲之曰：「昔為有脚之狐乎？今作無頭之箭乎？」豸以況狐，廌以況箭。方叔倉猝無以答之，終身以為恨。(《懶真子》卷二)

蔡絛

范内翰祖禹作《唐鑑》，名重天下。坐黨錮事。久之，其幼子温，字元實，與吾善。政和初，得為其盡力，而朝廷因還其恩數，遂官温焉。温，實奇士也。一日，遊大相國寺，而諸貴璫蓋不辨有祖禹，獨知有《唐鑑》而已。見温，輒指目，方自相謂曰：「此《唐鑑》兒也。」又，温嘗預貴人家會，貴人有侍兒，善歌秦少游長短句，坐間略不顧，温亦謹，不敢吐一語。及酒酣懽洽，侍兒者始問：「此郎何人耶？」温遽起，叉手而對曰：「某乃『山抹微雲』女婿也。」聞者多絶倒。（《鐵圍山叢談》卷四）

費衮

【作詩當以學】作詩當以學，不當以才。詩非文比，若不曾學，則終不近詩。古人或以文名一世而詩不工者，皆以才為詩故也。退之一出「餘事作詩人」之語，後人至謂其詩為押韻之文。後山謂曾子固不能詩，秦少游詩如詞者，亦皆以其才為之也。故雖有華言巧語，要非本色。（《梁谿漫志》卷七）

陳長方

秦少游云：「退之《元和聖德碑》與《平淮西碑》如出兩手。」余以歲月考之，蓋相去十二年也。然以《平淮西碑》方《鄆州谿堂》詩，則又如他人所作也。（《步里客談》卷下）

韓退之《畫記》，東坡以為甲乙帳，而秦少游乃效之，作《五百羅漢記》，人心之不同如此。喻子才道王侍郎剛中語云：「文字使人擊節賞歎，不如使人肅然起敬。」（同上）

周紫芝

山谷先生弔秦少游詩云：「少游醉卧古藤下，誰與愁眉唱一杯。解道樽前斷腸句，江南唯有賀方回。」此以言語文字知少游者也。余鄉人有官藤州者，謂：「藤人為余言，少游既病，洗沐步上光華亭，手持白玉杯，取江水立酌一杯而逝。」嗚呼，此豈徒然哉！東坡《題少游自作挽詞》，以為能「一死生，齊物我」，是真知少游者也。

古藤陰下偶婆娑，南北隨緣意若何。白玉杯寒亭上月，縷金衣斷醉時歌。還將萬里澄江水，盡洗平生綺語魔。能道秦郎解忘物，嶺南唯有雪堂坡。（《太倉稊米集》卷九）

【二十八日雪霽，讀晁無咎集，呈別乘徐彦志，且以奉懷】蘇公論士昔未聞，四客輩出俱同門。龍媒忽下洗凡馬，野鶴一舉空雞群。虞皇七友廊廟具，元和十字非渠倫。張公屈宋排衙官，清詞麗句冰雪寒。秦公筆下有《過秦》，平生目短曹、劉垣。……（同上卷十九）

【虛飄飄并序】元祐自山谷作《虛飄飄》，蓋樂府之餘，當時諸公皆有和篇。戊辰臘月二十有八日，夜讀《淮海集》，見之亦用其韻。羞狗尾之續貂，於顏有面見，怪白駒之過隙，與世亦疏，庶幾見者不我誚焉。

（原百首，録一首）虛飄飄，虛飄飄，姮娥臨月榭，神女渡仙橋。風撼花浮水，霜吹葉落條。飛雪轉眼下，三峽密雪滿空來，九霄虛飄飄。虛飄飄，比人生命猶堅牢。（同上卷三十）

余讀秦少游擬古人體所作七詩，因記頃年在辟雍，有同舍郎澤州貢士劉剛為余言，其鄉里有一老儒，能效諸家體作詩者，語皆酷似。（《竹坡詩話》）

李綱

【秦少游所書詩詞跋尾】少游詩字婉美蕭散，如晉宋間人，自有一種風氣，所乏者骨格爾，然要是一時才者。沙陽俞跌出以示予，為跋其後。宣和庚子仲夏梁溪居士書。（《梁溪集》卷一百六十二）

曾幾

【東萊先生詩集後序（節録）】編次而行于世，退之則李漢，子厚則夢得，文忠公則東坡先生，或其門人，或其故舊，又皆與數公深相知。蓋知之不深，則歲月先後，是非去取，往往顛倒錯亂，不可以傳。近世張文潛、秦少游之流，其遺文例遭此患，知與不知之異也。（《茶山集·拾遺》）

呂本中

李尚書公擇，向見秦少游上正憲公投卷詩云：「雨砌墮危茅，風軒納飛絮。」再三稱賞云：「謝家兄弟得

意詩，只如此也。」(《紫微詩話》)

【少游詩嚴重高古】　秦少游詩「雨砌墮危芳，風軒納飛絮」之類，李公擇以為謝家兄弟得意不能過也。少游過嶺後詩，嚴重高古，自成一家，與舊作不同。(《童蒙詩訓》)

【秦少游文】　文章有首有尾，無一言亂説，觀少游五十策可見。(同上)

【文章宗西漢】　文章大要須以西漢為宗，此人所可及也。至於上面一等，則須審己才分，不可勉强作也。如秦少游之才，終身從東坡步驟次第，上宗西漢，可謂善學矣。(同上)

張表臣

【張右史集序】　予去冬兩侍太師公相，論近世中原名士，因及蘇門諸君子，自黄豫章、秦少游、陳後山、晁補之諸文集，皆已次第行世，獨宛邱先生張文潛詩文散落。……(《東湖叢記》卷一附載)

曾慥

【荆公論秦少游詩】　少游在蔡州，與營妓婁婉字東玉者甚密，贈之詞云：「小樓連苑横空」，又云「玉佩丁東别後」者是也。又《贈陶心兒詞》云：「天外一鈎，横月帶三星」，謂心字也。秦少游詩。公嘗有别紙，云：「秦君之詩清新婉麗，鮑、謝似之。」又云：「公愛秦君數口之，今得其詩，手之而不釋；然聞秦君嘗學至言妙道，無乃笑吾二人嗜好異乎？」蓋少游嘗為道士書符咒水，故

公有是語。(《叢話》前五十、歷代詞話》五引作《高齋詞話》)(《高齋詩話》)

【詩句同意】 東坡長短句云:「村南村北響繅車。」參寥詩云:「隔林仿佛聞機杼,知有人家住翠微。」秦少游云:「菰蒲深處疑無地,忽有人家笑語聲。」三詩大同小異,皆奇句也。(同上)

【少游詞】 郭紹虞案:《歷代詞話》卷五引《高齋詞話》云:「少游自會稽入都見東坡,東坡曰:『不意別後公卻學柳七作詞。』少游曰:『某雖無學,亦不如是。』東坡曰:『銷魂當此際,非柳七語乎?』坡又問別作何詞?少游舉『小樓連苑橫空,下窺綉轂雕鞍驟』。東坡曰:『十三個字,只說得一個人騎馬樓前過。』少游問公近作。乃舉『燕子樓空,佳人何在?空鎖樓中燕』。晁無咎曰:『只三句,便說盡張建封事。』」若援前《歷代詞話》引少游在蔡州云云諸語,亦作《詞話》之例推之,或此亦《詩話》中語。(同上)

何薳

【秦、蘇相遇自述輓誌】 先生自惠移儋耳,秦七丈少游亦自郴陽移海康,渡海相遇。二公共語,恐下石者更啟後命。少游因出自作挽詞呈公,公撫其背曰:「某常憂少游未盡此理,今復何言。某亦嘗自為誌墓文,封付從者,不使過子知也。」遂相與嘯詠而別。初少游謁公彭門,和詩有「更約後期遊汗漫」,蓋讖於此云。(《春渚紀聞》卷六)

【蘇、黃、秦書各有僻】 東坡先生、山谷道人、秦太虛七丈每為人乞書。酒酣筆倦,坡則多作枯木拳石,以塞人意；山谷則書禪句；秦七丈則書鬼詩。余家收山谷所書禪句幾三十餘首，有云：「牽驢飲江水，鼻吹波浪起。岸上蹄踏蹄，水中嘴對嘴。」與「自是釣魚船上客，偶除鬚鬢著袈裟。佛祖位中留不住，夜來依舊宿蘆花。」此二詩人間計有數十百紙矣。「百花橋下木蘭舟，破月衝烟任意流。金玉滿堂何所戀，争如年少去來休。」又「溘爾一氣散，去託萬鬼鄰。四大不自保，況復滿堂親。膏血汗厚土，化作丘中塵。空牀横白骨，奄忽千歲人。」秦七丈屢書此二詩，余所藏大字小字各有二本。（同上卷七）

王銍

秦少游觀在元祐諸館職最後，自校對黄本書籍方除正字，以啟謝諸公，當時稱之。用《三國志》蜀秦宓博識，諸葛孔明呼為學士，為唐詩人秦系，自號東海釣鰲客，張建封始署為校書郎。少游用此當家二故事作啟，略云：「切觀前史，具見鄙宗西蜀中郎，孔明呼為學士；東海釣客，建封任以校書，雖為將相之品題，且匪朝廷之選用，夫何寡陋，遽爾遭逢。」（《四六話》卷下）

叔原妙在得於婦人，方回妙在得詞人遺意。非特兩人而已，如少游臨死作讖詞云：「醉卧古藤陰下，了不知南北。」必不至於西方净土。（《默記》卷下）

吴聿

秦太虚用樂天《木藤謡》「吾獨一身，賴爾為二。」作六言云：「身與杖藜為二，影將明月為三。」真奇對也。（《觀林詩話》）

秦太虚《與花光老求墨梅書》云：「僕方此憂患，無以自娱，願師為我作兩枝見寄，令我得展玩，洗去煩惱。幸甚。」涪翁和昊字韻《梅詩》云：「夢蝶真人貌黄槁，籬落逢花曾絶倒。雅聞花光能畫梅，更乞一枝洗煩惱。」謂此也。（同上）

太虚又云：「僕有《梅花》一詩，東坡為和。王荆公嘗書之於扇。」有見荆公扇上所書者，乃「月落參横畫角哀，暗香消盡令人老」兩句。涪翁又愛其四句云：「清淚斑斑知有恨，恨春相從苦不早。甘心結子待君來，洗雨梳風為誰好。」曰：「《玉臺》詩中，氣格高者乃能及此耳。」（同上）

太虚《梅》詩末云：「安得健步遠移歸，亂插繁花向晴昊。」乃用《蘇端薛復筵簡薛華醉歌》兩句。（同上）

許顗

近時僧洪覺範頗能詩……其他詩亦甚佳，如云：「含風廣殿聞棋響，度日長廊轉柳陰。」頗似文章巨公所作，殊不類衲子。又善作小詞，情思婉約，似少游。（《彦周詩話》）

林和靖《梅詩》云：「疏影横斜水清淺，暗香浮動月黄昏。」大為歐陽文忠公稱賞。大凡《和靖集》中，《梅

詩》最好，梅花詩中此兩句尤奇麗。東坡和少游《梅詩》云：「西湖處士骨應槁，只有此詩君壓倒。」僕意東坡亦有微意也。（同上）

張元幹

【跋少游帖】　吾家頃歲藏少游《訪龍井辯才師行記》手稿，字畫遒媚，深有二王楷法。建炎丁未，寓居西湖，秋八月，兵亂亡去。今逾一紀矣，忽見史侯持正所携帖，念之惘然！紹興庚申初夏五日，真隱山人書於水口精舍。（《蘆川歸來集》卷九）

張九成

【畫像】　予謫居嶺下，居無與遊，憂過之不聞，學之不進也，乃於書室中置夫子、顔子像，適有淵明、曲江萊公、富鄭公、韓魏公、歐公……黄魯直、秦少游、晁無咎、張文潛諸畫像，乃環列於夫子左右，晨朝焚香瞻敬，心志肅然，其所得多矣。有一毫愧心，其見諸人，心若市朝之撻矣。（《横浦日新》）

王之道

【次韻趙積中慈湖即事（録一首）】　平生可慣償詩債，追驥疲駑況加怠。不妨對客自揮毫，文社於今有淮海。（《相山集》卷十四）

【千秋歲追和秦少游】山前湖外，初日浮雲退。荷氣馥，槐陰碎。葵花紅障錦，萱草青垂帶。誰得似，黄鸝求友新成對。　憶東門會，千古同傾蓋。人已遠，歌如在。銀鉤雖可漫，琬琰終難改。愁浩蕩，臨風令我思淮海！（同上卷十八）

吴　曾

【梅詩用月落參横事】秦少游和黄法曹梅花詩：「月落參横畫角哀，暗香銷盡令人老。」世謂少游用古《善哉行》云：「月没參横，北斗闌干。親友在門，忘寢與餐。」按《異人録》載：「隋開皇中，趙師雄遊羅浮。一日，天寒日暮，于松林間酒肆旁舍見美人，淡妝素服出迎。時已昏黑，殘雪未消，月色微明。師雄與語，言極清麗，芳香襲人。因與之叩酒家門共飲，少頃，一緑衣童來，笑歌戲舞。師雄醉寢，但覺風寒相襲。久之，東方已白，起視乃在大梅花樹下。上有翠羽啾嘈，相顧月落參横，但惆悵而已。」乃知少游實用此事。（《能改齋漫録》卷六）

【陳無己、王荆公、孫莘老論韓文嗜好不同】陳無己記秦少游云：「《元和聖德詩》，于韓文為下，與《淮西碑》如出兩手，蓋其少作也。」然荆公於《淮西碑》不以為是，其和董伯懿詠晉公淮西碑佐題名詩云：「退之道此尤儁偉，當鏤玉版東燔柴。欲編詩書播後嗣，筆墨雖巧終類俳。」而孫莘老又謂《淮西碑》「序如書，銘如詩」，何耶？信知前輩嗜好不同如此。（同上卷十）

【閑燕堂聯句】王仲至與秦少游謁恭敏李公，飯於閑燕堂，即席聯句云：「黄葉山頭初帶雪，緑波尊酒暫回春。欽臣已聞璧月瓊枝句，更看朝雲暮雨人；觀老媿紅妝飜曲妙，喜逢嘉客放懷新。欽臣天明又出桃源去，仙境何時再問津觀。」（同上卷十一）

按：此聯句文集未存，録以補遺。

【四客各有所長】　子瞻、子由門下客最知名者，黄魯直、張文潛、晁無咎、秦少游，世謂之四學士。至若陳無己，文行雖高，以晚出東坡門，故不若四人之著。故陳無己作《佛指記》云：「余以辭義，名次四君，而貧於一代。」是也。晁無咎詩云：「黄子似淵明，城市亦復真。陳君有道舉，化行閭井淳。張侯公瑾流，英思春泉新。高才更難及，淮海一髯秦。」當時以東坡為長公，子由為少公。陳無己答李端叔云：「蘇公之門，有客四人。黄魯直、秦少游、晁無咎，則長公之客也；張文潛，則少公之客也。」又次韻黄樓詩云：「一代蘇長公，四海名未已。」又云：「少公作長句，班揚安可擬。」謂二蘇也。然四客各有所長，魯直長於詩辭，秦、晁長於議論。……乃知人才各有所長，雖蘇門不能兼全也。（同上）

【黄魯直詞謂之著腔詩】　晁無咎評本朝樂章，不具諸集，今載於此云：「……近世以來，作者皆不及秦少游，如『斜陽外，寒鵶萬點，流水遶孤村』，雖不識字人，亦知是天生好言語。」（同上卷十六）

【世推重少游醉卧古藤之句】　秦少游《千秋歲》，世尤推稱。秦既没藤州，晁無咎嘗和其韻以弔之云：「江頭苑外，嘗記同朝退。飛騎軋，鳴珂碎。齊謳雲繞扇，趙舞風回帶。嚴鼓斷，杯盤狼藉猶相對。　灑涕誰能會，醉卧藤陰蓋，人已去，詞空在。兔園高宴悄，虎觀英游改。重感慨，驚濤自卷珠沈海。」中云「醉卧藤陰蓋」者，少游臨終作詞所謂「醉卧古藤陰下，了不知南北」，故無咎用之。山谷守當涂日，郭功父嘗寓焉。一日，過山谷論文，山谷傳少游《千秋歲》詞，歎其句意之善，欲和之而海字難押。功父連舉數海字，若孔北海之類，山谷頗厭，而未有以却之者。次日，又過山谷問焉，山谷答曰：「昨晚偶得一海字韻。」功父問其所以，山谷云：「羞殺人也爺娘海。」自是功父不復論文字於山谷矣。蓋山谷用俚語以却之也。(同上)

【杭妓琴操】杭之西湖，有一倅閑唱少游《滿庭芳》，偶然誤舉一韻云：「畫角聲斷斜陽。」妓琴操在側云：「畫角聲斷譙門，非斜陽也。」倅因戲之曰：「爾可改韻否？」琴即改作陽字韻云：「山抹微雲，天連衰草，畫角聲斷斜陽。暫停征轡，聊共飲離觴。多少蓬萊舊侶，頻回首、煙靄茫茫。孤村裏，寒鴉萬點，流水遶低牆。魂傷。當此際，輕分羅帶，暗解香囊。漫贏得青樓，薄倖名狂。此去何時見也，襟袖上、空有餘香。傷心處，長城望斷，燈火已昏黄。」東坡聞而稱賞之。(同上)

【用江上數峰青之句填詞】唐錢起湘靈鼓瑟詩末句：「曲終人不見，江上數峰青，」秦少游嘗用以填詞云：「千里瀟湘挼藍浦，蘭橈昔日曾經。月高風定露華清。微波澄不動，冷浸一天星。獨倚危檣情悄悄，遥聞妃瑟泠泠。新聲含盡古今情。曲終人不見，江上數峰青。」(同上)

【秦少游唱和千秋歲詞】秦少游所作《千秋歲》詞，予嘗見諸公唱和親筆，乃知在衡陽時作也。少游云：「至衡陽，呈孔毅甫使君。」其詞云云，今更不載。毅甫本云：「次韻少游見贈。」其詞云：「春風湖外，紅杏花初退。孤館静，愁腸碎。淚餘痕在枕，别久香銷帶。新睡起，小園戲蝶飛成對。惆悵誰人會，隨處聊傾蓋。情暫遣，心何在。錦書消息斷，玉漏花陰改。遲日暮，仙山杳杳空雲海。」其後東坡在儋耳，侄孫蘇元老，因趙秀才還自京師，以少游、毅甫所贈酬者寄之。東坡乃次韻録示元老，且云：「便見其超然自得、不改其度之意。」其詞云：「島邊天外，未老身先退。珠淚濺，丹衷碎。聲摇蒼玉佩，色重黄金帶。一萬里，斜陽正與長安對。道遠誰云會，罪大天能蓋。君命重，臣節在。新恩猶可覬，舊學終難改。吾已矣，乘桴且恁浮於海。」豫章題云：「少游得謫，嘗夢中作詞云：『醉卧古藤陰下，了不知南北。』竟以元符庚辰，死於藤州光華亭上。」崇寧甲申，庭堅竄宜州，道過衡陽，覽其遺墨，始追和其《千秋歲》。詞云：「（詞同晁無咎所作，從略）」晁無咎集中嘗載此詞，而非是也。少游詞云：「憶昔西池會，鴛鷺同飛蓋」，亦為在京師與毅甫同在於朝，叙其為金明池之游耳。今越州、處州，皆指西池在彼，蓋未知其本源而云也。（同上卷十七）

《復齋漫録》云：「少游别蘇子由於斗野亭，作詩云：『古埭天連雁，荒祠木蔽牛。不堪春解手，更為晚停舟。』子由和云：『飲食逢魚蟹，封疆入斗牛。』予觀其意，上句取杜詩『青青竹筍迎船出，白白江魚入饌來。』其下句，乃取庾蘭成『路已分於湘漢，星猶看於斗牛』也。」（《能改齋漫録·補遺》，據《苕溪漁隱叢話·後集》卷三十三）

《復齋漫録》云：「東坡記秦少游言，寶應民有嫁娶會客者，酒半，客一人徑赴水，曰：『有婦人以詩招我。』詩云：『長橋直下有蘭舟，破月衝煙任意游。金玉滿堂何所用，争如年少去來休。』余讀張君房《脞説》：『進士謝胐，寓居寶應，曉至縣橋，忽見女郎自舟中出，曰：「某楚小波也，可見訪舟中。」懷中出詩二首，其一云：「畫橋直下是蘭舟，搶月衝煙任意游，金玉滿堂無處用，蚤隨年少去來休。」其二云：「妾貌君才兩不常，君今休苦更思量。兒家自有清溪水，飲到方知氣味長。」』前篇與少游所言不同者七字，更有二首為異。至謂寶應，亦同。君房著《脞説》，在真廟時，不應東坡、少游忘之也。」（同上，據《苕溪漁隱叢話·後集》卷三十八）

朱翌

少游云：「夢魂思汝鳥工往，世故著人羊負來。」膾炙人口。「鳥工」，往舜濬井事。「羊負來」乃蒼耳子，見《千金要方·果菜門》。（《猗覺寮雜記》卷上）

邵博

秦少游在東坡坐中，或調其多髯者。少游曰：「君子多乎哉？」東坡笑曰：「小人樊須也。」（《邵氏聞見後録》卷三十）

張守

【答晁公為顯謨書（節録）】某童丱時喜讀書綴文，然絶無師承，……每聞先生長者之風，則服膺而心師之。自東坡先生主斯文之盟，則聞先公與黄魯直、張文潛、秦少游輩，升堂入室，分路揚鑣，蔚乎其揚袂，炳乎其相輝，每文一出，人快先覩。某嘗竊見一二，而恨不預執鞭之役也。（《毘陵集》卷十）

張十二之文，波瀾有餘，而出入整理骨骼不足。秦七波瀾不及張，而出入徑健簡捷過之。要知二人，後來文士之冠冕也。（《欒城先生遺言》）

蘇　籀

【書三學士長短句新集後】　予晚生，希仰前修，彙汲與能，耳目屢接典刑故老，喜幸如獲麟鳳，饜於昏懵不知，而作者論文拊卷，每每興歎！顧念九原莫作，述者有跡可傳，不忍置也。曩日正始，群賢在朝，黃、秦、晁三公，騫翔臺閣，追想其奏篇大廷，垂紳文陛，據梧揮犀，石渠東觀，質據辨析，泯然逖矣。所餘著書，名章大論，煒煌照世。其樽俎折衝，款昵名勝，高酬妍倡，以使酒寓意，融金石，感鬼神，咸韻雖隱，陽春白雪，猶將髣髴焉。其風流雅尚之最，吾人所欲珍輯，實天下奇韻嘉聞也。嗟夫！東阿豆萁之敏，子敬蠶種之墨，淵明閑情之賦，三公度曲，與此何遠？嘗竊評之：黃太史纖穠精穩，體趣天出，簡切流美，能中之，能投棄錡斧，有佩玉之雍容。秦校理落盡畦畛，天心月脇，逸格超絕，妙中之妙。議者謂前無倫而後無繼。晁南宮平處言近文緩，高處新規勝致，朱絃三歎，斐麗音旨，自成一種姿致。概考其才識，皆內重而外物輕，淳至曠達，學無所遺。水鏡萬象，謝遣勢利，湔袚陳俚，發為新雅。有謂：寓言罕能名之，三公同相照，並駕而馳聲，稱彰灼於天下，斯文經緯乎？……三公之詞，非專玩而獨鑒者，實四海九州有識之士共焉。故予言而不僭越耳。（《雙溪集》卷十一）

吴 炯

潭守宴客合江亭，時張方叔在坐，令官妓悉歌《臨江仙》。有一妓獨唱兩句云：「微波渾不動，泠浸一天星。」才叔稱歎，索其全篇。妓以實語告之：「賤妾夜居商人船中，鄰舟一男子，遇月色明朗，即倚檣而歌，聲極凄怨。但以苦乏性靈，不能盡記，願助以一二同列，共往記之。」太守許焉。至夕乃與同列飲酒以待。果一男子，三歎而歌。有趙瓊者，傾耳墮淚曰：「此秦七聲度也！」趙善謳，少游南遷經從，一見而悦之。商人乃遣人問訊，即少游靈舟也。其詞曰：「瀟湘千里挼藍浦，（詞見文集，不録）」崇寧乙酉，張方叔過荆州，以語先子，乃相與歎息曰：「少游了了，必不致沈滯，戀此壞身，似有物為之，然詞語超妙，非少游不能作，抑又可疑也。」（《五總志》）

張 淏

【化鶴事有二】 前輩詩文中多用化鶴事，其事有二，雖若相類，其實不同。《神仙傳》：蘇仙公者，桂陽人，漢文帝時得道，有白鶴數十降於門，乃跪白母曰：「某當仙，被召有期，即便拜辭。」遂昇雲漢而去。後白鶴來止郡城東北樓上，人或挾彈彈之。……《續搜神記》：遼東城門華表柱，忽有白鶴來集，人或欲射之，於空中歌曰：有鳥有鳥丁令威，去家千歲今來歸，城郭猶是人民非。」此又一事也。山谷戲書秦少游壁云：「化作遼東白鶴歸，朱顔未改故人非。」此用令威事。（《雲谷雜記》卷三）

朱弁

秦少游自郴州再編管横州，道過桂州秦城鋪。有一舉子，紹聖某年省試下第，歸至此，見少游南行事，遂題一詩於壁曰：「我為無名抵死求，有名為累子還憂。南來處處佳山水，隨分歸休得自由。」至是少游讀之，淚涕雨集。徽宗踐祚，流人皆牽復，而少游竟死貶所，豈非命耶！（《曲洧舊聞》卷五）

東坡嘗語子過曰：「秦少游、張文潛，才識學問，為當世第一，無能優劣二人者。少游下筆精悍，心所默識，而口不能傳者，能以筆傳之。然而氣韻雄拔，疎通秀朗，當推文潛。二人皆辱與予遊，同升而竝黜。有自雷州來者，遞至少游所惠書詩累幅，近居蠻夷，得此如在齊聞韶也。汝可記之，勿忘吾言！」（同上）

……建中靖國間，棲異試可知襄邑縣，夢無已來相別，且云東坡、少游在杏園相待久矣。明日，無己之訃至，乃大驚異，作詩與參寥言其事。杏園見道家書，乃海上神仙所居之地也。（《風月堂詩話》卷上）

辯才大師梵學精深，戒行圓潔，為二浙歸重。當時無一語文章，一日忽和參寥寄秦少游詩，其末句云：「臺閣山林本無異，想應文墨未離禪。」東坡見之，題其後云：「辯才生來未嘗作詩，今年八十一歲矣，其落筆如風吹水，自成文理。我輩與參寥如巧人織繡耳。」（同上）

黄徹

鍾嶸稱張茂先，惜其「兒女情多，風雲氣少」。喻鳬嘗謁杜紫微，不遇，乃曰：「我詩無綺羅鉛粉，宜不售也。」淮海詩亦然，人戲謂可入小石調，然率多美句，但綺麗太勝爾。（《䂬溪詩話》卷三）

東坡《寄參寥》問少游失解云：「底事秋來不得解，定中試與問諸天。」蓋劉禹錫《和宣上人賀王侍郎放榜後》詩云：「借問至公誰印可，支郎天眼定中觀。」不惟兼具儒釋，又政屬科場事，其不泛如此。（同上卷八）

少游贈坡詩云：「節旄零落氈餐雪，辨舌縱横印佩金。」語太不等。子瞻譏集句云：「天邊鴻鵠不易得，便令作對隨家鷄。」此詩正類此。（同上卷九）

吴儆

【見季守書】某不佞，少有志於學文，習之不能以有見，蓋喟然嘆息，以為曾子固、梅聖俞、蘇子美嘗得見歐陽公，黄魯直、秦少游、晁無咎、陳無己、張文潛亦及見蘇氏兄弟。……皆因其所見，咸各有所得，而吾獨不得生乎其時也。（《竹洲集》附録）

仲并

【畫堂春和秦少游韻】春波淺碧漲方池。池臺深鎖煙霏。緩歌争勝早鶯啼，客忍輕歸。合坐香凝

宿霧，墊巾梅插寒枝。漸西蟾影漾餘輝。醉倒誰知。（《浮山集》卷三）

葛立方

杜子美褒稱元結《舂陵行》兼《賊退後示官吏》二詩云：「兩章對秋水，一字偕華星。致君唐虞際，淳仆憶大庭。」又云：「今盜賊未息，得結輩數十公，落落然參錯為天下邦伯，天下少安，可立待已。」蓋非專稱其文也。至於李義山，乃謂次山之作以自然為祖，以元氣為根，無乃過乎？秦少游《漫郎詩》云：「字偕華星章對月，漏洩元氣煩揮毫。」蓋用子美、義山語也。（《韻語陽秋》卷六）

晉樂廣曰：「人未嘗夢乘車入鼠穴，搗齏噉鐵杵。以無想因也。」自樂論之，則凡夢皆出於想爾。而殷浩乃曰：「官本臭腐，故將官而夢尸。」是豈出於想邪？《周官》有六夢，夢非止於思而已。劉發方赴舉也，秦少游夢有發殯而葬之者，云是劉發之柩，是歲發首薦。少游以詩賀之曰：「世傳夢凶常得吉，神物戲人良有旨。全美聲名海縣聞，閉久當開乃其理。」少游所原，乃一時褒美贊喜之詞，非殷浩之意也。（同上卷十二）

秦太虛舉進士不得，東坡詩曰：「底事秋來不得解，定中試與問諸天。」深為稱屈也。（同上卷十八）

吴　芾

【姑溪集序】李公端叔以詞翰著名元祐間。余始得其尺牘，頗愛其言思清婉，有晉宋人風味。……昔

二蘇於文章少許可，尤稱重端叔，殆與黄魯直、晁無咎、張文潛、秦少游輩頡頏於時。今觀其文，信可知也。（《湖山集》卷十）

趙 構

【追贈直龍圖閣敕】 敕故宣德郎秦觀等，自熙寧大臣用事變法，始以異同排斥士大夫。維我神祖，念之不忘。元豐之末，稍稍收召。接於元祐，英俊盈朝，而爾四人，以文采風流，為一時冠。學者欣慕之。及繼述之論起，黨籍之禁行，而爾四人，每為罪首，則學者以其言為諱。自是以來，搢紳道喪，綱紀日墮，馴至宣和之亂，言之可為痛心。肆朕纂承，既從昭洗。今爾四人，復加襃贈，斯足以見朕志矣。嗚呼，西清之游，書殿之選，唯爾曹為稱，使生而得用，能盡其才，亦何止於是歟？舉以追命，聊伸賫志之恨，亦以少慰天下士大夫之心。英爽不忘，歆此休顯。（道光本《淮海集》卷首）

曾敏行

秦少游之子湛，自古藤護喪北歸，其婿范温候於零陵，同至長沙，適與山谷相遇。温，淳夫之子也，淳夫既没，山谷亦未弔其子，至是與二子者執手大哭，遂以銀二十兩為賻。湛曰：「公方為遠役，安能有力相及？且某歸計亦粗辦，願復歸之。」山谷曰：「爾父，吾同門友也，相與之義，幾猶骨肉。今死不得預歛，葬不得往送，負爾父多矣，是姑見吾不忘之意，非以賙也。」湛不敢辭。既别，以詩寄二子，有曰「昔在秦少游，許我同門友」；又曰「范公太史僚，山立乃先達」；又曰「秦郎水江漢，范郎器鼎鼐，逝者不可尋，猶喜二子在」；又曰「往時高交友，宰木已樅樅，今我二三子，事業在燈窗」。今集中載《晚泊長沙走筆寄秦處度、范元實》五詩是也。前輩於死生交友之義如此。（《獨醒雜志》卷三）

秦少游謫古藤，意忽忽不樂。過衡陽，孔毅甫為守，與之厚，延留待遇有加。一日，飲於郡齋，少游作《千秋歲》詞。毅甫覽至「鏡裏朱顏改」之句，遽驚曰：「少游盛年，何為言語悲愴如此！」遂賡其韻以解之。居數日別去，毅甫送之於郊，復相語終日，歸謂所親曰：「秦少游氣貌大不類平時，殆不久於世矣！」未幾果卒。（同上卷五）

秦少游所賦《浯溪中興詩》，過崖下時蓋未曾題石也。既行，次永州，因縱步入市中，見一士人家，門户稍修潔，遂直造焉。謂其主人曰：「我，秦少游也，子以紙筆借我，當寫詩以贈。」主人倉卒未能具，時廊廡間有一木機□然，少游即筆書於其上，題曰「張耒文潛作」，而以共□書之。宣和間，其木機尚存。今此詩亦勒崖下矣。（同上）

曾季貍

秦少游在嶺外貶所有詩云：「揮汗讀書不已，人皆笑我何求。我豈更求聞達，日長聊以消憂。」其語平易渾成，真老作也。今集中不見有之。予見吕東萊之子逢吉口説。」（《艇齋詩話》）

荆公《送人使虜》詩云：「留犂撓酒見戎心，繡袷通歡歲月深。」秦少遊《送人使虜》亦云：「留犂撓酒知胡意，尺牘貽書見漢情。」皆用留犂撓酒。事見《匈奴傳》：韓昌張猛與單于盟，單于以路徑刀、全瑠璃撓酒。注：「撓，攪也。」（同上）

秦少游詞云：「春去也，落紅萬點愁如海。」今人多能歌此詞。方少游作此詞時，傳至予家丞相，丞相曰：「秦七必不久於世，豈有愁如海而可存乎！」已而少游果下世。少游第七，故云秦七。（同上）

少游詞「高城望斷，燈火已黃昏」，用歐陽詹詩，云：「高城已不見，况復城中人。」（同上）

少游詞「小樓連苑横空」，為都下一妓姓樓名琬字東玉，詞中欲藏「樓琬」二字。然少游亦自用出處，張籍詩云：「妾家高樓連苑起。」（同上）

少游「水邊沙外，城郭春寒退」詞，為張芸叟作。有簡與芸叟云：「古者以代勞歌，此真所謂勞歌。」（同上）

章質夫家子弟有注少游詞者。（同上）

《韋蘇州集》載秦系詩，自稱東海釣客。少游作敵事嘗用之，蓋秦氏事也。（同上）

少游《揚州詞》云：「寧論爵馬魚龍。」「爵馬魚龍」出鮑照《蕪城賦》。（同上）

晁公武

【黄魯直豫章集三十卷，外集十四卷】右皇朝黄庭堅魯直，幼警悟，讀書五行俱下，數過輒記。……先是，秦少游、晁無咎、張文潛皆以文學游蘇氏之門，至是同入館，世號四學士。（《昭德先生郡齋讀書記》卷十

九）

【秦少游淮海集三十卷】　右皇朝秦觀少游，高郵人。登進士第，元祐初除校勘黄本書籍。紹聖初除名，編隸横州。遇赦北歸，至藤州卒。蘇子瞻嘗謂李廌曰：「少游之文，如美玉無瑕」，又「琢磨之功，殆未有出其右者。」少游亦自言其文銖兩不差，但以華麗為愧耳。王介甫謂其詩清新嫵麗，鮑、謝似之。呂氏《童蒙訓》謂：少游過嶺後詩，嚴重高古，自成一家，與舊作不同。

【參寥詩十二卷】　右皇朝僧道潛，自號參寥子，與蘇子瞻、秦少游為詩友。其詩清麗，不類浮屠語，世稱其《東園贈歌者》兩絶句，餘多類此。（同上）

胡　仔

苕溪漁隱曰：「余觀《注詩史》是二曲李歜，……所謂李歜者，蓋以詭名耳。其間又多載東坡語，如『少游一日來問余曰：某細味杜詩，皆於古人語句補綴為詩，平穩妥貼，若神施鬼設，不知工部腹中幾個國子監邪？余喜此譚，遂筆寄同叔，使知少游留心於老杜。』」（《苕溪漁隱叢話》前集卷十一）

苕溪漁隱曰：「世所傳《眼兒媚》詞：『樓上黄昏杏花寒。斜月小欄干。一雙燕子，兩行歸雁，畫角聲殘。　綺窗人在東風裏，無語對春閑。也應似舊，盈盈秋水，淡淡春山。』亦阕休所作也。阕休嘗為錢唐幕官，眷一營妓，罷官去，後作此詞寄之。」（同上）

按：右《眼兒媚》詞，《類編草堂詩餘》卷一、張綖《詩餘圖譜》卷一、楊慎批《草堂》卷一等，均以為乃秦觀所作，與苕溪漁隱所云不同。

《後山詩話》云：「少游謂《元和聖德》詩，於韓文為下，與《淮西碑》如出兩手，蓋其少作也。孫學士覺喜論文，謂退之《淮西碑》，敘如《書》，銘如《詩》。子瞻謂杜詩、韓文、顔書、左史，皆集大成者也。」苕溪漁隱曰：「少游集中進卷，有《韓愈論》，云：『韓氏、杜氏，其集詩文大成者與？』非子瞻有此語也。」(同上卷十八)

王直方《詩話》云：「秦少游紹聖間謫外，以校勘為杭倅，方至楚、泗間，有詩云：『平生逋欠僧坊睡，准擬如今處處還。』詩成之明日，以言者落職，監處州酒，好事者以為詩讖……」苕溪漁隱曰：「人之得失生死，自有定數，豈容前逃，烏得以讖言之，何不達理如此，乃庸俗之論也。」(同上卷四十)

《高齋詩話》云：「……葉致遠屢對荆公稱秦少游詩，公嘗有別紙云：『秦君之詩，清新婉麗，鮑、謝似之。』又云：『公愛秦君數口之，今得其詩，手之而不釋，然聞秦君嘗學至言妙道，無乃笑吾二人嗜好異乎？』蓋少游嘗為道士書符咒水，故公有是語。」苕溪漁隱曰：「東坡嘗有書薦少游於荆公云：『向屢言高郵進士秦觀太虛，公亦粗知其人，今得其詩文數十首拜呈，詞格高下，固已無逃於左右；此外博綜史傳，通曉佛書，若此類未易一一數也。』荆公答書云：『示及秦君詩，適葉致遠一見，亦以謂清新嫵麗，鮑、謝似之。公奇秦君，口之而不置，我得其詩，手之而不釋。又聞秦君嘗學至言妙道，無乃笑我與公嗜好異乎？』二書所云如此，《高齋》以謂葉致遠屢對荆公稱秦少游詩，嘗有別紙，真誤也。東坡謂少游通曉佛書，故荆公有『秦君嘗學至言妙道』之語，《高齋》以謂『少游嘗為道士書符咒水』，

又誣也。」(同上卷五十)

《漫叟詩話》云：「高唐事乃楚懷王，非襄王也。若古人云：『莫道無心便無事，也應愁殺楚襄王。』少游詞云：『不應容易下巫陽，只恐翰林前世是襄王。』皆誤用也。濠州西有高唐館，俗以為楚之高唐也。御史閻欽愛題詩云：『借問襄王安在哉？山川此地勝陽臺。』有李和風者，亦題詩云：『若向此中求薦枕，參差笑殺楚襄王。』前人既誤指其人，後人又誤指其地，可笑。」苕溪漁隱曰：「《文選·高唐賦》云：『昔者，楚襄王與宋玉游雲夢之臺，望高唐之觀，其上獨有雲氣，王問玉曰：此何氣也？玉對曰：所謂朝雲者也。昔者，先王嘗游高唐，怠而晝寢，夢見一婦人曰：妾巫山之女也。』李善注云：『楚懷王游於高唐，夢與神遊。』則《漫叟詩話》之言是也。然《神女賦》復云：『楚襄王與宋玉游於雲夢之浦，使玉賦高唐之事，其後王寢，夢與神女遇，其狀甚麗。』以此考之，則楚襄王亦夢與神女遇。但楚懷王是游高唐，楚襄王是游雲夢，以此不可雷同用事耳。」(同上)

苕溪漁隱曰：「古今詩人，以詩名世者，或只一句，或只一聯，或只一篇，雖其餘別有好詩，不專在此，然播傳於後世，膾炙於人口者，終不出此矣，豈在多哉？……如秦少游有『兩砌墮危芳，風軒納飛絮。』陳無已有『髮短愁催白，顏衰酒借紅。』……凡此皆以一聯名世者。」(《苕溪漁隱叢話》後集卷二)

苕溪漁隱曰：「淵明自作挽辭，秦太虛亦效之。余謂淵明之辭了達，太虛之辭哀怨。淵明三首，今録其一，云：『有生必有死，早終非命促。昨暮同為人，今旦在鬼録。魂氣散何之，枯形寄空木。嬌兒索父啼，良友撫我哭。得失不復知，是非安能覺。千秋萬歲後，誰知榮與辱？但恨在世時，飲酒不得足！』太虛云：『嬰釁徙窮荒，茹哀與世辭。官來録我槖，吏來驗我屍。藤束木皮棺，藁葬路傍陂。家鄉在萬里，妻子天一涯。孤魂不敢歸，惴惴猶在茲。昔忝柱下史，通藉黄金閨。奇禍一朝作，飄零至于斯。弱孤未堪事，返骨定何時？修途繚山海，豈免從閽維。荼毒復荼毒，彼倉那得知？歲晚瘴江急，鳥獸鳴聲悲。空濛寒雨零，慘淡陰雲吹。殯宫生蒼蘚，紙錢挂空枝。無人設薄奠，誰與飯黄緇。亦無挽歌者，空有挽歌辭。』東坡謂太虛『齊生死，了物我，戲出此語。』其言過矣。此言惟淵明可以當之；若太虛者，情鍾世味，意戀生理，一經遷謫，不能自釋，遂挾忿而作此辭。豈真若是乎？」（同上卷三）

《復齋漫録》云：「古曲有《落梅花》，非謂吹笛則梅落，詩人用事，不悟其失。」余意不然之。蓋詩人因笛中有《落梅花曲》，故言吹笛則梅落，其理甚通，用事殊未為失。且如角聲，有大小《梅花曲》，初不言落，詩人尚猶如此用之，故秦太虛《和黄法曹梅花》云「月落參横畫角哀，暗香消盡令人老」者是也。古今詩詞，用吹笛則梅落者甚衆，若以為失，則《落梅花》之曲，何為笛中獨有之，决不虛設也。故李謫仙《吹笛詩》：「黄鶴樓中吹玉笛，江城五月《落梅花》。」……泛觀古今詩詞，用事一律，可見復齋妄辨也。（同上卷四）

苕溪漁隱曰：「宋子京作《唐史·杜甫贊》，秦少游作《進論》，皆本元稹之説，意同而詞異耳。」（同上卷八）

苕溪漁隱曰：「秦少游《題扇頭小詩》云：『絶島煙生樹，秋江浪拍空，憑君添小艇，畫我作漁翁。』余嘗用此寫真，則玄真子家風也。」（同上卷十三）

苕溪漁隱曰：「秦太虛《和黄法曹憶梅花詩》，但只平穩，亦無驚人語。子瞻繼之，以唱首第二韻是倒字，故有『西湖處士骨應槁，只有此詩君壓倒』，亦是趁韻而已，非謂太虛此詩，真能壓倒林逋也。林逋『疎影横斜水清淺，暗香浮動月黄昏』之句，古今詩人，尚不曾道得到，第恐未易壓倒耳。後人不細味太虛詩，遂謂誠然，過矣。」（同上卷二十一）

苕溪漁隱曰：「《元次山集·自釋》云：『帶笭箵而晝船。』注云：『上郎丁，下桑荒切，竹器也。』故《唐書音訓》云：『讀作郎桑，見結本集。』《音訓》又音：『上力丁切，下息拯切，取魚籠也。』蓋有平仄兩音。《自釋》又云：『能帶笭箵，全獨保生，能學聱五交切。齖，保宗全家，聱也如此，漫乎非邪。』其語雖協韻，然《廣韻》《集韻》於《庚》《清》《青》三韻中不收此箵字，并於上聲《迥》字韻中收之。……秦少游《德清道中還寄子瞻詩》：『叢薄開羅帳，淪漪寫鏡屏，疎籬窺窅窕，支港泛笭箵。』皆於《青》字韻中押，真誤也。」（同上卷二十四）

苕溪漁隱曰：「東坡言世傳王迥子高與仙人周瑶英游芙蓉城。元豐元年三月，余始識子高，問之，信然，乃作此詩，云：『芙蓉城中花冥冥，誰其主者石與丁。珠簾玉案翡翠屏，雲舒霞卷千娉婷。中有一人長眉青，炯如微雲澹疎星，往來三世空鍊形，竟坐誤讀《黄庭經》。天門夜開飛爽靈，無復白日乘雲軿。俗緣千劫磨不盡，翠被冷落淒餘馨。因過緱山朝帝廷，夜聞笙簫弭節聽。飄然而來誰使令，皎如明月入窗櫺。忽然而去不可執，寒衾虚幌風泠泠。仙宫洞房本不扃，夢中同躡鳳凰翎。徑度萬里如奔霆，玉樓浮空聳亭亭，天書雲篆誰所銘，遶樓飛步高竛竮。仙風鏘然韻流鈴，蘧蘧雲開如酒醒。芳卿寄謝空丁寧，一朝覆水不返瓶。羅巾別淚空熒熒。春風花開秋葉零，世間羅綺紛羶腥。此生流浪隨滄溟，偶然相值兩浮萍。願君收視觀三庭，勿與嘉穀生蝗螟。從渠一念三千齡，下作人間尹與邢。』東坡此詩，最為流麗，故秦太虛《與東坡簡》云：「素紙一軸，敢冀醉後揮掃近文並《芙蓉城詩》，時得把玩，以慰馳情。」（同上）

苕溪漁隱曰：「……余又觀李太白《北風行》云：『燕山雪花大如席。』《秋浦歌》云：『白髮三千丈。』其句可謂豪矣，奈無此理何？如秦少游《秋日絕句》：『連卷雌蜺拱西樓，逐雨追晴意未休，安得萬妝相向舞，酒酣聊把作纏頭。』此語豪而且工。」（同上卷二十六）

苕溪漁隱曰：「《和東坡金山詩》云：『雲峰一隔變炎涼，猶喜重來飯積香。』《維摩經》云：『維摩詰往上方，有國號香積，以衆香鉢盛滿香飯，悉飽衆會。』故今僧舍厨名香積，二字不可顛倒也。太虛乃遷就押韻，殊不成語。小詞云：『落紅鋪徑水平池，弄晴小雨霏霏，杏園憔悴杜鵑啼，無奈春歸。』用小杜詩『莫怪杏園憔悴去，滿城多少插花人。』《春日》云：『却憩小庭纔日出，海棠花發麝香眠。』語固佳矣，第恐無此理。《香譜》云：『香中尤忌麝。』唐鄭注赴河中，姬妾百餘盡騎，香氣數里，逆於人鼻。是歲，自京兆至河中，所過瓜盡一蒂不獲。然則海棠花下豈應麝香可眠乎？《同子瞻端午日遊諸寺》云：『雙溪貫城郭，暝色帶孤禽。』用老杜《秦中紀行詩》『暝色帶遠客』之語也。」（同上卷三十三）

許彥周《詩話》云：「元撰作《樹萱録》，載有人入夫差墓中，見白居易、張籍、李賀、杜牧諸人賦詩，皆能記憶，句法亦各相似，最後老杜亦來賦詩，記其前四句云：『紫領寬袍漉酒巾，江頭蕭散作閑人，悲風有意摧林葉，落日無情下水濱。』」……苕溪漁隱曰：「余閲《淮海後集》，秦少游有《秋興九首》，皆擬古人，如韓退之、李賀、杜牧之、白居易、李太白、杜子美、玉川子、孟郊、韋應物。内擬子美詩云：『紫領寬袍漉酒巾，江頭蕭散作閑人。車馬憧憧誰道義，市朝衮衮共埃塵。覔錢稚子啼紅頰，不信山翁篋笥貧。悲風有意摧林葉，落日無情下水濱。』前四句與《樹萱録》同，竟誰作邪？」(同上)

苕溪漁隱曰：「無己稱：『今代詞手，惟秦七、黄九耳，唐諸人不迨也。』無咎稱：『魯直詞不是當家語，自是着腔子唱好詩。』二公在當時，品題不同如此。自今觀之，魯直詞亦有佳者，第無多首耳。少游詞雖婉美，然格力失之弱。二公之言，殊過譽也。」(同上)

李易安云：「後晏叔原、賀方回、秦少游、黄魯直出，始能知之。又晏苦無鋪叙，賀苦少典重，秦即專主情致，而少故實，譬如貧家美女，雖極妍麗豐逸，而終乏富貴態。」(同上)

《僧寶傳》云：「端師子，始見弄獅子者，發明心要，則以彩帛像其皮，時時著之，因以為號。秦少游聞其道高，請升座，端以手自指曰：『天上無雙月，人間只一僧，一堂風冷淡，千古意分明。』少游首肯之。」(同上卷三十七)

苕溪漁隱曰：「《古今詞話》以古人好詞，世所共知者，易甲為乙，稱其所作，仍隨其詞牽合為説，殊無根蒂，皆不足信也。如秦少游《千秋歲》：『水邊沙外，城廓春寒退。』末云，『春去也，飛紅萬點愁如海』者，山谷嘗歎其句意之善，欲和之，而以海字難押。陳無已言此詞用李後主『問君那有幾多愁，恰似一江春水向東流』，但以江為海耳。洪覺範嘗和此詞，《題崔徽真子》云：『多少事，都隨恨遠連雲海。』晁無咎亦和此詞《弔少游》云：『重感慨，驚濤自卷珠沉海。』觀諸公所云，則此詞少游作明甚，乃以為任世德所作。又《八六子》『倚危亭，恨如芳草，萋萋剗盡還生』者，《浣溪沙》『脚上鞋兒四寸羅』者，二詞皆見《淮海集》，乃以《八六子》為賀方回作，以《浣溪沙》為涪翁作。……皆非也。」(同上卷三十九)

苕溪漁隱曰：「《東坡後集》有《題織錦圖上回文》三首，其一云：『春晚落花餘碧草，夜涼低月半枯桐，人隨遠雁邊城暮，雨映疎簾繡閣空。』……《淮海集》載東坡跋云：『余少時見一江南本，其後有人題詩十餘首，皆奇絶，今記其三首。』然則此詩非東坡所作也。少游又云：『子瞻記江南所題詩本不全，嘗見之，記其五絶，今以補子瞻之遺。』即《叢話前集》所載回文詩五首是也。世以為少游所作，亦非也。」(同上卷四十)

楊湜

【秦觀四則】 秦少游寓京師，有貴官延飲，出寵姬碧桃侑觴，勸酒惓惓，少游領其意，復舉觴勸碧桃。貴官云：「碧桃素不善飲。」意不欲少游强之。碧桃曰：「今日為學士拚了一醉。」引巨觴長飲。少游即席贈《虞美人》詞曰：「碧桃天上栽和露，不是凡花數。……只怕酒醒時候，逝水集作斷人。腸。」闔座悉恨。貴官云：「今後永不令此姬出來。」滿座大笑。(《緑窗新話》(《古今詞話》))

秦少游在揚州，劉太尉家出姬侑觴。中有一姝，善擘箜篌。此樂既古，近時罕有其傳，以為絶藝。姝又傾慕少游之才名，偏屬意，少游借筊篌觀之。既而主人入宅更衣，適值狂風滅燭，姝來且相親，有倉卒之歡。且云：「今日為學士瘦了一半。」少游因作《御街行》以道一時之景曰：「銀燭生花如紅豆，這好事、而今有。……怕你來僝僽。」（《緑窗新話》）（同上）

少游《畫堂春》「雨餘芳草斜陽，杏花零落燕泥香」之句，善於狀景物。至於「香篆暗銷鸞鳳，畫屏縈遶瀟湘」二句，便含蓄無限思量意思，此其有感而作也。（《草堂詩餘》前集下（類編本一）（同上）

《南柯子》贈東坡侍妾朝雲　洩洩凝春態……空使蘭臺公子，賦高唐。（《花草粹編》五（同上）

【無名氏】《鷓鴣天》春閨　枝上流鶯和淚聞，新啼痕間舊啼痕。一春魚鳥無消息，千里關山勞夢魂。無一語，對芳尊。安排腸斷到黄昏。甫能炙得燈兒了，雨打梨花深閉門。

此詞形容愁怨之意最工，如後疊「甫能炙得燈兒了，雨打梨花深閉門」，頗有言外之意。（《草堂詩餘前集》下引《古今詞話》（類編本一誤作《古今詩話》））

唐圭璋案：上闋至正本《草堂詩餘》引與秦少游《畫堂春》銜接，類編本即以為秦作，失之。

張邦基

崇寧初既立黨籍，臣僚論元祐史官云：「初大臣挾其私忿，濟以邪説，力引儇浮與其厚善，布列史職，毀詆先烈。或鑿空造語以厚誣，若范祖禹、黄庭堅、張耒、秦觀是也；或隱没盛德而不録，若曾肇是也；或含糊取容而不敢言，若陸佃是也。」皆再謫降，時舊史已盡改矣。（《墨莊漫録》卷一）

秦少游侍兒朝華，姓邊氏，京師人也。元祐癸酉納之。嘗為詩云：「天風吹月入欄干，烏鵲無聲子夜闌。織女星明來枕上，了知身不在人間。」時朝華年十九也。後三年，少游欲修真斷世緣，遂遣朝華歸，父母家貧，以金帛而嫁之。朝華臨別，泣不已。少游作詩云：「月霧茫茫曉柝悲，玉人揮手斷腸時。不須重向燈前泣，百歲終當一別離。」朝華既去二十餘日，使其父來云：「不願嫁，乞歸！」少游憐而復取歸。明年，少游出倅錢唐，至淮上，因與道友議論，嘆光景之遄。歸謂華曰：「汝不去，吾不得修真矣！」亟使人走京師，呼其父來，遣朝華隨去，復作詩云：「玉人前去却重來，此度分携更不迴。腸斷龜山離別處，夕陽孤塔自崔嵬。」時紹聖元年五月十一日。少游嘗手書記此事，未幾，遂竄南荒云。（同上卷三）

按：文集中有第一首，為《贈道流四絶》之二，非謂贈侍兒朝華。後二首未録。

張芸叟作《鳳翔吴生畫記》，秦少游作《五百羅漢圖記》，皆法韓退之《畫記》，俱無愧也。（同上卷四）

闕　名

【暢道姑】　暢姓，惟汝南有之。其族尤奉道，男女為黄冠者，十之八九。時有女冠暢道姑，姿色妍麗，神仙中人也。少游挑之不得，乃作詩云：「瞳人剪水腰如束，一幅烏紗裹寒玉。超然自有姑射姿，回看粉黛皆塵俗。霧閣雲窗人莫窺，門前車馬任東西。禮罷曉壇春日净，落紅滿地乳鴉啼。」（《桐江詩話》）

【秦少游詩】　少游汝南作教官日，郡將向宗回團練有《登城詩》，少游次韻兩篇，云：「茫茫汝水抱城根，野色偷春入燒痕。千點湘妃枝上淚，一聲杜宇水邊魂。遥憐鴻隙陂穿路，尚想元和賊負恩。粉堞朱垣都過了，恍如陶侃夢天門。」「庖煙起處認孤村，天色清寒不見痕。車輞湖邊梅濺淚，壺公祠畔月銷魂。封疆盡是春秋國，廟食多懷將相恩。試問李斯長歎後，誰牽黄犬出東門？」又嘗於程文通會間賦《牽牛花詩》云：「銀漢初移漏欲殘，步虚人倚玉欄干，仙衣染得天邊碧，乞與人間向曉看。」又一歲，太守王左丞二月十一日生日，程文通諸人前期袖壽詩草謁少游，問曰：「左丞生日必有佳作。」少游以詩草示之，乃壓九青字韻俱盡。首云：「元氣鍾英偉，東皇賦炳靈。蓂敷十一莢，椿茂八千齡。汗血來西極，摶風出北溟。」諸人愕然相視，讀畢俱不敢出袖中之草，唯唯而退。(同上)

按：賦牽牛花、賀王太守生日二詩文集未存，録以補遺。

嚴有翼

【豪句】　吟詩喜作豪句，須不畔於理方善。……李太白《北風行》云：「燕山雪花大如席。」《秋浦歌》云：「白髮三千丈。」其句可謂豪矣，奈無此理何！如秦少游《秋日絶句》云：「連卷雌蜺挂西樓，逐雨追晴意未休；安得萬粧相向舞，酒酣聊把作纏頭。」此語亦豪而工矣。(《藝苑雌黄》)

【淵明永初甲子辨】　秦少游言：宋初受命，陶潛自以祖先晉世宰輔，耻復屈身後代，自宋武帝王業漸隆，不復肯仕，投劾而歸，躬耕於潯陽之野。其所著書是義熙以前，題晉年號；永初以後，但稱甲子而已。魯直詩亦有「甲子不數義熙前」之句。此說蓋出《五臣文選注》。《淵明集》第三卷首已嘗辨此說為非是。如少游、魯直尚惑於五臣之說，其他可知。(同上)

【朝雲】朝雲者，東坡侍妾也，嘗令就秦少游乞詞，少游作《南歌子》贈之云：「靄靄迷春態，溶溶媚曉光。不應容易下巫陽，祗恐翰林前世是襄王。暫為清歌住，還因暮雨忙，瞥然歸去斷人腸，斷人腸，空使蘭臺公子賦高唐。」何其婉媚也！《復齋漫録》云：「《洛陽伽藍記》言河間王有婢名曰朝雲，善吹篪。……。」然則名婢曰朝雲，不始於東坡也。(同上)

【秦少游詞有來歷】程公闢守會稽，少游客焉，館之蓬萊閣。一日席上有所悦，自爾眷眷不能忘情，因賦長短句，所謂「多少蓬萊舊事，空回首，煙靄紛紛」也。其詞極為東坡所稱道，取其首句，呼之為山抹微雲君。中間有「寒鴉萬點，流水遶孤村」之句，人皆以為少游自造此語，殊不知亦有所本。予在臨安，見平江梅知録云：隋煬帝詩云，「寒鴉千萬點，流水遶孤村」。少游用此語也。予又嘗讀李義山《效徐陵體贈更衣》云：「輕寒衣省夜，金斗熨沉香。」乃知少游詞「玉籠金斗，時熨沉香」，與夫「睡起熨沉香，玉腕不勝金斗」，其語亦有來歷處。乃知名人必無杜撰語。(同上)

【柳三變】……柳之樂章，人多稱之，然大概非羇旅窮愁之詞，則閨門淫媟之語。若以歐陽永叔、晏叔原、蘇子瞻、黄魯直、張子野、秦少游輩較之，萬萬相遼。彼其所以傳名者，直以言多近俗，俗子易悦故也。(同上)

闕名

【詩詠高唐事】高唐事乃楚懷王，非襄王也。若古人云：「莫道無心便無事，也應愁殺楚襄王。」少游詞云：「不應容易下巫陽，只恐翰林前世是襄王。」皆誤用也。（《漫叟詩話》）

李燾

元祐五年六月丁酉，詔：「秘書省見校對黄本書籍可添一員，以明州定海主簿秦觀充。」校對黄本始此。（《續資治通鑑長編》卷四百四十三）

元祐六年七月己卯，左宣德郎吕大臨、秘書省校對黄本書籍秦觀並為正字。大臨，大防弟也。先是大防謁告劉摯，謂傅堯俞、蘇頌、蘇轍曰：明日與大臨了却正字差遣。皆曰諾。及退，王岩叟獨移簡摯曰：命出必有竊議者，恐於朝廷、於公及其人，皆不為美事。摯答曰：敬服。逾兩月，卒與觀並命。八月五日賈易云云。六日觀罷新命。劉摯日記云：二十二日除目，吕大臨、秦觀並秘書省正字。大臨，左揆之弟，有學行。觀能文，有氣節，向亦遭嫉嫌，攻以曖昧事。除目下，舍人初欲論觀，事後遂已。東臺亦過矣。按：摯所稱舍人及東臺，當考姓名。時范祖禹、朱光庭為給事，必光庭嘗有論列。（同上卷四百六十二）

元祐六年八月戊子，趙君錫《論秦觀疏》付三省。劉摯私志其事云：「初除觀為正字，用君錫之薦。既而賈易詆觀不檢之罪。同日君錫亦有一章曰：臣前薦觀以其有文學，今始知其薄於行，願寢前薦，罷觀新命，臣妄薦觀罪不敢逃也。觀亦有狀辭免。今日君錫之疏曰：『二十七日觀來見臣，言賈御史之章云：邪人在位，引其黨類，此意是傾中丞也。今賈之遺行如觀者甚多，中丞何不急作一章論賈，則事可解。觀之傾險如此，乞下觀吏究治之。緣臣與賈易二十六日彈觀，才一夕而觀盡得疏中意，此必有告之者。朝廷之上，不密如此！觀訪臣既去，是日晚有王遹來，蘇軾之親也。自言軾遣見臣，有二事。其一則言觀者公之所薦也，今反如此。其一則兩浙災傷如此，而賈易、楊畏乃言傳者過當，欲令朝廷考虛實。朝廷從其奏，於是給事、兩諫官論駁，以謂當聽其賑卹，不可先以覈實之旨恐之。夫臺諫之言不同如此，中丞豈可不為一言？臣以為觀與遹皆挾軾之威勢，逼臣言事，欲離間風憲，僚臣皆云姦惡，乞屬吏施行。』夫君錫之薦觀也，非本知觀也。未拜中丞時，觀多與王鞏游飲，君錫在焉，緣此習熟。既為中丞，鞏迫令薦之。觀，軾之客也。故凡不喜軾者，皆咎君錫。及易至，亦以君錫薦觀為非。今觀有正字之除，易率先一章，君錫遂翻然首之。首觀可也，今日之章，似乎太甚。君錫與軾極相友善，兼所傳言無他禱請，遽白之，朋友之道缺矣；不白之，於義未有害也。摯謂君錫，深惜此舉！議者以君錫為易所凌劫，至於如此云。」(同上卷四百六十三)

元祐六年八月壬辰，是日輔臣聚都堂。……鄭雍言君錫前此徇人，輒薦秦觀，畏憚賈易，又輒首之，反復欺君，士論所醜。與王鞏欵昵，鞏去京，趣詣船別鞏。姦諛柔佞之人，不足以執憲。……是日又進雍論君錫太無執持，見人道秦觀好，便舉却；見人言觀罪，便首如此，莫難住也。(同上)

元祐八年五月壬辰，三省同進呈董敦逸四狀，言蘇轍；黄慶基三狀，言蘇軾、吕大防。……慶基言：軾自進用以來，援引黨與，分布權要。……至如秦觀，亦軾之門人也，素號猥薄。昨除秘書省正字，既用言者罷矣，猶不失為校對黄本書籍。(同上卷四百八十四)

元祐八年六月乙丑，左宣德郎秘書省校對黄本秦觀為正字。《政目》十九日，《實録》在七月二十四日。(同上)

元符元年冬十月丁酉　權殿中侍御史鄧棐言：新除京東路轉運判官秦定，頃緣姪觀與蘇軾、蘇轍厚善，遂權監司，乞罷新命。詔定知濠州。(同上卷五百三)

袁　文

「靄靄迷春態，溶溶媚曉光，不應容易下巫陽。只恐翰林前世是襄王。暫為清歌駐，還因暮雨忙。瞥然飛去斷人腸，空使蘭臺公子賦《高唐》。」此秦少游為朝雲作《南歌子》詞也。「玉骨那愁瘴霧，一作煙瘴冰肌一作冰姿自有仙風。海山時遣探芳叢，倒挂緑毛幺鳳。素面常嫌粉污，洗妝不褪唇紅。高情已逐曉雲空，不與梨花同夢。」此蘇東坡為朝雲作《西江月》詞也。余謂此二詞，皆朝雲死後作，其間言語亦可見。而《藝苑雌黄》乃云：「《南歌子》者，東坡令朝雲就少游乞之；《西江月》者，東坡作之以贈焉。」恐非也。莊季裕《鷄肋編》曰：「東坡謫惠州時作《梅詞》云云。廣南有緑毛丹觜禽，其大如雀，狀類鸚鵡，棲集皆倒懸于枝上，土人呼為倒挂子，而梅花葉四周皆紅，故有『洗妝』之句。」二事皆北人所未知者。(《甕牖閑評》卷五)

程伊川一日見秦少游，問：「天若有情，天也為人煩惱。是公之詞否？」少游意伊川稱賞之，拱手遜謝。

伊川云：「上穹尊嚴，安得易而侮之！」少游慚而退。近日鄭聞眷一官妓周韻者，作《瑞鶴仙》遺之，其末句云：「醉歸來，不悟人間天上，雲雨難尋舊跡。但餘香暗著羅衾，怎生忘得？」其詞固佳也，但天上豈是作懽處！其褻慢又甚于少游。（同上）

世人用芰荷字多不辨。夫芰，菱也；荷，蓮也。二者初非一物。屈到嗜芰，蓋喜食菱耳。而秦少游詩云：「紅菱秋開鑑水香。」菱花潔白，無紅者，豈少游亦誤以芰荷為一物，而未之察耶？（同上卷七）

秦少游贈鮮于子駿詩云：「擊强雕鶚健，治劇鷫鷞銛。」《藝苑雌黄》病其句中不見餘刃之意，遽云「鷫鷞銛」，不可。彼蓋不知少游用杜子美之詩耳，子美詩云：「銛鋒瑩鷫鷞。」所謂「鷫鷞銛」者蓋此爾，非少游之誤也。（《甕牖閑評佚文》）

余酷愛杜工部詩中用「受」字，如「修竹不受暑」，「雙燕受風斜」，「野航恰受兩三人」是也。而秦少游詩中學用「受」字亦可愛，如「蜂房受晚香」，「亂帆天際受風忙」是也。然此「受」字乃出於《左氏傳》，云「而受室以歸」，「受」字蓋出於此。（同上）

秦少游《虚飄飄詩》云：「雨中漚點没流水，風裏綵雲鋪遠霄。」余謂「没」字恐誤，欲改作「泛」字，若漚點既已没矣，自不足云也，惟其尚在流水之間，故有虚飄飄之意焉。（同上）

陳巖肖

晉宋間，沃州山帛道猷詩曰：「連峯數千里，修林帶平津。茅茨隱不見。鷄鳴知有人。」後秦少游詩云：「菰蒲深處疑無地，忽有人家笑語聲。」僧道潛號參寥，有云：「隔林髣髴聞機杼，知有人家在翠微。」其源乃出於道猷，而更加鍛鍊，亦可謂善奪胎者也。（《庚溪詩話》卷下）

王　偁

【秦觀傳】秦觀字少游，揚州高郵人也，舉進士不中。元祐初，蘇軾以賢良方正薦於朝，除太學博士，校正秘書省書籍。遷正字，兼國史院編修官。紹聖初坐黨籍，通判杭州。以御史劉拯論其增損實録，責監處州酒税，又編置郴州，移横、雷二州。後放還，至藤州而卒，年五十三。有《文集》四十卷。觀長於議論，文麗而思深。蘇軾嘗以其詩薦之於王安石。安石答軾書云：「公奇秦君，口之而不置。我得其詩，手之而不釋。餘卷正毦眩，未暇細讀，嘗鼎一臠，旨可知也。」及觀死，軾聞之歎曰：「少游不幸，死於道路，哀哉，哀哉！世豈復有斯人乎？」弟覿，字少章，亦能文。（《東都事略》卷一一六）

喻良能

【讀淮海集】五言未數韋應物，八面須還秦少游。花氣湖光吟鑑水，雷推雨雹賦黄樓。（引自《永樂大典》卷二二五三七）

林機

【淮海居士文集後序】元祐中，海内之士，望蘇公門牆何止數仞，獨高郵秦君與黄魯直、張文潛、晁無咎四人者，以文章議論頡頏其間。而秦君受公之知為最深，以賢良方正直言極諫科薦於朝，且上其文汲汲焉，不啻若己出。王介甫平時重許可，得其詩文於蘇公，自謂嘗鼎一臠。使奄而大嚼，飫味其餘，又不知作何等語也。抑由養之於中，博洽宏深，故發越於外，宜乎粹然一出於正，足以闢治道而補名教者，具於淮海所載是也。至於感興詠懷，間於歌詞，世之淺薄往往謂尤長於樂府，未見好德如好色者也。惜高郵薦更兵火，索囊善本，訛舛失真。里人王公定國之牧是邦，剸裁豐暇，開學校以先士類，謂捨匠石之園，而掄材於遠，天下之大弊。以公之文，易於矜式，搜訪遺逸，咀華涉源，一字不苟，校集成編，總七百二十篇，釐為四十九卷，板置郡庠，一鄉善士，其則不遠，可謂知設教之序矣。嗚呼。士有窮而榮、達而拙者，公平生仕進，奇蹇不偶，竟不如志，一何不幸！至其為文，有蘇公以主盟於前，王公以膏馥於後，將彌億載而愈光，又何其幸耶！乾道癸巳正月望日，左朝奉大夫試給事中兼侍講三山林機景度叙。（宋乾道本《淮海集》後附）

王灼

張子野、秦少游俊逸精妙。少游屢困京洛，故疎蕩之風不除。（《碧鷄漫志》卷二）

洪　邁

【梅花横參】　今人梅花詩詞，多用參横字，蓋出柳子厚《龍城録》所載趙師雄事，然此實妄書，或以為劉無言所作也。其語云：「東方已白，月落參横。」且以冬半視之，黄昏時參已見，至丁夜則西没矣，安得將旦而横乎？秦少游詩「月落參横畫角哀，暗香消盡令人老」，承此誤也。唯東坡云「紛紛初疑月挂樹，耿耿獨與參横昏」，乃為精當。（《容齋隨筆》卷十）

【兄弟直西垣】　秦少游集中，有《與鮮于子駿書》云：「今中書舍人皆以伯仲繼直西垣，前世以來未有其事，誠國家之美，非特衣冠之盛也。除書始下，中外欣然，舉酒相屬。」予以其時考之，蓋元祐二年，謂蘇子由、曾子開、劉貢甫也。子由之兄子瞻，子開之兄子固、子宣，貢甫之兄原甫，皆經是職，故少游有此語云。（同上卷十六）

【續樹萱録】　頃在祕閣抄書，得《續樹萱録》一卷，其中載隱君子元撰夜見吴王夫差，與唐諸詩人吟詠事。李翰林詩曰：「芙蓉露濃紅壓枝，幽禽感秋花畔啼。玉人一去未回馬，梁間燕子三見歸。」張司業曰：「緑頭鴨兒咂萍藻，采蓮女郎笑花老。」杜舍人曰：「鼓鼙夜戰北窗風，霜葉沿階貼亂紅。」三人皆全篇。杜工部曰：「紫領寬袍漉酒巾，江頭蕭散作閑人。」白少傅曰：「不因霜葉辭林去，的當山翁未覺秋。」李賀曰：「魚鱗甃空排嫩碧，露桂梢寒挂團壁。」三人皆未終篇。細味其體格語句，往往逼真。後閲秦少游集，有《秋興》九首，皆擬唐人，前所載咸在焉。關子東為秦集序云，「擬古數篇，曲盡唐人之體」，正謂是也。何子楚云：「《續萱録》乃王性之所作，而託名他人。」今其書才有三事：其一曰賈博喻，一曰全若虚，一曰元撰，詳命名之義，蓋取諸子虚、亡是公云。（同上）

【存殁絶句】 杜子美有《存殁》絶句二首云：「席謙不見近彈棋，畢曜仍傳舊小詩。玉局他年無限笑，白楊今日幾人悲。」「鄭公粉繪隨長夜，曹霸丹青已白頭。天下何曾有山水，人間不解重驊騮。」每篇一存一殁。蓋席謙、曹霸存，畢、鄭殁也。黄魯直《荆江亭即事》十首，其一云：「閉門覓句陳無己，對客揮毫秦少游。正字不知温飽未，西風吹淚古藤州。」乃用此體。時少游殁而無己存也。近歲新安胡仔著《漁隱叢話》，謂魯直以今時人形入詩句，蓋取法於少陵，遂引此句，實失於詳究云。（《容齋續筆》卷二）

【高子允謁刺】 王順伯藏昔賢墨帖至多，其一曰高子允諸公謁刺，凡十六人，時公美、徐振甫、余中、龔深父、元耆寧、秦少游、黄魯直、張文潛、晁無咎、司馬公休、李成季、葉致遠、黄道夫、廖明略、彭器資、陳祥道，皆元祐四年朝士，唯器資為中書舍人，餘皆館職。其刺字或書官職，或書郡里，或稱姓名，或只稱名，既手書之，又斥主人之字，且有同舍、尊兄之目，風流氣味，宛然可端拜，非若後之士大夫一付筆吏也。（《容齋三筆》卷十六）

【辯秦少游義倡】 《夷堅己志》載潭州義倡事，謂秦少游南遷過潭，與之往來，後倡竟為秦死。常州教授鍾將之得其説於李結次山，為作傳。予反復思之，定無此事，當時失於審訂，然悔之不及矣。秦將赴杭倅時，有妾邊朝華，既而以妨其學道，割愛去之，未幾罹黨禍，豈復眷戀一倡女哉？予記國史所書温益知潭州，當紹聖中，逐臣在其巡内，若范忠宣、劉仲馮、韓川原伯、呂希純子進、呂陶元鈞，皆為所侵困。鄒公南遷過潭，暮投宿村寺，益即時遣州都監將數卒夜出城，逼使登舟，竟凌風絶江去，幾於覆舟。以是觀之，豈肯容少游款昵累日？此不待辯而明，《己志》之失著矣！（《容齋四筆》卷九）

【秦、杜八六子】　秦少游《八六子》詞云：「片片飛花弄晚，濛濛殘雨籠晴。正銷凝，黄鸝又啼數聲。」語句清峭，為名流推激。予家舊有建本《蘭畹曲集》，載杜牧之一詞，但記其末句云：「正銷魂，梧桐又移翠陰。」秦公蓋效之，似差不及也。（《容齋四筆》卷十三）

【韓、蘇、杜公叙馬】　韓公《人物畫記》其叙馬處云：「馬大者九匹，於馬之中又有上者下者焉，行者，牽者，奔者，涉者，陸者，翹者，顧者，鳴者，寢者，訛者，立者，齕者，飲者，溲者，陟者，降者，癢磨樹者，嘘者，嗅者，喜而相戲者，怒相踶齧者，秣者，騎者，驟者，走者，載服物者，載狐兔者，凡馬之事二十有七焉。馬大小八十有三，而莫有同者焉。」秦少游謂其叙事該而不煩，故仿之而作《羅漢記》。（《容齋五筆》卷七）

【盤谷碑厄】　孟州濟源縣韓文公送李愿歸盤谷序碑，唐元和中縣令崔浹所立。歲月既久，湮没為民井甃。政和三年，縣尉宋鞏巡警至其地，洗濯視之，曰：「此至寶也。」村民愚，以為真有寶，伺宋去，碎之。無所獲，棄於道上。高密人孟温舒為令，聞之，舁歸縣，龕於出治堂中。出治堂者，元祐中宰傅君愈所建，秦少游作記，且書之刻石。崇寧時，為觀望者礲去，温舒得舊本於民間，再刊之，但隱其姓名，亦好事君子也。（《夷堅志甲志》卷十）

【義倡傳】 義倡者，長沙人也，不知其姓氏。家世倡籍，善謳，尤喜秦少游樂府，得一篇，輒手筆口詠不置。久之，少游坐鉤黨南遷，道長沙，訪潭土風俗妓籍中可與言者，或言倡，遂往焉。少游初以潭去京數千里，其俗山獠夷陋，雖聞倡名，意甚易之。及見，觀其姿容既美，而所居復瀟灑可人意，以為非唯自湖外來所未有，雖京洛間亦不易得。坐語間，顧見几上文一編，就視之，目曰《秦學士詞》，因取竟閱，皆己平日所作者，環視無他文。少游竊怪之，故問曰：「秦學士何人也？若何自得其詞之多？」倡不知其少游也，即具道所以。少游曰：「能歌乎？」曰：「素所習也。」少游愈益怪，曰：「樂府名家，毋慮數百，若何獨愛此乎？不惟愛之，而又習之歌之，若素愛秦學士者，彼秦學士亦嘗遇若乎？」曰：「妾僻陋在此，彼秦學士，京師貴人也，焉得至此！藉令至此，豈顧妾哉！」少游乃戲曰：「若愛秦學士，徒悅其詞爾，若使親見容貌，未必然也。」倡歎曰：「嗟乎！使得見秦學士，雖為之妾御，死復何恨！」少游察其語誠，因謂曰：「若欲見秦學士，即我是也，以朝命貶黜，因道而來此爾。」倡大驚，色若不懌者，稍稍引退，入謂母媪。有頃媪出，設位，坐少游於堂，倡冠帔立階下，北面拜。少游起且避，媪掖之坐以受。拜已，張具筵飲，虛左席，示不敢抗。母子左右侍觴，酒一行，率歌少游一闋一侑之，卒飲甚懽，比夜乃罷。止少游宿，衾枕席褥，必躬設，夜分寢定，倡乃寢。先平明起，飾冠帔，奉沃匜，立帳外以待。少游感其意，為留數日，倡不敢以燕情見，愈加敬禮。將別，囑曰：「妾不肖之身，幸得侍左右，今學士以王命不可久留，妾又不敢從行，恐重以為累。唯誓潔身以報，他日北歸，幸一過妾，妾願畢矣！」少游許之。一別數年，少游竟死於藤。倡雖處風塵中，為人婉娩有氣節，既與少游約，因閉門謝客，獨與媼處。官府有召，辭不獲，然後往。誓不以此身負少游也。一日，晝寢寤，驚泣曰：「自吾與秦學士别，未嘗見夢，今夢來别，非吉兆也，秦其死乎！」亟遣僕順途覘之。數日得報，秦果死矣！乃謂媼曰：「吾昔以此身許秦學士，今不可以死故背之。」遂衰服以赴，行數百里，遇於旅館，將入，門者禦焉，告之故而後入。臨其喪，拊棺繞之三週，舉聲一慟而絶。左右驚救，已死矣！湖南人至今傳之，以為奇事。京口人鍾明，將之常州校官，以聞於郡守李次山結，既為作傳，又系贊曰：「倡慕少游之才，而卒踐其言，以身事之，而歸死焉，不以存亡間，可謂義倡矣！世之言倡者，徒曰下流不足道，嗚呼！今夫士之潔其身以許人，能不負其死而不愧於倡者，幾人哉！倡雖處賤而節義若此，然其處朝廷處鄉里處親識僚友之際，而士君子其稱者，乃有愧焉！則倡之義，豈可薄邪！詩曰：『采葑采菲，無以下體。』余聞李使臣結言，其先大父往持節湖湘間，至長沙，聞倡之事而歎異之，惜其姓氏之不傳云。」復書長句於後曰：「洞庭之南瀟湘浦，佳人娟娟隔秋渚。門前冠蓋但如雲，玉貌當年誰為主？風流學士淮海英，解作多情斷腸句。流傳往往過湖嶺，未見誰知心已赴。舉首却在天一方，直北中原數千里。自憐容華能幾時，相見河清不可俟。北來遷客古藤州，度湘獨弔長沙傅。天涯流落行路難，暫解征鞍聊一顧。横波不作常人看，邂逅乃慰平生慕。蘭堂置酒羅饈珍，明燭燒膏為延佇。清歌宛轉繞梁塵，博山空濛散烟霧。雕床斗帳芙蓉褥，上有鴛鴦合懽被。紅顔深夜承燕娱，玉笋清晨奉巾履。匆匆不盡新知樂，惟有此身為君許。但説恩情有重來，何期一别歲將暮。午枕孤眠魂夢驚，夢君來别如平生。與君已别復何别，此别無乃非吉徵！萬里海風掀雪浪，魂招不歸竟長往。效死君前君不知，向來宿約無期爽。君不見二妃追舜號蒼梧，恨染湘竹終不枯。無情湘水自東注，至今斑笋盈江隅。屈原《九歌》豈不好，煎膠續絃千古無。我今試作《義倡傳》，尚使風期後來見！」（《夷堅志補》卷二）

陸游

【出塞四首借用秦少游韻】北伐下遼碣，西征取伊凉。壯士凱歌歸，豈復賦《國殤》。連頸俘女真，貸死遣牧羊。犬豕何足仇，汝自承余殃。

煌煌藝祖業，土宇盡九州。當時王會圖，豈數汝黃犬。所謂黃頭女真。今兹縛纛下，狀若觳觫牛。萬里獻太祖，裨將皆通侯。

符離既班師，北伐意頗闌。志士雖有懷，開説常苦艱。諸將初北首，易水秋風寒。黄旗馳捷奏，雪夜奪榆關。

小醜盜中原，異事古未有。爾來閏左起，似是天假手。頭顱滿沙場，餘截飼猪狗。天網本不疏，貸汝亦已久。（《劍南詩稿》卷六十二）

【題陳伯予主簿所藏秦少游像】晚生常恨不從公，忽拜英姿繪畫中。妄欲步趨端有意，我名公字正相同。（同上卷六十七）

【跋秦淮海書】黄豫章、秦淮海，皆學顔平原真行。豫章晚尤自稱許，淮海則退避，不肯以書自名，亦

各行其志也。嘉定改元四月己酉，山陰陸某書。(《渭南文集》卷三十一)

【跋淮海後集】悼王子開五詩，賀鑄方回作也。子開名遽，居江陰，既死，返葬趙州臨城，故有和氏干將之句。方回詩，今不多見於世，聊記之以示後人。放翁。(同上)

【鶯花亭】沙上春風柳十圍，緑陰依舊語黄鸝。故應留與行人恨，不見秦郎半醉時。(見明楊慎《詞品》卷三，明崇禎《處州府志》卷十六，清乾隆《浙江通志》卷五十一，清同治《麗水縣志》卷六。後三書「語黄鸝」均作「着黄鸝」)

按：范成大《石湖居士詩集》卷十有《次韻徐子禮提舉鶯花亭》詩。其小序云：「秦少游『水邊沙外』之詞，蓋在栝蒼監征時所作。予至郡，徐子禮提舉按部來過，勸予作小亭，記少游舊事；又取詞中語名之曰鶯花，賦詩六絶而去。明年，亭成，次韻寄之。」陸游此詩之韻，即其第五首之韻。成大於乾道四年八月至乾道五年五月知處州(參周必大《平園續稿》卷二十二《范成大神道碑》，《南宋館閣録》卷八，崇禎《處州府志》)。陸游之作，當在范詩前後。徐子禮較陸游為長，曾幾《茶山集》有詩及之。……(《陸游集·附録》)

吕周輔言：東坡先生與黄門公南遷，相遇於梧、藤間。道旁有鬻湯餅者，共買食之，觕惡不可食。黄門置箸而歎，東坡已盡之矣。徐謂黄門曰：「九三郎，爾尚欲咀嚼耶？」大笑而起。秦少游聞之曰：「此先生飲酒，但飲濕法已。」(《老學庵筆記》卷一)

賀方回作《王之開挽詞》「和璧終歸趙，干將不葬吴」者，見於秦少游集中。子開大觀己丑卒於江陰，而返葬臨城，故方回此句為工，時少游已没十年矣。(同上卷五)

范成大

【次韻徐子禮提舉鶯花亭并序】 秦少游「水邊沙外」之詞，蓋在括蒼監征時所作。予至郡，徐子禮提舉按部來過，勸予作小亭，記少游舊事；又取詞中語名之曰鶯花，賦詩六絶而去。明年亭成，次韻寄之。

灘長石出水鳴隄，城郭西頭舊小溪。游子斷魂招不得，秋來春草更萋萋。

愁邊逢酒却成憎，衣帶寬來不自勝。煙水蒼茫外沙路，東風何處拄枯藤？

壚下三年世路窮，蟻封盤馬竟難工。千山雖隔日邊夢，猶到平陽池館中。

文章光燄照金閨，豈是遭逢乏聖時。縱有百身那可贖，琳琅空有萬篇垂。

山碧叢叢四打圍，煩將舊恨訪黄鸝。纈林霜後黄鸝少，須是愁紅萬點時。

古藤陰下醉中休，誰與低眉唱此愁。團扇他年書好句，平生知己識儋州。（《范石湖集》卷十）

周必大

【跋秦少章詩卷】 右秦少章古律詩一卷，宗人愚卿兄弟示予求跋。昔東坡蘇公送少章詩云：「秦郎忽過我，賦詩如阿何。」「句法本黄子」，謂魯直也；「二豪與揩磨」，謂其兄少游及張文潛也。又云：「瘦馬識騄耳，枯桐得雲和。」其見稱許如此。……（《益公題跋》卷五）

【跋山谷與孫端帖】　元豐八年七月，孫覺莘老自秘書少監遷諫大夫，是年四月山谷以校書郎召，夏秋間到京。所謂子實，名端，孫公之子。山谷先娶孫公女，故從俗呼端為大舅，今集中有《次韻寄秦少游并題寄寂齊》二詩，即其人也。嘉泰壬戌三月丙寅，平園老叟周某書歸之皇諸孫仲肅。(同上卷五)

【題秦少游瑶池宴】　少游所書《瑶池宴》蘇易簡也，事載《冷齋夜話》。《湘山野録》止有數句，亦與此不同。乾道辛卯九月十七日周某子充題。

後四年令工鄭源重裝，時再掌内制，故用翰苑印識之。(同上卷八)

【跋米元章書秦少游詞】　借眼前之景，而含萬里不盡之情；因古人之法，而得三昧自在之力。此詞此字所以傳世，乾道己丑五月二十四日(同上卷九)

【跋秦少游帖】　觀自去歲入京，遭此追捕，親老骨肉亦不敢留，鄉里治生之具，緣此蕩盡。今雖得生還，而仰事俯育之計蕭然不給，想公聞之不能無惻然也。不知能為謀一主學處否？試望留意，幸甚！惠及銀杏，尤見厚意，感悚，忽遽未有以為獻者。行甫聞授宣城，是否？家叔已赴濱州渤海知縣，祖父在彼幸安，但地遠難得書耳。李端叔從軍都不聞耗，不知何如也。與公别未幾，世間事多變如此，既可嘆，復可笑耳！何時展晤？以盡所懷。觀再拜。

少游作此帖，猶未仕也。今《淮海集》有《對詔獄》二詩，所謂「一室懸如磬，人音盡不聞。老兵隨卧起，漂母給朝曛。」者，殆去歲追捕時耶？淳熙七年正月十四日，東里周某同崔大雅觀於吏部直舍。(同上卷十)

周煇

秦少游發郴州，反顧有所屬，其詞曰：霧失樓臺(詞見文集，不録)。山谷云：語意極似劉夢得楚蜀間語。(《清波雜志》卷九)

楊萬里

【次韻秦少游梅韻】南枝外槁中不槁，未葉先花笑人倒。已從寒裏著詩愁，可復溪邊被花惱。非渠攙出百卉前，爾許清寒誰敢早？有花無雪花只俗，有雪無梅雪何好？冷蕊不風元自香，瘦何寫月真如掃。但令一嶽蒔橫斜，便掛竹皮為渠老。秦七、蘇二冰玉詞，絶唱寒盟幾秋草！梅邊尚有句可搜，更撚衰髯仰青昊。(《誠齋集》卷三)

【過高郵】解纜維揚欲夕陽，過舟覆盎已晨光。夾河漁屋都編荻，背日船篷尚滿霜。城外城中四通水，堤南堤北萬垂楊。一州斗大君休笑，國士秦郎此故鄉。(同上卷二十七)

【湖天暮景(録一首)】斷腸浪説賀方回，未抵秦郎翦水才。欲向湖邊問遺唱，鴛鴦鸂鶒兩相推。(同上)

【送子上弟赴郴州使君羅達甫寺正之招】郴山奇變水清瀉，郴江幸繞郴山下。韓、秦妙語久絶絃，誰煎鳳觜續此篇？君章詞客山水主，雲錦聘君君好赴。為尋兩公舊游處，得句寄儂儂不妬。休道郴陽和雁無，也曾避雪羅浮去。(同上卷三十九)

【雲巢小集後序】……子不見唐人孟郊、賈島乎？郊、島之窮，才之所致固也。然同時之士如王涯、賈餗，豈不富且貴哉！當郊、島以飢死寒死，涯、餗未必不憐之也。及甘露之禍，涯、餗雖欲如郊、島之飢死寒死，不可得也。使郊、島見涯、餗之禍，涯、餗憐郊、島乎？郊、島憐涯、餗乎？未可知也。子不見本朝黄、秦乎？魯直貶死宜州，少游貶死藤州。而蔡京、王黼相繼為宰相，貴震天下。當黄、秦之死，王、蔡必幸其死。及王、蔡之誅，黄、秦不見其誅。使黄、秦見其誅，亦必不幸之也。然黄、秦不幸王、蔡之誅，而天下萬世幸之。王、蔡幸黄、秦之死，而天下萬世惜之。然則黄、秦之貧賤，王、蔡之富貴，其究何如也。且彼四子之富貴，其得者幾何，而今視之，不啻如糞土。而此四子之貧賤，所得者如此，今與日月争光可也。（同上卷八十一）

【胡英彦墓志銘（節録）】有詩若干篇，詩話若干卷，《論語叢書》三卷，又《集音》二卷，《文髓》十卷，注《蘭臺詩》及《淮海詞》各若干卷。（同上卷一百二十八）

客有自秦少游許來見東坡。坡問近有何詩句，客舉秦《水龍吟》詞云：「小樓連苑横空，下臨繡轂雕鞍驟。」坡笑曰：「又連遠，又横空；又繡轂，又雕鞍，又驟，也勞攘。」坡亦有此詞云：「燕子樓中，佳人何在，空鎖樓中燕。」（《誠齋詩話》）

王明清

建炎末，贈黄魯直、秦少游及晁無咎、張文潛俱為直龍圖閣。（《揮麈録·前録》卷三）

元豐中，先祖訪滕章敏公元發於池陽，時楊元素過郡。二公同年生，款留甚懽。一日，元素忽問公曰：「令弟賊漢在否？」先祖坐間甚訝其語，伺小間因啟公，公曰：「熙寧初，甫與元素俱受主上柬知非常，並居臺諫。偶同上殿，陳於上曰：『曾公亮久在相位，有妨賢路。』上曰：『然。卿等何故都未有文字來？』明日相約再對。草疏已畢，舍弟申見之，夜馳密以告曾。曁至榻前，未出奏牘，上怒曰：『豈非欲言某人耶？其中事悉先來辯析文字，見留此。卿等為朕耳目之官，不慎密乃爾！』言遂不行。吾二人繇此失眷。元素所以深恨之。」東坡先生作滕公挽詩云：「先帝知公早，虛懷第一人。」謂受裕陵眷簡最先也。又云：「高平風烈在，威敏典刑存。」滕蓋范文正之外孫，而受兵法於孫元規。滕公奮身寒苦，兄弟三人，誓不異居，而有象傲之弟，即申焉，恃其愛，無所不至，公一切置之。元祐中，公自高陽易鎮維揚，道卒。喪次國門，先祖自陳留來會哭。朝士皆集舟次。秦少游時在館中，少游辱公之知最早，弔畢來見先祖於舟，因為少游言其弟凌蠛諸孤狀，少游不平，策馬而去。翌日，方欲解維，開封府遣人尋滕光禄舟甚急，乃御史中丞蘇轍劄子，言元發昔事先帝，早蒙知遇，有弟申，從來無行，今元發既死，或恐從此凌暴諸孤，不得安居。緣元發出自孤貧，兄弟別無合分財産，欲乞特降旨揮，在京及沿路至蘇州已來官司，不得申干預家事及奏薦恩澤，仍常覺察。奉聖旨，令開封府備坐榜舟次詢之，乃少游昨日徑往見子由，為言其事，所以然耳。昔人篤於風誼乃爾。今蘇黄門章疏中，備載其劄子。（《揮麈録·後録》卷六）

元祐二年，東坡先生入翰林，暇日會張、秦、晁、陳、李六君子於私第，忽有旨令撰《賜奉安神宗御容禮儀》，使吕大防口宣茶藥詔，東坡就牘書云：「於赫神考，如日在天。」顧羣公曰：「能代下一轉語否？」各辭之。坡隨筆後書云：「雖光明無所不臨，而躔次必有所舍。」群公大以聳服。《導引鼓吹詞》蓋亦是時作，真迹今藏明清處。二事曾國華云。（《揮麈録·後録餘話》卷一）

紹聖初，治元祐黨人。秦少游出為杭州通判，坐以修史詆誣，道貶監處州酒税。在任，兩浙運使胡宗哲觀望羅織，劾其敗壞場務，始送郴州編管。（《揮麈録·餘話》卷二）

元祐初，修《神宗實録》，秉筆者極天下之文人，如黄、秦、晁、張是也。故詞采粲然，高出前代。（《玉照新志》卷一）

賀方回為子開挽詩，詞云：「我昔官房子，嘗聞忠穆賢。」又云：「和璧終歸趙，干將不葬吴。」今乃印在秦少游集中。明之子即為和寧也。少游没於元符末，子開大觀中猶在，其誤明矣。（同上）

明清家舊有常子允元祐中在館閣同舍諸公手狀，如黄、秦、晁、張諸名人皆在焉。後為龔養正、頤正易去。比觀洪景盧《客齋三筆》，乃云見於王順伯所以為高子允者。常名立，汝陰人，與家中有鄉曲之舊。（同上卷三）

王　質

【和陶淵明歸去來辭】　元祐諸公，多追和柴桑之辭。自蘇子瞻發端，子由繼之，張文潛、秦少游、晁無咎、李端叔又繼之，崇寧崔德符、建炎韓子蒼又繼之。居閑無以自娱，隨意屬辭，姑陶寫而已，非自附

諸公也。（《雪山集》卷十一）

鄧椿

法能，吴僧也，作《五百羅漢圖》。少游為之記云：「昔戴逵常畫佛像，而自隱於帳中，人有所否臧，輒竊聽而隨改之，積年而就。意法能研思，亦當若此，非率然而為之決也。」雖然，少游獨能察人之畫，而不退思其作記時耶？（《畫繼》卷五）

畫者，文之極也，故古今之人，頗多著意。……本朝文忠歐公、三蘇父子、兩晁兄弟、山谷、後山、宛邱、淮海、月巖，以至漫仕、龍眠，或評品精高，或揮染超拔，然則畫者，豈獨藝之云乎？（同上卷九）

朱熹

至如坡公著述，當時使得盡行所學，則事亦未可知。從其游者，皆一時輕薄輩，無少行檢，就中如秦少游，則其最也。諸公見他説得去，更不契勘。當時若使盡聚朝廷之上，則天下何由得平！更是坡公首為無稽，游從者從而和之，豈不害事！但其用之不久，故他許多敗壞之事未出。兼是後來群小用事，又費力似他，故覺得他箇好。道夫。……

又云：東坡如此做人，到少間便都排廢了許多端人正士，却一齊引許多不律底人來。如秦、黄雖是向上，也只是不律。因舉魯直《飲食帖》東坡雖然疏闊，却無毒。子由不做聲，却險。少游文字煞弱，都不及

衆人，得與諸蘇並稱，是如何？賀孫（《朱子語類》卷一百三十）

東坡只管駡王介甫，介甫固不是，但教東坡作宰相時，引得秦少游、黄魯直一隊進來，壞得更猛。淳（同上）

東坡薦秦少游，復為人所論，他書不載，只《丁未録》上有。嘗謂東坡見識如此，若作相，也弄得成蔡京了。賀孫。（同上）

因論文，曰：「作文字須是靠實，説得有條理乃好，不可架空細巧。大率要七分實，只一二三分文。如歐公文字好者，只是靠實而有條理。……秦少游《龍井記》之類，全是架空説去，殊不起發人意思。」時舉（同上卷一百三十九）

「閉門覓句陳無己，對客揮毫秦少游。」……如秦少游詩甚巧，亦謂之「對客揮毫」者，想他合下得句便巧。淳（同上卷一百四十）

陳博士在坡公之門，遠不及諸公，未説如秦、黄之流，只如劉景文詩云：「四海共知霜滿鬢，重陽曾插菊花無？」陳詩無此句矣。道夫。（同上）

陳　造

【十絶句呈章茂深安撫（録一首）】　右史文章海倒流，淮海異政古人儔。親聞撫几推雙美，獨向夫君放一頭。（《江湖長翁集》卷十八）

【四賢堂記(節録)】郡庠三賢堂,繪中丞孫公、給事喬公、龍圖秦公像,尚矣。兼繪少卿朱公,則始於今太守陳公。公按圖有問,知彰孝名坊孝子朱公嘗居焉,曰:「是可以表俗。」乃訪得其像,繪於堂扁,曰「四賢」,而命客記之。高郵至元祐人材林立,是三鉅賢又傑然其間,入而著論思之益,出而茂惠利之績。文章術業,圖史記之,遺書燦然,足以師表天下,範模後世,況其里人瞻敬而取法焉。(同上卷二十二)

【繼雅亭記(節録)】郡南門為客亭,其屋大小凡幾間。其材堅,其規橅適中,名以「繼雅」,取淮海先生詩「光華遠繼周王雅」之句。(同上卷二十二)

【答周解元書】凡兄屢進屢屈,僅以待補進,豈非坐此。退之四舉禮部,曾南豐、秦少游皆伸於久屈。兄所挾持甚偉,僕號粗知文者,第玩其膚革,遺其心髓,茫不知畔岸。出此以示人,宜其訣之未已又疾之也。……曾、秦之文古矣,而歐、蘇亦非借之異代。庸庸者不勝其多,謂天下皆庸庸則不可。(同上卷二十六)

【題東堂集(節録)】毛澤民仕臨安,其守東坡,坡,士麟鳳也,晚乃受知。予讀《東堂集》,玩繹諷味,其文之瓌艷充托,其韻語之精深婉雅,視秦、黄、晁、張,蓋不多愧。(同上卷三十一)

邵輯

【淮海集跋】君以理學名家,而留意字畫,□此書遂為善本,尚恨其惜板,不悉改竄,然知書者亦可以

類。陽羨邵輯書於郡齋。（宋紹熙本《淮海集》後附）

謝　雩

【淮海集跋】　秦學士《淮海集》前後四十六卷，文字偏旁間有訛，讀者病焉。雩以蜀本校之，纔得一二，或者謂初蜀本入板也。遂與同事諸公商榷參考，增漏字六十有五，去衍字二十有四，易誤字三百有奇，訂正偏旁，至不可勝計。其文之不敢臆決者，存之，其字之瑣□，如齋為齊，羣為群，教而從孝，戲而從虛，眞不從匕，戚不從戊，此類甚多，不可悉改，乃以其法授同事諸公，俟他日重刻則正之。長短句三卷，非止點畫訛也，「落紅萬點愁如海」，以落為飛，「兩行芙蓉淚不乾」，以兩行為兩打，皆合訂正。又，其間有下俚不經語，幾於筆墨勸淫，疑非學士所作，然又不敢輒刪去，亦併以貽好事者。紹熙壬子上巳從事郎軍學教授謝雩跋。（宋紹熙本《淮海集》後附）

丘　崈

【千秋歲用秦少游韻】　梅妝竹外。未洗脣紅退。酥臉膩，檀心碎。臨溪閑自照，愛雪春猶帶。沙路曉，亭亭淺立人無對。似恨誰能會。遲見江頭蓋。和鼎事，終應在。落殘知未免，韻勝何曾改。牽醉夢，隨香欲渡三山海。（《彊村叢書·丘文定公詞》）

樓鑰

【定海縣淮海樓記】　慶元五年十月甲戌，慶元府東海縣淮海樓成，主簿陳君廣孫求記於余。問：「樓何以名？」曰：「秦公少游初筮之地也，舊有此樓，碎於建炎兵火，至是始得再作。」退而考之，國史有傳云：元祐初調定海主簿，信矣。又求於文集，則絶無一語及之。訪諸父老，相去百餘年間，耳目所不接，不可得而考矣。公受知於東坡、王荆公，本欲以大科發身，俯就進士舉，實與先祖少師同在元豐八年丙科。家藏小録：淮海獨掌牋表，蓋其布衣時名已重矣。然亦不聞仕鄉邑之詳。謂公鄙夷吾鄉而不出一語耶？則公所至必有詩文，不應於此獨爾。頃游括蒼公之故迹，班班可見，「水邊沙外」之詞，後人作為鶯花亭，發臨賦詠，猶使人想見風度。樓今在簿領官舍，余未及登也。聞其東望大海，浮天浴日之波，殆無津涯。大江自東而南，西抵郡城，横陳樓前。潮汐往來，風帆浪舶，尤為壯觀。北有蛟門招寶伏龍之山，南有長山太白諸峰，一覽而盡得之，此宜公之所甚樂，豈亦有詩文而遺佚不傳耶！公未第前一年，嘗自題其《閑居集》之首曰：「將赴京師，索文稿於囊中，得數百篇。辭鄙而悖於理者輒删去之。」豈後來亦嘗取少作而删之耶！……公以軼群奇才，為蘇門上客。賦似屈、宋，詩凌鮑、謝。壯猶碩畫，直欲鞭笞二虜。而困於煩言，陷於黨人，僅得一校勘黄紙書籍，為正字、史院編修官，遂倅杭州，監處州酒，竄郴及横、雷，坎壈流離，醉卧古藤，一笑而終，亦可悲已。而聲名至今暴白，家有其書，望之如神仙然。其所經行之地，了無片言可尋，猶為士夫愛慕如此，然則士之立於世，可不知所擇乎？《鶯花亭詩》，祭酒芮公國器一章最佳：「人言多技亦多窮，隨意文章要底工？淮海秦郎天下士，一生懷抱百憂中。」余嘗誦而悲之，因併記焉。（《攻媿集》卷五十五）

【跋秦淮海戒殺帖】秦淮海妙墨，前輩所推。余頃得此本，愛玩不能去手。時在校官，念此邦日事鮮食，物命不可勝計，欲傳於人，未暇也。玆來假守，遂登之石。釋氏戒殺，誠是。而言之太過，不若遠庖厨之言為適中。然則何取於此？嘗感汝南周顒之言曰：「變之大者，莫過死生。生之所重，無逾性命。性命之於彼極切，滋味之在吾可賒。」讀者宜動心焉。（同上卷七十）

【跋秦淮海帖】山谷晚游浯溪，題詩磨崖碑。後見少游所書文潛詩，嘗恨其已下世，不得妙墨刊石間，時少游醉卧古藤下未久也，而山谷老人已有此恨。矧今相去幾百年，此帖灑然如新，得而讀之，寧不感嘆！（同上）

【黄太史書少游海康詩】祭酒芮公賦《鶯花亭詩》，其中一絶云：「人言多技亦多窮，隨意文章要底工？淮海秦郎天下士，一生懷抱百憂中。」嘗誦而悲之。醉卧古藤，誠可深惜，宜人者宜於人，竟亦不免，哀哉！（同上卷七十一）

【東坡與秦太虚帖】坡公愛淮海如子弟，喜黄岡如鄉曲，殆前緣耶？（同上卷七十六）

陳鬟叙

【燕喜詞序】……議者曰：「少游詩似曲，東坡曲似詩。」蓋東坡平日耿介直諒，故其為文，似其為人。

歌赤壁之詞，使人抵掌激昂，而有擊楫中流之心。歌《哨遍》之詞，使人甘心澹泊，而有種菊東籬之興。俗士則酣寐而不聞。少游情意嫵媚，見於詞則穠艷纖麗，類多脂粉氣味，至今膾炙人口，寧不有愧於東坡耶！（《燕喜詞》卷首）

袁説友

【跋清溪帖（節録）】元豐間，荷蘺使君張公翊嘗以青溪之景命良筆圖之，携至京師。東坡首為賦詞，又囑秦少游書牧之《弄水亭》詩於圖後。於是一時名公篇什序跋殆八十餘人，文與名而並傳，景以人而俱重。（《東塘集》卷十九）

江濤

【和放翁鶯花亭詩】春雨溪頭長柳圍，游仙枕上賦黄鸝。誰知醉卧古籐下，却是浮生夢覺時。（民國本《麗水縣志》卷六）

趙蕃

【周愚卿以二蘇先生、李公擇、黄魯直、秦少游真迹見示，敬賦四十字】蘇、李是吾師，黄、秦實嗣之。愛其吟可老，得自買傾資。有本皆如是，斯文不在兹。因知迺翁意，遺子以鎡基。（《淳熙稿》卷八）

吴沆

秦少游詩云：「北客念家渾不睡，荒山一夜雨吹風。」此直説客中而有思家之情，乃賦中之興也。（《環溪詩話》卷下）

陳善

【秦少游文自成一家】　吕居休嘗言：少游從東坡游，而其文字乃自學西漢。以余觀之，少游文字格似正，此所進論策辭句頗若刻露，不甚含蓄。若比坡，不覺望洋而歎也，然亦自成一家。（《捫蝨新話》卷六）

【東坡、秦少游、周美成詩】　東坡《藏春塢》詩，有「年抛造物甄陶外，春在先生杖屨中」之句。其後秦少游作《俞待制挽詞》遂云：「風生使者旌麾上，春在將軍俎豆中。」人已謂其依倣太甚。今人只見周美成《蔡相生辰》詩云：「化行禹貢山川外，人在周公禮樂中。」相傳競以為佳，不知前輩已疊用之矣！人之易欺如此。（同上卷七）

【吕居仁、秦少游詩】　吕居仁嘗有一絶云：「胡虜那知鼎重輕，摘胎元自誤公卿。襄陽耆舊推龐老，受禪碑中無姓名。」復有人題於館驛壁上，仍注其下云：「此吕本中嘲厥祖之作。」見者無不大笑，蓋吕之父嘗聯名立偽楚故也。近王會出守吴興，其甥秦伯陽以詩送之，卒章云：「飽聞東老榴皮字，試問溪頭鶴髮翁。」自註云：「事見東坡詩」。按：坡集言吕洞賓嘗以石榴皮書字於湖州東老之壁。故後山詩云:「至用榴皮緣底事?中書君豈不中書。」其意不能無諷議也。今秦公乃指坡此詩為出處,無乃亦嘲厥祖乎?兹可以絶倒。(同上卷八)

【歐公收東坡,東坡收秦、黄(節録)】 東坡亦不得不收秦少游、黄魯直輩。少游歌詞當在坡上,少游不遇東坡,當絶自立,必不在人下也。然提奬大成就,坡力為多。(同上卷十三)

葉適

【播芳集序】 昔人謂「蘇明允不工於詩,歐陽永叔不工於賦,曾子固短於韻語,黄魯直短於散句,蘇子瞻詞如詩,秦少游詩如詞。」此數公者,皆以文字顯名於世,而人猶得以非之,信矣作文之難也。(《葉適集》卷十二)

【題畫婆須密女】 舊傳程正叔見秦少游,問:「『天知否?天還知道,和天也瘦。』是學士作耶?上穹尊嚴,安得易而侮之!」薄徒舉以為笑。如此等風致,流播世間,可謂厄矣。且《華嚴》諸書,乃異域之放言,婆須密女豈有聲色之實好,而遽以此裁量友朋乎?志意想識,盡墮虚假。然則元祐之學,雖不為群邪所攻,其所操存亦不足賴矣。此蘇、黄之流弊,當戒而不當法也。(同上卷二十九)

【題陳壽老文集後】 元祐初,黄、秦、晁、張,各擅筆墨,待價而顯,許之者以為古人大全,賴數君復見。及夫紛紜於紹述,埋没於播遷,異等不越宏詞,高第僅止科舉,前代遺文,風流泯絶,又百有餘年矣。(同上)

【吕氏文鑑】　初歐陽氏以文起，從之者雖衆，而尹洙、李覯、王令諸人，各自名家。其後王氏尤衆，而文學大壞矣。獨黄庭堅、秦觀、張耒、晁補之始終蘇氏，陳師道出於曾而客於蘇。蘇氏極力援此數人者，以為可及古人。世或未能盡信，然聚群作而驗之，自歐、曾、王、蘇外，非無文人，而其卓然可以名家者，不過此數人而已。……《東坡七首》，哀而不傷，放而無怨，高於古今數等，秦、黄諸人欲至而不能，蓋其天之所資，至是而後信爾！（《習學記言》卷四十七）

蔡夢弼

秦少游《詩話》曰：「曾子固文章妙天下，而有韻者輒不工。杜子美長於歌詩，而無韻者幾不可讀。」夢弼謂無韻者，若《課伐木詩序》之類是也。（《杜工部草堂詩話》卷一）

張叔椿

【坡門酬唱集原序】　詩人酬唱，盛於元祐間。自魯直、後山宗主二蘇，旁與秦少游、晁無咎、張文潛、李方叔馳騖先後，萃一時名流，悉出蘇公門下。噫，其盛歟！余少喜學詩，嘗泛觀衆作，因之泝流尋源，竊恨坡公詩有唱而無和，或和而不知其唱，每開卷雖凝思遐想，茫無依據。至蒐取他集，纔互見一二，復恨不獲覩其全也。將類聚俾成一家，輒局於官守，且未暇。歲在己酉，趨來豫章機幕邵君叔義，實隆興同升，出示巨編，目曰《蘇門酬唱》。迺蘇文忠公與其弟黄門，偕魯直而下六君子者，迭為往復，總成六百六十篇。幸矣！余之嗜鄉偶與叔義同，而精敏不逮遠矣。夫以數十年玩味之餘，與欲為而未即遂者，一旦欣快所遇，若可矜而振之也，烏知無復有同志者興不可得見之歎。遂命工鋟木，以廣其傳。紹興元年五月二十四日，永嘉張叔椿書於觀風堂。（《坡門酬唱集》卷首）

邵　浩

【坡門酬唱集引】紹興戊寅，浩年未冠，乃何幸得肄業於成均，朝齏暮鹽，知有科舉計耳，故詩章未暇也。隆興癸未，始得第以歸，有以詩篇來求和者，則藐不知所向。於是取兩蘇公之詩讀之，因得竊窺兩公少年時，交遊未甚廣，往往自為師友，兄唱則弟和，弟作則兄酬，用事赴韻，莫不字字穩律。……既又念兩公之門下士黃魯直、秦少游、晁無咎、張文潛、陳無己、李方叔所謂六君子者，凡其片言隻字，既皆足以名世，則其平日屬和兩公之詩，與其自為往復，决非偶然者。因盡摭而録之，曰《蘇門酬唱》。獨恨方叔有酬無唱，蓋其晚出，相與從遊之日淺也。無事展卷，則兩公、六君子之怡怡偲偲，宛然氣象在，目神交意往，直若與之承歡接辭於元祐盛際，豈特為賡和助耶！淳熙己酉，浩官於豫章，臨江謝公自中丞遷尚書，均逸未歸，浩出此編，公甚喜，為作序，且謂：「《蘇門酬唱》則兩公並立，不如俾老仙專之，更曰《坡門酬唱》，何如？」浩曰唯唯。紹興庚戌四月一日，金華邵浩引。（《坡門酬唱集》卷首）

王　楙

【少游斜陽暮】《詩眼》載前輩有病少游「杜鵑聲裏斜陽暮」之句，謂「斜陽暮」似覺意重。僕謂不然，此句讀之，於理無礙。謝莊詩曰：「夕天際晚氣，輕霞澄暮陰。」一聯之中，三見晚意，尤為重疊。梁元帝詩：「斜景落高春」。既言斜景，復言高春，豈不為贅？古人為詩，正不如是之泥。觀當時米元章所書此詞，乃是「杜鵑聲裏斜陽曙」，非「暮」字也。得非避廟諱而改為「暮」乎？（《野客叢書》卷二十）

【詞句祖古人意】《後山詩話》載王平甫子斿，謂秦少游「愁如海」之句，出於江南李後主「問君能有幾多愁，恰似一江春水向東流」之意。僕謂李後主之意，又有所自。樂天詩曰：「欲識愁多少？高於灩澦堆。」劉禹錫詩曰：「蜀江春水拍山流，水流無限似儂愁。」得非祖此乎？則知好處前人皆已道過，後人但翻而用之耳。又少游詞有「天還知道，和天也瘦」之語，伊川先生聞之，以為媟黷上天，是則然矣。不知此語蓋祖李賀「天若有情天亦老」之意爾。（同上）

吴子良

【柳子厚祭吕衡州温文】柳子厚《祭吕衡州文》云：「嗚呼化光，今復何為乎？止乎行乎？昧乎明乎？豈蕩為太空與化無窮乎？將結為光耀以助臨照乎？豈為雨為露以擇下土乎？將為雷為霆以泄怨怒乎？豈為鳳為麟、為景星為卿雲以寓其神乎？將為金為錫為圭為璧以栖其魄乎？豈復為賢人以續

其志乎？將奮為神明以遂其義乎？」後秦少游《吊鐏鍾文》全倣此。（《荆溪林下偶談》卷一）

【東坡亭文人之至樂】王德父嘗為余言：自古亭文人之至樂者，莫如東坡。在徐州作一黄樓，不自為記，而使弟子由、門人秦太虚為賦，客陳無已為銘，但自袖手為詩而已。有此弟，有此門人，有此客，可以指呼如意而雄視百代，文人至樂，孰過於此？（同上卷三）

張祐有句云，「故國三千里，深宫二十年」，以此得名。故杜牧云，「可憐故國三千里，虚唱宫詞滿後宫」，鄭谷亦云，「張生有國三千里，知者惟應杜紫微」。秦少游有詞云，「醉卧古藤陰下」，故山谷云，「少游醉卧古藤下，誰與愁眉唱一杯。解作江南斷腸句，只今惟有賀方回」，正與杜、鄭語意同。（《吴氏詩話》卷上）

敖陶孫

【詩評（節録）】本朝蘇東坡如屈注天潢，倒連滄海，變眩百怪，終歸雄渾。歐公如四瑚八璉，止可施之宗廟。……梅聖俞如關河放溜，瞬息無聲。秦少游如時女步春，終傷婉弱。（《臞翁詩集》）

韓淲

范純甫安置化州，安然而逝，年五十八。其子冲以書干東坡，為其父作傳。答書云：「所論傳初不待君言，心許吾亡友久矣。平生不作負心事，未死要不食言！」冲既歸葬，又得書云：「見委文字，不敢不在意，已託少游議其詳。」蓋欲為范公作誌銘，屬少游以行狀也。後月餘，少游卒於藤州。比扶護至洛，蘇公已卒於儀真矣。（《澗泉日記》卷上）

少游在黄、陳之上。黄魯直意趣極高，陳後山文氣才氣短，所可尚者步驟。（同上卷下）

張芸叟為《梁況之志》，少游為陳後山父銘，集皆無之，可惜！（同上）

趙與時

曾端伯慥以所編《百家詩選》遺孫仲益，仲益復書云：「蒙馳賜百家新選一集，發函開讀，每得所未聞，則拊髀爵躍，讀之惟恐盡也。……秦少游云：『曾子固文章妙絶古今，而有韻者輒不工。』此語一出，天下遂以為口實。南豐作李白詩引，以謂『閎肆瑰瑋，非近世騷人所可及；而連類引義，中法度者寡。』荆公屢稱郭功父詩，而南豐不謂然。功父疑之。荆公曰：『豈非子固以謂功父天才超逸，更當約以古詩之法乎？』南豐論詩如此。如《兵間》一詩，指徐德占；《論交》一詩，指吕吉甫；又有《黄金》、《顔楊》諸詩，皆卓然有濟世之用。而世人便謂不能詩，覯所以不喻其言也。」（《賓退録》卷六）

程珌

【遊龍井記】余舊讀秦太虚《筆記》，謂「元豐二年中秋後一日，余自吴興過杭還會稽，龍井辯才法師以書邀余入山。出郭日已夕，航湖至普寧，遇參寥道人，相與杖策，並湖而行，……行二鼓，至壽聖院，謁辯才於潮音堂，明日乃還。」予讀其辭，想其事，甚欲一追故步者，不記幾年矣。乃辛巳歲立春，出清輝門，經净慈寺，過白蓮院，上風篁嶺。謁龍祠，酌龍井，遂至辯才塔，飯於月林。月林，辯才所廬也。……晚不暇入，四山多怪石，如亂雲，如虎豹。下瞰西湖如盤，狹處僅若帶。沿路居民，瞰昔不加密，炊煙斷續。相望澗泉，則瀧瀧如故。但太虛乃宵征，所不見者，怪石與西湖及炊煙耳。元豐距今百三十七年矣，人事幾變，而景物則宛然當時，可為太息！（《銘水集》卷七）

應　武

【重修文遊臺記】　慶元戊午，分教高沙麗澤之暇，出郛郭，入郊坰，有頹基屹立草莽。質之朋從，乃文遊臺故址也，孫莘老、秦少游，邦之先哲，嘗與蘇子瞻、王定國，載酒論文此臺之上。時守以群賢畢至，扁曰：「文遊」，李伯時筆之丹青，以侈淮堧勝槩。中更兵燬，臺浸以圮。武聞而嘆曰：斯文未喪，天意攸屬，固不以臺為存亡。昔有思人而愛棠者，况恱其風登其址乎？欲請諸郡復之而未果。解龜來歸瀟湘，涉江湖，每登高北望，未嘗不凝思於此也。嘉定壬申之臘，道由高沙，層臺奂然，覆以宇祠以像，岸柳迂遠，徑花迥深。昔歉所懷，今幸覩其備。使旋邦君，逆勞於郊，屬為之記。因考臺之顛末，屢隳而興者，由後世尊其人者多也。淳熙初，王公詗起其廢。嘉泰三年，吴公鑄從而新之。開禧邊釁適起，復為瓦礫之場。張侯來守是邦，政成，以其餘力復臺之舊，其識趣開廣，豈直為遊觀地哉！竊謂四君子，咸以文顯，東坡尤為巨擘。……（道光本《高郵州志》卷十一上）

張侃

【用秦少游韻二首(選一首)】春風花草繡林臯，索莫誰憐止酒陶。晚學文章真末技，早知州縣亦徒勞。年光可歎石中火，人事休磨笑裏刀。分外更須貪富貴，如求兔角與龜毛。(《張氏拙軒集》卷三)

【跋揀詞(節録)】又，前輩論王羲之作《修禊叙》，不合用絲竹管弦；黄太史謂秦少游《踏莎行》末句「杜鵑聲裏斜陽暮」，不合用「斜陽」又用「暮」。此固點檢曲盡。……又，秦淮海《臨江仙》，全用錢起「曲終人不見，江上數峰青」作煞句。……又，秦淮海詞古今絶唱，如《八六子》前數句云：「倚危亭，恨如芳草，凄凄剗盡還生。」讀之愈有味。……毛友達可詩「草色如愁衮衮來」，用秦語。(同上卷五)

孫鏞

【蠶書跋】穀粟繭絲之利，一也。高沙之俗，耕而不蠶，雖當有年穀賤而帛貴，民甚病之。訪諸父老，云：「土薄水淺，不可以藝桑。」予竊以為然。一日，郡太守汪公，取秦淮海《蠶書》示予，曰：「子謂高沙不可以蠶，此書何為而作乎？豈昔可為而今不可為耶？豈秦氏之婦獨能之，而他人不能耶？」乃命鋟木，俾與《農書》並傳焉。且公以天子命，出守邊障，方將修城郭，備器械，訓兵積穀，以從事於功名，其志可謂大矣。豈區區繭絲之足言哉！而是書之傳，所以拳拳為爾民計者，乃復切至如此。然

則爲高沙之民者，蓋亦仰體公之善意，而無愧於淮海之書云。（道光本《高郵州志·藝文》）

孫奕

【賦須韻脚意全】賀方回言學詩於前輩，得八句云：平淡不流於淺俗，奇古不流於怪癖，題詠不窘於物象，叙事不病於聲律。比興深者通物理，用事工者如己出。格見於成篇，渾然不可隽；氣出於言外，浩然不可屈。盡心於此，守而不失，請借此以爲八韻之法。苟妙達此旨，始可言賦。昔少游賦《郭子儀單騎見虜》，第四韻云：「兹蓋事方急則宜有異謀，軍既孤則難拘常法。遭彼虜之勁悍，屬我師之困乏。較之力則理必敗露，示以誠則意當親狎。我得不徹衛四環，去兵兩夾，雖鋒無鏌鋣之鋭，而勢有泰山之壓。踞鞍以出，若乘擒虎之驄；失隊而驚，如棄華元之甲。」押險韻而意全，若此乃爲盡善。凡八韻皆即此，可反三隅矣。（《履齋示兒編》卷八）

【協韻雖亦作字，不可重押】如秦少游《君臣相正國之肥賦》，第五韻云：「因知正主而御邪臣者，難以成乎安强。正臣而事邪主者，不能浸乎明昌。美聖時之會聚，當直道以更相。蓋上下交孚兮，若從繩之糾畫；故民俗阜蕃也，常飽德以康疆。所以舜申后稷之忠，民或饑而可救；唐相韓休之鯁，已雖瘠以何傷。」係中魁選，有訟其重叠用韻，遂殿舉。朝旨：今後詩賦，如押「安强」，即不得押「康彊」矣。蓋十陽韻中，「彊」字亦作「强」故也。（同上卷九）

【老而詩工（節録）】醉翁在夷陵後詩，涪翁到黔南後詩，比興益明，用事益精，短章雅而偉，大篇豪而古。如少陵到夔州後詩，昌黎在潮陽後詩，愈見光燄也。不然，少游何以謂《元和聖德詩》，於韓文為下，與《淮西碑》如出兩手，蓋其少作也。（同上卷十）

徐自明

宋哲宗紹聖元年三月，左正言上官均言：「大防善操國柄，不畏公議，以張耒、秦觀浮薄之徒撰次國史，掩没先帝盛美。」（《宋宰輔編年録》卷十）

張　輯

【淮甸春寓念奴嬌，丙申歲游高沙，訪淮海事迹。】　短髯懷古，更文游臺上，秋生吟興。聞説坡仙來把酒，月底頻留清影。極目平蕪，孤城四水，畫角西風勁。曲闌猶在，十分心事誰領。　詞卷空落人間，黄樓何處，回首愁深省。斜照寒鴉知幾度，夢想當年名勝。只有山川，曾窺翰墨，彷彿餘風韻。舊游休問，柳花淮甸春冷。（《彊村叢書·東澤綺語》）

魏了翁

【黄太史文集序（節録）】　二蘇公以詞章擅天下，其時如黄、秦、晁、張諸賢，亦皆有聞於時，人孰不曰：此詞人之傑也。是惡知蘇氏以正學直道周旋於熙、豐、祐、聖間，雖見愠於小人，而亦不苟同於君子，蓋視世之富貴利達，曾不足以易其守者。其為可傳，將不在兹乎？諸賢亦以是行諸世，皆坐廢棄，無所悔恨。（《鶴山先生大全文集》卷五十三）

張端義

少游《楊柳詞》云：「霧失樓臺，月迷津渡。詞見文集，不録。」詩話謂「斜陽暮」語近重疊。或改「簾櫳暮」，既是「孤館閉春寒」，安得見所謂「簾櫳」？二説皆非，嘗見少游真本，乃「斜陽樹」。後避廟諱，故改定耳。（《貴耳集》卷下）

戴溪

【重修淮海先生祠堂記】淮海先生秦少游，建中靖國初卒藤，歸葬高郵。政和中遷葬於常州無錫縣慧山之原，子孫因家焉。墓故有亭，刻建炎四年追贈龍圖閣誥，并山谷送秦少章詩，置之亭中。秦氏仕不顯，諸孫貧窶，墓四旁地皆豪右所得，亭亦毁壞不存。山谷詩石歸邑好事者，獨贈碑荒蕪榛杞中，樵蘇不禁，墓祭幾絶。開禧丙寅，永康應純之以州判官攝邑事，訪問遺蹟，慨然興念，封殖其墓，取旁近地還之，率邑士大夫合錢建亭，乃立贈碑，且贖還詩石。擇秦氏諸孫知學者，使肄學職，得月給使具祭祀。倉臺黄公、常守湯公，皆助其凡廢。應君故從余學，余自澄江召歸，道出無錫，應君首及兹事，且請余記之。余嘉其志，不得再請，然行役未及作也。至吴門，會山東漕孟良夫，因論少游「醉卧古藤陰下」，人謂卒於藤之讖也。獨未知一事：少游墓後，古松一株，直幹高聳，有巨藤自墓穴中出，周匝數四，已乃施於松上，蓋覆其墓，此真古藤陰下也。松為人所砍去，藤芽暨今僅存爾。良夫，信安孫，慧山寺功德院也，故知其事。應君來索記，因併及之。四月朔日，永嘉戴溪。（引自《無錫縣志》卷四下）

按：此記首見於明初《無錫縣志》，作者未考。光緒刻本《無錫金匱縣志》，據《江陰縣志》考知為永嘉戴溪所作。其任職江陰在嘉泰、開禧間，故知為宋末人。從之。

蔡光祖

【懷古亭記】　横州城之西，僅里許，曰海棠橋者，環城郭，抱林麓，大江横鷺，澗流曲折，亦一幽境。而橋之南北，舊皆植海棠，有書生祝姓家其間。少游秦公，謫貶於横，嘗醉宿焉。明日，題一詞而去。公以御史劉拯論其增損實録，因坐是獲譴，自郴遷於横，蓋紹聖初也。胸次舒豁，絶無牢愁憤嘆之意，殆與道行志遂者無異，高懷達觀，無適不樂。公殁百餘年，邦人愛之不忘，猶曰：吾郡城僻且陋，而少游嘗辱居焉，往往記以為榮。昔桑庚子居於畏壘，而畏壘之民尸而祝之。陽城在晉之鄙，而晉之鄙人化其德而善良者幾千人。賢人君子，不必有教澤在人，而後人敬慕之也。隨其所至，使人高其風，希其行，愈久而不衰，是其可尚矣。惜乎變遷飄忽，曾未幾時，而曩昔登臨之地，居然荆棘。海棠既不復見，而祝氏之後已無遺者。公之詞翰，亦了不可得。雖有好事者摹其蹟而鋟之木，然紀事失實，不足以諗來者。光祖到郡甫一期，訪尋遺蹟，瞻言清風。於是屏叢芥之翳，啟狐兔之宅，規之闢之，創數椽其上，而匾以「登臨懷古」。俾識其題緒，鏤之堅珉，以為横槎故事云。嘉定九年閏七月初五日。（光緒本《横州志》卷十二）

鄭清之

【到龍井寺四首（選一首）】底忙不肯訪禪林，山寺何曾避客深。奇石韻高非令色，老松皮脱見真心。簷牙徇鐸闗幽事，谿曲無弦出妙音。拂拭少游碑好在，姓名曾記落碑陰。（引自汪孟鋗《龍井見聞録》卷七）

【跋秦少游龍井題名】坡仙至錢塘，特與辯才師為世外交。師歸龍井，坡公為作《二老亭詩》，一時名勝，多與之遊。瑰詞藻翰，衣被泉石，至今枯槎斷壁間，弈弈飛動。獨少游記文，得元章書，二妙相輝，宜耀不朽。而寺失其傳，好事者闕然不滿。紹定己丑，得其蹟於户書胡公，搨印以他米書，不謬。每念鑱之寺中，以苴放軼。一日語京尹趙公，公歛衽曰：「前賢之勝韻不續，實遺吾邦羞，寺於何有，亟訪堅珉刻之。」且捐錢百萬，畀住山宗炳，建樓植鐘，新緇宇之弊。於是龍井之勝，若前賢之美如創見然。余每愛少游支笻步月，敲辯才門，夜半清語，殆非人間世。今留題中，寫澗谷經行，登危憇寂之境，衝煙破暝之態，谿潺林影，斷續隱見，雖善畫不能及。題識猶爾，况記乎？雖然，微趙公好古博雅，則斯記未必遇，雖遇未必遽赫然在人耳目間。余幸記之，遇顯之速也，於是借石咫，書其顛末如此。（同上卷八）

岳珂

【秦少游書簡帖五帖，並行書。第一帖十一行，第二帖十行，第三、第四帖，各七行，第五帖六行。】觀再啟：自公之西，終日閉關而已。郡中比來多事，萑苻鴟張，未就擒滅。仲謨亦出督捕，煎熬尤甚也。怱怱無聊，未有脱去之期，為之奈何！美授畢想，行李即歸，竚聞車音，慰此引繫也。觀再拜。宅上甚安，今令人去，取得齋郎書信附上，乞檢之。觀再拜。

觀頓首啟：觀雖已罷免，然所承者公坐耳，不煩深念也。兼已被省符令，在外聽候指揮，吏議才畢，便還淮南待報。然親老高年，時氣向熱，須官舟以濟，輒欲從使府射一舟到高郵，幸望開允！未欲寄公狀去，且乞淮備留下，幸甚，幸甚！當此時，非公誰憐我者。觀再拜上。

元明侍講，移守姑孰，不知便赴上否？家叔得閩漕，約四月赴任，今已愆期，不知何也？杭州報除省郎，然不見告詞，此中都不報，恐是妄傳。或得其詳，幸望批數字見報。此中如井底，無從知也。紀常今在何處？永州得信否？觀再拜。

觀頓首：方此炎暑，小舟溪行，盡室如在甑中。老母多病，尤以為苦。至郡下欲歇一兩日，敢告暫借船一隻，幸望指揮豫備，為賜大矣！白直亦乞差借數人。觀再拜。

觀頓首：昨日獲款晤，甚慰馳仰之懷，比辱教，欣承履候佳勝。文字已領，稍閑參候不宣，觀再拜。方叔賢友閣下。

右元祐秘書正字淮海秦公觀，字少游書簡帖五幅，真蹟一卷。蘇門四君子，公名在伯仲間。山谷以字法著，而下是則無考也。今觀是帖，清勁古雅，重之文來，豈不足以傳歟！繫以三印，蓋流傳好事家，用以識卷者。前一帖，得之高郵士人臧珝。次二帖，得之吴門王汝周，不復繫以時。

贊曰：昔江淹夢五色筆，而不能以書稱。天昌其文，字偕以行，如公辭章，淹豈能京？既已襌長公之文録，奚必夸大令之墨精。託敬賢之盛心，尚蹟之可憑。然則「我得其詩，手之而不釋」，予方將借荆國之書，以為此帖之評。（《寶真齋法書贊》卷十七）

按：此五帖文集未收，録以補遺。

劉克莊

【蘇文忠公（録一首）】退之效盧、益，歐公效蘇、梅，坡公效黄、秦，輒逼真而反勝之。譬如老禪與學人問答，機鋒當有餘。郭功甫效太白，潘邠老效老杜，用盡氣力而不近傍，譬如窶人學富家調度事，力苦不足也。書少游五言帖（《後村先生大全集》卷一百四）

【黄魯直】以眉山方韓柳可也，少游似未至此田里，豈以禹錫秦氏子有所假借耶？與秦禹錫帖（同上）

【秦少游】馬詩有李杜之作在前，後人極力馳騾不能及。少游此詩非不工，但神氣慢善，呼喚不來。然與晁、張俱客蘇門，而結字自為一體，則異乎二三子之尚左者。（同上）

山谷以崇寧甲申謫宜州，道由洞庭、潭、衡、永、桂，皆有詩。是歲五六月間至宜。……其《别元明》猶云:「術者謂吾兄弟俱壽八十,谷亦不自料大期至此。」少游在藤州自作挽歌之屬,比谷尤悲哀。惟坡公海外筆力,益老健宏放,無憂患遷謫之態。黄、秦皆不能及,李文饒亦不能及。(《後村詩話後集》卷二)

春帖子,前輩有絶工者,有不甚工者。坡云,「欲使秦郎供帖子」,豈非其才思尤宜用於此耶?少游不歷此官,無以驗工拙。(同上)

秦少游嘗謫處州,後人摘「柳邊沙外」詞中語爲鶯花亭,題詠甚多。惟芮處士一絶云:「人言多技亦多窮,隨意文章要底工。淮海秦郎天下士,一生懷抱百憂中。」(《後村詩話續集》卷二)

桑世昌

大父正國調京師,謁徐神翁。至寶録宫前,逢道人,持一瓢一軸求售,乃《蘭亭叙》也。後有貞觀小印,歐陽文忠公、孫文懿公抃、趙康靖公槩、胡文恭公宿在翰苑時題識。道人笑曰:欲易袍。且陳《蘭亭》真贋之辨,歷歷有據。以一褐酬之,携歸高郵,示秦太虚。太虚驚歎,且跋其後。建炎南渡,莫知存在。(《桑氏筆記》)(《蘭亭考》卷六)

世傳《逸少書帖》外,惟有《蘭亭禊飲叙》、《樂毅論》、《黄庭》、《遺教》四本。《蘭亭》、《樂毅》,臨摹失真遠矣,而英姿逸韻,雅有存者。譬如忠臣義士,瓌偉絶特之才,雖放棄江海,形骸憔悴,而威儀詞令,毅然不撓,猶足以度越庸人無數也。而《黄庭》、《遺教》,皆非逸少之蹟。歐陽文忠公以謂《黄庭》特後人緣山陰換鵝事，附益所□；《遺教》出於唐寫經手。余始聞而疑焉，及精考《蘭亭》、《樂毅》，然後知文忠之言為不繆也。高郵秦觀太虛題。

右淮海先生黄素上所書《蘭亭叙》并題跋，集中不載，真蹟今藏高郵勾氏壽南家。濟北晁子綺摹以入石。因書絶句云：「少游寫就《蘭亭叙》，逸韻英姿殆昔人。我祖同為長公客，每於翰墨契精神。」但太虛新書誤增一曾字入行間，豈本於東坡耶？（同上卷七）

羅大經

【作文遲速】……余謂文章要在理意深長，辭語明粹，足以傳世覺後，豈但誇多鬭速於一時哉！山谷云：「閉門覓句陳無己，對客揮毫秦少游。」世傳無己每有詩興，擁被卧牀，呻吟累日，乃能成章。少游則盃觴流行，篇詠錯出，略不經意。然少游特流連光景之詞，而無己意高詞古，直欲追蹤《騷》《雅》，正自不可同年語也。（《鶴林玉露》甲編卷六）

【詩家喻愁】詩家有以山喻愁者，杜少陵云「憂端如山來，澒洞不可掇」，趙嘏云「夕陽樓上山重疊，未抵春愁一倍多」是也。有以水喻愁者，李頎云「請量東海水，看取淺深愁」，李後主云「問君能有幾多愁？恰似一江春水向東流」，秦少游云「落紅萬點愁如海」是也。賀方回云：「試問閑愁知幾許，一川煙草，滿城風絮，梅子黄時雨。」蓋以三者比之愁多也，尤為新奇，兼興中有比，意味更長。（同上乙編卷一）

張世南

世南仕閩中，於忠定李丞相家，見坡公一帖云：「某頓首，秋暑不審起居佳否？（下略，見前蘇軾《與歐陽元老》）

觀此，足見坡公篤愛交友，留意人才，為可敬歎。所謂奇俊之子，名湛，字處度者也。（《游宦紀聞》卷十）

方岳

【跋陳平仲詞（節録）】詞自歐、晏為一節，長短句也；不絲不簧，自成音調，語意到處，律吕相忘。晏叔原諸人為一節，樂府也；風流藴藉，如王、謝家子弟。情致宛轉，動蕩人心，而極其摯者秦淮海。山谷非無詞，而詩掩詞；淮海非無詩，而詞掩詩。（《秋崖集》卷三十八）

董史

【邵觽字仲恭，丹陽人】崇寧中，直龍圖閣知蘇州，余家藏其小字《游景叔墓碑》，刻於京兆武功縣，字體清勁。又有《消災經》石刻，皆其書也。又得其手帖數紙，實為佳玩。秦少游集中，有《聞雁懷仲恭》詩一篇，即其人也。（《皇宋書録》卷中）

【秦觀字少游】東坡云：「少游近日學書，便有東晉風味。」有絹臨《蘭亭》見《博議》，然或議其所真。（同上）

李冁

【集句】梅梢風暖弄殘陽，花氣侵人笑語香。太歲只遊桃李徑，冐隨桃李鬭梳妝。陳純益、秦少游、盧仝、黄巖老（《梅花衲》）

劉受祖

【海棠橋記】橫州，古寧浦郡也。西北有溪曰香稻，南會於鬱江。跨溪有橋，南北舊多海棠。紹聖間，秦淮海先生以御史劉拯論其增損實録，謫郴移橫。是時，常醉於橋畔書生祝氏家。明日，題一詞，有「瘴雨過，海棠開」之句，州人因以海棠名橋。歲月浸久，興廢不齊，更名去思，又更名清秋。淳祐六年夏，右驍騎將軍李公植來守是邦，捐貨帛三萬，率州之官吏士民共新之。經始於是年之十月，落成於次年之四月。橋長一十五丈，高一丈二尺，雖春濤秋潦，民無病涉之嗟；霽月光風，士有詠歸之樂。長虹飲澗，靈鰲架空，殆庶幾焉。郡之士夫率咨於予曰：寧浦僻且陋，淮海先生孱居。今之言寧浦者，必曰海棠橋，言海棠必曰秦淮海。是州以海棠橋重，橋以秦淮海重矣。橋名海棠，未可更也。余曰：橋名海棠，以淮海故也。士不忘淮海，將何取焉？為其花間一醉吟耶？為其放浪形骸之外耶？為其先經指授作文皆有法度可觀耶？是知其然，而未知其所以然也。元豐初，淮海如京師應舉，以詩謁東坡於徐，東坡和之曰：「縱橫所往無不可，知君不可以新書新。」當是時，學有新義，政有新法，雷同附和，例置通顯。淮海窮困無聊中，東坡已知其有介然獨立之操，不以富貴利達動其心矣。夫志，氣之帥也。士當未遇時，志苟不立，則阿意而苟合，妾婦以取容。有小遇焉，未有不誘於勢利、怵於憂患者。淮海又嘗為王安石所知，安石得其詩，讀之而不釋手。淮海稍自貶損，高官厚禄可坐而致也。淮海不炙手於安石之門，而北面於東坡之室，文章行誼，並駕山谷諸公間。元祐初，坡、谷繼進，淮海以次録用，而紹聖之事作矣。淮海之在紹聖，猶元祐也，當其醉眠花下，又安知身在寧浦耶？昌黎嘗謂孟郊卒不弛，有以昌其詩。東坡曰：「不如昌其志。志一氣自隨，養之塞天地，孟氏不吾欺。」淮海蓋有得於此矣。或曰：「古之君子，畎畝不忘其君。淮海脱屣軒冕，肆情放志於宇宙間。高則高矣，非古人不忘君之意也。」余應之曰：子獨不觀寧浦書事之詩乎：「揮汗讀書不已，人皆怪我何求？我豈更求聞達，日長聊以消憂。」淮海何憂乎？《詩》云：「知我者謂我心憂，不知我者謂我何求。」紹聖以來，群賢屏斥，姦夫竊柄，剥床而膚可虞，城圮而隍可復。淮海之憂，蓋在是耳。在天下者，不忘其憂；在吾心者，不改其樂。淮海之志，惟志於憂國憂民。故淮海之氣，不詘於流離遷謫。孟子曰：「志壹則動氣。」此淮海之所以超軼絶群者歟？因橋之名，以求其實；因淮海之蹟，以求其心，受祖所望於横之士君子也。衆皆曰：「然，請記之！」（光緒本《横州志》卷十二）

闕　名

《群玉堂法帖》十卷，共一百四十一段。……第九卷：李後主、錢忠懿……秦淮海、張右史、晁吏部、李

姑溪、李龍眠(《南宋館閣續録》卷二)

魏慶之

【詩甚麗】 少游詩甚麗,如「翡翠側身窺緑酳,蜻蜓偷眼避紅粧。」又「海棠花發麝香眠」,又「青蟲相對吐秋絲」之句是也。(《雪浪齋日記》)(《詩人玉屑》卷十八)

林希逸

【讀黄詩】 我生所敬涪江翁,知翁不獨哦詩工。逍遥頗學漆園吏,下筆縱横法略同。自言錦機織錦手,興寄每有《離騷》風。内篇外篇手分别,冥搜所到真奇絶。頡頏韓柳追莊騷,筆意尤工是晚節。兩蘇而下秦、晁、張,閉門覓句陳履常。當時姓名比明月,文莫如蘇詩則黄。……(《竹溪十一稿詩選》)

陳振孫

【秦少游蠶書一卷】 見少游《淮海集》第六卷,《序略》曰:「予閑居,婦善蠶,從婦論蠶,作《蠶書》……」(《直齋書録解題》卷十)

按:少游《蠶書》見《淮海後集》卷六。

【揚州詩集二卷】 教授馬希孟編,元豐四年,秦觀作序。(同上卷十五)

【淮海集四十卷，後集六卷，長短句三卷】　秘書省正字高郵秦觀少游撰，一字太虚。觀才極俊，嘗應制舉不得召，終以疎蕩不檢，見薄於世，後亦不免貶死。（同上卷十七）

【豫章集四十四卷，宛邱集七十五卷，後山集二十卷，淮海集四十六卷，濟北集七十卷，濟南集二十卷】蜀刊本，號《蘇門六君子集》。（同上）

【淮海集一卷】　秦觀撰。（同上卷二十一）

按：此指詞集。

黄　震

蘇軾《與秦太虚書》，説在黄州挂錢梁上、日用百五十錢之法。武昌山水佳絶，食物多賤，人情相與之樂，善處困者也。（《黄氏日抄》卷六十二）

潛説友

【秦觀跋元凈龍井十題】　辯才法師謝天竺講事，退休於龍井壽聖院，凡堂室齋閣、山峰水泉，皆名以新意，復作詩繼之，號《龍井十題》。其言清警，發人之妙思，信非世間音也。元豐二年八月，高郵秦觀為寫，遺其徒懷楚，刻於石。（《咸淳臨安志》卷七十八）

按：此跋《淮海集》未存，録以補遺。

王應麟

張竦答陳遵曰：「學我者易持，效子者難工。」陳無己為秦少游《字序》云：「行者難工，處者易持。」吕成公書《趙忠定父行實》後云：「處者易持，出者難工。」皆本張竦之意。（《困學紀聞》卷十二《考史》）

《攻媿·淮海樓記》考《國史傳》，秦少游調定海主簿，而文集無一語及之。愚謂少游為蔡州教授時，選人七階未改。主簿乃初階，非歷此官也。（同上卷十五《考史》）

秦少游、張文潛學於東坡，東坡以為「秦得吾工，張得吾易」。（同上卷十七《評文》）

朱新仲：「無人馬為二，對飲月成三。」本於秦少游：「身與杖藜為二，影將明月成三。」（同上卷十八《評詩》）

徐淵子為越教，……或《答洪舜俞》云：「魯直大名，有皎潔江梅之句，少游下蔡，無丁東玉佩之詞。」（同上卷十九《評文》）

館閣書目：《蠶書》一卷，南唐秦處度撰。以九州蠶事，獨兗州為最。按：《蠶書》見秦少游《淮海後集》。少游子湛，字處度，以為南唐人，誤矣。（同上卷二十《雜識》）

趙與虤

陸龜蒙詩云：「他年欲事先生去，十賚須加陸逸冲。」注：逸冲常事陶隱居，錫名栖靜居士。十賚猶人間九錫也。秦少游《遊仙詞》一絶，亦用此意。詩云：「本是廬山種杏人，出山來事碧虚君。上清欲

問因何到，請看仙家十賚文。」(《娱書堂詩話》卷下)

周 密

先子《畫史》載劉子禮以五百緡置錢氏畫五百軸，初未嘗發緘銓美惡也。既得之後，其間有盧鴻《草堂圖》一卷，已是數百年物矣。後李伯時嘗臨一本，仍自書卷首歌一篇。次則秦少游、朱伯原、先子書也。又其次陳碧虚、仲殊師、參寥子輩繼之，餘亦一時聞人。……因又跋於卷尾，是月二十七日。米友仁元暉。……其後王子慶於毘陵得伯時畫十志，即元暉跋中所言者，録其書人姓名於後：一、龍眠山人李伯時書，二、高郵秦觀書，三、樂圃居士朱長文書，……(《雲煙過眼録》卷下)

米海岳書《寶章待訪録》，秦少游、黄庭堅題。(同上)

西林法惠院：舊名興慶，錢王建。有雪齋、秦少游記，東坡詩。(《武林舊事》卷五)

石笋普圓院：天福二年，黄氏重修，舊名資嚴。山有石如笋，高數十丈，故名石笋寺。有超然臺，金沙、白沙二泉，鄴公庵。杭守祖無擇愛此山之勝，結庵於此，取公所封名之。方丈左右金漆板扉，皆趙清獻諸賢、蘇、秦、黄、陳留題，及文與可竹數枝。(同上)

羅壽可再遊汴梁，書所見云：「相國寺有石刻：蘇子瞻、子由、孫子發、秦少游同來觀晉卿墨竹，申先生亦來。元祐三年八月五日。老申一百一歲。」(《癸辛雜識·别集》卷上)

文天祥

【雷州十賢堂記(節録)】 國朝自天禧、乾興迄建炎、紹興，百五十年間，君子小人消長之故，凡三大節目於雷州，州無不與焉。按《雷志》：丞相寇公準以司户至，丁謂以崖州司户至。紹聖後，端明翰林學士蘇公軾、正言任公伯雨以渡海至，門下侍郎蘇公轍以散官至，蘇門下正字秦公觀至，樞密王公巖叟雖未嘗至，而追授別駕猶至也。未幾章惇亦至。……正邪一勝一負，世道以之為軒輊。雷視中州為遠且小，而世道之會，乃於是觀焉。(《文山先生全集》卷九)

蔡正孫

任天社云：「『閉門覓句』、『對客揮毫』二句，乃二君實録也。無已坐黨廢錮，既而自徐學除秘書省正字。少游自雷州貶所，北歸至藤州，卒於光化亭上。初，少游夢中作《好事近》長短句，有『醉卧古藤陰下，了不知南北』之句，殆若讖云。」(《詩林廣記》後集卷五)

陳後山《次韻秦少游春江秋野圖》云：「翰墨功名裏，江山富貴人。倏看雙鳥下，已負百年身。」其二：「江清風偃木，霜落雁横空。若箇丹青裏，猶須着此翁。」

後山自注云：「宗室所畫。」「秦詩云：『請君添小艇，畫我作漁翁。』」

任天社云：「此言少游方見用於世，非江海之士，不當畫之漁舟也。」(同上卷六)

【秦少游】少游名觀，蘇子瞻以賢良薦于哲宗，除博士，遷正字。紹聖坐黨，編置郴州。長於議論，文麗而思深，當世重之。（同上卷八）

林景熙

【胡汲古樂府序】……樂府，詩之變也。詩發乎情，止乎禮義，美化厚俗，胥此焉寄？豈一變為樂府，乃遽與詩異哉！宋秦、晁、周、柳輩，各據其壘，風流醞藉，固一洗唐陋，而猶未也。荆公《金陵懷古》末語《後庭》遺曲，有詩人之諷。裕陵覽東坡《月》詞，至「瓊樓玉宇，高處不勝寒」，謂蘇軾「終是愛君」。由此觀之，二公樂府，根情性而作者，初不異詩也。（《霽山集》卷五）

【故國學内舍蘧君墓誌銘（節録）】君諱某，字德威，蘧其氏也。……歲時美景燕洽族姻，命家童歌淮海、清真詞，盡醉而止。（同上）

張　炎

【原序（節録）】中間如秦少游、高竹屋、姜白石、史邦卿、吳夢窗，此數家格調不侔，句法挺異，俱能特立清新之意，删削靡曼之詞，自成一家，各名於世。（《詞源》）

【離情（節録）】秦少游《八六子》云：「倚危亭，恨如芳草……正銷凝，黄鸝又啼數聲！」離情當如此作，全在情景交鍊，得言外意。有如「勸君更盡一杯酒，西出陽關無故人」，乃為絶唱。（同上）

【雜論(節録)】大詞之料,可以斂為小詞;小詞之料,不可展為大詞。若為大詞,必是一句之意引而為兩三句,或引他意入來捏合成章,必無一唱三歎。如少游《水龍吟》云:「小樓連苑横空,下窺繡轂雕鞍驟」,猶且不免為東坡見誚。(同上)

【雜論(節録)】東坡詞如《水龍吟》詠楊花、詠聞笛,又如《過秦樓》、《洞仙歌》、《卜算子》等作,皆清麗舒徐,高出人表;《哨遍》一曲,隱括《歸去來辭》,更是精妙,周、秦諸人所不能到。秦少游詞,體製淡雅,氣骨不衰,清麗中不斷意脈,咀嚼無滓,久而知味。(同上)

【雜論(節録)】元遺山極稱稼軒詞,及觀遺山詞,深於用事,精於錬句,有風流醖藉處不減周、秦。(同上)

宋無

【秦少游女】郎罷藤陰老淚潸,黄金誰贖蔡姬還。看來山抹微雲恨,直送蛾眉出漢關。靖康間,有女子為金軍所掠,自稱秦學士女。道中題詩云:「眼前雖有還鄉路,馬上曾無放我情。」讀者凄然。(《子虚啽囈集》)

二　金元

王若虛

近讀《東都事略·山谷傳》云：庭堅長於詩，與秦觀、張耒、晁補之游蘇軾之門，號四學士。獨江西君子以庭堅配軾，謂之蘇、黄。蓋自當時已不以為是公論矣。（《滹南遺老集》卷三十九）

蜀馬良兄弟五人，而良眉間有白毫，時人為之語曰：「馬氏五常，白眉最良。」蓋良實白眉而良不在乎白眉也。……山谷送秦少游云：「秦氏多英俊，少游眉最白。」豈不可笑哉！（同上卷四十）

《王直方詩話》云：「秦少游嘗以真字題邢淳夫扇云：『月團新碾瀹花甆，飲罷呼兒課《楚辭》。風定小軒無落葉，青蟲相對吐秋絲。』山谷見之，乃於扇背作小草云：『黄葉委庭觀九州，小蟲催女獻功裘。金錢滿地無人費，百斛明珠薏苡秋。』少游後見之，復云：『逼我太甚！』」予謂黄詩語徒雕刻，而殊無意味，蓋不及少游之作。少游所謂相逼者，非謂其詩也，惡其好勝而不讓耳。（同上）

元好問

【論詩三十首（選一首）】　有情芍藥含春淚，無力薔薇卧曉枝。拈出退之山石句，始知渠是女郎詩。（《遺

王義山

【跋楊中齋詩詞集(節録)】 吾聞詩之天,不在巧與新。織穠寄淡泊,清峭寓簡淳。古律尤崛奇,可與子建親。此詩實兼之,體具衆美純。載哦長短篇,音節中韶鈞。少游詞如詩,二者皆逼真。再拜卷錦還,願言寶所珍。(《稼村類藁》卷三)

【丁退齋詩詞集序(節録)】 後山云:「子瞻詞如詩,少游詩如詞。」二先生,大手筆也,而猶病於一偏,兼之之難如此。余友丁直諒以所作詩詞名《退齋集》稿示余,觀其風雅調度,可以諧韶濩,汨金石,雖不敢謂其兼二先生之長,然視他人一偏之長,則兼之矣!(同上卷五)

胡祇遹

【題梵隆述古圖】 寫萬象易,寫人物難。山水、雲煙、昆蟲、草木皆有定質,惟人也,得二五最秀最靈之精英。自有生人以來,而至於今,後至無窮,面面不同,上而大聖大賢,下而至愚至賤,賦分禀受,又復天壤。每觀畫師寫塵俗之人,則十九得真;寫高人勝士,則百不得其一二。蓋高人勝士,又得天地之奇氣,雖造物不易生成,畫工塵臆豈能得其仿佛?非李龍眠,則不能形容蓮社諸英賢。蘇東坡、黄山谷、米南宫、李伯時、蘇黄門、晁無咎、張文潛、秦少游、楊巨濟、僧圓通、王仲至、陳碧虚、鄭靖老、蔡天啟、王晉卿、李端叔十六人。想見風采，一時龍鸞，唯龍眠能儀形之。梵隆此幅，亦庶幾欲造龍眠之門牆者歟？（《紫山大全集》卷十四）

郝經

【原古録序（節録）】中統七年春王正月，猶在宋之儀真館。十五日己未，《原古録》成，叙曰：「……宋之楊億、王禹偁、……張耒、秦觀、晁無咎，金源之韓昉、蔡珪、黨世傑、趙渢、……則鼓吹風雅，鋪張篇什，藻飾綸綍，列上書疏，敷陳利害，詰竟議論，雕繪華采，琱琢章句，掐抉造化，窮極筆力，精覈義理，照耀竹帛，劚刻金石，摇撼天地，陵轢河山，剴切星斗，推盪風雲，震疊一世。作為文章，皆有書，有集，有簡，有策，名家傳後。（《郝文忠公集》卷二十九）

王惲

【高郵道中二首（選一首）】湖浸通淮水，盂城隱楚防。百年勞士卒，一擲失金湯。陸走無關禁，舟行半海商。此邦多秀彦，國士説秦郎。（《秋澗先生大全文集》卷十三）

牟巘

歲在丙辰元日立春，是時先人守當塗，郡齋賓客雲集，皆用元祐八年東坡《和王仲至、秦少游詩》故事，所謂「省事天公厭雨回」。先人笑曰：「天公省事，今乃多事邪？」今三十九年矣。追念慷慨，小詩聊記當時笑談之語：「一昨姑溪歲丙辰，老仙元日去班春。當家句子頻催客，省事天公却笑人。紫鳳天涯今已老，泥牛歲首又還新。笑談誰記當時語？獨立東風倍愴神。」（《陵陽集》）

方回

《瑶池集》，通議大夫徽猷閣待制、秦鳳路經略安撫使、知秦州郭思所著，蓋詩話也。……元祐黄、陳、晁、張、秦少游、李方叔諸公，無一語及之，惟引蘇長公「軟飽黑甜」一聯，及「筆頭上挽得數萬斤」語。於歐、蘇皆字之，而於荆公獨王之，蓋宣、靖間時好荆公詩。（《桐江集》卷七）

【送羅壽可詩序（節録）】蘇長公踵歐陽公而起，王半山備衆體，精絶句、古五言或三謝。獨黄雙井專尚少陵，秦、晁莫窺其藩。（《桐江續集》卷三十二）

《中秋口號》　方回：生日詩、致語詩，皆不可易為，以其徇情應俗而多諛也，所以予於生日詩皆不選。少游作此詩，是夜無月，遂改尾句云：「自是我翁多盛德，却迴秋色作春陰。」或嘲謂晴雨翻覆手，姑存此以備話柄。三、四亦響亮。　馮舒：生日詩之極則也。　紀昀：此隨俗應酬之詩，不宜入選。○結鄙甚，然此種詩體裁如是。（《瀛奎律髓彙評》卷十二秋日類）

按：《瀛奎律髓彙評》，録有方回、馮舒、馮班、錢湘靈、查慎行、紀昀等人的評語。

《九月八日夜大風雨寄王定國》　方回：少游詩文自謂秤停輕重，銖兩不差。故其古詩多學三謝，而流麗之中有澹泊。律詩亦敲點匀浄，無偏枯突兀生澁之態。然以其善作詞也，多有句近乎詞。此詩下「凄斷」、「小圓」字，亦三謝餘味。别有《秋日》絶句三首，尾句云：「菰蒲深處疑無地，忽有人家笑語聲。」「風定小軒無落葉，青蟲相對吐秋絲。」「安得萬粧相向舞，酒酣聊把作纏頭。」此謂虹霓，皆極怪麗。紀昀：亦是詞家手，非三謝也。

馮舒：結句宋。紀昀：六句用字太纖，然通體却一氣鼓盪。（同上）

吴龍翰

昔秦觀持所業見山谷，山谷贈詩，以「蚌珠的皪」况秦之作。當時多以為許之過，而秦之詩思誠由此而大發。先生之成就於僕亦山谷法歟？僕不敢不勉。是歲臘月既望，門人吴龍翰拜敬書於先生詩後。

（《古梅遺稿》卷六）

韋居安

曾裘父作《秦女行》，并序云：「靖康間，有女子為金人所掠，自稱秦學士女，在道中題詩云：『眼前雖有還鄉路，馬上曾無放我情。』讀之者凄然。余少時嘗欲紀其事，因循數十年，不克為之。壬辰歲九月，因讀蔡琰《胡笳十八拍》，慨然有感於心，乃為之追賦其事，號《秦女行》」云：『妾家家世居淮海，郎罷聲名傳海内。自從貶死古藤州，門户凋零三十載。可憐生長深閨裏，耳濡目染知文字。亦嘗强學謝娘詩，未敢女子稱博士。年長以來逢世亂，黄頭鮮卑來入漢。妾身亦復墮兵間，往往不堪回首看。飄然一身逐胡兒，被驅不異犬與雞。奔馳萬里向沙漠，天長地久無還期。北風蕭蕭易水寒，雪花席地經燕山。千杯虜酒安能醉，一曲琵琶不忍彈。吞聲飲恨從誰訴？偶然信口題詩句。眼前有路可還鄉，馬上無人容我去。詩成吟罷只茫然，豈意漢地能流傳。當時情緒亦可想，至今聞者猶悲酸。憶昔中郎有女子，亦陷虜中垂一紀。暮年不料逢阿瞞，厚幣贖之歸故里。惜哉此女不得如，終竟老死留穹廬。空餘詩話傳悽惻，不減《胡笳十八拍》。』」《秦女》一行，意甚淒楚，曾詩一篇，辭甚感愴，皆可傳也。(《梅礀詩話》卷上)

陸放翁名游，字務觀。「觀」字係去聲。或云其母夢秦少游至而寤，遂生放翁，因以其字命名，而名為字。……近時方蒙仲有《奉題劉後村文稿》數首，内一絶云：「昔聞秦七與黄九，後有幼安與務觀。」「觀」字亦作平聲。想後村見之，亦發一笑。(同上卷中)

梅格高韻勝，詩人見之吟詠多矣。自和靖「香影」一聯為古今絶唱，詩家多推尊之。其後東坡次少游「槁」字韻及謫羅浮時賦古詩三篇，運意琢句，造微入妙，極其形容之工，真可企皦孤山。以此見騷人詠物，愈出而愈奇也。(同上卷下)

張之翰

【方虚谷以詩餞余，至松江因和韻奉答(節録)】 作詩作文乃如此，况復大小樂府詞。留連光景足妖態，

悲歌慷慨多雄姿。秦、晁、賀、晏、周、柳、康，氣骨漸弱孰綱維。稼翁獨發坡仙秘，聖處往往非人為。(《西巖集》卷三)

王奕

【登秦郵文遊亭、天璧亭長歌】湖天澮澮湖水碧，雲風冉冉湖雲收。湖白幾頃菰米地，湖汊幾摺蘆花洲。幾千萬劫走晝夜，三十六鏡磨春秋。江南狂客歸來魯，騎驢載酒遊文遊。文遊已落鐘鼓界，斯文喪矣遊人羞。蜂胎明月吸莘老，湖有大蜂，名蜂湖。鴉背落日悲少遊。東坡、雙井化異物，神光奕奕穿斗牛。文章不逐歲月老，精爽常與天地流。賞心儻得際美景，薄才自許追前修。……(《玉斗山人文集》卷二)

盛如梓

《題浯溪中興頌》「玉環妖血無人掃」，世以為張文潛作，實少游筆也。時被謫憂畏，又持喪，乃托名文潛以名書耳。(《庶齋老學叢談》卷中下)

按：此詩載《柯山集》。《苕溪漁隱叢話》據石刻以為張耒作。周紫芝《竹坡詩話》、王士禎《浯溪考》、厲鶚《宋詩紀事》亦引作張耒詩。曾敏行《獨醒雜志》、王象之《輿地碑記目·永州碑記》則以為秦觀作。

袁桷

【題李龍眠雅集圖】 龍眠舊作《雅集圖》在元豐間。於時米元章、劉巨濟諸賢皆預，蓋宴於王晉卿都尉家所作也。嗣後詩禍興，京師侯邸皆閉門謝客，都尉竟以憂死，不復有雅集矣。元祐更政，蘇文忠公為中書舍人，黄太史入史館，張右史、晁河中為正字，秦少游以品秩最下，亦校黄本書籍。未幾，晁以憂去。又未幾，趙挺之論蘇公、少游、魯直同一疏，否則晁亦在疏中矣。噫！元二之際，號為翕和，黨論之萌，蓋已兆朕，良可悲也！此圖蓋作於元祐之初，龍眠在京，後預貢舉。考斯時之集，則孰為之主歟？曰：此安定郡王趙德麟之集也。德麟力慕王晉卿侯鯖之盛，見於題詠。文潛嗜飲，樽罍滿几者，其實也。少游凝然有思，其《小秦王》之意乎？魯直每遇家妓，輒書裙帶，今乃題卷，猶故態也。東坡公精神凌厲，見於筆墨，而待門下三客，蓋未嘗以此易彼。嘗考文章盛時，各展素藴，故六君子別集體製各備。後宋之弊，以華貫為重，墓中之文，前歸於周文忠公，樓宣獻踵之，至於末造，劉龍學專之矣。仰止英躅，庸書於後。（《清容居士集》卷四十七）

柳貫

【强振之招遊粲山新築別業即賦秦少游墓在西】 明靈觀後惠山前，新營堂館貯風煙。藤陰不蔽淮海墓，茶井遥分桑苧泉。好景正須多領略，佳辰且復少留連。劉伶一鍤太早計，却要冥靈受大年。（《柳待制

文集》卷六）

成廷珪

【送張仲舉至秦郵，邵文卿置酒雲峰臺望月】水驛宫船晚未開，月明乘興且登臺。揚州鶴怨仙人去，甓社珠迎國士來。千里何時重命駕，百年今昔此銜杯。同君盡醉文遊地，為問秦郎安在哉？（道光本《高郵州志》卷十一下）

黄　溍

【跋東坡書秦少游龍井題名】元豐元年，東坡先生謫黄州，少游以二年秋至龍井。三年秋，先生乃為書此《題名》而記其後，言與兒子邁，棹小舟至赤壁，西望武昌山谷，喬木蒼然，雲濤際天。而先生作《赤壁賦》，則五年之秋冬也。溍兒時，即能誦少游《題名》，不意垂老獲見先生真蹟，因考其歲月而謹志之。（《金華黄先生文集》卷二十一）

寶祐間，外舅王君仲芳隨宦至郴陽，親見其石刻，乃「杜鵑聲裏斜陽樹」，一時傳録者，以「樹」字與英宗廟諱同音，故易以「暮」耳。蓋其詞一經元祐名公品題，雖有知者，莫敢改也。外舅每為人言而為之永慨！或曰：傳録者既以廟諱同音而為之諱，少游安得不諱乎？是不然。陸放翁引《北史》：齊神武相魏時，法曹辛子炎讀「署」為「樹」，神武怒其犯諱，杖之。則二字本不同音。今皆避諱，則以為一音矣。由是言之，則「樹」字本不必避，禮部《韻略》諱而不收者，失於不考也。況當時諸公詩篇中所用「樹」字不一，姑以大蘇集中所載而言，則「庭下梧桐樹」，及「樹頭初日掛銅鉦」，「闇風驚樹罷琅玕」，「孤城吹角煙樹裏」，「清風欲發鴉翻樹」等句，作於熙寧、元祐、紹聖、元符間，未嘗以為諱，何獨疑少游之不避耶？（《日損齋筆記·雜辯》）

吴師道

張公翊《清溪圖》，畫池陽清溪也。郭功甫題五絶句，有「唯欠子瞻詩」之語，遂求東坡為賦《清溪詞》。蘇公復令某示秦少游，寫小杜《弄水亭》詩。其後自元豐以來，諸賢題詠甚多，真蹟在金華智者寺草堂，蓋宋季王佖元使君得之。（《吴禮部詩話》）

楊維楨

【王希暘文集再序（節録）】吾嘗以近代律今之文，僅得與曾鞏、蘇轍、王安石、李清臣、陳無己之流相追逐，相已而中衰也。已不得步武於陸游、劉克莊、三洪，矧葉適、陳傅良、戴溪乎？不得步武於葉適、戴溪、陳傅良，矧晁、張、秦、黄乎？不得步武於晁、張、秦、黄，矧二蘇、歐陽乎？（《東維子文集》卷六）

胡　助

【題黄晉卿西園雅集圖】汴京文物盛，想見元祐時。迅掃開西園，勝事春遲遲。如何貴公子，雅有書畫癡。休暇足蕭散，群賢會於斯。曲逕穿深竹，幽花俯清池。澹若忘世念，稍覺山林姿。堂堂眉山公，翰墨何淋漓。詞源倒三峽，旁觀但嗟咨。從容穎濱老，緩帶相追隨。或據案凝望，或曳杖委蛇。松陰羅古器，時復斟酌之。漱井坐晚凉，得句輒以奇。道人方摘阮，淮海音獨知。石屏峭崖立，揮毫者為誰。豫章學空寂，危參方外師。茶煙落花畔，禪榻鬢成絲。徜徉各有適，造物非吾私。諒能獨玆理，浩然無所疑。龍眠精繪事，展卷有餘思。我已後諸公，三歎題此詩。（《純白齋類稿》卷四）

陸友仁

秦少游家有唐人書《憲宗紀》，趙德麟贊其後云：「一十四年，蛇蟠蟻結。風移俗替，利動義缺。君子之病，小人所悦。」（《研北雜志》卷上）

陳　鎰

【題秦少游别曇法師詩後】昔聞淮海秦公子，謫宦南來古栝城。晝卧藤陰迷客夢，春游沙外聽鶯聲。三年監税無他事，一日逢僧話平生。結社題詩遺跡在，高風還似晉淵明。（《午溪集》卷八）

顧瑛

古之樂章、樂府、樂歌、樂曲，皆出於雅正。粵自隋唐以來，聲詩間為長短句，至唐人則有《尊前》、《花間》集，迄於崇寧，周美成諸家，討論古音，審之古調，淪落之後，少得存者。……求其可歌可誦者不多，屈間惟秦少游、高竹屋、姜白石、史邦卿、吴夢窗數人，格調不凡，句法挺異。（《制曲十六觀》）

引他意入來，捏合成章，必無一唱三歎。如少游《水龍吟》「小樓連苑橫空，下窺繡轂雕鞍驟」，且不免東坡誚，製曲者當作此觀。（同上）

曲中最難離情，情至於離，則哀怨必至，苟能調感愴於融會者，斯為得矣。……秦少游《八六子》云：「倚危亭，恨如芳草……黄鸝又啼數聲。」離情必欲如此，乃為情景交鍊，得言外意。製曲者當作此觀。（同上）

脱脱等

【哲宗本紀】 元符元年九月庚戌，秦觀除名，移雷州編管。（《宋史》卷十八）

【徽宗本紀】 崇寧元年九月己亥，籍元祐及元符末宰相文彦博等、侍從蘇軾等、餘官秦觀等……凡百有二十人，御書刻石端禮門。……崇寧二年四月乙亥，詔毁刊行《唐鑑》并三蘇、秦、黄等文集。（同上卷十九）

【藝文志七】《秦觀集》四十卷。(同上卷二百八)

【藝文志八】《四學士文集》五卷。黄庭堅、晁補之、張耒、秦觀所著。(同上二百九)

【蘇軾傳】……一時文人如黄庭堅、晁補之、秦觀、張耒、陳師道,舉世未之識,軾待之如朋儕,未嘗以師資自予也。(同上卷三三八)

【秦觀傳】秦觀字少游,一字太虚,揚州高郵人。少豪雋,慷慨溢於文詞,舉進士不中。强志盛氣,好大而見奇,讀兵家書與己意合。見蘇軾於徐,為賦黄樓,軾以為有屈、宋才。又介其詩於王安石,安石亦謂清新似鮑、謝。軾勉以應舉為親養,始登第,調定海主簿、蔡州教授。元祐初,軾以賢良方正薦於朝,除太學博士,校正秘書省書籍。遷正字,而復為兼國史院編修官,上日有硯墨器幣之賜。紹聖初,坐黨籍,出通判杭州。以御史劉拯論其增損實録,貶監處州酒税。使者承風望指,候伺過失,既而無所得,則以謁告寫佛書為罪,削秩徙郴州,繼編管横州,又徙雷州。徽宗立,復宣德郎,放還,至藤州,出游華光亭,為客道夢中長短句,索水欲飲,水至,笑視之而卒。先自作《挽詞》,其語哀甚,讀者悲傷之,年五十三,有文集四十卷。觀長於議論,文麗而思深。及死,軾聞之歎曰:「少游不幸死道路,哀哉!世豈復有斯人乎!」弟覿字少章,覯字少儀,皆能文。(同上卷四四四)

陳　基

【高郵】秦郵水為國,層城高鬱鬱,三面阻重湖,深湟中蕩潏。常憐秦太虚,材兼文武術。慷慨談孫吴，議論每奇崛。遨遊二蘇間，文采尤駿發。平生英邁風，想像見彷彿。顧余亦何知，僶俛從戰伐。歲晚過其鄉，徘徊為終日。憶昔元祐際，中國久寧謐。二虜獨猖狂，公心常憤切。中原屬塗炭，四野多白骨。使公當此時，豈惜焦毛髮。秋風吹淮甸，征騎四馳突。九原不可作，悲歌暮蕭瑟。（《夷白齋稿》卷三）

張光弼

【雪齋東坡命名，少游作記】　萬有從妄作，庸辨偽與真。假山復假雪，空色自相因。東坡古維摩，出語驚天人。彈指為説法，一息乃萬旬。舊時言所説，幾見湖水春。染習或未除，示此前後身。題詩附齋壁，庶與坡詩鄰。（《張光弼詩集》卷一）

夏文彦

秦湛，字處度，少游子。善著色山水。（《圖繪寶鑑》卷五）

祝誠

【官亭湖神女】　宋官亭湖神能分風送客。秦觀一夕宿湖傍借竹軒中，夢神女贈一詩云：「不知水宿分風浦，何事秋眠借竹軒。聞道文章妙天下，廬山對面可無言？」（《蓮堂詩話》卷上）

陶宗儀

秦觀　字少游，一字太虚，號淮海居士，揚州高郵人。官至國史院編修官，淹該經術。書法有東晉風度。（《書史會要》卷六）

三　明

宋濂

【用明禪師文集序(節録)】　昔者蘇文忠公與道潛師游，日稱譽之，故一時及門之士若秦太虚、晁補之、黄魯直、張文潛輩，亦皆願交於潛師，相與唱酬於風月寂寥之鄉，宛如同聲之相應、同氣之相求者。有識之士疑之，則以謂潛師游方之外者也，其措心積慮皆與吾道殊，初不可以强而同。文忠公百世士，及其門者亦英偉非常之流，其於方内之學者尚不輕與之進，何獨於潛師皆推許之而不置邪？殊不知潛師能文辭，發於秀句如芙蓉出水，亭亭倚風，不霑塵土，而其為人脱略世機，不為浮累所縛，有如其詩。此其所以見稱於君子、而其遺芳直至於今而不銷歇也歟！(《宋學士全集·鑾坡前集》卷八)

【跋西臺御史蕭翼賺蘭亭圖後】　予幼時聞文皇遣蕭翼賺《蘭亭叙》於辨才事，頗疑之，以為文皇天縱人豪，未必為是瑣屑也。及覽劉餗傳記，云《蘭亭叙》……以武德二年入秦王府。由此而觀，辨才之師乃智果，非智永；求《蘭亭叙》者乃歐陽詢，非蕭翼也。……或者猶云辨才所居雲門寺，有翼留題二詩，秦、晁、黄三公皆信而不疑，此固不足取以為據。(《宋學士全集·翰苑別集》卷三)

【答章秀才論詩書(節録)】　元祐之間，蘇、黄挺出，雖曰共師李、杜，而競以己意相高，而諸作文廢矣。

自此以後，詩人迭起，或波瀾富而句律疎，或煅煉精而情性遠，大抵不出於二家。觀於蘇門四學士及江西宗派諸詩，蓋可見矣。（引自《皇明文衡》卷二十五）

袁　華

【送秦文仲歸崇明拜祠墓詩】　維秦氏先，裔本顓帝，元鳥誕祥，爰暨大費。湯湯洪水，佐禹平治，賜姓曰嬴，是為伯翳。下逮非子，主馬汧渭。……或棲巖穴，或推孝義。文鳴淮海，肇自觀始。疏派鹽城，丁宋之季。……（《可傳集》）

楊士奇

《淮海居士長短句》，一部一册闕。（《文淵閣書目》卷十）

闕　名

【蒙頂茶宋秦少游】　北窗高枕鼾如雷，誰遣茶香挽夢回。緑液玉甌雪花乳，不妨也道入閩來。（《詩淵·飲食門》）

按：此首文集未存，録以補遺。

瞿佑

【山石句】元遺山《論詩三十首》，内一首云：「有情芍藥含春淚，無力薔薇卧晚枝。拈出退之山石句，始知渠是女郎詩。」初不曉所謂，後見《詩文自警》一編，亦遺山所著，謂「有情芍藥含春淚，無力薔薇卧晚枝。」，此秦少游《春雨》詩也，非不工巧，然以退之山石句觀之，渠乃女郎詩也。破却工夫，何至作女郎詩？按昌黎詩云：「山石犖确行徑微，黄昏到寺蝙蝠飛。升堂坐階新雨足，芭蕉葉大梔子肥。」遺山固為此論，然詩亦相題而作，又不可拘以一律。如老杜云：「香霧雲鬟溼，清輝玉臂寒。」「俱飛蛺蝶元相逐，並蔕芙蓉本自雙。」亦可謂女郎詩耶？（《歸田詩話》卷上）

【陳、秦才思之異】「閉門覓句陳無己，對客揮毫秦少游。」山谷詩，喻二人才思遲速之異也。後山詩如「壞牆得雨蝸成字，古屋無人燕作家」，寥落之狀可想。淮海詩如「翡翠側身窺緑酒，蜻蜓偷眼避紅妝」，艷冶之情可見。二人他作亦多類此。後山宿齋宫，驟寒，或送綿羊臂，却之不服，竟感疾而終。淮海謫藤州，以玉盂汲水，笑視而卒。二人於臨終屯泰不同又如此，信乎各有造物也。（同上卷中）

葉盛

【西園雅集人數】《西園雅集圖》，楊東里云，嘗見熊天慵先生所題詩及黄文獻公《述古堂記》，皆十六人。文獻據鄭天民之記，鄭記作於政和甲午，可徵無疑。但劉松年臨本無張文潛、李端叔、陳無己、晁無咎四人。蓋臨伯時者，如僧梵隆、趙伯詢輩非一人，不能無異矣。楊文敏公題葉石林所序本則云，此十二人，蓋李伯時、王晉卿、蘇氏兄弟、蔡天啟、黄魯直、秦少游、米元章、王仲至、劉巨濟、陳碧虚、圓通大士也。考之鄭天民記，復增張文潛、李端叔、陳無己、晁無咎為十六人。及觀陳思允所題，則又少李端叔、陳無己二人，為十四人。今此本於思允所述相似，獨卷首增張文潛為四人，則與述古堂所記實同，而於石林、天民序記皆不相合。此二説有不同，文敏説亦欠明白，當考。（《水東日記》卷三十四）

《秦淮海文集》七册。（《菉竹堂書目》卷三）

《淮海居士長短句》一册。（同上卷四）

曹安

《西園雅集圖》，宋紹興石林居士葉夢得序，蓋元祐諸賢會駙馬王詵晉卿西園，李伯時即席中所畫也。凡十一人：蘇子瞻，王晉卿，蔡天啟，蘇子由，黄魯直，李伯時，秦少游，陳碧虚，米元章，王仲至，圓通大士，劉巨濟乃鄭天民記。鄭記作於政和甲午，可信。紹興丁未邵諤進《述古圖圓硯》云：「李伯時效唐小李將軍，用著色寫硯旁，補兹圖。」黄溍作《述古堂記》，增張文潛、陳無己、晁無咎、李端叔四人。劉松年臨伯時圖，無此四人。又，僧梵隆、趙白駒亦臨此十六人，陳思允亦題，又少李端叔、陳無己二人，為十四人。楊文貞公家藏本則十六人。豈前後會不一，如楊鴻臚東郭草亭之會，在正統中，

亦前後不一者耶？……伯時龍眠居士，善繪有名。《雅集圖》有二女子，王晉卿家姬雲英、春鶯也。（《讕言長語》）

吴寬

【賦黄樓送李貞伯（節録）】徐州太守蘇長公，夜呼禁卒登城墉。一身未足捍大患，豈無木栅兼竹籠。……我生慕公公不逢，安得置我兹樓中。潁濱、淮海獨何幸？留得兩賦摩蒼穹。（《瓠翁家藏集》卷四）

李東陽

【滄州詩集序（節録）】杜子美以死徇癖「語必驚人」、「斗酒百篇」者，方嘲其大苦。而秦少游之揮毫對客，乃不若閉户覓句者之為工也。（《李東陽集·文前稿》卷五）

黄琮

【重修少游書院記】書院在海棠橋之西。橋之所由名，其為少游之先後不可知。而言海棠橋者，必曰秦少游焉，則地之借重於少游也久矣。子張問行，孔子曰：「言忠信，行篤敬，雖蠻貊之邦行矣。」少游文章妙一時，其於忠信篤敬之道，未必盡然；然千載之下，彈丸之地，能不與狐兔莽灌同湮没者，豈直以花間一醉吟而已哉？傳曰：「德之休明，雖小，重也。」吾於是重有感焉！横文獻既亡，亦鮮游衍。按張侯之斷珉，得祝生之故址，而復亭之舊。擴其基為堂為館，以為諸生期講之所，堂曰：「淮海」，館曰「浮槎」，識其舊也。既以掃除之役請於守巡諸公，皆優免焉，豈非天理人心之不容已者耶？將成，偶得晁無咎之像於學官之隙，零落殆盡，而光霽宛然，為建炎元年之石也。質諸橫，無一知者。因念二公同時俱盛名，而皆不遇以死，其遺蹟顯晦亦復相符，似非偶然者。遂登之浮槎之館，而并記之。（光緒本《橫州志》卷十二）

【海棠祠】　海棠花落莽榛蕪，歲歲東風怨鷓鴣。天上有堂開白玉，人間無網覓珊瑚。蒼凉日浸平橋晚，縹緲雲開遠岫孤。五百年來重此地，不妨高詠識狂夫。（《國朝金陵詩徵》卷十七）

王　濟

宋秦淮海先生嘗謫於橫，罕交游。城西一祝姓老書生頗淳篤，家有海棠花一株，甚妍麗。淮海每過其家，於花下觴詠，盡醉而返。嘗於花下作「醉鄉廣大人間小」之詞，尚存於石。後人即其地建亭，名海棠亭。又一大橋，長百餘尺，皆以鐵力為材。云宋時所建者，亦名海棠。數年前，建業黃琮守州，改為淮海書院。余嘗至訪遺蹟，有壞碑數通，漫滅不可讀。後一小碑仆於地，拂拭觀之，乃刻晁無咎像也。云晁不遠萬里來訪淮海，故存其刻。《君子堂日詢手鏡》（引自《紀録彙編》卷一百六十三）

唐寅

【題自畫秦淮海卷】淮海修身遺麗華，他言道是我言差。金丹不了紅顔別，地下相逢兩面沙。（《唐伯虎全集》卷三）

邵寶

【秦淮海先生祠記】淮海秦先生祠堂者，先生之十九世孫鋭之所建也。先生在宋建中靖國間，以國史編修坐黨籍謫外，卒於藤，歸葬高郵。政和間，其子湛倅常州，遂遷葬於惠山。其孫南翁因家無錫，傳十餘世，至鋭之祖封武昌知府景暘，暨其子方伯廷韶，其諸子封都憲潤孚，謂先生生長宦遊之地，皆有崇奉，而無錫為葬所，顧獨缺焉？蓋有志於祠，未果而繼卒。鋭欲擇善地，以成先志，久而未得。嘗以告予，繼之以歎。正德丁丑，監察御史安成張君汝立，以提學至縣，盡毁尼女冠之居，而及於鳳光橋東所謂善智寺者。鋭見其近且塏爽，乃請於提學君，君亟稱善而從之。爰謀於其諸子、今鄉貢進士泮歸直於官，請其地而建焉。始事於戊寅之秋，越明年己卯春，厥功告成。予往謁焉。退而歎曰：美哉，秦氏其盛矣乎！蓋吾嘗觀於前宋蘇文忠公，以文章氣節重於當代，而先生文麗思深，風致清逸，與黄、陳數子並遊於門，亟見稱許。既入史院，不幸死於遷謫。至於今，誦其言想望其豐采者，猶肅然起敬，謂當與文忠並傳不朽，況為其子孫者乎！無錫故有祠，在墓旁，蕪茀已久。而數十世後，乃有不忘其先如鋭之祖孫父子者。君子雖欲弗與，不可得也。秦在無錫，自國朝以來，起家鄉貢者九人，登進士者二人，而學行政績，莫顯於方伯與今都憲。國聲嗣而興者，其人尤衆。初，鋭既得地而經始也，亟用書告都憲於湖南。都憲曰：「此吾族之缺典，不可不圖。」及將落，又告其二叔永孚、仲孚，又皆曰：「此吾祖吾父之志也，不可不力。」祠因故材，葺而為堂，中奉先生像，前為門。堂之後新作燕室四楹。室之後為樓，題曰「淮海」。其下為夾室，常州公、暨處士物初先生、暨武昌、暨封都憲、暨方伯五公之像懸焉。左右有序，凡若干楹，歲舉私祀於堂。鋭也祼獻唯謹，餕於室，則諸昆弟咸在。夾室五像，以有家廟，故薦而不祀。乃若二子濂、汶及其群從，延師講肄，亦皆於斯，蓋尊賢於先，而因以風其後人。鋭之繼述於是大矣。某辱交於秦氏三世，至鋭始為姻連，蓋於是與有慶焉。頃鋭以記請，再辭不獲，既為書其事，復作迎送神辭，俾於享焉歌之。物初，都憲之曾祖也，於武昌為諸父。鋭字國英，太學生。

有藤糾兮若虹，與古木兮相繚，公何為兮此邱，昔有夢兮彼州。夢維水兮我泉清流，公舍此兮焉留？矧有箕兮有裘，世復世兮千秋。公之墳兮既荒，邑有構兮曰公之堂。蕙肴蒸兮奠桂漿，肅登降兮有冠有裳。公之來兮如水斯洋，公之去兮如風斯翔。祝有册兮歌有章，惠諸孫兮不忘！（引自《無錫金匱縣志》卷三十六）

崔銑

【古文類選序】序曰：由宋而來，選者十餘家。……陳師道古行艱思，乃甘列於張耒、秦觀之班，何處躬之不休乎？（《洹詞》卷十一）

陳霆

少游《八六子》尾闋云：「正銷凝。黄鸝又啼數聲。」唐杜牧之一詞，其末云：「正銷魂。梧桐又移翠陰。」秦詞全用杜格。然秦首句云：「倚危亭。恨如芳草，萋萋剗盡還生。」二語妙甚，故非杜可及也。（《渚山堂詞話》卷二）

吴鳳翔、李舜明等

秦龍圖少游墓在燦山。少游名觀，字少游，一字太虚，世稱淮海先生。祥符人，焦蹈榜進士。初授蔡州教授，召試賢良，除秘書正字，謫居處州，移郴州。……建中靖國間，貶藤州卒，年五十三，以黨錮藁葬高郵。子湛倅常，遷葬於此，子孫因家焉。墓故有紫藤一本，圍盈尺，纏錯古松，狀如堰蓋，或以為醉卧藤下詞讖云。元初為里豪所據，教授虞薦發白於官，復之。（明弘治《無錫縣志》卷二十五）

郎瑛

【自作挽詞】夫至死之際，而猶能自作挽詞，亦偉矣。若淵明之歌詞三章，了達此理，不待言也。秦少游雖多哀怨愴楚之情，然其實踐，不得不然。故東坡亦謂其能齊生死、了物我耳。《漁隱叢話》以坡言為過，惟淵明可當，殊不思陶在放達之時，秦當逐迫之日，言安能不爾耶？予故嘗以吴濳謫循州臨終自挽之詞，哀尤過秦，亦可謂達，但視其能措辭説理否耳。能則過人遠矣。使秦、吴當官之日，亦能如陶辭爵隱去，則臨終之辭，亦必有可觀者。（《七修類稿》卷十七）

【延陵碑】延陵季子碑在鎮江，其文曰：「有吴延陵君子之墓」。世傳為孔子書。學古編以為《古法帖》止云「嗚呼，有吴君子」而已，篆法敦古，似乎可信。……予按歐陽、子竹皆辨非孔子，明矣。或者即仲容所書，借孔子以欺世。此秦觀所以疑唐人之所書有見也。（同上卷十九）

【陶詩紀甲子】五臣注《文選》，以淵明詩，晉所作者皆題年號，入宋但題甲子，意謂耻事二姓，故以異之。後世因仍其説，雖少游、魯直，亦以為然也。治平中，虎丘僧思悦編陶之詩，辨其不然。謂淵明之詩，有題甲子者，始庚子，距丙辰凡十七年，詩一十二首，皆安帝時作也。至恭帝元熙二年庚申，始禪宋。夫自庚子至庚申，計二十年，豈有晉未禪宋之前二十年内，輒有耻事二姓、而所作即題甲子以自異哉！矧詩中又無標晉年號者，所題甲子，偶記一時事耳。其説出而舊疑釋矣。（同上卷二十）

【陸放翁】陸游，字務觀。母嘗夢秦少游而生，故以秦名為字，而字其名也。少好結俠客，有恢復中原

之志，故《曉歎》一篇，《書憤》一律，足見其情。（同上卷二十一）

【兩參寥、辯才】宋有杭州僧參寥，唐亦有道士參寥，見《孟浩然集》。唐有藏《蘭亭》僧辯才，宋亦有高僧辯才，隱天竺，見《淮海集》。（同上卷二十五）

【秦、黄詩讖】秦觀字少游，號太虚，淮之高郵人，與蘇、黄齊名。嘗於夢中作《好事近》一詞云：「春路雨添花，花動一山春色。行到小溪深處，有黄鸝千百。飛雲當面化龍蛇，夭矯轉空碧。醉卧古藤陰下，杳不知南北。」……山谷有詩云：「少游醉卧古藤下，誰與愁眉唱一杯？解道江南斷腸句，衹今惟有賀方回。」秦詞世人少知。予嘗親見其墨跡，後有近代劉菊莊題云：「名並蘇黄學更優，一詞遺墨至今留。無人唤醒藤州夢，淮水淮山總是愁。」亦不勝其感慨。因憶賀、黄二作，併書之，以見少游固竟没於貶所，而山谷厄於城樓之死尤艱哉！嗚呼，詠詩之日，孰知又為少游之後者耶！（同上卷三十）

【秦少游女】宋靖康間，有女子為金虜所俘，自稱秦學士女。道中題詩云：「眼前雖有還鄉路，馬上曾無放我情。」讀者凄然，曾有擬作《秦女行》者。今併人文忘之，又甚悽然。（同上卷三十一）

【詩文似】舊云韓詩似文，杜文似詩。予謂韋應物律詩似古，劉長卿古詩似律。子瞻詞如詩，少游詩如詞。固一病也，然亦因性所便，習而使之然耳。（同上）

【九僧詩】宋時詩僧最多，如秘演、惟儼、參寥、善權輩，皆與歐、蘇、秦、黄、石曼卿友善，故名重一時。（同上）

楊　慎

【香霧髓歌(節録)】　君不見，東坡先生密雲龍，緘藏遠自朝雲峰。宛邱、淮海四學士，分江貯月初啟封。又不見，升菴老人香霧髓，獅頭瑞柑萍實比。香霧噀人星髓開，賜以嘉名漢池始。龍團獅柑各有神，江陽玉局共稱珍。若把西湖比西子，從來佳茗似佳人。(《太史升菴全集》卷二十五)

【秦少游單騎見虜賦】　《單騎見虜賦》，秦少游場屋程試文也。其略曰：「事方急則宜有異謀，軍既孤則難拘常法。遭彼虜之勁悍，屬我師之困乏，較之力則理必敗露，示以誠則意當親狎。我得不撤衛四環，去兵兩夾，雖鋒無莫邪之鋭，而勢有泰山之壓。據鞍以出，若蔑擒虎之威，失隊而驚，如棄華元之甲。」此即一篇史斷，今人程試之文，能幾有此者乎？一本作「果吾父也，遂有壺漿之迎。見大人焉，盡棄犀渠之甲。」(同上卷五十三)

【帛道猷詩】　晉世釋子帛道猷，有《陵峰采藥》詩曰：「連峰數千里，修林帶平津。茅茨隱不見，雞鳴知有人。」此四句古今絶唱也，有石刻在沃州岩。……宋秦少游詩：「菰蒲深處疑無地，忽有人家笑語聲。」道潛詩：「隔林髣髴聞機杼，知有人家在翠微。」雖祖道猷語意而不及。庚溪作詩話，謂少游道潛比道猷尤為精練，所謂「蘇糞壤以充幃，謂申椒其不芳」也。(《升奄詩話》卷六)

【季札墓碑】　陶潛《季札讚》曰：「夫子戻止，爰詔作銘。」謂題季子有《吴延陵君碑》也。此可證其為古無疑。秦觀疑其出於唐人，未考《陶集》乎？(同上)

【粘天】　庾闡《揚都賦》：「濤聲動地，浪勢粘天。」本是奇語。昌黎祖之曰：「洞庭漫汗，粘天無壁。」張祜詩「草色粘天鷤鴂恨」，黄山谷「遠山粘天吞釣舟」，秦少游小詞「山抹微雲，天粘衰草」，正用此字為奇。今俗本作「天連」，非矣。（同上卷九）

【隋煬帝野望詩】　「寒鴉飛數點，流水繞孤村。斜陽欲落處，一望黯銷魂。」此詩見《鐵圍山叢譚》，秦少游改為小詞。（同上卷十）

【詞品序】　……宋人如秦少游、辛稼軒，辭極工矣，而詩殊不强人意。疑若獨蓺然者，豈非異曲分派之説乎。（《詞品》）

【填詞句參差不同】　填詞平仄及斷句皆定數。而詞人語意所到，時有參差。如秦少游《水龍吟》前段歇拍句云：「紅成陣，飛鴛甃。」换頭落句云：「念多情但有當時皎月，照人依舊。」以詞意言，「當時皎月」作一句，「照人依舊」作一句。以詞調拍眼，「但有當時」作一拍，「皎月照」作一拍，「人依舊」作一拍為是也。（同上卷一）

【歐、蘇詞用選語（節録）】　李易安詞：「清露晨梳，新桐初引。」乃全用《世説》語。女流有此，在男子亦秦、周之流也。（同上）

【側寒（節録）】　吕聖求在宋，人不甚著名，而詞甚工。如《醉蓬萊》、《撲胡蝶近》、《惜分釵》、《薄倖》、《選冠子》、《百宜嬌》、《荳葉黄》、《鼓笛慢》，佳處不減秦少游。（同上）

【李易安詞】　宋人中填詞，李易安亦稱冠絶。使在衣冠，當與秦七、黄九争雄，不獨雄於閨閣也。（同上

卷二)

【密雲龍】 密雲龍,茶名,極為甘馨。宋廖正一,字明略,晚登蘇東坡之門,公大奇之。時黄、秦、晁、張號「蘇門四學士」。東坡待之厚,每來,必令侍妾朝雲取密雲龍。家人以此知之。一日,又命取密雲龍。家人謂是四學士。窺之,乃廖明略也。(同上卷三)

【斜陽暮】 秦少游《踏莎行》「杜鵑聲裏斜陽暮」,極為東坡所賞。而後人病其「斜陽暮」似重複,非也。見斜陽而知日暮,非複也。猶韋應物詩:「須臾風暖朝日暾。」既曰「朝日」,又曰「暾」,當亦為宋人所譏矣。此非知詩者。古詩:「明月皎夜光」,「明」「皎」「光」非複乎。李商隱詩「日向花間留返照」皆然。又唐詩「青山萬里一孤舟」,又「滄溟千萬里,日夜一孤舟」。宋人亦言「一孤舟」為複,而唐人累用之,不以為複也。(同上)

【鶯花亭】 秦少游謫處州日,作《千秋歲》詞,有「花影亂,鶯聲碎」之句。後人慕之,建鶯花亭。陸放翁有詩云:「沙上春風柳十圍,緑陰依舊話黄鸝。故應留與行人恨,不見秦郎半醉時。」(同上)

【少游嶺南詞】 少游謫横州,一日,醉野人家。有詞曰:「唤起一聲人悄。……醉鄉廣大人間小。」此詞本集不收,見於地志。而修《一統志》者,不識「舀」字,妄改可笑。聊著之。(同上)

【滿庭芳】 秦少游《滿庭芳》:「晚色雲開」,今本誤作「晚兔雲開」,不通。維揚張綖刻《詩餘圖譜》,以意改「兔」作「見」,亦非。按《花菴詞選》作「晚色雲開」,當從之。(同上)

【明珠濺雨】 秦淮海《望海潮》詞云:「紋錦製帆,明珠濺雨,甯論爵馬魚龍。」按《隋遺録》:煬帝命宮

女灑明珠於龍舟上，以擬雨雹之聲。此詞所謂「明珠濺雨」也。（同上）

【天粘衰草】　秦少游《滿庭芳》：「山抹微雲，天粘衰草。」今本改「粘」作「連」，非也。韓文：「洞庭汗漫，粘天無壁。」張祜詩：「草色粘天鶗鴂恨。」山谷詩：「遠天粘水吞釣舟。」邵博詩：「老灘聲殷地，平浪勢粘天。」趙文昇詞：「玉關芳草粘天碧。」嚴次山詞：「粘雲江影傷千古。」葉夢得詞：「浪粘天，蒲桃漲緑。」劉行簡詞：「山翠欲粘天。」劉叔安詞：「暮煙細草粘天遠。」「粘」字極工，且有出處。又見《避暑録話》可證。若作「連天」，是小兒語也。（同上）

【山抹微雲女婿】　范元實，范祖禹之子，秦少游婿也。學詩於山谷，作《詩眼》一書。為人凝重，嘗在歌舞之席，終日不言。妓有問之曰：「公亦解詞曲否？」笑答曰：「吾乃『山抹微雲』女婿也。」可見當時盛唱此詞。《草堂詩餘》亦有范元實詞。（同上）

【高賓王】　高觀國，字賓王，號竹屋。詞名《竹屋癡語》，陳造為序，稱其與史邦卿皆秦、周之詞，所作要是不經人道語，其妙處少游、美成亦未及也。（同上卷四）

【如夢令（門外緑陰千頃）】　只有風弄影，正模出静景。（《草堂詩餘選評》卷一）

【如夢令（鶯嘴啄花紅溜）】　意想妙甚，然春柳恐未必瘦。（同上）

【浣溪沙（青杏園林煮酒香）】　乍晴乍雨，二語見道，不獨情景之真。（同上）

【阮郎歸（春風吹雨繞殘枝）】　眉不掩愁，堪不消愁，愁之何處著。（同上）

【阮郎歸（湘天風雨破寒初）】　此等情緒，煞甚傷心，秦七太深刻矣。（同上）

【踏莎行（霧失樓臺）】古人有謂：「斜陽暮」三字重出，然因斜陽而知日暮至，得為重出乎？末二句呂衡陽猶有雁傳書，郴江和雁無，同意。（同上卷二）

湛若水

【過横州吊秦少游】南州咫尺水盈盈，水繞南州州繞城。試問海棠香不斷，城南城下吊先生。（光緒本《横州志》卷十二）

張綖

【淮海集序】綖每進見搢紳先生，未有不詢及秦公者。流風遺韵，隱然如高山巨川，人皆識其為一鄉之望，乃知地以人而勝也。然公没已數百年，而盛名不泯，亦以文之有傳焉耳。北監舊有集板，歲久漫漶，近日山東新刻不全。余乃以二集相校，刻之郡齋。序曰：凡古人之文，有緒餘，有精華，有源本。得其源本，則精華悉舉之矣，况緒餘乎？今夫江河之水，東流入於海，而岷陽崑崙，則其發源之地。草木花實之盛，其得於地土之力必厚矣。名勝傳世之文，亦江河之流、草木之花實也，獨不有源本者乎？故曰：其源深者其流長，其本殖者其末茂，秦公之名世亦豈偶然哉！今之後生聞風興慕者，率惟其緒餘是好，不復知其精華源本。以是求公，不亦遠乎？蓋其逸情豪興，圍紅袖而寫烏絲，驅風雨於揮毫，落珠璣於滿紙，婉約綺麗之句，綽乎如步春時女，華乎如貴游子弟，此特公之緒餘者耳。至於灼見一代之利害，建事揆策，與賈誼、陸贄争長，沉味幽玄，博參諸子之精蘊，雄篇大筆，宛然古作者之風，此則其精華也。乃若孝友出於天性，行義孚於朋友，少年慨慷論事，嘗有繫笞二虜、回幽夏故墟之志。方王氏用事時，公能少貶其説，可立登顯要，獨守正不撓，乃至謫死窮荒，没齒無怨。是其曠度高懷，藐萬鍾而弗顧；堅操勁氣，歷九折而不回。中之所存，有過人者。《浩氣》一傳，其殆自見也。嗚呼，以此為文，兹其所以名世者耶？豈非吾鄉百世之師乎！孟子論夷惠清和，而稱其為百世之師。他日又謂伯夷隘，柳下惠不恭。隘與不恭，君子不由者，何耶？蓋聖之清和，此其源本也。隘不恭，則緒餘末流之弊耳。是以君子由其清和，不由其隘不恭也。夫公之文既已著於天下矣，余小子其敢以譾陋贅言？獨念公一鄉之望，恐向慕者昧於所求，序而論之，使知公之名世乃在此，而不在彼也。公名觀，少游其字，一字太虚，高郵人，《淮海》其名集云。嘉靖己亥秋九月望日，書於鄂之石鏡亭。（張綎刻本《淮海集》卷首）

【淮海長短句跋】陳後山云，今之詞手，惟有秦七、黄九，謂淮海、山谷也。然詞尚豐潤，山谷特瘦健，似非秦比。此在諸公非其至，多出一時之興，不自甚惜，故散落者多。其風懷綺麗者，流播人口，獨見傳録，蓋亦泰山毫芒耳。字復舛誤，頗為辨正。其有一二字不可校者，不欲以臆見輒易，存闕文之意，更俟善本正之。嘉靖己亥中秋日，南湖張綎識。（《淮南集》後附）

【凡例】詞體大略有二：一體婉約，一體豪放。婉約者欲其詞情蘊藉，豪放者欲其氣象恢弘。蓋亦存乎其人，如秦少游之作，多是婉約；蘇子瞻之作，多是豪放。大抵詞體以婉約為正，故東坡稱少游為

今之詞手。(《詩餘圖譜》)

俞弁

秦少游侍兒朝華,年十九。少游欲修真,遣朝華歸父母家,使之改嫁。既去月餘,父復來云:「此女不願嫁。」少游憐而歸之。明年,少游倅錢塘,謂華曰:「汝不去,吾不得修真矣。」臨别作詩云:「玉人前去却重來,此度分攜更不迴。腸斷龜山離别處,夕陽孤塔自崔嵬。」未幾遂竄南荒。余友唐子畏閲《墨莊漫録》,偶見此事,以詩嘲少游云:「淮海修真黜朝華,他言道是我言差。金丹不了紅顔别,地下相逢兩面沙。」(《逸老堂詩話》卷上)

王元凱

【文遊臺記】昔宋蘇子軾過高郵,與高郵孫子覺、王子鞏、秦子觀會集是臺,名「文遊」,李伯時圖之。守土者續葺厥基,王詞起淳熙,吴鑄飭嘉泰,張革復開禧。及我正德歲,蒲圻胡君堯元,由進士地官屬謫倅是邦,詢遺址於泰山廟後,為門一重,堂曰「合簪」,室曰「崇賢」,祠秩四子之貌於内。終南王山人元凱南歸,聞而悦焉。……夫山得人若增而高,水得人若闢而廣,蕞爾之臺而得四君子一時為斯文之會,惡怪其長存而愈光也。(道光本《高郵州志》卷十一上)

盛儀

【重刻《淮海集》序】《淮海集》者，宋高郵秦公觀少游之作也。記者曰：《淮海集》三十卷，《淮海閑居集》十卷，《淮海詩餘》一卷。《宋史》謂《文集》四十卷，蓋合前二集而言也。《經籍考·歌詞》有《淮海集》一卷，即詩餘也。版舊藏國子監，歲久漫漶。儀真黄雪洲中丞瓚一刻於山東。高郵張世文州守綖，參校監本、黄本，再刻於鄂州，為《淮海集》四十卷，為《後集》六卷，為《長短句》分卷上中下，亦庶幾還其舊矣。未久，鄂版復毁於火。縉紳才哲，過公故里，不見公遺文，往往惋惜而去。高郵州守胡君民表謂：此表揚先哲盛舉，不容但已也。乃求其善本，捐俸復刻以傳。工既告成，復問序於儀。儀辭遜再四不獲，乃作而言曰：《淮海集》豈可不傳哉？嘗聞蘇長公謂李廌曰：「少游之文，如美玉無瑕，琢磨之工，殆未有出其右者。」張文潛則謂：「少游平生為文不多，而一一精好可傳。」吕居仁則謂：「少游雖從東坡游，而其文乃自學西漢。」邢和叔則謂：「少游文如鐘鼎，然其體質重而簡易，其刻畫篆文，則後之鑄師竭力莫能彷彿。」是非公文章之定品乎？長公初見公《黄樓賦》，以為有屈、宋才。及居惠州，得公書詩讀之，歎曰：「如在齊聞韶也。」王介甫則謂公詩：「清新婉麗，鮑、謝似之。」吕氏則謂：「少游過嶺後詩，嚴重高古，自成一家。」朱晦翁則謂：「少游詩甚巧，亦謂之對客揮毫，想渠合下得句便巧。」是非公詩賦之定品乎？史謂少游「長於議論，文麗而思深。」黄魯直亦謂議論文字，乃特付之少游。是非公議論之定品乎？陳後山云：「今之詞手，惟秦七、黄九。」朝溪子則謂：

「少游歌詞，當在東坡上。」是非公歌詞之定品乎？後學熟味而精擇之，真見如諸公之所評品者，而更權度於吾心，斯為善讀《淮海集》者也。抑公雖與長公同升，而不坐其放言之失；雖為介甫賞識，而不入於熙寧之黨。文章華國，議論通達國體，而不為詭遇，少貶以徇人。當時孫莘老、徐仲車，皆安定先生門人也，公與之詩文往復，麗澤切磋甚多。且其少年高志，非為養親則不復應舉登第。教其弟覿、覯及子湛，相繼皆以詩文名世。則公之事親也、事君也、友弟也、教子也、擇交也，天秩人倫，可謂無慚德矣。不幸為群奸所擠，屢投窮荒，百折不回，竟以遷死。君子猶以世豈復有斯人悲之，此誦其詩讀其書者，所以貴知其人論其世也。《淮海集》豈可不傳也哉！嗟乎，昔人以詩文鳴世，而人品未足稱重者有矣，雖其集刻之傳，亦未免為訾議之資爾，何足貴哉！益見《淮海集》之不可不傳也已。嘉靖乙巳孟夏月庚子日後學江都盛儀拜書。（乙巳本《淮海集》卷首）

張　綸

【重刻淮海文集後序】《詩》不云乎：「高山仰止，景行行止。」凡我先哲，皆後生師宗之地也。然而聽聞漸習，熟服於父兄，感發興起，兼資於風氣，在鄉先生尤切焉。傳稱鄒魯多儒雅，燕趙多慷慨，彼其所以開之者則然也。是故司民牧者，於凡先代文獻之傳，必顯揚而昭揭之，勿使泯没，所以風示來學，而寓鼓舞之機也。高郵當宋中葉，人才特盛，崔、喬、孫、秦之族，赫然以道術文章鳴天下。逮靖康、建炎後，為南北疆場，軍戎蹂躪，民物凋殘。然冠章甫而衣縫掖者，猶操觚挾册，弗易厥常。於時陳公造克繼慶曆、元祐之諸名勝，申屠駉撰銘可考已。邇來文脈弗昌，遠愧古昔。蓋嘗反復慨歎，而深惟其故。郵當孔道，胡元末運，復值僞吴之亂，斯民流離轉徙，無復土著之家，郡乘族譜，散漫靡存。鄉先生論著載在國史者，亦泯然無所於見，士望失所依歸，民風益以衰敝，亦何足異也哉！不有以作而新之，吾恐忠信未見之詠在於今日，未可謂荆國為厚誣也。先兄倅鄂時，考訂《淮海文集》，刻之郡齋，家居藏板别墅，歲甲辰燬於火。適龍山胡侯來視州事，聞而歎曰：「斯集也表昔賢立言之功，啟後人尚友之志，顧可使其弗傳、傳弗永乎？」咨於繪白於當道，且命重加校正，捐俸而翻刻焉。嗟乎，胡侯之政所先所重，其諸常情之所忽而緩焉者乎？而亟亟若不可已，兹其深識遠慮，良有在矣。昔宜興邵侯，為孫中丞刻《春秋解》，携李張侯，為孫待制刻《談圃》，當時號稱賢守，而至今頌之不衰，其他鮮聞焉。然則為治之道，亦惟崇厥化本，樹之風聲，使民宿道嚮方，而區區簿書期會以為能者，抑末而已矣。侯莅任未朞月，政和民服，值歲大饑，而人不告病。所謂豈弟君子、民之父母也。諸美未易悉舉，兹惟白其嘉惠之意，而竊志所感焉。嘉靖乙巳孟夏之吉，郡人張繪頓首謹識。（乙巳本《淮海集》後附）

田汝成

妙奴者，錢唐陳令舉小鬟也。令舉宴秦少游，出以佐酒，少游贈之詩云：「西湖水滑多嬌嬙，妙奴十二正芬芳。……妙奴勿倦侑羽觴，主人正欲游醉鄉。」（《西湖游覽志餘》卷十六）

胡植

【公署】摘星亭在城西北角，《舊志》云：即迷樓舊址北，後日摘星亭。……蘇轍、秦觀俱有詩。文游臺在高郵城東，宋蘇軾、孫覺、秦觀、李公麟同游，飲酒論文於此。郡守因築臺以名。（《嘉靖惟揚志》卷七）

姜南

【祭東坡文（節録）】毗陵顧塘北，有蘇東坡先生祠，宋乾道壬辰郡守晁子健所築。……子健又訪士大夫家，得先生繪像，或朝服，或野服，凡十本，摹置壁間。復列少公轍，與黄魯直庭堅、張文潛耒、晁無咎補之、秦少游觀、陳無已師道六君子於兩序，與先生皆設塑像，釋奠則分祀。又鑱與無咎往來帖，晁侍郎公武為之記。其碑有二：一在郡齋，一在宜興洞靈觀，後悉毀不存。（《蓉塘記聞》）

李攀龍

【風流子（東風吹碧草）】人倚欄干，夜不能寐。時有盡，恨無休，自爾展轉百出。觸景傷懷，言言新巧，不涉人間蹊徑。（《草堂詩餘雋》卷一）

【海棠春（流鶯窗外啼聲巧）】「宿醒」承「睡未足」來，何等脈絡。流鶯喚睡，海棠獨醒，情景恍在一盼中。（同上）

【金明池(瓊苑金池)】悵望何處,只在燕飛鶯舞中。點綴春光,如雨花錯落。至佳人才子,共慶同春,猶令人神游十二峰,為之玩不釋手。(同上)

【如夢令(門外緑蔭千頃)】幾語寫盡滿腔春意。優游自得,此境還疑是夢醒中悟來。(同上)

【眼兒媚(樓上黄昏杏花寒)】對景興思,一唱三歎,畫出秋水春山圖。寫景欲鳴,寫情如見,語意兩到。(同上)

【滿庭芳(曉色雲開)】鞦韆外,東風裏,字字奇巧。疏煙淡日,此時之情還堪遠眺否?就暗中描出春色,林巒欲滴。就遠處描出春情,城廓隱然如無。(同上)

【浣溪沙(青杏園林煮酒香)】羅裳初試有意味,容光消減真堪憐也。眼前景致口頭語,便是詩家絶妙詞。(同上卷二)

【阮郎歸(春風吹雨繞殘枝)】以春花點春景,以春燕觸春情,情景逼真。落花歸燕,俱是撫景傷情之語。(同上)

【鷓鴣天(枝上流鶯和淚聞)】新痕間舊痕,一字一血!結兩句有言外無限深意。(同上)

【江城子(西城楊柳弄春柔)】只為人不見,轉一番思。種種景,種種情,如怨如訴。碧野朱橋,正是離别之處。飛絮落花言其景,春江二句言其情也。(同上)

【搗練子(心耿耿)】秋夜寂寂,秋閨隱隱,最堪懷人。淚隨心生,凄清之景已見。至夜深無語,則幽思之情更切矣。(同上)

【虞美人(碧紗影弄東風曉)】 憶故人，還為誤佳期也。 詞調清新，誦之自膾炙人口，玩之又覊絆人情。(同上)

【水龍吟(小樓連遠横空)】 輕風微雨，寫出暮春景色，有見月而不見人之憾，問天天不知。 按景綴情，最有餘味。 謂筆能開花，信然。(同上)

【八六子(倚危亭)】 别後分時，憶來情多。 花弄晚，雨籠晴，又是一番景色一番愁。 全篇句句寫個怨意，句句未曾露個「怨」字，正是「詩可以怨」。(同上卷三)

【鵲橋仙(纖雲弄巧)】 相逢勝人間，會心之語。兩情不在朝暮，破格之談。《七夕歌》以雙星會少别多為恨，獨少游此詞謂「兩情若是久長」二句，最能醒人心目。(同上)

【滿庭芳(山抹微雲)】 回首處，斜陽遠眺，情何殷也。 傷情處，黄昏獨坐，情難遣矣。 少游叙舊事，有寒鴉流水之語，已令人賞目賞心。 至下襟袖啼痕，只為秦樓薄倖，情思迫切。 坡公最愛此詞。(同上卷四)

【滿庭芳(紅蓼花繁)】 一絲牽動一潭星，驚人語也。 眠風醉月漁家樂，洵不可諼。 值秋宵之景，駕一葉扁舟於島渚鷗汀之中，瀟灑脱塵，有囂囂然自得之意。(同上)

【滿庭芳(碧水驚秋)】 待月迎風，情懷如訴。 酒堪破愁，真愁非酒能破。 托意高遠，措辭灑脱；而一種秋思，都為故人。 輾轉誦者，當領之言先。(同上)

【畫堂春(東風吹柳日初長)】 句句寫景入畫，言少而意甚多。 以奇才運奇調，堪稱奇章。(同上)

【菩隆蠻(金風蔌蔌驚黄葉)】 色色入愁,聲聲致憾。 如風聲、雁聲、砧聲,俱足動秋閨之思。(同上)

【畫堂春(落紅鋪徑水平池)】 春歸無奈,深情可掬。 誰知此恨,何等幽思! 寫出閨怨,真情俱在,末語逼真。(同上)

【望海潮(梅英疎淡)】 借桃花綴梅花,風光百媚。 停杯騁望,有無限歸思,隱約言先。 自梅英吐、年華换,説到春色亂分處,兼以華燈、飛蓋、酒旗,一寓目盡是旅客增怨,安得不歸思如流耶?(同上)

【如夢令(樓外殘陽紅滿)】 對景傷春,於此詞盡見矣。 因陽春景色而思故人心情,人遠而思更遠矣。(同上)

【桃源憶故人(玉樓深鎖薄情種)】 不解衣而睡,夢又不成,聲聲惱殺人。 形容冬夜景色惱人,夢寐不成。 其憶故人之情,亦輾轉反側矣。(同上)

李詡

【少游題龍眠圖誤】 龍眠居士李公麟,字伯時。 秦少游《書晉賢圖後》作龍眠,李叔時見之曰:「此醉客圖也,不知何謂?」(《戒庵老人漫筆》卷四)

【少游詩病】 少游《月夜》詩末句云:「歸來枕簟清無夢,卧看明星到未央。」蓋用《詩·小雅·夜未央》句,若言未央而無夜字則不可,此詩之病也。(同上卷六)

【辨蘇小妹】 又傳蘇小妹能詩,代婢作《愁苦詩》答秦少游,又訛為秦少游妻。 余考《淮海集·徐君主簿行狀》，末云：「徐君女三人，嘗歎曰：『子當讀書，女必嫁士人。』以文美妻余，如其志云。」則少游之妻乃徐氏，非蘇也。（同上）

陳哀

【題横州秦少游書院】　芳草蕭蕭一徑通，小橋流水近興龍。醉鄉還有前賢所，新法終無後代踪。花落海棠春已去，香餘村釀酒空濃。不才幾度曾談處，須信人間是小封。（引自光緒本《横州志》卷十二）

吴時來

【海棠祠碑記】　海棠祠，祀宋臣淮海先生秦觀也。在横州郊西之海棠橋側，即先生故所寓地。後人高先生之風，為亭其上，又改為書院，實於祀典未載。初，横人以先生有風義，有益於其鄉之人，欲祀先生於鄉賢。議者以事先生不宜以鄉，乃又祀於名宦。既又以先生編管也，處非所據，於神未妥。二者皆非所以康先生也。推先生之志，即生而血食之，將捨而棄去，復奚後之祀不祀羡耶？從後觀之，謂先生横人可也，莫土非吾也；謂先生名宦可也，人有餘思也。嘉靖乙卯，南海高君士楠來守州事。因亭圮壞，方積需謀為修之，適先生之後人有秦某者，以靈山丞過横，復以請於高君。乃為之立棟宇，築垣牆，將迎先生主祠其中，於是議專祀。今之論先生者曰詞人。詞人甚又沉迷禪旨，以寫佛書為徽者所乘，致流竄無寧日。吁！誰從而論先生之世耶？先生初為編修，與洛黨諸君子忤。時宰章惇輩、御史劉拯，乃承意劾其修實録詆誣，被謫處州，實與范祖禹諸人同。既而以寫佛書徙郴州，既而徙横州，徙雷州，蓋戛戛乎靡有寧處。唐宋以來，高明操厲之士，半入禪家。而趙清獻、二蘇公、黄魯直諸人，乃其尤者。豈學道未純，而好高異之心易投難拔，亦不覺其深入歟？及觀《逆旅集》、《海棠詞》之有本無本等語，乃知先生之參禪者，皆其居困之時，借以解外紛，舒其抑鬱無聊之意，而實未嘗有害於吾道也。若致患之因，即不寫佛書，其遷徙猶是也。不究元祐碑中諸黨人，寧獨少游耶？乃為之歌曰：歐敷肪脂宅南方，臭肥撲鼻幽以芳。山澄水碧清夜光，奎婁錯落燦文章。舌津之吐離毫芒，危難之安思所傷。委命大廓托醉鄉，含色元極淵潢洋。閟秘靈室配崇同，風流復嗣宜久長。（引自光緒本《横州志》卷十二）

【謁少游祠】萬端誰辨是和非？三黨鎸成元祐碑。吾道豈無能此輩？他鄉猶幸見荒祠。佛書汗漫憑人語，實録增添敢自私？却笑醉鄉偏廣大，至今猶誦海棠詞。（同上）

錢允治

【如夢令（幽夢匆匆破後）】「玉銷花瘦」句，語新奇。（《類編箋釋續選草堂詩餘》卷上）

【生查子（眉黛遠山長）】杯行既遲，燭剪復頻，夜景可掬。（同上）

【采桑子（夜來酒醒清夢）】芙蓉經雨，清麗如滴，離恨可知。（同上）

【蝶戀花（曉日窺軒雙燕語）】閑風閑雨，固不如浮雲之凝高樓也。（同上卷下）

徐渭

《寄老庵賦》結句，收得風致。（評點批於段之錦刻本上欄之上，下同。《淮海集》卷一）

《湯泉賦》首句，玉琢而有幽趣。「以頮則膚悦」四句，摹寫温滑處。「若夫匡廬」二句，藻逸。（同上）

《郭子儀單騎見虜賦》首四句，史中如許情事，因語括之。「彼何人斯」三句，語趣回流。（同上）

《和淵明歸去來辭》「榮莫」二句，淺俊似白香山。（同上）

《寄曾逢原》首四句，置之陶、韋集中不復可辨。（同上卷二）

《和王通叟琵琶夢》「一夜芙蕖泣秋月」四句，鮮俊，在唐人中晚之間。（同上）

《記夢答劉全美》「素冠」四句，夢回景色如畫。（同上）

《和虚飄飄》首二行，總以物之易滅者入詠，詩之比體也。（同上卷三）

《和黄法曹憶建溪梅花》首二行，允稱清新流利。末句，用杜，妙當。（同上卷四）

《題驃褭圖》首六句，酷於凝杜。（同上卷五）

《題楊康功〈醉道士石〉》末二句，妙語幾欲呵活矣。（同上）

《西城宴集，元祐七年三月上巳，詔賜館閣官花酒……》首四句，唐人應制詩無此清楚。（同上卷九）

《興國浴室院獨坐，時兒子湛就試未出》句雖平淡，而老情閑致，依然可思。（同上卷十一）

《進策·序篇》「自信者不避嫌」四句，文法古健似老子。（同上卷十二）

《治勢上》 通篇幾乎均加圈點。「雖然，御强勢者必以寬」二句，深入處如餌沉魚。（同上）

《任臣上》 「則是非得草萊巖穴之士終不用也」句，語意從李斯《逐客》來。（同上卷十三）

《人材》 「然而奇材者，尤人主所宜深惜者也」句，重奇材是大旨。「時人固有所長，亦有所短」六句，文勢迅利酷似長公。（同上卷十四）

《財用上》 「鬻鹽冶鑄以管山海」八句，典古有調。「范蠡計然否之策」十句，辨此良難。（同上卷十五）

《將帥》 「以周瑜之望曹公」六句，止鍊。自「雖然，有一軍之將」至「此有道之士，天下之將也」，歷叙雄爽，然多祖蒙莊《説劍篇》。（同上卷十六）

《奇兵》 自首句至「天地之奇也」，全加紅點，批曰：筆端奇横，是古今文中利器。（同上）

《辯士》 可翼韓公子《説難》。（同上）

《晁錯論》 「由是觀之，漢不斬錯」至「禄山可遂破乎」，以忠形錯，復以錯形忠，兩案於一論，發之可謂餘勇賈革。（同上卷十九）

《韋元成論》 「彼元成等徒知陵廟園寢」至「日有餘區之為非也」，有波有彩。（同上）

《魯肅論》 尾句，有此案論更確。（同上卷二十一）

《韓愈論》 「鈎列莊之微」至「此成體之文，韓愈之所作是也」。全加紅點，批曰：有百川歸海之致。「昔蘇武、李陵之詩」至「諸家之作所不及焉」，全加紅點，批曰：韓、杜絶世之作，少游絶世之評。（同上卷二十二）

〔明〕 徐渭

《白敏中論》「然則公義私恩」四句，得此駁意方完。(同上)

《聖人繼天測靈論》「由而能知，知而能行」五句，自淺入深法。「是以雖有存乎人之天」至結句，只把凡人形容，亦會躲閃。(同上卷二十三)

《變化論》「天既可以兼化，則乾固不獨變矣」四句，妙理。(同上)

《浩氣傳》「夫氣之主在志」五句，是修煉家私密藏。「神虧則精不復」四句，弱志之説，子輿氏所遺。「故曰不動心不惑者」五句，理學宗語也，宋儒中不可多得。「然則不言子夏，何也」句，不漏過子夏，妙。「朝氣鋭」三句，語出孫武子。　文末總批：通篇枝分節鮮，段段落處無痕，有斵輪游刃之趣。(同上卷二十四)

《代程給事乞致仕表》「臣某言」至「仰瀆高明」，駢語流活，宛轉乃爾。(同上卷二十六)

《賀吕相公啟》結尾部分批曰：語語典覈。(同上卷二十八)

《與李樂天簡》是一篇小遊記。(同上卷三十)

《吊鎛鐘文》「赤刀大訓」至「天澤之弧」，均加紅點，批曰：古色陸離。(同上卷三十一)

《遣瘧鬼文》閔百穀之倏而炮烙，倏而負冰，非不宛肖，終覺未雅。(同上)

《登第後青詞》首句至「幾二十年」，文以詞達為上，藻繢次之。(同上卷三十二)

《高郵長老開堂疏》通篇加圈點。批曰：善用禪宗當家語，嘻笑成文，文之瀟灑者。(同上)

《李潭漢馬圖贊》得坡翁《羅漢贊》筆趣。(同上卷三十四)

《書王蠋後事文》「故莒、即墨得數戰不亡」至「王蠋激之也」，全加紅點，批曰：如此立論，方關係得大，不然止一義士耳。（同上）

《書輞川圖後》「怳然若與摩詰入輞川」至「匏繫於汝南也」，全加紅點，批曰：可謂一往有深情者。（同上）

《裴秀才跋尾》「所謂功名富貴」至「孰為得失哉」，將古事一引跌入，此作法最省力，又最醒豁，東坡《獵會詩序》同此。（同上）

《法帖通解序》通卷可入書法譜。（同上卷三十五）

《上呂晦叔書》「大抵西漢之士器識優於學術」四句，不刊名論。（同上卷三十七）

《與鮮于學士書》「人事絶少」至「極為安便」，生人唯此樂温死静，是富厚不與焉。（同上）

《龍井題名記》「是夕天宇開霽」至「殆非人間有也」，幽絶，疑是東坡作。（同上卷三十八）

《送錢秀才序》「大衢支徑」至「亦不相辭謝」，此種真率文字，古人往往多見，然無筆致，最易近俚，勿視為易。（同上卷三十九）

《蔡氏哀詞》 清疏流利，不事組績，似賈長沙。（同上卷四十）

《進南郊慶成詩并表》「扈蹕三千劍」二句，莊偉。（評點批於段之錦刻本《淮海後集》卷一）

《幽眠》「北風吹老槐」二句，句意真率，佳。（同上）

《荷花》「無言意自遠」二句，意致淡遠。（同上）

《宿金山》　七言古，更覺公之所長。（同上卷二）

《早春》　淺語白俊。（同上）

《送陳太初道録》　「背因書字曲」二語，詠老僧更切。（同上卷三）

《秋興擬杜子美》　困弱不似。（同上卷四）

《秋興擬白樂天》　得白翁懶漫自適意。（同上）

《冬蚊》　此詠有寓。（同上）

《蠶書》　有類《禹貢》（同上卷六）

《清和先生傳》　慧巧語真堪解頤，滑稽之雄者。（同上）

【望海潮（梅英疏淡）】　可人風味在此，語意殊絶。（評點批於段之錦刻本《淮海長短句》卷上上欄之上）

【望海潮（奴如飛絮）】　尋常淺語，自是生情。（同上）

【長相思（鐵甕城高）】　調高爽，不纖麗，詞家聲韻。（同上）

【滿庭芳（山抹微雲）】　「斜陽外」三句，語雖蹈襲，然入詞猶是當家。（同上）

【滿園花（一向沉吟久）】　渾似元人雜劇口吻。（同上）

【菩薩蠻（蟲聲泣露）】　語少情多。（同上卷中）

【踏莎行（霧失樓臺）】　此淡語之有情者也。（同上）

【擣練子（心耿耿）】　春閨景物妍麗，秋閨思味凄涼。（評點批於鄧漢章所輯《淮海逸詞》上欄之上）

【憶王孫(萋萋芳草憶王孫)】梨花帶雨，春閨斷腸復腴，王孫芳草，恰恰生情。(同上)

【如夢令(門外緑蔭千頃)】見緑蔭而聞鳥聲，正是景物相應處。(同上)

【如夢令(鶯嘴啄花紅溜)】點景造微入妙。(同上)

【浣溪沙(春杏園林煑酒香)】「乍雨乍晴」、「閑愁閑悶」二句，淺淡中傷春無限。(同上)

【阮郎歸(春風吹雨繞殘枝)】「沉吟應劫遲」，便是元人樂府句。(同上)

【眼兒媚(樓上黄昏杏花寒)】字字清麗，集中不多得。(同上)

【柳梢青(岸草平沙)】少游佳境，不第殘陽亂鴉為警語。(同上)

【鷓鴣天(枝上流鶯和淚聞)】看少游後三句，則十二時無間矣。此非深於閨恨者不能道。(同上)

【蝶戀花(鐘送黄昏雞報曉)】如此題能作韻語，極不易得。(同上)

【滿庭芳(曉色雲開)】「鞦韆外」二句，景語，却無限清宛。(同上)

何良俊

【類編箋釋草堂詩餘序(節録)】樂府以皦逗揚厲為工，詩餘以婉麗流暢為美。即《草堂詩餘》所載，如周清真、張子野、秦少游、晏叔原諸人之作，柔情曼聲，摹寫殆盡，正辭家所謂當行、所謂本色也。(《類編箋釋草堂詩餘》卷首)

沈際飛

【草堂詩餘正集序（節録）】　情生文，文生情，何文非情？而以參差不齊之句，寫鬱勃難狀之情，則尤至也。彼瓊玉高寒，量移有地，花鈿殘醉，釋褐自天。甚而桂子荷香流播，金人動念投鞭，一時治忽因之。甚而遠方女子，讀《淮海詞》亦解膾炙，繼之以死，非針石芥珀之投，曷由至是？（《草堂詩餘正集》卷首）

【如夢令（鶯嘴啄花紅溜）】　「瑑句」奇峭。結句春柳未必瘦，然易此不得。（同上卷一）

【菩薩蠻（金風簌簌驚黄葉）】　秋枕黄葉，無情物耳。用兩「驚」字，無情生情。（同上）

【畫堂春（東風吹柳日初長）】　「縈繞瀟湘」句，畫中之畫。「寶篆」兩句，亦妙。（同上）

【柳梢青（岸草平沙）】　「在」字妙，殘紅亂鴉，着色疑有化工。他詞「斜陽處，寒鴉數點」亦出色。（同上）

【桃源憶故人（碧紗影弄東風曉）】　海棠開了，下轉出啼鶯數點，趣溢不窘。（同上）

【鷓鴣天（枝上流鶯和淚聞）】　安排腸斷三句，十二時中無間矣，深於閨怨者。末句李詞，古人愛句不嫌相襲。（同上）

【鵲橋仙（纖雲弄巧）】　七夕以雙星會少别多為恨，獨謂情長不在朝暮，化臭腐為神奇。（同上卷二）

【踏莎行（霧失樓臺）】　少游坐黨籍，安置郴州，謂郴江與山相守而不能不流，自喻最凄切。（同上）

【江城子（西城楊柳弄春柔）】　前結似謝，後結似蘇，易其名，幾不能辨。李後主「問君能有幾多愁？恰似

一江春水向東流」，少游翻之。文人之心，濬於不竭。（同上）

【千秋歲（水邊沙外）】「飄零疏酒盞」，是漢魏人詩。直用「一江春水向東流」意，而以「海」易「江」，截長作短，人自莫覺。王平甫之子云：「今語例襲陳言，但能轉移」，太難為作者。（同上）

【八六子（倚危亭）】恨如剗草還生，愁如春絮相接。言愁，愁不可斷；言恨，恨不可已。（同上卷三）

【滿庭芳（曉色雲開）】悠淡語不覺其妙而自妙。微映百層城景，亦不少寂寞句，感慨過之。（同上）

【滿庭芳（碧水清秋）】經少游手隨分鋪寫，定爾閑雅高適。「謾道」三句，此意道過矣，縈人不休。（同上）

【水龍吟（小樓連苑橫空）】天也瘦起來，安得生致？少游自抉其心。（同上卷五）

【望海潮（梅英疏淡）】春光滿楮，與梅無涉。（同上）

【風流子（東風吹碧草）】甚亂，東西南北，悉為愁場。結句怕伊愁，是以欲説還休也。曰「擬得倩人」，不婉。（同上卷六）

【迎春樂（菖蒲葉葉知多少）】巧妙微透，不厭百回讀。（《草堂詩餘別集》卷一）

【滿園花（一向沉吟久）】語不經，却津津然。方言硬用之，即累正氣。（同上卷三）

【夢揚州（晚雲收）】淮海詞定有一番姿態。悠妥。（同上）

【沁園春（宿霧迷空）】委委佗佗，條條秩秩，未免有情難讀，讀難厭。（同上卷四）

顔頤壽等

【海陵秦氏族譜序】 海陵之有秦氏，自元季海量公始。秦氏之有譜牒，自宋代少游公始。少游世籍高郵，舉元豐進士，歷蔡州教授、太學博士、秘書省正字，……宋室南渡後，公子處度官常州通判，乃移家於武進新塘鄉，遂名所居曰秦村。其曾孫益之，諱宗邁，遷居蘇州之洞庭。又十二傳而至海量，諱懷仁，居城中。時值元季，僞吴弄兵，……海量率子出閶門，欲歸高郵，行次海陵，復阻於兵，遂落鄉墾殖而興家焉。……秦氏故望族也。是譜業經泰州正堂報揚州府，轉呈到部，並乞序於余。……因思族之有譜，猶國之有史，足以佐世教之常新，維宗法於不替。若少游公九泉有知，當亦掀髯一笑也。時維嘉靖甲申仲秋，南京户部尚書顔頤壽謹序。（《海陵秦氏族譜》卷首）

【海量公像贊】 淮海清流，一十七世。姑蘇望族，伯仲相勵。吴陵始遷，興家立第。詩禮相承，忠孝為繼。宜爾子孫，克昌奕禩。顔頤壽題於應天。（同上）

按：此家譜資料由揚州師院秦子卿先生提供。

王世貞

李氏，晏氏父子，耆卿，子野，美成，少游，易安，至矣，詞之正宗也。温、韋艷而促，黄九精而刻，長公麗而壯，幼安辨而奇，又其次也，詞之變體也。（《詞評》）

「今宵酒醒何處？楊柳岸曉風殘月。」與秦少游「酒醒處，殘陽亂鴉」同一景事，而柳尤勝。（同上）

秦少游「安排腸斷到黄昏」，「甫能炙得燈兒了，雨打梨花深閉門」，則十二時無間矣，此非深於閨恨者不能也。（同上）

李贄

【書蘇文忠公外紀後】卓吾曰：「蘇長公以文字故獲罪當時，亦以文字故取信於朋友，流聲於後世。若黄、秦、晁、張皆是也。略考仁、英、神、哲之朝，其中心悦而誠服公者，蓋不止此，蓋已盡一世之傑矣。黄、秦、晁、張，特其最著者也。然則為黄、秦、晁、張者，不亦幸乎！雖其品格文章足以成立，不待長公而後著，然亦未必灼然光顯以至於斯也。（《續焚書》卷二）

黄倚

【海棠祠二首】江邊不見海棠花，兩岸垂楊集暮鴉。路上客尋秦氏邸，橋頭誰是祝生家？雨聲怕向愁邊聽，風景還堪醉里誇。駟馬尚期他日過，題詩聊復記年華。

海棠花落横榛蕪，歲歲東風怨鷓鴣。天上有常開白玉，人間無網覓珊瑚。蒼凉月浸平橋晚，縹緲雲開遠岫孤。五百年來重此地，不妨高詠識狂夫。（光緒本《横州志》卷十二）

吴　俊

【秦郵】西風吹酒一湖香，十五鵶頭喚客嘗。鎮日旗翻露筋廟，一痕濤卷海陵倉。人家夜看沙頭月，笭箵朝收舫尾霜。我上高臺弔淮海，東南國士最堂堂。（道光本《高郵州志》卷十一下）

焦　竑

秦觀《淮海集》四十卷，又後集六卷，又長短句三卷。（《國史經籍志》卷五）

陳　第

《淮海集》三十卷。秦少游（《世善堂藏書目録》卷下）

《秦淮海詞》一卷。觀（同上）

李本固

宋秦觀為汝南學官，病卧直舍中，高符仲携《輞川圖》示之，曰：閲此可以愈疾。觀得圖喜甚，即使二兒從旁引之，閲於枕上，恍若與摩詰入輞川，度華子岡，經孟城坳，憩輞口莊，泊文杏館，過白石灘，停竹里館，轉辛夷塢，抵漆園。幅巾杖履，弈棋茗飲，或賦詩自娱，忘其身之匏繫於汝南也。數日疾頓愈。

出《詩箋》。(《汝南遺事》卷下)

王象晉

【秦張兩先生詩餘合璧序(節録)】 詩餘盛於趙宋,諸凡能文之士,靡不舐墨吮毫,争吐其胸中之奇,競相雄長。及淮海一鳴,即蘇、黄且為遜席。蓋詩有别才,從古志之。詩之一派,流為詩餘,其情郅,其詞婉,使人誦之,浸淫漸漬,而不自覺。總之,不離温厚和平之旨者近是。故曰詩之餘也。此少游先生所獨擅也。(《秦張兩先生詩餘合璧》卷首)

胡應麟

《樹萱録》,宋王銍性之撰,蓋幻設怪語,以供抵掌,取忘憂之義。而鄭樵列於種樹家,大為可笑。其載元撰夢中,遇李長吉、白樂天等共賦詩,至老杜一律僅四句。宋人詩話以為非杜不能,真所謂夢中説夢者。景盧辯為秦少游詩,得之矣。然其詩亦頗有杜意,今録於此云:「紫領寬袍漉酒巾,江頭蕭散作閑人。西風有意吹蘆葉,落日無情下水濱。」樹萱載止此,全首見秦集中。(《少室山房筆叢》卷三十七)

蓋六朝、五代一也,障其瀾而上,則詩盛而為唐;襲其流而下,則詞盛而為宋。余因是知陳、李、少陵,厥功於藝苑甚偉;而歐陽、王、蘇、黄、秦諸君子,弗能弗為三歎而致惜也。宋諸君自秦外,不稱當行,然扶衰反正之責在焉。而亦屬意斯道,故他無譏也。(同上卷四十一)

中唐「風淪歷城水，月倚華陽樹」，晚唐「猿啼洞庭樹，人在木蘭舟」，宋人「雨砌墮危芳，風軒納飛絮」，皆句格之近六朝者。（《詩藪·外編》卷四）

少游極為眉山所重，而詩名殊不藉藉，當由詞筆掩之。然「雨砌墮危芳，風軒納飛絮」，實近三謝，宋人一代所無。諸古體尚有宗六朝處，惜不盡合蘇、黄、陳間，故難自拔也。（同上卷五）

蘇長公極推秦太虛《黄樓賦》，謂屈、宋遺風固過許，然此賦頗得仲宣步驟，宋人殊不多見。（同上）

王禹玉好用貴重字，人目為至寶丹；秦少游好用艷麗字，世以為小石調。絶是天生的對。然二君各有佳處，毋用為嫌。（同上）

張文潛《磨崖碑》、《韓幹馬》二歌，皆奇俊合作，才不如蘇，而格勝。少游《梅花》殊無佳語，而坡劇賞，何耶？（同上）

宋人五言古，「雨砌」「風軒」外，可入六朝者無幾，而近體顧時時有之。……秦少游：「江河霜練浄，池沼玉奩空。」（《東風解凍》）黄魯直：「呵鏡雲遮月，啼妝露着花。」……皆陳末、唐初遺響也。（同上）

宋初及南渡諸家，亦往往有可參唐集者，世率以時代置之。……七言如楊仲猷：「雲生萬壑投龍去，月滿千山放鶴歸。」……秦觀：「照海旌旗秋色裹，激天鼓吹月明中。」……皆七言近唐句者，此外不多得也。（同上）

宋世人才之盛，亡出慶曆、熙寧間，大都盡入歐、蘇、王三氏門下。……黄魯直、秦少游、陳無己、晁無咎、張文潛、唐子西、李方叔、趙德麟、秦少章、毛澤民、蘇養直……皆從東坡遊者。（《詩藪·雜編卷五》）

秦少游當時自以詩文重，今被樂府家推作渠帥，世遂寡稱。（同上）

宋諸人詩掩於文者，宋景文、蘇明允、曾子固、晁無咎；掩於詞者，秦太虛、張子野、賀方回、康與之。（同上）

陳繼儒

李伯時《西園雅集圖》有兩本：一本作於元豐間，王晉卿都尉之第；一本作於元祐初，安定郡王趙德麟之邸。董玄宰以長安買得團扇上者，米襄陽細楷極精，寄書報余，為此橐裝淼矣，但不知何本也。余別見仇英所摹，復有文休承跋者。（《太平清話》卷二）

【蘇門六君子文粹序】　古今第一好士者，無如蘇子瞻長公。子由曰少公。……文潛少公客，非長公客也。少游、無咎遊長公門久，皆先。……惜其集或以避黨禁而毀，或以遇兵燹歲久而亡。胡仲修具擇法眼，其購訪海内藏書之家，而續行之。可乎？則請先質諸牧齋太史氏。雲間白石山七十七老人陳繼儒叙。（《蘇門六君子文粹》卷首）

李之藻

【重刻淮海集序】　世稱立言不朽，至與立德立功并駕。而能言之士，競托於文焉以傳。乃群史《藝文志》所載，銷滅無聞者今亦何限。即蕪贅僅存，猶冀咸陽再炬之為愉快也。而秦少游先生身罹黨禍，朝廷至下詔毁其文。顧其文迄今傳焉。何物殘編，能使萬乘威詘，良亦真自有不可磨滅者令傳至今乎？夫文之可傳，詎必皆道德性命語。封禪書，劇秦文，千載味之，不減駝峰雞蹠，彼其精神誠有獨到，則欣賞自繫人心，火傳不盡，鬼斧不摧，誠無足訝。何況人品卓然，才追屈宋，其為子瞻、文潛、和叔、後山諸君子所推轂，當年既有定價，而後世惡得無傳焉。方其壯歲登朝，置身史局，才名重乎海内，第令肯稍脂韋，即拾級可躋宰執。乃獨守道不阿，瘴鄉投骨，坐朋黨，坐增損實録，又坐謁告寫佛書，紹聖諸奸，渠何怨之修而相窘若是！少游守死善道，無愧此衷，華光杯水，正自含笑入地。獨是繫二虜，復幽夏，志大見奇，嘗試用之，何遽不有瘳積弱。而邅迍賫志，令祖宗培養，父兄師友陶熔，生平辛苦之所藴蓄，曾不供南箕卷舌之一逞。三黜未已，九辯誰招。人謂宋忠厚立國，所厚似獨愉邪？於正人君子毒手固未貸也。方今遭逢聖明，士大夫即骫髒忤時，最重不過投閑削籍而止。不患真才真品如少游，不患横罹意外如少游。所值者乃睠高沙，少游而後幾無少游。豈其神居朝爽、甓社夜光、河嶽之鍾靈也如是！而誇才子者，尚必借才於異代。然則西望荆塗，當年風起雲飛，攀鱗附翼，此其人又何方之産也。余所為三復遺文，重為讐校，而願與後進之賢思齊前烈者以此。雖然，又不徒以文也，如以文，則未暇論世者，且或以文掩其節，以其風流藴藉之辭調，掩其瓌瑋閎麗之文章。而少游幾無以自見，亦曰此有宋之豪於文者而已矣。露筋女子，不有其文，併不有其姓名，而販竪挽卒，不忘謁祠宇而致敬，其聲價蓋不落少游下。人有不朽，獨文也與哉？晦翁曾以詩文被薦，乃至抱悔没齒。夫陁城化石，而更以蛾眉見嫵，非其志也。若少游之所以為少游者，自有本末，必不徒以其

文而已也。萬曆戊午孟夏之吉，工部都水清司郎中三奉勑都督河道兼督木仁和後學李之藻撰。（李之藻刻本《淮海集》卷首）

【秦氏重修族譜序】客歲春夏，余校讐秦少游先生《淮海集》，得聞海陵秦氏即其裔孫，代有哲嗣，心竊喜之，蓋賢者自有後也。少游人品高潔，才並蘇黄，早有繫二虜、復幽夏之志，惜未見用，復遭紹聖諸奸之詆，屢謫窮荒，良可慨也！余昔過春申，謁邑廟，聞城隍裕伯亦其後裔，乃知賢胄必有神明，足有勵其子姓者也。海陵秦氏於元末遷自蘇州。國朝弘治乙丑，議建宗祠，創立族譜，顔尚書叙之已詳矣。是譜始刊於嘉靖甲申，再修於甲辰，至隆慶丁卯重修，萬曆乙酉、辛丑兩度續修。今閲十八載矣，復議重修，以余為知者，乃問序，為故述其事如上，以示來者。萬曆己未仲春，仁和李之藻謹序。（《海陵秦氏族譜》卷首）

姚鏞

【重刻秦少游淮海集序】廣陵山川環互，濤聲挾秋，灝氣滃渤，每鍾為文人畸士。而秦淮海先生獨琅琅千古，繄豈盡其風流藴藉，詞麗情深，為足靡盪人間，蓋亦其時有以成之也。當先生與蘇黄諸君子，修千秋之業，芳華的歷，錯錦成霞，倡和損篪，稱一時勝事。然多發之震撼流離中。藉第令金鉉鵲起，玉帳虎觀，相與潤色，皇猷佐太和之盛，豈不休嘉砰隱。而乃投之寂寞之濱，使得握縱横不律，抒其牢騷不平之感，愈窮愈工，愈工愈傳，人與才并憐，聲與文共永。藏名日月，鑄神金石，則諸君子之不遇，正其所以不朽耳。噫，英雄之士，身名俱泰，委蛇容與不後人。惟坎壈侘傺中，豐城之氣在斗，江侯之夢生花，以毫代舌，如秦之韓非，楚之屈左，漢之遷史，唐之供奉、拾遺，以至坡公少游，皆困頓終身，而獨留其言於天壤。如澄泥之珠，汩没中光怪益發，又何異焉！雖然，先生未為不遇也，結綬金馬，勒銘玉樓，婦孺稔其名，至今後生小子，胸中吞一掬墨瀋，即知有少游先生。豈無懷瑾握瑜之士，堪以雁行，埋伏蓬蒿，烟塵銷滅，如唐球之詩，瓢不可得，安望千秋也。噫，先生不可謂不遇矣。不佞故有概于其時之成之也。水部李公，執文壇牛耳，擅千秋之譽，取《淮海集》刻之署中。不佞行部維揚，相與道平生歡，以序見屬，故綴數語於簡端云。萬曆戊午仲夏既望，巡按直隸監察御史太原姚鏞撰。（李之藻刻《淮海集》卷首）

俞　彦

【宋詞非愈變愈下（節録）】　唐詩三變愈下，宋詞殊不然。歐、蘇、秦、黄，足當高、岑、王、李。南渡以後，矯矯陡健，即不得稱中宋、晚宋也。（《爰園詞話》）

【好詞不易改（節録）】　少游「斜陽暮」，後人妄肆譏評，託名山谷。《淮海集》辨之詳矣。又有人親在郴州，見石刻是「斜陽樹」，「樹」字甚佳，猶未若「暮」字。（同上）

【柳詞之所本（節録）】　子瞻詞無一語著人間煙火，此自大羅天上一種，不必與少游、易安輩較量體裁也。其豪放亦止《大江東去》一詞。（同上）

李日華

詩家一字之妙，有遞相祖述，今古用之不盡者。如唐張祜《草色》詩云，「草色粘天鶗鴂怨」。「粘天」字本於昌黎「洞庭汗漫，粘天無壁」。而昌黎又源於庾闡《揚都賦》云，「濤聲動地，浪勢粘天」。其後黄山谷有「遠山粘天吞釣舟」。秦少游小詞有「山抹微雲，天粘衰草」。余舊作《春草》詩，亦有「慣粘愁眼碧」之句。古人窮目力騁望，知其粘天，余以物色愴人目，知其粘眼。自謂用字雖同，而操縱則異。（《恬致堂詩話》卷一）

袁宏道

【龍井（節録）】　龍井之嶺為風篁，峰為獅子，石為一片雲、神運石，皆可觀。秦少游舊有《龍井記》，文字亦爽健，未免酸腐。（《袁宏道集箋校》卷十）

袁中道

【南北遊詩序（節録）】　昔子瞻兄弟，出焉名士，領袖其中。若秦、黄、陳、晁輩，皆有才有骨有趣者，而秦之趣尤深。吾觀子瞻所與書牘，娓娓千百言，直披肝膽，莊語謔言，無所不備，其敬而愛之若是。想其人必風流藴藉，如春温，如玉潤，不獨高才奇氣，為子瞻所推服已也。（《珂雪齋近集》卷三）

鍾　惺

【跋林和靖、秦淮海、毛澤民、李端叔……諸帖】　古人作事不能詣其至，且求不與人同。夫與人不同，非其至者也。……今觀此數帖，其人皆不甚有書名，而皆似其人。嗚呼，似日不同。萬曆丙辰八月二十六日，舟發潞河，感茂之此卷，跋之。（《隱秀軒文餘集·題跋二》）

馮夢龍

【蝨辨】　東坡閑居日，與秦少游夜宴。坡因捫得蝨，乃曰：「此垢膩所生。」秦曰：「不然，綿絮成耳。」辯久不決，期明日質疑佛印，理曲者罰設一席。及酒散，秦先往囑佛印：「明日若問，可答生自綿絮，容勝後，當作餺飥會。」既去，頃之坡至，亦以垢膩囑，許作冷淘。明日果會，具道詰難之意。佛印曰：「此易曉耳，乃垢膩為身，絮毛為脚，先吃冷淘，後吃餺飥。」二公大笑，具宴為樂。（《古今譚概》卷二十三）

董斯張

【鸜鵒妃】　秦少游有所盼，山谷戲以詩云：「誰饋百牢鸜鵒妃」。按朱彦時《黑兒賦》曰：「忿如鸜鵒鬪，樂似鸕鷀喜。」黄詩祖之。夫丹唇皓腕，故是佳人本色，乃晉惠之南風，劉鋹之媚猪，都以玄質争

妍，狐妖椒掖。少游所盼，亦異乎《碩人》之章矣！（《吹景集》卷十三）

談　遷

【高郵】淮南論要地，屏蔽賴高郵。土沃饒魚蟹，年饑難鵠鳩。停舟煩夜柝，乘障斥譙樓。借問王磐在，何如秦少游。宋秦少游、明王磐，並高郵人，善詞曲。（《北游録·紀詠下》）

毛　晉

【宛丘題跋】元祐間蘇子瞻方為翰林，豫章黄魯直、高郵秦少游、濟北晁無咎、譙郡張文潛俱在館中，趨學蘇門，世號四學士。子瞻遇之甚厚，每集，必命侍姬朝雲取密雲龍飲之。一時文物之盛，自漢迄唐未有也。陳後山《與李端叔書》云：「黄、晁、秦，則長公客也；張文潛，則少公客也。」二公及三子相繼云亡，文潛巋然獨存，士人就學者衆，分日載酒肴飲食之，故著作傳於世者尤多。晚年詩效白樂天，樂府效張文昌，故陸放翁云：自文潛下世，樂府遂絶。知言哉！蘇長公嘗品第諸子云：晁無咎雄健俊拔，筆力欲挽千鈞。張文潛容衍靖深，若不得已於書者。又云：秦得吾工，張得吾易。而世謂工可致而易不可致，以君為難云。……海隅毛晉識。（《宛丘題跋》後附）

【淮海題跋】四學士並轡眉山之門，秦、黄名尤早著，凡同門推重少游，似出魯直之右。晁無咎詩云：「高才更難及，淮海一髯秦。」張文潛云：「秦文倩麗紓桃李。」可謂無溢辭矣！其《後集》不知何人所編，輒混他人詩句。陸游嘗辨《悼王子開五詩》是賀鑄作，恨未能一一釐正耳。題跋直可頡頏坡谷，惜不多見，然幽蘭一幹一花，迥勝木犀滿園也。海隅毛晉識。（《淮海題跋》後附）

【淮海題跋跋三】予昔在西湖僧舍見王摩詰《江干雪霽圖》，恍然策杖金焦絶巘，遇快雪初晴，身在琉璃世界中，心目都瑩。恨主人矜秘，不得從容展玩，無日不往來於胸中，愧未曾捉筆記之，頃讀太虚《輞川圖跋》云：「恍然若與摩詰入輞川，度華子岡，經孟城坳，憩輞川莊，泊文杏館，上斤竹嶺並木蘭砦，絶茱萸沜，躡槐陌，窺鹿柴砦，返於南北垞，航欹湖，戲柳浪，濯欒家瀨，酌金屑泉，過白石灘，停竹里館，轉辛夷塢，抵漆園。幅巾杖屨，棋奕茗飲，或賦詩自娱，忘其身之匏繫於汝南也。」快哉！予又恍然復見此二圖矣。每見人讀名家遊記，輒云如畫，如是，是如畫矣。晉又識。（同上）

張大復

【夜】王摩詰云：北陟玄灞，清月映郭，夜登華子岡，輞水淪漣，與月下上，寒山遠火，明滅林外，深巷寒犬，吠聲如豹，村墟夜舂，復與疏鐘相聞。」秦太虚云：「元豐二年中秋後一日，天宇開霽，林間月明，可數毫髮。」（下略，見《龍井題名記》）二境澹宕凄清，真文中畫也。予少時喜夜游，務窮搜奇勝，老來怯風露，不復窺户久矣。讀二公語，黯然欲涕。（《梅花草堂筆談》卷一）

【瘧】予今歲病瘧，稍寒而壯熱，如坐甑中。……忽憶秦少游云：「發於頸中，起於毛端……酌以注嗌，未只為快。」（語見《遺瘧鬼文。》）此老更道得吾眼前事也。（同上）

朱紹昌

【舟泊海棠橋懷秦太虚】 大蘇當日盛推公，謫客新詞有古風。潮落斷橋霜月冷，煙迷秋草石棠空。醉殘五百乾坤後，夢入三春花鳥中。南國風流今在否？一尊飄泊與吾同。（光緒本《横州志》卷十二）

秦 堈

【惠山詩次先淮海同東坡先生酬和韻】 六丁握神斧，搥破雲根蒼。嵌空迸寒液，闢此漪瀾堂。堂前羅松栢，白鶴從空翔。掬水偶一盥，瑩然冰玉光。瀹茗色味絶，入口回清香。獨立出塵表，曠然百憂忘。

空傳南朝寺，不見南朝人。松桂日以老，青山日以新。清泉共白石，萬古光磷磷。三千珠履客，轉眼成灰塵。俯仰今昔事，浩歌向蒼旻。搔首月東出，長此煙霞鄰。

山影落空澤，泉聲走長樾。聲影兩無礙，觀聽俱奇絶。是名青蓮界，所以無生滅。撚殘十老髭，踏破一輪月，坐擁竹爐煙，静待巖花發。風韻如在兹，願言繼高轍。（《錫山秦氏詩鈔》卷八）

孫承澤

【秦少游論書帖】 墨蹟端勁，大約得之顔魯公、楊少師。其論書云：「學書端正，則窘於法度；側筆取妍，往往豐左而病右。故端書如右軍《霜寒表》、子敬《乞解臺職狀》、張長史《郎官廳壁記》，皆不以法度病其精神。至於行書，王家父子隨意肥瘠，皆有佳處。近世惟顔魯公、楊少師特窺其妙，用筆能左右之，無不好處。惟王荆公書有古人氣，而不甚端遒。司馬公正書不甚善，而隸法極端。」觀淮海所論書，而其書可知矣。淮海與豫章同為坡公門下士，皆善書。陸放翁言：「豫章晚自稱許，淮海則退避不肯以書自名。」故淮海之書傳世者少，益足重也。（《庚子銷夏記》）

按：少游論書·文集未存，録以俟考。《清河書畫舫》以為黄庭堅作。

許吉人

【秦少游淮海集序】古之文人，聲氣感召，千里比肩，百年旦暮，世世曾莫能限也。如長卿之慕藺，太白之懷謝，精神結契處冥通獨唤，有不能喻諸人者。余郡徐文長抱問世之才，其生平學不濫宗，書不罔讀。而余於遺篋中得其手批秦少游先生《淮海集》，丹鉛錯落，似不啻編之屢絶者，何耶？蓋其耿介寡合，澹泊自如，性相同也；風流蘊藉，結撰芳華，才相同也；落魄風塵，幽憂憤抑，遇又同也。其深嗜也宜哉！第繹其點評，惟於秦公句之極雋處，論之極微處，始一為拈出，似甚惜賞譽者。然蓋不知作者固豪，識者亦别，正如石家珊瑚樹子，惟取數尺亭亭，餘雖供如意物，未嘗非人間世瓌寶也。集中如論列古人，其抑揚予奪，確乎千古定案，雖眉山父子弗及也。其章疏奏牘，洋洋纚纚，皆牖主忠言，救時名畫，漢之賈誼、唐之陸贄弗及也。其歌行近體，句遒調逸，雖高、岑、劉、孟諸人弗及也。

其長調小令，尤為藝林膾炙，流輩所推。他如曆數醫藥之術，靡不精探奥理，洞析微幾，則又東方曼倩之流亞矣。緬想當時，與蘇、黄文賈輩詩酒流連，一時唱予和汝之什，居然具在，公於中自是錚錚露奇。雖然，文固美矣，殆亦若人之能尚友耳。借如司馬相如不與鄒陽、枚乘、吴莊忌夫子之徒遊，而文賦渠若是？則少游之文不朽於天壤者，予重有感於與遊焉。武林段斐君者，博雅士也，篤好剞劂，久欲取是集而刊之。畢搜善本，其謂陽鐘瑞先，余孱在社末，遂以此本屬之。會稽許吉人撰，錢塘沈逢春書。（明段之錦本《淮海集》卷首）

段之錦等

武林校閲《淮海全集》姓氏：

楊爾曾　聖魯　　牛斗星　仲明
李衡星　遂生　　張煒如　道先
張遂辰　卿子　　皇甫龍　應候
沈逢春　元符　　朱錫綸　言如
鍾人傑　瑞先　　梁有柏　臺卿
鄧章漢　七襄　　趙世楷　爾泰
張焕如　泰先　　王克安　汝止

朱浩 孟陽 陳選 我青

段之錦 斐君

（明段之錦本《淮海集》卷首）

四　清

錢謙益

【蘇門六君子文粹序】　崇禎六年冬，新安胡仲修氏訪余苦次，得宋人所輯《蘇門六君子文粹》以歸，刻之武林。而余為其序曰：六君子者，張耒文潛、秦觀少游、陳師道履常、晁補之無咎、黄庭堅魯直、李廌方叔也。史稱黄、張、晁、秦俱游於蘇門，天下稱為四學士。而此益以陳、李。蓋履常元祐初以文忠薦起官，晚欲參諸弟子間；方叔少而求知，事師之勤渠，生死不間，其繫於蘇門宜也。當是時，天下之學，盡趨金陵，所謂黄茅白葦，斥鹵彌望者。六君子者，以雄駿出群之才，連鑣於眉山之門，奮筆而與之為異。而履常者，心非王氏之學，熙寧中，遂絶意進取，可謂特立不懼者矣。方黨論之再熾也，自方叔外，五君子皆坐黨，履常坐越境出見，文潛坐舉哀行服，牽連貶謫。其擊排蘇門之學，可謂至矣。至於今，文忠與六君子之文，如江河之行地。而依附金陵之徒，所謂黄茅白葦者，果安在哉？

（《牧齋初學集》卷二十九）

【華聞修詩草序】　蘇子瞻《惠山泉》詩云：「兹山定空中，乳水滿其腹。遇隙則發見，臭味實一族。」余嘗持此以論詩，以謂古人之詩，奇正濃淡，萬有不齊，要其空中滿腹，遇隙而發見則一也。不然者，如行潦之水，不足以灌一畦，求其缾罌走海内，豈可得乎？梁溪華聞修，讀書惠山之下，朝夕焚香煑茗，酌泉而賦詩。余語客曰：「子知聞修之詩乎？是子瞻之所以評惠泉者也。」客曰：「何以徵之？」余曰：「以秦少游之言徵之。少游之論泉曰：泉者，山之精氣所發也。岸湖之山，有所誘而不克以為泉，岸江之山，有所脅而不暇以為泉。今之為詩者，聲利釣心，繁華鑠骨，壯氣攻其中，而僨盈張其外，其為誘且脅也亦多矣。」（同上卷三十二）

按：所引秦少游語，見其《龍井記》一文。

【蘇門六君子文粹】　六君子：秦、晁、黄、張、陳、李也。崇禎間，新安胡仲修刻於杭州，牧翁為序。（《絳雲樓書目》卷三）

胡仲修

【蘇門六君子文粹凡例】　是編向傳陳同甫所輯，底本尚是宋人繕寫，然不著姓名，不敢遽籍，重於疑似之間。第鑒裁精審，寧嚴勿恕。……

蘇門四學士，《宋史》所載，而秦、黄名早著。讀晁、張集，乃知未可軒輊也。要以長公憐才如饑渴之趨飲食，非若今人藉名市交者。……

《淮海》、《豫章》二集，世多全刻。然黄攻於詩，文則非其所長。兹雖拔其尤者，寥寥如晨星。秦經濟文識高才閎，詞達理明，論時事不減賈洛陽、陸宣公，第限於時代為稍遜耳。（《蘇門六君子文粹》卷首）

盧世潅

【淮海集】 善乎淮海之稱眉山也，謂：「蘇氏之道，最深於性命自得之際；其次則器足以任重，識足以致遠。至於議論文章，乃其與世周旋至粗者也。」又云：「中書之道，如日月星辰經緯天地，有生之類，皆知仰其高明。補闕則不然，其道如元氣行於混淪之中，萬物繇之而不知也。」按淮海此論甚微，從來評蘇者皆未到此。夫其持論如此，則其所自得豈淺淺哉！又，其為人有志世務，讀書取友，一味嚴潔。後遭謫遷，毫不介意，談笑而遊，落落翛翛，是性命中大得手。人世徒以風流文彩目之，何其薄待少游也。（《尊水軒集略》卷七）

黄宗羲

【東坡門人·宣德秦太虛先生觀】 秦觀，字少游，一字太虛，高郵人。少豪雋，慷慨溢於文詞，舉進士不中。强志盛氣，喜讀兵家書。嘗介其詩於王荆公，荆公謂其清新似鮑、謝。又見東坡於徐，為賦《黄樓》，東坡謂有屈、宋才，勉以應舉養親。始登第，調定海主簿、蔡州教授。元祐初，東坡以賢良方正薦於朝，累除國史院編修。紹聖初，坐黨籍，出判杭州。以御史劉拯論其增損實録，貶監處州酒税。使者承風望指，候伺過失，既而無所得，則以謁告寫佛書為罪，削秩徙郴州，繼編管横州，又徙雷州。徽宗立，復宣德郎，放還，至藤州，出游華光亭，為客道夢中長短句，索水飲，水至，笑視之而卒。先自作挽詞，其語哀甚，讀者悲之。年五十三，有文集四十卷。先生長於議論，文麗而思深。及死，東坡聞之，歎曰：「少游不幸死道路，哀哉！世豈復有斯人乎！」參史傳。（《宋元學案》卷九十九）

高佑釲

【湖海樓詞序(節録)】　予間至京師，偶與友人顧咸三共讀其年之詞。咸三謂：宋名家詞最盛，體非一格，蘇、辛之雄放豪宕，秦、柳之嫵媚風流，判然分途，各極其妙；而姜白石、張叔夏輩，以沖澹秀潔得詞之中正。（《清名家詞·湖海樓詞》卷首）

秦　鏞

【宋元世系譜圖序】　吾宗之以淮海為始祖，所從來遠矣。然《錫山新譜》止以始遷之祖瑞五府君為第一世，而自瑞五以上接淮海凡十餘世，皆略而弗詳，所存舊圖止列行名及承事秀才之稱，諱號，履歷既不具存，旁分支派亦無可考。……爰考淮海之生，實維宋皇祐元年己丑，迄今己丑，凡六百年。（《錫山秦氏文鈔》卷三）

【宋元世系圖後跋】　按毘陵宋元世系譜與錫譜所存舊圖，世次皆合。秦毓鈞附識：高郵乃秦氏發源之地，少游公叔祖孟暘之後在此，少游公叔瞻之後在此，少游公弟覿、覯、鼎震之後亦在此，少游公六世孫知剛、知微之後俱在此。……（同上）

周亮工

程正叔見秦少游，問：「『天知否？天還知道，和天也瘦，』是學士作耶？上穹尊嚴，安得易而侮之！」此等議論，煞是可笑。與其為此等論，不如並此詞不入目，即入目亦置若未見。（《書影》卷三）

吴景旭

【女冠】《桐江詩話》曰：「暢姓惟汝南有之，其族尤奉道，男女為黄冠者，十之八九。時有女冠暢道姑，姿色妍麗，神仙中人也。」秦少游挑之不得，作詩云：（詩略）吴旦生曰：韓退之有「洗妝拭面著冠帔，白咽紅頰長眉青」之詩，白樂天有「綽約小天仙，生來十六年」之詩。女冠宕逸，文士輕儇，往往致有此侮。（《歷代詩話》卷五十九）

尤侗

【千秋歲感舊用少游韻】落花簾外，點點殘紅退。雲穗亂，風箏碎，愁拈翡翠管，恨拆鴛鴦帶。薄倖煞，燕兒難捉鸚哥對。夢想瑶臺會，繡被同舟蓋。錦字杳，遺香在。星移銀漢斷，雨散巫峰改。魂去也，化成精衛填青海。（《清名家詞·百末詞》）

【夢揚州客廣陵用少游韻】晚潮收，歎隋宫，花月都休。寒雨蕪城，綠楊三月如秋。市門十里黄埃滿，但往來，車馬星稠。紅橋畔，青樓底，誰人勾當春愁。追想樊川狎遊，報書記平安，廿四橋頭。笑我多情，鬢絲禪榻空留。紗燈萬點歸何處，枉斷腸，錦瑟簾鉤。平白地，揚州夢醒，惱亂蘇州。（同上）

汪　琬

【姚氏長短句序】李太白，詩人之正宗也，而工於詞。歐陽永叔、蘇子瞻，數百年以來所推文章大家也，而工於詞。至於黄魯直、秦少游、周美成之屬，亦無不詩詞兼擅者。古之名公鉅卿，下訖騷人墨士，既以其遠且大者，舒而見之於詩矣。顧又出其餘力，組織纖艶之文，流連閨房之境，倚聲而發之，用以侑杯酌，佐笙簫，號為詩餘，未有能詩而不能其餘者也。（《堯峰文鈔》卷三十）

王夫之

士競習於浮言，揣摩當世之務，希合風尚之歸，以顛倒於其筆舌；取先聖之格言，前王之大法，屈抑以供其證佐。童而習之，出而試之，持之終身，傳之後進，而王安石、蘇軾以小有才而為之領袖；皆仁宗君相所側席以求，豢成其毛羽者也。乃至吕惠卿、鄧綰、邢恕、沈括、陸佃、張耒、秦觀、曾鞏、李廌之流，分朋相角，以下逮於蔡京父子，而後覆敗之局終焉。（《宋論》卷四）

軾兄弟益之以氾記之博，飾之以巧慧之才，浮游於《六藝》，沈湎於異端，倡為之説曰：「率吾性，即道也；任吾情，即性也。」引秦觀、李廌無行之少年為之羽翼，雜浮屠黄冠近似之卮言為之談助；左妖

童，右遊妓，猖狂於花月之下。（同上卷十三）

沈謙

【秦詞直抒本色】秦少游「一向沈吟久」，大類山谷《歸田樂引》，鏟盡浮詞，直抒本色。而淺人常以雕繪傲之。此等詞極難作，然亦不可多作。（《填詞雜説》）

【填詞結句】填詞結句，或以動蕩見奇，或以迷離稱雋，著一實語，敗矣。康伯可「正是銷魂時候也，撩亂花飛」，晏叔原「紫騮認得舊遊蹤，嘶過畫橋東畔路」，秦少游「放花無語對斜暉，此恨誰知」，深得此法。（同上）

【秦詞寫曉景佳】秦淮海「天外一鈎殘月照三星」，只作曉景佳。若指為心兒謎語，不與「女邊着子，門裏挑心」同墮惡道乎。（同上）

【彭金粟論詞】彭金粟在廣陵，見予小詞及董文友《蓉渡集》，笑謂鄒程村曰：「泥犂中皆若人，故無俗物。夫韓偓、秦觀、黄庭堅及楊慎輩，皆有鄭聲，既不足以害諸公之品，悠悠冥報，有則共之。」（同上）

汪懋麟

【棠村詞序】詞莫盛於南北宋，人各一集，集有專名。……予嘗論宋詞有三派：歐、晏正其始，秦、黄、周、柳、姜、史、李清照之徒備其盛，東坡、稼軒，放乎其言之矣。其餘子，非無單詞隻句，可喜可誦，苟

求其繼，難矣哉！（《清名家詞·棠村詞》卷首）

賀貽孫

詩語可入填詞，如詩中「楓落吴江冷」、「思發在花前」、「天若有情天亦老」等句，填詞屢用之，愈覺其新。獨填詞語無一字可入詩料，雖用意稍同，而造語迥異。如梁邵陵王綸《見姬人》詩，「却扇承枝影，舒衫受落花」，與秦少游詞「照水有情聊整鬢，倚欄無緒更兜鞋」，同一意致。然邵陵語可入填詞，少游語决不可入詩。賞鑒家自知之。（《詩筏》）

唐人和詩不和韻，宋人和韻，往往至五六首，雖以子瞻、山谷、少游之才，未免凑泊，他集則如跛鱉矣。此皆好名而不善取名之過也。（同上）

秦少游「斜陽外，寒鴉萬點，流水繞孤村」，晁無咎云：「此語雖不識字者，亦知是天生好言語。」漁隱云：「『無咎不見煬帝詩耳。』蓋以隋煬帝有『寒鴉千萬點，流水繞孤村』之句也。余謂此語在煬帝詩中，祇屬平常，入少游詞，特為妙絶。蓋少游之妙，在『斜陽外』三字，見聞空幻。又『寒鴉』、『流水』，煬帝以五言劃為兩景，少游詞用長短句錯落，與『斜陽外』三景合為一景，遂如一幅佳圖。此乃點化之神，必如此乃可用古語耳。（同上）

余謂易安所譏介甫、子固、永叔三人甚當，但東坡詞氣豪邁，自是别調，差不如秦七、黄九之到家耳。東坡自言平日不喜唱曲，故不中音律，是亦一短。（同上）

宋人學問精妙，才情秀逸，不讓三唐，自歐、蘇、黄、梅、秦、陳諸公外，作者林立，即無名之人，亦有一二佳詩散見他集。（同上）

嚴繩孫

【淮海集跋】　右《淮海先生集》四十卷，《後集》六卷，吾錫秦氏世守本也。《淮海集》雕本先後四家：儀真黄中丞刻於山東，高郵張牧刻於鄂州，胡民表刻於高郵，最後李君之藻薈萃諸家，編次成帙，至今流傳坊間。而卷帙互異，篇次多不詮整。此本為先生自定，自叙云十卷，本傳云四十卷。今分為四十六卷，蓋北宋槧本，即雪洲黄氏所稱監本，惜歲久漫漶者也。先生二十四世孫對巖宫諭出以示余，爰識數語於卷尾。康熙戊戌春三月，舊史氏後學嚴繩孫。（轉引自葉恭綽《淮海居士長短句》兩宋合印本）

葉恭綽案：「此從故宫本移録。」

毛奇齡

【望海潮越中懷古同秦淮海韻】　東南都會，會稽形勝，居然晉代風流。宛委赤書，蓬萊紫氣，天連星宿牽牛。佳境任優游，向山陰道士，秦望峰頭。萬壑千巖，當時曾此鎮揚州。　依稀舊蹟還留。悵蘭亭人散，蕺里歌遒。九曲風光，五湖煙雨，望中處處生愁。時泛小犀舟，看西施西去，花謝妝樓。猶見若耶春漲，緑草遍芳洲。（《清名家詞·毛翰林詞》）

陳維崧

【畫堂春春景和少游原韻】今年愁似柳條長，春宵夢斷昭陽。杏花著雨隔籬香，瘦不成妝。　十載流連蜂蝶，半生淪落湖湘。殘紅幾斛撲衣裳，和淚同量。(《清名家詞·湖海樓詞》)

王士禄

【江城子第二體用少游韻】游春夢好殢元郎，惱儂狂，昵儂狂。燕子鶯兒，底事送春忙。花露未晞雲影散，痕在臂，淚沾裳。　錦屏髣髴賸風光。枕餘香，簟餘香，髹几文欹，無復映晨妝。小叠紅箋書恨字，憑誰寄，向伊行。(《清名家詞·炊聞詞》)

【千秋歲和少游韻】花間葉外，又見蜂黄退。階影慢，簾陰碎。合歡金鏤枕，雙綬紅鴛帶。人去也，銀燈暈裏差相對。　尚記横塘會，荷葉青如蓋。蹤已杳，魂猶在。鳳匳香欲殄，蟬鬢雲將改。無奈是，愁心一寸深於海。(同上)

葉　燮

古人之詩，必有古人之品量。其詩百代者，品量亦百代。古人之品量，見之古人之居心；其所居之心，即古盛世賢宰相之心也。……蘇軾於黄庭堅、秦觀、張耒等諸人，皆愛之如己，所以好之者無不至。

蓋自有天地以來，文章之能事，萃於此數人，決無更有勝之而出其上者。及觀其樂善愛才之心，竟若欿然不自足。（《原詩·外篇》上）

季振宜

【宋元雜板書】《秦少游集》四十卷。（《季滄葦書目》）

歐文忠、秦淮海、真西山《琴趣》四本宋刻。（同上）

朱彝尊

【解珮令自題詞集】十年磨劍，五陵結客，把平生、涕淚都飄盡。老去填詞，一半是、空中傳恨。幾曾圍，燕釵蟬鬢。不師秦七，不師黄九，倚新聲，玉田差近。落拓江湖，且分付，歌筵紅粉。料封侯，白頭無分。（《全清詞鈔》卷五）

【詞綜發凡（節録）】「山抹微雲秦學士」，「露華倒影柳屯田」，「曉風殘月柳三變」，「滴粉搓酥左與言」，一句之工，形諸口號。當日風尚所存，甄藻自爾不爽。（《詞綜》卷首）

錢曾

【校記】戊午九月廿七日，從不全宋槧本校一過。述古主人遵王。（手書於李之藻刻本《淮海集·淮海長短句》集

後）

【校記】辛巳五月廿三日，再以殘宋本校，缺更倍於錢所見本，而刻則一也。小山。（同上）

秦《淮海集》四十卷，四本。閣本校過。（《述古堂藏書目》卷二）

秦《淮海詞》一卷。（同上）

吴之振、吕留良、吴自牧

【淮海集鈔】秦觀，字少游，一字太虚，揚州高郵人。豪雋慷慨，溢於文詞，舉進士不中。盛氣好奇，讀兵家書。見蘇軾於徐，為《黄樓賦》，軾以為有屈、宋才。介其詩於王安石，亦謂清新如鮑、謝。軾勉以應舉為親養，始登第，筮仕。……朱子謂渠詩合下得句便巧。吕居仁云："少游過嶺後詩，嚴重高古，自成一家。"故當時於蘇門並稱秦、晁。晁以氣勝，則灝衍而新崛；秦以韻勝，則追琢而渟泓。要其體格在伯仲，而晁為雄大矣。（《宋詩鈔》）

李良年

秦少游《滿庭芳》："山抹微雲，天粘衰草。"今本粘改作連，非也。韓文："洞庭汗漫，粘天無壁。"張祜詩："草色粘天鶗鴂恨。"山谷詩："遠水粘天吞漁舟。"邵博詩："老灘聲殷地，平浪勢粘天。"趙文昇詞："玉關芳草粘天碧。"嚴次山詞："粘雲紅影傷千古。"葉夢得詞："浪天粘蒲桃漲緑。"劉行簡

詞：「山翠欲粘天。」劉叔安詞：「暮煙細草粘天遠。」粘字極工，且有出處，若作連天，是小兒語也。（《詞家辨證》）

鄒祇謨

【董文友詞論】余常與文友論詞，謂小調不學《花間》，則當學歐、晏、秦、黄。《花間》綺琢處，於詩為靡，而於詞則如古錦紋理，自有黯然異色。歐、晏蘊藉，秦、黄生動，一唱三歎，總以不盡為佳。（《遠志齋詞衷》）

【賀黄公紅芽集】《詞筌》云：詞至少游「無端銀燭殞秋風」之類而夢草頓邱，不惟極意形容，兼亦直認無諱數語，可謂樂而不淫。（同上）

【詩詞各有格】李長文學士詞，清姿朗調，原本秦、黄。為予言：少作極多，因在館署日，薛行屋侍郎勸弗多作，以崇詩格，乃遂擱筆。……楊用修云：詩聖如子美，而集内填詞無聞。少游、幼安，詞極工矣，而詩殊不强人意。（同上）

【衍波詞序】序《衍波詞》者，唐祖命云：「極哀艷之深情，窮倩盼之逸趣，其旖旎而穠麗者，則景、煜、清照之遺也。其芊綿而俊爽者，則淮海、屯田之匹也。」丁景吕云：「朦朧萌折，明雋清圓，即令小山選句以争妍，淮海含毫而競秀，諒無慚夫入室，或興歎於積薪。」（同上）

【金粟論衍波集】金粟云：阮亭《衍波》一集，體備唐宋，珍逾琳琅，美非一族，目不給賞。……如「楚簟涼生，孤睡何曾著。借錦水桃花箋色，合鮫淚和入險麋，小字重封」，非清真、淮海之言情乎？約而言之，其工緻而綺靡者，《花間》之致語也。其婉孌而流動者，草堂之麗字也。洵乎排黄軼秦，淩周駕柳，盡態窮姿，色飛魂斷矣。（同上）

陳玉瑾

【蒼梧詞序（節録）】　舜民之詞，能按古譜，出新意，在所必傳。宋之能詞者六十餘家，如秦少游、高竹屋、姜白石、史邦遠、吴夢窗數子，始可稱以新意合古譜者。楊誠齋論詞六要，一曰按譜，二曰出新意是也。（《清名家詞·蒼梧詞》卷首）

董元愷

【醉鄉春斷橋月夜同内飲荷花深處，和秦少游韻】　内外湖邊人悄，南北峰頭天曉。摇翠蓋，擁紅妝，一夜幽香多少。　鏡裏迎風如笑，篙底清陰堪舀。金尊滿，玉繩低，一杯共我澆蘇小。（《清名家詞·蒼梧詞》）

【望海潮遊平山堂登真賞樓，用秦淮海廣陵懷古韻】　畫堂插漢，危樓掛斗，迷離一帶雲封。拾級而登，憑闌四望，飄然如欲凌風。日影漾晴虹。便髯公三過，指點無從。山色青青，醉翁漫道有無中。　平山詞賦稱雄。奈寒鴉落木，衰草連空。玉洞鶯花，邗溝佳麗，儘誇百尺元龍。極目送飛鴻。總零煙剩雨，埋没隋宫。却又斜陽金刹，天外度疏鐘。（同上）

彭孫遹

男中李後主，女中李易安，極是當行本色。秦少游「一向沉吟久」，大類山谷《歸田樂引》，鏟盡浮詞，直抒本色。而淺人常以雕繪傚之。此等詞極難作，然亦不可多作。（《詞統源流》）

長詞推秦、柳、周、康為協律，然康惟《滿庭芳·冬景》一詞可稱禁臠，餘多應酬鋪叙，非芳旨也。周清真雖未高出，大致勻凈，有柳欹花嚲之致，沁人肌骨，視淮海不徒娣姒而已。（《詞藻》卷三）

華亭宋尚木言：「吾於宋詞，得七八焉：曰永叔，其詞秀逸；曰子瞻，其詞放誕；曰少游，其詞清華。……（同上卷四）

【論吴周詞】宋人張玉田論詞，極推少游、竹屋、白石、梅谿、夢窗諸家，而稍詘美成。（《金粟詞話》）

【語助入艷詞絶少】詞人用語助入詞者甚多，入艷詞者絶少。惟秦少游「悶則和衣擁」新奇之甚。用則字亦僅見此詞。（同上）

【柳、辛詞與秦詞】柳耆卿「却傍金籠教鸚鵡，念粉郎言語」，《花間》之麗句也。辛稼軒「驀然回首，那人却在燈火闌珊處」，秦、柳之佳境也。少游「怎得香香深處，作箇蜂兒抱」，亦近似柳七語矣。（同上）

【黄不及秦】詞家每以秦七、黄九並稱，其實黄不及秦甚遠。猶高之視史，劉之視辛，雖齊名一時，而優劣自不可掩。（同上）

馮雲驤

【千秋歲雲中登戍樓作，用淮海韻】黑雲城外，風逆飛鴻退。悲笳響，驚蓬碎。亂峰攢劍戟，野水環衣帶。閑徙倚，堆沙老樹遥相對。憶昔兵戈會，龍虎紛旌旆。尋戰壘，今猶在。千載精靈滅，幾度江山改。凝望處，白登古道煙如海。（《全清詞鈔》卷二）

宋犖

【登文游臺臺在秦郵城東，為蘇子瞻、王定國、孫莘老、秦少游讌集處】高臺傍盂城，環遶盡湖水。僻地得嘉名，實自四賢始。孫、秦邦之彦，别駕騷雅士。文游奉坡公，清芬灑千祀。伊余揞策來，小雪風日美。嘯傲仰遺蹤，几席薦芳芷。孤桐倚檻留，衰草當階委。名畫不可求，李龍眠曾有圖。太息漁洋子。阮亭尚書有弔古詩。俯仰五百年，風流誰繼軌。湖樹迥微茫，湖雲澹迤邐。悵望迨黄昏，鷗邊霜月起。（《西陂類稿》卷十六）

卞永譽

【洞天清録】朝中名賢書，惟蔡莆陽、蘇許公易簡、蘇東坡、黄山谷、蘇子美、秦淮海、李龍眠……子美乃許公之孫，自有家法，草可亞張長史。淮海專學鍾、王，小楷姿媚，遒勁可愛。（《式古堂書畫彙考》卷二）

【墨花閣雜志(節録)】 秦太虛云:「《黄庭》、《遺教》,皆非逸少之蹟。」歐陽文忠公嘗謂:「《黄庭》特後人緣山陰换鵝事附益,《遺教》出於唐寫經手。」及精考《蘭亭》、《樂毅論》,然後知文忠之言為不謬也。(同上)

【蘭坡趙都承與懃家藏】 張文公潛《雜詩》。秦少游《手簡》。(同上卷四)

【天臺謝奕家藏珊瑚網載多數則】 蘇滄浪草書。東坡醉草。……秦少游數帖。(同上)

【相城沈啟南家藏】 ……王文正、秦淮海、米襄陽、樓攻媿、楊慈湖諸賢手帖一卷。(同上)

【蘭亭墨蹟】 「永和九年」至「有感於斯文」。秦少游臨禊序。(同上卷五)

【夫人閣】 殿閣位次春帖,自歐公、涑水之後,惟有坡老因頌寓規,不但求工樂府而已。坡老欲以秦郎供帖子,豈非以其才調宜用此耶?少游不歷此官,莫知工拙。……錢塘凉祐遺民仇遠謹書,時與四明臧仁長、僧豐暢同觀。(同上卷十)

【東坡芙蓉城詩并序(節録)】 嘗見秦太虛與坡帖云:「素紙一軸,敢冀醉後書近文及《芙蓉城》詩。」恨不見其真蹟,今觀此卷非醉時筆,亦不知為太虛書者否耶?結體有《遺教經》楷法,鑒者當自知之。己未四月谷陽陳文東題。(同上)

【秦少游書黄庭經小楷書,原文不録】 書畫舫云:「秦少游小楷《黄庭經》在長洲,費氏質山公故物也。」其書於緊密中特姿媚飄逸,較海嶽臨本,字形差硬可方駕云。後有吴傅朋、李泰發、鮮于伯機、康里子山四跋尾,皆極贊美之。(同上卷十二)

【秦太虛古詩十九首楷書，原文不録。】書畫舫云：「秦太虛楷書《古詩十九首》一卷，係盛年筆，妍媚動人。今藏震澤王氏，惜不及見之。」(同上)

【秦少游詩餘草稿卷行楷書，原文不録。】少游《詩餘草稿》一卷，楷行，妙絶駸駸，出黄豫章上。子瞻評其書：「少游行草，甚有東晉風味。」真知言哉！丁巳八月，獲觀妙蹟，漫書其尾。張丑。(同上)

【秦少游竹詩蹟草書紙本】墨君颯颯風雨鳴，垂鸞舞鳳翻青綬。一竿珍重幾百緡，奚啻渭川三百畝。金鏘玉戛宫佩聲，婢行奴顔謝花柳。得意真從寂寞間，卓古高標壓群醜。不須辦直致湘江，便覺滿窗凉意透。挺然葉節抱風孤，頓應君子虚心受。雷迸籜龍龍欲走，櫻筍紛紛徒適口。破除肉味若聞韶，王猷笑詠還依舊。藉檻湘陰净簡書，接地春華幻塵垢。拂手筆端可有神，往來平安慰良友。前時無偶復無繼，奇寶秘靈宜永久。元豐三年上元日淮海居士秦觀識。

書畫舫云：秦少游盛年學書，人多好之。唯錢穆父以為俗。後秦聞其語，遂改度稍失俗氣，漸趨平淡，然絶不為人知。誠哉，贋鼎易售也！(同上)

按：此首《竹詩》，《淮海集》未存，録以補遺。此詩亦見《秦郵續帖》卷下。

王士禛

【登文游臺】玻瓈江上謫仙人，東來萬里辭峨岷。熙寧元豐不得意，翩然戲弄淮南春。龍圖學士孫莘老忤權要，祥符宰相餘王孫王定國。黄樓一賦軼屈宋，無雙國士推髯秦少游。四公相逢向淮海，酒酣耳熱氣益振。珠湖三十六陂澤，高臺下瞰何嶙峋。錦繡詩篇照天地，輿臺光景長鮮新。雲煙過眼一飛鳥，黄河曲注江東奔。人民城郭半遷改，此臺屹立當湖濱。惠州、儋耳垂萬死，後生望古傷吟魂。何人請籍元祐黨，至今泚顙慙安民。豈如此臺好名字，永絶狐鼠芟荆榛。我來遊眺歲幾度，溪毛明信古所敦。遠帆如鳥樹如薺，湖光雲霧相摩吞。嚴冬沆瀣但一氣，大雪片片鋪龍鱗。酹公一語公莫嗔，作詩一笑君應聞。末即坡公題太白像語。（《漁洋山人精華録》卷一）

【元祐黨籍碑】天津橋上啼杜鵑，耕父已見清泠淵。宫中堯舜不可作，厚陵社飯悲年年。二惇二蔡秉國軸，同文館獄紛鈎連。衣冠相望走嶺表，一網盡矣唏群賢。司空手籍元祐黨，京自署司空尚書右僕射兼門下侍郎。大書深刻相磨鎸。慧星下掃文德殿，毁碑夜半何喧闐。攸攸狒狒一兒戲，可惜宋社成南遷。潭州死骨尚有臭，黨人名字光中天。西南荒徼八桂郡，此碑千載人争傳。上云垂戒萬萬世，其詞何異誅共驩。從來青蠅亂白黑，三代遺直今如弦。小人勿用《易》所戒，崇寧僨轍無忘旃。（同上卷四）

【高郵雨泊】寒雨秦郵夜泊船，南湖新漲水連天。風流不見秦淮海，寂寞人間五百年。（同上卷五）

【秦郵雜詩六首】（選一首）國士無雙秦少游，堂堂坡老醉黄州。高臺幾廢文章在，果是江河萬古流。予方修文游臺成。（同上）

【朱子論蘇、王】孔文仲，號正人，而攻伊川至謗為五鬼之魁。朱子以蜀洛之故，甘心蘇氏，更有甚焉。其與汪尚書云：「蘇氏之學，害天理，亂人心，妨道術，敗風教，不在王氏之下。其徒若秦觀、李廌，皆

浮誕輕佻，士類不齒。」云云。至其推尊張浚，全以南軒交誼。甚矣！不黨之難也。可歎！（《池北偶談》卷七）

【秦、李宗吴】蘇門之秦、李、李、王，同時之宗吴諸子，其文詞高下不知何如？然皆不失為君子，而朱文公、鄭端簡皆力詆之。蓋諸子恃才凌物，或不能無；以為小人，則二公亦難以一手揜萬世耳目也。朱子左袒王介甫而詆二蘇公，論蘇、王二氏門人之文，則寧取吕惠卿而不取少游；又左袒張浚，而終不得不推重李忠定。君子不黨，吾不謂然。（同上卷十）

【蘇、黄詩品】蘇文忠作詩，常云效山谷體。世因謂蘇極推黄，而黄每不滿蘇詩，非也。黄集有云：「吾詩在東坡下，文潛、少游上，雜文與無咎伯仲耳。」此可證俗論傅會之謬。《野老記聞》載，林季野目魯直詩未必篇篇佳，但格制高耳。（同上卷十二）

【陶詩甲子辨】宋（文憲公）跋淵明像云：「有謂淵明耻事二姓，在晉所作，皆題年號，入宋之時，惟書甲子。則惑於傳記之説，而其事不得不辨。今淵明之集俱在，其詩題甲子者，始於庚子，而迄於丙辰，凡十有七年，皆晉安帝時所作；初不聞題隆安、元興、義熙之號。若《九月閑居》詩，有『空視時運傾』，《擬古九章》，有『忽值山河改』之語，雖未敢定於何年，必宋受晉禪之後所作。不知何故，反不書甲子也。其説蓋起於沈約，而李延壽著《南史》，五臣註《文選》，皆因之，雖有識如黄庭堅、秦觀、李燾、真德秀，亦踵其謬而弗之察。獨蕭統撰本傳，以曾祖晉世宰輔，耻復屈身後代。朱元晦述《綱目》，遂本其説，書曰『晉徵士陶潛卒』，可謂得其實矣。烏虖！淵明之節，其待書甲子而後見邪？」

（同上）

【姑溪集】　端叔在蘇門，名次六君子，曩毛氏《津逮秘書》中刻其題跋。觀全集殊下秦、晁、張、陳遠甚，然其題跋自是勝場。（同上卷十七）

明文士如桑悦、祝允明，皆肆口横議，略無忌憚。……祝允明作《罪知録》，歷詆韓、歐、蘇、曾六家之文，深文周内，不遺餘力。……至於老泉、潁濱、秦、晁、張，則謂不足盡及。……論詩餘則專祖太白、飛卿，稍許歐、晏、周、柳，以為綴旒，謂東坡木强疏脱，少游、魯直特市廛小家之子。（《香祖筆記》卷一）

宋牧仲中丞行賑邳、徐間，於村舍壁上見二絶句，不題名氏，真北宋人佳作也。「横笛何人夜倚樓，小庭月色近中秋。凉風吹墮雙梧影，滿地碧雲如水流。」「渺渺孤城白水環，舳艫人語夕霏間。林梢一抹青如畫，應是淮流轉處山。」（同上卷五）

按：後一首是秦觀詩，前一首待考。

鍾嶸又謂其（按：指劉楨）「仗氣愛奇，動多振絶，思王而下，楨為獨步」，殊似囈語，豈佳處今不傳耶？乃秦少游亦云：「五字一何工，妙絶冠儔匹。」殆亦耳食之習。（同上卷八）

政和間，以詩為元祐學術。御史李彦章遂上疏，論淵明、李、杜以下皆貶之，因詆魯直、少游、無咎、文潛，請為科禁，至著於律令，云「諸士庶傳習詩賦者，杖一百」。其紕陋一至於此。是時大臣朝士皆安石之餘孽，然安石惟欲廢《春秋》耳，其詩實於歐蘇間自成一家，亦可概謂元祐學術乎？此古今風雅一大厄也。（同上卷十）

秦少游有姬邊朝華，極慧麗，恐妨其學道，賦詩遣之至再。後南遷過長沙，乃眷一妓，有「郴江幸自繞郴山，為誰流下瀟湘去」之句，何前後矛盾如此？(同上卷十二)

《輟耕録》言：「或題畫曰特健藥，不喻其義。」予因思昔人如秦少游觀《輞川圖》而愈疾，而黄大癡、曹雲西、沈石田、文衡山輩皆工畫，皆享大年。人謂煙雲供養，則特健藥之名，不亦宜乎。(同上)

高麗太師門下侍中集賢殿大學士金富軾，新羅人，兄弟皆以文章功名顯，致位卿相。……富軾以文章名世，……筆勢雄辯，有秦、晁之風。(《居易録》卷三)

《豫章集》詩：「命輕人鮓甕頭船，日瘦鬼門關外天。北人墮淚南人笑，青壁無梯聞杜鵑。」或云李白歌羅驛詩，夢中為魯直誦之，蓋寓言也。《侯鯖録》以為少游南遷度鬼門關作，首句作「身在鬼門關外天」，「墮淚」作「慟哭」，末句作「日落荒村聞杜鵑」。趙德麟及與黄、秦遊，不應有誤。然山谷《書歌羅驛》尚有二篇，而此詩絶類山谷，與少游不類。且少游謫藤州，人鮓、鬼門亦非所經之路也。(同上卷九)

宋文如石守道、柳仲塗、尹師魯、穆伯長、秦少游、陳履常、晁以道、無咎、羅端良、陸務觀、葉水心輩，予家皆有其集，雖利鈍互見，要之有可觀者。(同上卷十)

張仁熙，字長人，楚之廣濟人，隱居著書……寄予書時年八十矣，書云：「仁熙聞之，古稱一代人文，必有英絶領袖之者。翱、湜、籍、漢之於退之，黄、晁、張、秦之於子瞻是也。而昌黎《與于襄陽書》則曰：『或為之先焉，或為之後焉，取其責均肩之。蓋原本孟氏之旨，以高其自據之地。』僕則以為不

然，僕以為非真有憂世覺民之責如孟子者，皆當遁利名、謝絶丐。」（同上卷十三）

世傳李易安詩：「露花倒影柳三變，桂子飄香張九成。」葉石林《避暑録話》云，子瞻於四學士中最善少游，常戲云：「山抹微雲秦學士，露花倒影柳屯田。」李蓋襲蘇語。（同上卷十五）

弇州謂蘇、黄、稼軒為詞之變體，是也。謂温、韋為詞之變體，非也。夫温、韋視晏、李、秦、周，譬賦有《高唐》、《神女》，而後有《長門》、《洛神》。詩有古詩録别，而後有建安、黄初、三唐也。（《花草蒙拾》）

「亂鴉啼後，歸興濃於酒」，蘇叔黨詞也。「擬倩東風浣此情，情更濃於酒」，秦處度詞也。二公可謂有子。李、晏家世，豈得獨擅。（同上）

宋南渡後，梅溪、白石、竹屋、夢窗諸子，極妍盡態，及有秦、李未到者。雖神韻天然處或減，要自令人有觀止之歎。（同上）

凡為詩文，貴有節制，即詞曲亦然。正調至秦少游、李易安為極致，若柳耆卿則靡矣。變調至東坡為極致，辛稼軒豪於東坡，而不免稍過。（《分甘餘話》卷二）

世但知東坡善畫枯木竹石，《寂音集》中有東坡畫應身彌勒贊云。相傳始作以寄少游，卿上人得於少游之家，則坡老亦工畫道釋人物也。（《古夫于亭雜録》卷一）

秦少游五言：「雨砌墮危芳，風軒納飛絮。」六朝佳句也。余少時在廣陵，有句云：「露檻瞥孤鶴，風櫺散叢菊。」汪鈍翁《説鈴》取此一聯，云：「二句已逗漏柳柳州矣。」（同上卷四）

李白謂：五言為四言之靡，七言又其靡也。至於詞曲，又靡之靡者，詞如少游、易安，固是本色當行，而

東坡、稼軒直以太史公筆力為詞，可謂振奇矣。（同上）

康熙癸卯，歲將除，孫無言默欲渡江往海鹽訪彭十羨門。人問有何急事？答曰：「將索其《延露詞》，與阮亭《衍波》、程邨鄒祗謨《麗農詞》合刻之。」陳其言維崧贈以詩曰：「秦七、黄九自佳耳，此事何與卿饑寒？」孫新安人，居廣陵。（《漁洋詩話》卷上）

【重修文遊臺記】 古來風流文采魁梧奇傑之士，其在當時或遇或不遇矣。而以名高取忌，守道叢謗，至不得一日安其身於廟堂之上，甚者播遷江湖嶺嶠之間，而坎壈以老死。數千百年後，學士大夫讀其書，思慕其為人，至其所嘗遊眺憩息之地，必且披榛棘，訪碑誌，往往為之流連，感激太息，憑弔於荒煙斷靄中。豈其遇之有幸有不幸歟！……而孫、秦二君子者，皆高郵人，故郵樂得公而顯。而文遊臺在城東北里許，即公與三君子所嘗遊眺者也。宋淳熙中王詶葺之，嘉泰中吳鑄重新之。其興廢之蹟，大畧見於應武、王元凱二記。自明正德迄今康熙，又二百餘年矣。余以順治十七年，來李廣陵，文書之暇，多從小舠往來三十六湖之上。因登是臺而吊之，嗟其頹廢荒落，謀諸州守吳君及州之士大夫，思所以修葺而振起之者。……（道光本《高郵州志》卷十一上）

【蝶戀花和少游】 啼碎春光鶯燕語，一片花飛，又是天將暮。欲乞放晴春不許，黄昏更下纖纖雨。春去應知郎去處，好囑春光，共向郎邊去。畢竟春歸人獨住，淡煙芳草千重路。（《清名家詞·衍波詞》）

【敬業堂詩集序（節録）】 老友海昌陸先生辛齋，嘗携其愛婿查夏重詞一卷見示，且曰：「此子名譽未成，冀先生少假借之，弁以數語。」……子瞻曰：「一時文人如魯直、補之、無己、文潛、少游，吾未嘗以師資自處，皆以朋友待之。」而吾乃以一日之長臨夏重乎？顧屈指同學，其才可到昔賢者正復無幾。蘇門諸君子與放翁、後山、遺山，皆名節自持，凛凛有國士風，蓋有重於詩文者，而詩文益重。（《敬業堂詩集》卷首）

唐允甲

【衍波詞序（節録）】 同盟王子貽上，文宗兩漢，詩儷初盛。束其鴻博淹雅之才，作為花間雋語，極哀艷之深情，窮倩盼之逸趣。其旖旎而穠麗者，則景、煜、清照之遺也；其芊綿而俊爽者，則淮海、屯田之匹也。（《清名家詞·衍波詞》卷首）

丁宏誨

【衍波詞序（節録）】 兹阮亭詞一卷，朦朧萌折，明雋清圓，即令小山選句以争妍，淮海含毫而競秀，諒無慚夫入室。（《清名家詞·衍波詞》卷首）

田同之

【王士禎論詞（節録）】 漁洋王司寇云：「……此詩之餘，而樂府之變也。語其正，則南唐二主為之祖，至漱玉、淮海而極盛，高、史其嗣響也。語其變，則眉山道其源，至稼軒、放翁而盡變，陳、劉其餘波也。有詩人之詞，唐、蜀、五代諸人是也。文人之詞，晏、歐、秦、李諸君子是也。有詞人之詞，柳永、周美成、康與之之屬是也。有英雄之詞，蘇、陸、辛、劉是也。」（《西圃詞説》）

【鄒程村論兩宋詞】小調不學《花間》，則當學歐、晏、秦、黄。歐、晏蘊藉，秦、黄生動，一唱三歎，總以不盡為佳。……（案此則見鄒程村《詞衷》）（同上）

劉體仁

【詞中戲語】詞中如「玉佩丁東」，如「一鉤殘月帶三星」，子瞻所謂恐它姬厮賴，以取娛一時可也。（《七頌堂詞繹》）

【易安詞本色當行】柳七最尖穎，時有俳狎，故子瞻以是呵少游。（同上）

田雯

蘇門六君子，無不掉鞅詞場，凌躐流輩。而坡公於山谷則數效其體，前哲虚懷，往往如是。（《古歡堂集·雜著》卷二）

【皖城西拜山谷老人墓】長風沙口木葉黄，大江遶郭流湯湯。三橋坂北紅鶴砦，涪翁墓在灊山岡。……蘇門詞傑晁、秦輩，斑斑熊豹非尋常。公才乃如大國楚，曹鄶淺陋難頡頏。（《古歡堂集·七言古》卷二）

徐釚

【唐宋詞韻互通】毛氏《唐宋詞韻互通説》云：唐白樂天《長相思》云：「深畫眉，淺畫眉，蟬鬢鬅鬙雲滿衣。陽臺行雨迴。」支與微與十灰半通用，是宋詞韻也。宋秦太虚《千秋歲》用隊韻，辛稼軒《沁園春》用灰韻，皆渾用唐韻。（《聲韻叢説》）（《詞苑叢談》卷二）

梁允植

【錦瑟詞序（節録）】蛟門為家司徒叔父丁未南宫所拔，獲官禁近，時時往來。……每讀長短句，未嘗不歎其匠心措意，軼秦排柳，以為當代詞人也。（《清名家詞·錦瑟詞》卷首）

賀裳

皮光業「行人折柳和春絮，飛燕銜泥帶落花」，裴光約曰：「二句偏枯不為工，柳當有絮，泥或無花。」不知泥中不全帶落花，帶落花者亦間有之。此是詩家點染法。……周邦彦小詞「新笋看成堂下竹，落花都上燕巢泥」。秦觀「杏花零落燕泥香」。蓋詞人數數用之，必欲執無者以概有者，不幾於揺手不得，毋乃太沾滯乎！（《皺水軒詞筌》卷一）

【秦觀】作田園詩，宜於樸直，其曲折頓挫在轉落處，用意不窮便佳，不在雕飾字句；常有用雅字則俗，用俗字反雅者，猶服太練不可承以錦襪耳。少游《田居》詩，描寫情景，亦有佳處，但篇中多雜雅言，不甚肖農夫口角，頗有驢非驢、馬非馬之恨。如「鷄號四鄰起，結束赴中原」，此游俠少年及從軍行中語，田叟何煩爾！然如「寥寥場圃空，跕跕烏鳶下。飲酣争獻酬，語闋或悲咤。悠悠燈火暗，刺刺風飈射」。亦深肖田家風景，有儲詩之遺。○昔人評少游詩：「如時女步春，終傷婉弱。」如「支枕星河横醉後，入簾風絮報春深」，真好恣態。至「屠龍肯自羞無用，畫虎從人笑未成」，亦自骯髒也。然終不如介甫「鷄蟲得失何須問，鵬鷃逍遥各自知」，真是老手。（《載酒園詩話·宋》）

【皺水軒詞筌序】……夫詞小技也，程正叔至正色責少游，晦庵夫子乃不免涉筆，正如烹魚者或厭其腥，或賞其鮮，咸是定評，孰為至論？（《皺水軒詞筌》卷首）

【秦、黄詞評】少游能曼聲以合律，寫景極淒惋動人。然形容處，殊無刻肌入骨之言，去韋莊、歐陽炯諸家，尚隔一塵。黄九時出俚語，如「口不能言，心下快活」，可謂傖父之甚。……黄又有「春未透，花枝瘦，正是愁時候」，新俏亦非秦所能作。（同上）

【少游詞與時間不合】少游「酒醒處、殘陽亂鴉」，情事可念。但細思此景，多在冬間，與梨花時不合，豈一時偶有所觸耶。（同上）

【詞見世風】南唐主語馮延巳曰：「風乍起，吹皺一池春水，何與卿事。」馮曰：「未若細雨夢回雞塞遠，小樓吹徹玉笙寒。不可使聞於鄰國。」然細看詞意，含蓄尚多。至少游「無端銀燭殞秋風。靈犀得暗通。相看有似夢初回。只恐又抛人去，幾時來」，則竟為蔓草之偕臧，頓丘之執别，一一自供矣。

詞雖小技，亦見世風之升降，沿流則易，遡洄實難，一入其中，勢不自禁。（同上）

余　恭

【補刻淮海集後序】　淮海居士秦公少游，曠爽超俗，史稱其思深而文麗，風雅之士皆宗之。余讀《淮海集》，而知文藻之不足以盡其人也。觀其論石慶，詆為鄙人，與公孫弘等同譏，其耿介可知。至讀集策序，則忠愛盎然，通達國體，彼其意實欲有所用。其未足，豈僅以文顯哉！其人如此，宜其百折不回，與蘇、黃諸君子同不朽也。自予不佞，司鐸高郵，寤寐飲食，想見其為人。至問其所謂文游臺者，則塊然一丘，水天相接，不能無「蒹葭伊人」之歎矣！豈不惜哉？《淮海集》舊版藏於學中，歲久，殘缺不可讀。予素欲補梓，兼刻其後集。會諸生中之秀傑者以是來請，遂為轉請於州侯，同人校付剞劂，予偕同寅捐歲俸以助。工既竣，因僭跋數言於其後，使知少游先生之所以克傳於後者，在此不在彼焉。山谷老人有言：「臨大節而不可奪，此真不俗人也。」至哉斯語！其殆為先生言之歟？康熙己巳歲仲春月上浣之吉，高郵學正古新安余恭撰。（《康熙本《淮海集》卷首）

毛之鵬

【補刻淮海集序】　士君子過名山大川，輒考其風土人物。以山川之所鍾靈，自有瓌瑋瑰異之材，發為文章，以自表見，因得披帙開卷，想見其為人。余少獵前史，曾歎宋朝忠孝之士層見疊出。至元祐、紹聖之間，名賢接踵，而蘇、黄諸先輩，每口少游秦公不置，余蓋私心嚮往久矣。及寒氊一席，來鐸兹土，余喟然歎曰：此非少游之鄉歟？荒臺蔓草，勝蹟猶存。五百年來，風流如昨，每一憑弔，如或接之。爰考其淮海前、後二集，舊刻悉在郵學中，乃歷年既久，兵燹多故，不惟前集殘缺失次，而後集藏版竟無有存者，予為惋惜久之！憶張文潛曾云：「少游平生為文甚多。」余方欲搜輯遺亡，廣羅於舊聞之外，何至以久經流傳者，更付之灰燼也。會諸生中好古之士，携其家藏舊本，以補刻請。予慨然有捐貲意，謀於同寅，更請於州侯，各分歲俸以為之倡。讐校付梓，踰年告竣。嗟乎！豐城之氣，斗牛不能掩也；禹穴之藏，石室不能秘也。奇文共賞，豈能使之湮滅而無聞哉！雖然，公不僅以文名世也。公抱經世才，其《官制》、《兵法》、《邊防》、《法律》諸策，於陰陽、順逆之數洞若觀火。使稍自抑損，以有所見於時，其奇策、材力必能自結於人主；即不然，憂讒畏譏，委蛇處變，亦不至僉邪交搆，竄身於窮荒瘴癘之鄉。顧乃慷慨任事，守正不阿，卒坐黨籍，轉徙道路以死。是公雖以坎壈終，而心行天日之表，氣作江河之柱，其大節實有不可没者。世豈復有斯人哉！誠有宋一人傑也。昔人謂其為文精好，方駕於屈、宋、鮑、謝諸人。噫！是以文重公也。是耶？非耶？後之讀淮海全書者，其以余言為河漢否也。康熙己巳歲仲春月上浣之吉，高沙外史古淮陰毛之鵬撰。（康熙本《淮海集》卷首）

毛　扆

宋板《秦淮海集》八本。（《汲古閣珍藏秘本書目》）

萬樹

升菴謂淮海「念多情但有，當時皓月，照人依舊。」以詞調拍眼言，當以「但有當時」作一拍，「皓月照」作一拍，「人依舊」作一拍。蓋欲强同於前尾之三字二句也。其説乖謬，若竟未讀他篇者。正《詞綜》所云：「升菴强作解事，與樂章未諳者也。」（《詞律·發凡》）

【《揚州慢》九十八字，與夢揚州無涉。】……若《夢揚州》，則少游因憶揚州而作，《揚州慢》則白石因游揚州而作。皆創為新調，即以詞意名題，其所言即揚州之事。……揚州經二公創調，亦即是古曲，後人亦因其調而填之，用為雜詠，有何不可乎？但二公當日偶然各詠其意，今欲比而相從，則不可耳。（《詞律·目次》）

【《水龍吟》一百一字】又一體一百二字，又名《小樓連苑》。……

按：此調一百二字，乃常用定格。不過因少游詞句，故名《小樓連苑》（同上）

秦觀，字少游，初字太虚，高郵人，登第後除太學博士，遷秘書省正字，兼國史院編修。坐黨籍，遠徙。徽宗朝放還。有《淮海詞》三卷。（《詞律·詞人姓氏録》）

按：《詞人姓氏録》為杜文瀾所編。

【長相思一百字（急雨回風）】逃禪自注此詞：乃用賀方回韻，而淮海「鐵甕城高」一首，與此韻脚相同，想揚州懷古，秦、賀同作也。秦尾句汲古閣刻作「鴛鴦未老不」，誤也。《詞彙》刻「鴛鴦未老綢繆」為是。但此詞第二句，是「蒜山渡闊」，蒜渡二字作去聲，甚妙，

正與楊詞淡障二字合。《詞彙》乃作金山，金字平聲，一字之訛，相去河漢矣。（《詞律》卷二）

按：此條乃楊無咎詞《長相思》下評語。

【畫堂春（落紅鋪徑水平池）】　後起比前少一字。

按：此詞為秦少游作。（同上卷四）

按：此首萬樹以為徐俯所作。文中按語為杜文瀾所加。

【八六子（怨殘紅）】　此學秦體者，但「蜨悽」句語氣當作四字，而「千林」二字屬下句者，秦則上句六字，下句四字也。觀杜詞及後晁詞，「千林」句可六字，但上句亦應六字耳。然此十字一氣，可以借讀上六下四也。……秦之「愴然暗驚，又啼數聲」，杜之「細飄鳳衾，又移翠陰」，晁之「漏長夢驚，舊愁旋生」，無不相同。此等若誤，便失腔調。《圖譜》注秦詞「黄鸝又啼數聲」云：「可用仄平平仄平平」，真信意妄改也。（同上卷十三）

按：此條乃楊纘詞《八六子》下評語，秦指秦觀，杜指杜牧，晁指晁補之。

【夢揚州（晚雲收）】　如此丰度，豈非大家傑作，乃為傖父讀錯注錯，可歎哉！「燕子」至「香稠」與後「殢酒」至「金鈎」同，「燕子」、「殢酒」俱用去上，妙絶。「未」字「困」字用去聲，是定格。蓋上面用去上，下面用平，此字非去聲不足以振起。況有此去字，則落下「輕寒如秋」與「因誰淹留」四個平聲字，方為抑揚有調。不解此義，於「燕」、「殢」、「未」、「困」四字俱注可平，「寒」、「誰」二字俱注可仄，有此《夢揚州》乎？（同上卷十四）

按：此條乃秦觀詞《夢揚州》下評語。

【金明池（瓊苑金池）】余謂詞中，有以上聲作平聲用者，人多不信，如此詞「兩點」二字，䰀然以上作平也。「雲日淡」以下，與「佳人唱」以下同。「過三點」句，即後「才子倒」句，比對自明。（同上卷二十）

按：此條乃秦觀詞《金明池》下評語。

仇兆鰲

杜甫《曲江對雨》：「林花著雨燕脂濕，水荇牽風翠帶長。」王彦輔曰：「此詩題於院壁，『濕』字為蝸涎所蝕。蘇長公、黄山谷、秦少游偕僧佛印，因見缺字，各拈一字補之：蘇云『潤』，黄云『老』，秦云『嫩』，佛印云『落』。覓集驗之，乃『濕』字也，出於自然。而四人遂分生老病苦之説。詩言志，信矣。」（《杜少陵集詳注》卷六）

黄　儀

【淮海長短句跋】辛亥七月廿三日，宋刻本集校，凡詞七十七首，分上、中、下三卷，章次亦此異。六月初十日讀，壬戌正月十一日重閲。儀。（黄儀校本《淮海長短句》後附）

按：葉恭綽云：「此節係從徐積餘所藏校汲古毛本録出。其『儀』字，據積餘云：『當是黄儀，字子鴻，康熙時人，有《紉蘭别集》詞。』校語屢引宋本《琴趣》及本集云云，當係曾見此兩種宋本者。」（葉恭綽《淮海居士長短句》兩

（宋合印本後附）

張泰來

【陳師道】　初寓京師，傅欽之欲識其面，以問少游。少游曰：「是人非持刺字伺候公卿之門者，不可致也。」（《江西詩社宗派圖録》）

【徐俯】　後東坡、少游、後山皆殁，山谷憂斯文將墜，規模遠大，不意於師川復見之，因目為頹波之砥柱。（同上）

陳奕禧

【臨秦少游書】　少游結契蘇黄，馳情翰櫝，玩其流韻，自具機杼。不悖其所以同，而較然實有其不同。比諸洙泗，亦當在七十子中寘一席也。（《隱緑軒題識》）

查慎行

【蠟梅宋以前未有賦者，東坡、山谷、後山、少游，始見於吟詠，率皆古體而不入律。王平甫、陸務觀、尤延之、楊誠齋，各有五七言律詩。方虚谷《瀛奎律髓》選附梅花類中。雪窗披覽，頗不愜意，適友人折贈此花，信手拈筆，非敢與前賢較工拙也】　閲盡嘉平蠟，來為最晚芳。冰心含淺紫，雪瓣吐嬌黄。

後菊偏同色，先梅别有香。百花多釀蜜，容爾占蜂房。（《敬業堂詩集》卷四十五）

先著　程洪

【《踏莎行》（霧失樓臺）】「斜陽暮」，猶唐人「一孤舟」句法耳。升庵之論破的。（《詞潔輯評》卷二）

【《千秋歲》（柳邊沙外）】「春去也」三字，要占勝，前面許多攢簇，在此收煞。「落紅萬點愁如海」，此七字銜接得力，異様出精采。（同上）

【《滿庭芳》（山抹微雲）】詞家正宗，則秦少游、周美成。然秦之去周，不止三舍。宋末諸家，皆從美成出。（同上卷三）

沈　雄

【少游情詞相稱】蔡伯世曰：「子野詞勝乎情，耆卿情勝乎詞。情詞相稱者，少游一人而已。」（《古今詞話·詞話》卷上）

【李、魏與秦、黄争雄】黄玉林曰：「李易安、魏夫人，使在衣冠之列，當與秦七、黄九争雄，不徒擅名於閨閣也。」（同上）

【詳韻】……趙千門曰：詩韻中平聲十灰、十三元，上聲十賄、十三阮，去聲十卦、十一隊、十四願，皆令人之割半分用者也。今考宋詞，凡此等類，一概不分，悉依詩韻原本。如稼軒《沁園春》用灰韻，少游《千秋歲》用隊韻，俱全用不分。將以宋人為全遵沈韻耶？其不遵者乃十之八九。……作者當遵有宋辛、秦諸公多仍唐韻，然亦不必相沿也。（《古今詞話·詞品》卷上）

毛馳黄曰：沈譜取證古詞，惟以名手雅篇，灼然無弊者為凖。迺有秦觀《秋閨》，慢、暗累押。仲淹《懷舊》，外、淚莫辨。……其他固未易細數，當時便已從逸。（同上）

【品詞】王世貞曰：謝勉仲「染雲為幌」，周美成「暈酥砌玉」，秦少游「鶯嘴啄花紅溜」，蔣竹山「燈摇縹暈茸窗冷」，的是險麗矣，覺斧痕猶在。（同上卷下）

【千秋歲】《樂府紀聞》曰：山谷嘗歎美少游末句「春去也，落紅萬點愁如海」，意欲和之，以「海」字難叶而止。覺範為和其《千秋歲》以題《崔徽真子》云：「半身屏外，睡覺脣紅退。春思亂，芳心碎。空餘簪髻玉，不見流蘇帶。試與問，今人秀韻誰宜對。　湘浦曾同會，手引青羅蓋。疑是夢，今猶在。十分春易盡，一點情難改。多少事，却隨恨遠連雲海。」按崔徽，河中府娼也，裴敬中與徽相從累月而歸。（同上）

【滿庭芳鎖陽臺　瀟湘夜雨】《樂府紀聞》曰：秦少游婿范元實時在席，妓問曰：「公解詞否？」范曰：「吾乃山抹微雲女婿也。」可見當時盛傳太虚此詞為絶唱。

沈雄曰：《滿庭芳》，盡推少游之作。少游又有《詠茶》一首，傳者多訛，今為正之云：「北苑龍團，江南鷹爪，萬里名動京關。碾輕羅細，瓊蕊暖生烟。一種風流㚏味，如甘露，不染塵凡。纖纖捧，冰瓷瑩玉，金縷鷓鴣斑。」舊詞「北苑春風，方圭圓璧」，雖用故實而多庸腐。即苦心作「碎身粉骨，功名合上凌烟」，亦是小家氣象。惟「尊俎風流戰勝，降春睡，開拓愁邊」一語差當。而「熬波濺乳」，實不及「冰瓷瑩玉」，更為落句地也。况後段又用「搜攪胸中萬卷，還傾動、三峽詞源」乎。更為紀之云：「相如方病酒，銀瓶蟹眼，波怒濤翻。為扶起，尊前醉玉頹山。飲罷風生兩腋，醒魂到，明月輪邊。歸來晚，文君未寢，相對小粧殘。」（同上）

【沈謙東江別業】沈雄曰：家去矜諸詞，率從屯田、待制浸淫而出，言情最為濃摯，又必欲據秦、黄之壘以鳴得意，所以來宋歇浦之論詞書也。（《古今詞話·詞評》卷上）

李必恒

【文游臺】梧桐生朝陽，翽翽鳳鳥至。惟賢斯召賢，莫之致而致。淮海天下才，磊落負奇氣。命駕來蘇公，崇邱此焉憩。孫王亦可人，談笑幸相值。酒酣望終古，青天照殘醉。想見掀髯時，峥嶸吐高議。勝事近千載，風流未墜地。誰云培塿卑，而作喬嶽視。臨川亦居停，遺蹟無人識。懷古發長謠，霜風颯清吹。（《晚晴簃詩彙》卷六十四）

【文遊臺懷古】文遊臺前花可憐，文遊臺畔草芊芊。熙豐盛事留遺蹟，淮海風流憶往年。落日倒懸雙塔影，晚風吹散萬家烟。憑高莫愴登臨興，放眼湖天思渺然。（道光本《高郵州志》卷十二）

納蘭性德

【與梁藥亭書(節録)】 吾人選書不必務博,專取精詣傑出之彦,盡其所長,使其精神風致湧現於楮墨之間。……僕意欲有選如北宋之周清真、蘇子瞻、晏叔原、張子野、柳耆卿、秦少游、賀方回,南宋之姜堯章、辛幼安、史邦卿、高賓王、程鉅夫、陸務觀……諸人,多取其詞彙為一集。(《通志堂集》卷十三)

金 檀

秦觀《淮海文集》四十六卷。高郵人,元祐初蘇軾薦除太學博士,遷編修。(《文瑞樓藏書目録》卷六)

陳廷敬、王弈清等

【南歌子雙調五十二字,前、後段各四句,三平韻。】 (毛熙震詞「惹恨還添恨」略)……秦觀詞:「天外不知音耗百般猜,只恐又抛人去幾時來。」正與此同。……又秦觀詞起句,「愁鬢香雲墜」,「愁」字平聲。第二句,「嬌眸冰雪裁」,「冰」字平聲。第三句,「月明風幌為誰開」,「月」字仄聲,「風」字平聲。(《欽定詞譜》卷一)

【陽關曲本名渭城曲。宋秦觀云:渭城曲絶句,近世又歌入小秦王,更名陽關曲,屬雙調,又屬大石調。】 (王維《陽關曲》略)(同上)

【憶王孫此詞單調三十一字者，創自秦觀。宋、元人照此填。太平樂府注黃鍾宮。……】（秦觀詞「萋萋芳草」略）（同上卷二）

【風流子雙調一百十字。前段十二句，四平韻。後段十句，四平韻。】（周邦彥詞）「楓林凋晚葉」略）……按秦觀詞，後段第七句，「奈何綿綿」，「綿綿」二字俱平聲。（同上）

【江城子雙調七十字，前、後段各七句，五平韻。】（蘇軾詞「鳳凰山下雨初晴」略）此詞兩段，俱照韋莊體填。內第四句，平仄乃照張泌「飛絮落花」句體填。細查宋詞，其可平可仄，不甚異同。惟秦觀詞，前結「雖同處，不同枝」；後結「重相見，是何時」。……平仄略為小異。（同上）

【昭君怨雙調四十字，前、後段各四句，兩仄韻，兩平韻。】（万俟詠詞「春到南樓雪盡」略）此詞四換韻。按坊本，後段第一句，或作「莫把闌干倚」，疑「頻」字乃後人增入。然觀蘇軾詞之「欲去又還不去」，及秦觀、朱希真……等詞，俱作六字句，故當以六字句換頭者為正格。前段第一句，秦觀詞「隔葉乳鴉聲轉」，「乳」字仄聲。……第三句，秦詞「楊柳小腰肢」，「楊」字平聲。……後段第三句，秦詞「極目送行雲」，「極」字仄聲。譜內可平可仄據此。（同上卷三）

【一落索雙調四十六字，前後段各四句，三仄韻。】（毛滂詞「月下花前風畔」略）此調以毛詞及秦、歐二詞為正體，其餘皆變格也。而毛詞此體，則宋人填者尤多。（同上卷五）

【一落索雙調四十八字，前後段各四句，三仄韻。】（秦觀詞「楊花終日飛舞」略）此亦毛詞體，惟前後段第二句，各添一字，作五字句異。（同上）

〔清〕納蘭性德　金檀　陳廷敬、王弈清等

【憶秦娥雙調四十六字，前後段各五句，三仄韻一疊韻。】（李白詞「簫聲咽」略）此調押仄韻者，以此詞為正體。若晁詞之不作疊句，石詞之少押一韻，秦詞之多口號四句，倪詞之減去疊句，雖為變格，猶舉李詞大同小異。（同上）

【憶秦娥雙調四十六字，前後段各五句，三仄韻，一疊韻。】（秦觀詞「灞橋雪」略）此即李詞體，惟詞首多口號四句異。按秦詞四首，每首前各有口號四句，即以口號末句三字為起句，亦如《調笑令》例，樂府舞曲轉踏類如此。（同上）

【憶秦娥雙調四十六字，前後段各五句，三平韻，一疊韻。】（秦觀詞「曲江花」略）此即賀詞體，惟詞前多口號四句異。（同上）

【阮郎歸雙調四十七字，前段四句，四平韻。後段五句，四平韻】（李煜詞「東風吹水日銜山」略）唐宋人填此調者，只此一體。……前段第一句，秦觀詞「宮腰裊裊翠鬟鬆」，上「裊」字仄聲。……第三句秦觀詞「秋千未拆水平堤」，「秋」字平聲，「未」字仄聲。（同上卷六）

【畫堂春雙調四十七字，前段四句，四平韻，後段四句，三平韻。】（秦觀詞「落紅鋪徑水平池」略）此調以此詞為正體，其餘減字添字，皆變格也。秦詞別首，前段結句「睡損紅妝」，「睡」字仄聲，譜內據之。（同上）

【海棠春雙調四十八字，前後段各四句，三仄韻。】（秦觀詞「流鶯窗外啼聲巧」略）此調以此詞為正體。若吳（潛）詞之攤破句法，馬（莊父）詞之減字，皆變體也。（同上卷七）

【柳梢青雙調四十九字，前段六句，三平韻。後段五句，三平韻。】（秦觀詞「岸草平沙」略）押平韻者，以此詞及劉

（鎮）詞為正體。（同上）

【醉鄉春此調創自秦觀，因後結有「醉鄉廣大人間小」句，故名醉鄉春。又因前結有「春色又添多少」句，一名添春色。雙調四十九字，前後段各五句，三仄韻。】（秦觀詞「喚起一聲人悄」略）按《廣韻》，上聲三十小部有「舀」字，以沼切，正與「悄」字押。若「覺顛倒」句，與前「瘴雨過」句同，其「倒」字非韻。《圖譜》注韻者誤。（同上）

【迎春樂雙調五十一字，前段四句，四仄韻，後段四句，三仄韻。】（秦觀詞「菖蒲葉葉知多少」略）此與柳詞同，惟前段第三句減一字，作七字句異。（同上卷九）

【品令雙調五十二字，前段四句，三仄韻，後段四句，兩仄韻。】（曹組詞「乍寂寞」略）宋人填《品令》者，類作俳語，其句讀亦不一。即前段起句，或三字，或四字，或五字不同。今擇其尤雅者，各以類列。此詞前段起句三字，有秦觀「掉又耀」詞，……辛棄疾「更休説」詞可校。惟秦詞別首「幸自得」詞，石孝友「困無力」詞，前段第二、三句，作四字兩句，而秦詞前、後段第三句，又各押韻，因詞俚不録。……秦詞「天然箇品格，於中壓一」，「壓」字仄聲。……秦詞結句「語低低、笑咭咭」，「低低」二字俱平聲。……秦詞後段起句，「每每秦樓相見」，「相」字平聲。第二句，「見了無限憐惜」，「限」字仄聲。結句，「把不定、臉兒赤」，「不定」二字俱仄聲，「兒」字平聲。（同上）

【臨江仙雙調五十九字，前、後段各五句，三平韻】（王觀詞「別浦相逢何草草」略）……又秦觀「髻子偎人」詞，前結「斷腸携手處，何事太匆匆」，後結「夕陽流水，紅滿淚痕中」，正與此同。（同上卷十）

【夜遊宮雙調五十七字，前後段各六句，四仄韻。】（毛滂詞「長記勞君送遠」略）宋詞填此調者，其字句韻悉同，所小異者，惟句中平仄耳。……前段第三句，秦觀詞「巧燕呢喃向人語」，「巧」字仄聲，「人」字平聲。第四、五、六句，秦詞「何曾解，説伊家，些子事」，「何」字平聲，「解」字仄聲。……後段第四、五、六句，秦觀詞「連宵雨，更那堪，聞杜宇」，「連」字平聲，「雨」字仄聲，「更」字仄聲。（同上卷十二）

【行香子雙調六十六字，前後段各八句，五平韻。】（秦觀詞「樹繞村莊」略）此亦與晁詞同，惟前段第一句押韻，後段第一、二句俱押韻異。（同上卷十四）

【千秋歲雙調七十一字，前、後段各八句，五仄韻。】（秦觀詞「柳邊沙外」略）此調前段第三、四句三字者，以此詞為正體。宋元人皆照此填。（同上卷十六）

【促拍滿路花此調有平韻、仄韻二體。平韻者，始自柳永，樂章集注仙吕調。仄韻者，始自秦觀。或名滿路花，無「促拍」二字。秦觀詞，一名滿園花。周邦彦詞，名歸去難。……雙調八十三字，前後段各八句四平韻。】（柳永詞「香靨融春雪」略）（同上卷二十）

【促拍滿路花雙調八十三字，前後段各八句，六仄韻。】（秦觀詞「露顆添花色」略）此調押仄韻者亦有兩體。前、後段起句押韻者，以秦詞為正體。前、後段起句不押韻者，以周（邦彦）詞為正體。（同上）

【促拍滿路花雙調八十六字，前段八句，六仄韻。後段七句，五仄韻。】（袁去華詞「江上西風晚」略）此即秦詞體，惟前、後段第四句，各添一字。後段起句添四字，第三句減二字，第六、七句減二字，作七字一句，少押一韻。結句添一字異。按秦觀「一向沈吟久」詞，即此體也。因秦詞俚鄙，故采袁詞以備體。（同上）

【促拍滿路花雙調九十字，前、後段各八句，六仄韻。】（辛棄疾詞「千丈擎天手」略）此亦秦觀詞體。惟前、後段

第四句，前段第七句，後段第八句，各添一字，换頭添三字，後段第三句，作上三下五句法異。（同上）

【促拍滿路花雙調八十八字，前後段各八句，五仄韻。】（牛真人詞「雨過山花綻」略）此亦秦觀體。惟前段第二句添一字，後段第一、二句，各添一字，第五句添一字，第七句添一字異。……蓋就秦詞添數襯字，自成一體也。（同上）

【八六子秦觀詞有「黄鸝又啼數聲」句，又名感黄鸝。雙調九十字，前段九句，四平韻。後段八句，三平韻。】（杜牧詞「洞房深」略）此詞見《尊前集》。分段處……宋詞則晁（補之）詞於「多情」字分，楊（纘）詞於「臨風」字分。秦詞於「柔情」字分。（同上卷二十二）

【八六子雙調九十一字，前段六句，三平韻。後段十一句，六平韻。】（晁補之詞「喜秋晴」略）宋人中以此詞為正體。按杜（牧）詞「繡簾」起至「重臨」，凡三十一字，始押一韻，似太遼闊。秦（觀）、李（演）、王（沂孫）三詞亦然。然《詞律》以秦詞後段第七句不用韻，疑有脱誤，極是。（同上）

【八六子雙調八十八字，前段六句，三平韻。後段十一句，五平韻。】（秦觀詞「倚危亭」略）此詞前結四字句，後段第七句不押韻，第八句减一字，與晁詞異。（同上）

【尾犯調見樂章集「夜雨滴空階」詞，注正宫。……秦觀詞名碧芙蓉。雙調九十四字，前段十句，四仄韻。後段八句，四仄韻。】（柳永詞「夜雨滴空階」略）此調九十四字，以此詞為正體。秦觀、吴文英、趙以夫諸詞，俱如此填。……秦詞前段第八、九、十句，「闌干閑倚，庭院無人，顛倒飄黄葉」，「闌」字、「庭」字、「顛」字，俱平聲。……秦詞後段第一、二句，「故園當此際，遥想弟兄羅列」，「故」字仄聲，「遥」字、「兄」字俱平聲。第三句「携手登高」，「携」字平聲。……秦詞第七句，「長吟抱膝」，「長」字平聲，「抱」字仄聲。譜内可平可仄據此。……此詞前段第五句，後段第四句，例作上一下四句法，如秦詞之「喜秋光清絶」，「把茱萸簪徹」。……皆然，填者辨之。（同上卷二十三）

【雨中花慢雙調九十八字，前、後段各十句，四仄韻。】（秦觀詞「指點虛無征路」略）吴禮之平韻詞，句讀與此同，所小異者，惟前起三句耳。（同上卷二十六）

【夢揚州宋秦觀自製詞，取詞中結句為名。雙調九十九字，前、後段各十句，五平韻。】（秦觀詞「晚雲收」略）此調只此一詞，無別首可校。（同上卷二十六）

【解語花雙調一百字，前段九句，六仄韻。後段九句，七仄韻。】（秦觀詞「窗涵月影」略）此調以此詞為正體。若施（岳）詞之減字，周（密）詞之添字，皆變格也。（同上卷二十八）

【水龍吟姜夔詞注無射商，俗名越調。……因秦觀詞起句，更名小樓連苑。……雙調一百二字，前段十一句，四仄韻。後段十一句，五仄韻】（蘇軾詞「霜寒煙冷蒹葭老」略）此詞句讀最為參差，今分列二譜。起句七字，第二句六字者，以蘇軾詞為正格。起句六字，第二句七字者，以秦觀詞為正格。……此調前、後段第九句以下，……秦詞則前段九字一句，六字一句，後段九字一句，四字一句，均為合格。（同上卷三十）

【水龍吟雙調一百六字，前後段各九句，四仄韻。】（秦觀詞「亂花叢裏曾攜手」略）此添字《水龍吟》也，又兼攤破句法。前段第三、四、五句，添二字，攤破四字三句，作九字一句，五字一句。第六、七、八句，攤破四字三句，作五字一句，七字一句。後段第五句，添一字。第六、七、八句，亦攤破四字三句，作五字一

句，七字一句，結句又添一字。若删去添字，便與諸家無異矣。採入以備一體。(同上)

【水龍吟雙調一百二字，前段十一句，四仄韻。後段十句，五仄韻。】(秦觀詞「小樓連苑横空」略)此詞前段第一句六字，第二句七字。宋詞如此填者最多。後結作九字一句，四字一句，與前諸家異。(同上)

【長相思慢雙調一百三字。前段十一句，六平韻。後段十句，四平韻。】(柳永詞「畫鼓喧街」略)此調以柳、秦詞為正體。若周(邦彦)詞、袁(去華)詞之句讀小異，皆變格也。(同上卷三十一)

【長相思慢雙調一百四字。前段十一句，六平韻。後段九句，五平韻。】(秦觀詞「鐵甕城高」略)此即柳詞體。但前段第十句添一字，作五字句。(同上)

【望海潮雙調一百七字，前段十一句，五平韻。後段十一句，六平韻。】(柳永詞「東南形勝」略)此調以此詞為正體。秦觀、張元幹……諸詞，俱照此填。若秦詞別首之句讀小異，……皆變格也。(同上卷三十四)

【望海潮雙調一百七字前段十一句，五平韻。後段十一句，六平韻。】(秦觀詞「梅英疏淡」略)此與柳詞同，惟後結作四字一句、七字一句異。(同上)

【青門飲調見淮海詞、黄裳詞，亦名青門引，然與青門引令詞不同。雙調一百七字，前段十二句，四仄韻。後段十一句，五仄韻。】(秦觀詞「風起雲間」略)此調以此詞為正體。黄裳詞正與此同。(同上)

【沁園春雙調一百十五字，前、後段各十二句，四平韻。】(秦觀詞「宿靄迷空」略)此亦《沁園春》調之一體，因秦觀、程垓、陸游……詞，俱名《洞庭春色》，故另作一譜。(同上卷三十六)

【金明池調見淮海詞，賦東京金明池，即以調為題也。……雙調一百二十字，前段十句，四仄韻。後段十一句，五仄韻。】(秦觀

詞「瓊苑金池」略）此調始於秦觀，有李彌遜詞可校。（同上）

【蘭陵王唐教坊曲名。……三段一百三十一字。前段十句，六仄韻。中段八句，五仄韻。後段九句，六仄韻。】（秦觀詞「雨初歇」略）此調始於此詞，應以此詞為定格。但後段結句，作七字句，宋人無如此填者，故以周（邦彥）詞作譜，仍采此詞以溯其源。（同上卷三十七）

費錫璜

蓋元氣全則元音足，古詩惟《十九首》音調最圓，子建、嗣宗猶近之，宋、齊則遠矣。律詩惟沈、宋音調最圓，錢、劉猶近之，中唐則遠矣。詞家秦、柳最圓，南宋則遠矣。（《漢詩總説》）

浦起龍

【宋以後詩】宋初襲晚唐、五季之弊，仁宗天聖以來，晏殊、錢惟演、劉筠、楊億數人，亦思有以革之。第皆師乎義山，全乖古雅之風。……哲示元祐之間，蘇軾、黄庭堅挺出，雖曰共師李杜，而競以己意相高，而諸作又廢矣。自此以後，詩人迭起，大抵不出乎二家，觀於蘇門四學士黄庭堅、秦觀、晁無咎、張耒諸作，以及江西宗派諸詩可見矣。（《釀蜜集》卷二）

金虞

【海棠橋】　横槎江上雨瀟瀟，秦七風流悵寂寥。正是小春花發候，醉鄉辜負海棠橋。（光緒本《横州志》卷十二）

薛雪

元遺山笑秦少游《春雨》詩：「有情芍藥含春淚，無力薔薇卧晚枝。拈出退之《山石》句，始知渠是女郎詩。」瞿佑極力致辨。余戲詠云：「先生休訕女郎詩，《山石》拈來壓晚枝。千古杜陵佳句在，『雲鬟』『玉臂』也堪師。」（《一瓢詩話》）

杜詔

【彈指詞序（節録）】　緣情綺靡，詩體尚然，何況乎詞。彼學姜、史者，輒屏棄秦、柳諸家，一掃綺靡之習，品則超矣，或者不足於情。（《清名家詞·彈指詞》卷首）

厲鶚

【吴甌亭招同人集繡谷亭看藤花分韻】　空亭老藤一千尺，高格出屋枝連簷。纔過縠雨好晴色，八門蜂

子喧聲添。……席中不飲莫如我，看客傾盡知無嫌。更誦淮海藤陰句，感舊滿襟清淚霑。（《樊榭山房續集》卷六）

秦觀《遊杭州佛日山净慧寺》詩：「五里喬松徑，千年古道場。泉聲與嵐影，收拾入僧房。」（《鐵網珊瑚》（《宋詩紀事》卷二十六）

按：此詩文集未存，録以補遺。

鄭燮

【詞鈔·自序（節録）】少年游冶學秦柳，中年感慨學蘇辛，老年淡忘學劉蔣，皆與時推移而不自知者。人亦何能逃氣數也！（《鄭板橋集·詞鈔》）

【與江賓谷、江禹九書（節録）】詞與詩不同，以婉約為正格，以豪宕為變格。燮竊以劇場論之：東坡為大净，稼軒外脚，永叔、邦卿正旦，秦淮海、柳七則小旦也；周美成為正生，南唐後主為小生，世人愛小生定過於愛正生矣。蔣竹山、劉改之是絶妙副末，草窗貼旦，白石貼生。不知公謂然否？（《鄭板橋集·補遺》）

黄印

王晉卿駙馬寫《陸羽煎茶圖》，無錫九龍山前景也。喬松秀潤，老梅著花。後有東坡、少游題字。見《畫

史》（《錫金識小録》卷十二）

馬曰琯

【人日集山心室，問訊篠園梅花，用東坡和秦太虚韻】　山劚雲根梧據槁，臘味浮蛆瓶盡倒。欣逢涉七古靈辰，莫把流光故相惱。主人愛客客情歡，研北花南詩意早。草堂曾否動横枝，入手東風誇最好。何况先期雪兩番，苔徑籬門休便掃。此君耐冷石橋寒，雪格孤清梅格老。點燈回憶十年前，蜂蝶南園亂春草。題扇書裙更與公，白首重吟對晴昊。（《沙河逸老小稿》卷六）

朱　秀

【過海棠橋】　香稻溪頭水一涯，橋頭無復海棠花。浮槎館久生荒草，懷古亭空噪暮鴉。逆旅何非秦客邸，醉鄉便是祝生家。槎江遥望澄清碧，書閣歸來月已華。（光緒本《横州志》卷十二）

秦蕙田

【乾隆丙寅五修宗譜序】　秦氏自受姓以來，遊聖門者有四。唐時籍屬會稽，天寶末分徙高郵左廂里。今譜之可考者，則自宋淮海先生始。先生之子處度公為常州倅，遷葬先生于無錫之璨山，因家武進新塘鄉，是為毗陵治遷祖。十傳而瑞五公遷無錫。今之譜自瑞五公始，而别圖淮海世系於前，故曰

《錫山秦氏宗譜》也。（《錫山秦氏文鈔》卷六）

許承祖

【龍井】少游碑記坡公額，井畔猶留墨瀋香。最愛雙龍雷起後，新茶小摘雨前香。（《西湖漁唱》卷三）

愛新覺羅·弘曆

【文遊臺】穹若高臺出樹看，五賢當日此盤桓。猶傳東郭文遊處，不異西園雅集觀。稱勝以人詎以地，尚論為羡那為歎。千秋俎豆輿情頌，元祐寧須做好官。（《御製詩三集》卷十九）

【初遊龍井誌懷三十韻】瀕湖佳景多，不可僂指數。巖泉各擅長，大略吾能舉。南山有龍井，向聞曾未覩。……得句乃命駕，遂至日卓午。遐思秦、蘇輩，辯才此晤聚。人地乃相宜，萬乘來奚取？作詩誌吾慚，卷阿漫擬古。（同上卷二十二）

袁　枚

李尚書雍熙學道，散遣歌姬。王西樵責以詩云：「聽歌曾入忘憂界，不應忽縛枯禪戒。未是香山與病緣，何妨樊子同春在。安石携妓自不凡，處仲開閤終無賴。誰為公畫此策者，狂奴恨不鞭其背！」阮亭亦云：「萬種心情消未盡，忍辭駱馬遣楊枝？」余惜秦少游未聞此言。（《隨園詩話》卷一）

元遺山譏秦少游云：「有情芍藥含春淚，無力薔薇卧晚枝。拈出昌黎『山石』句，方知渠是女郎詩。」此論大謬。芍藥、薔薇，原近女郎，不近山石；二者不可相提而并論。詩題各有境界，各有宜稱。（同上卷五）

李北海見崔顥投詩，曰：「十五嫁王昌。」罵曰：「小兒無禮！」秦少游見孫莘老投詩，曰：「平康在何處，十里帶垂楊。」孫罵曰：「小子又賤發！」二前輩方嚴相似，而考其生平，均非能作詩者。（同上）

心餘未入翰林時，彼此相慕未見，寄長調四首來。……其《邁陂塘》云：「揀鄉山，絶無佳處，躬耕又乏南畝。塵容俗狀真難耐，待覓灌夫行酒。尋犀首。奈淚灑黄壚，漸夫論文友。小人有母，但北望京華，徘徊小院，寂寞倚南斗。　食肉者，俊物粗才都有。半是望秋蒲柳。東塗西抹年華改，説甚色絲虀白。牛馬走，約丁字簾前，共剪春盤韭。故人歸否？唱『山抹微雲』，『大江東去』，準備捉秦九。謂磵泉同年。」（同上卷十一）

余泊高郵，邑中詩人孫芳湖、沈少岑、吴螺峰，招遊文遊臺，是東坡、莘老、少游、定國四人遺迹。（同上卷十二）

世傳蘇小妹之説。按《墨莊漫録》云：「延安夫人蘇氏，有詞行世，或以為東坡女弟適柳子玉者所作。」《菊坡叢話》云：「老蘇之女幼而好學，嫁其母兄程濬之子之才先生。作詩曰：『汝母之兄汝伯舅，求以厥子來結姻。鄉人婚嫁重母族，雖我不嫁將安云。』」考二書所言，東坡止有二妹：一適柳，一適程也。今俗傳為秦少游之妻，誤矣！或云：「今所傳蘇小妹之詩句對語，見宋林坤《誠齋雜記》，原屬不

根之論。猶之世傳甘羅為秦相。」（同上卷十五）

余雅不喜元遺山論詩，引退之《山石》句，笑秦淮海「芍藥薔薇」一聯為女郎詩。是何異引周公之「穆穆文王」而斥后妃之「采采卷耳」也。前于《詩話》中已深非之。近見毛西河與友札云：「曾遊泰山，見奇峰怪崿，拔地倚天；然山澗中杜鵑紅艷，春蘭幽香，未嘗無倡條冶葉，動人春思。此泰山之所以為大也。大家之詩，何以異此？」其言有與吾意相合者，故録之。（《隨園詩話補遺》卷八）

李　繩

【秦郵道中】我愛秦淮海，風流照里閭。柳塘分徑術，葦渚出煙墟。堤勢連湖盡，濤聲蕩郭虛。珠陂三十六，月出看叉魚。（《耘圃詩鈔》乙編）

張仁美

……寓主告余曰：「往歲之遊，已遍名勝，今新闢一園，名曰龍井，曷不往遊？」於是命肩輿至風篁嶺。嶺上有泉，即龍井也。昔秦少游自淮之楚，過錢塘訪老僧辯才而作記者，其在斯乎？（《西湖紀遊》）

王　曇

古之自為墓誌者，唐則王績、傅弈、裴度、杜牧……蘇子瞻謂秦少游曰：「某在儋耳，亦嘗自為墓誌，大抵憂讒負譏，死又誰為之論列哉！」若陶宏景《告逝文》，陶元亮、顔魯公自為《祭文》，秦少游《自作挽詞》，徒事解嘲，無關臧否也。（《煙霞萬古樓文集》卷四）

汪孟鋗

【碑刻】 宋秦觀《遊龍井記》在寺内，明董其昌為方伯斗垣周公臨。《跋》云：此文見《淮海集》。龍井有此碑，乃米元章書，今已不復存。但有《方圓庵記》，余倣米法以補之。壬戌元正晦，秉燭記。其昌錢塘門人金嘉會摹勒上石。

董其昌《畫禪室隨筆·補龍井記書後》云：「秦太虚《龍井記》，直稱蘇家勝友；元章此碑，絶得李括州三昧。惜多殘缺，余為補之。然聞趙吴興欲補米書數行，一再易之，皆不相似，曰今人去古遠矣。則余其有續貂之愧也夫！

《家藏集》集宋米芾書《龍井記》石本，跋云：天水尹希賓嘗蓄米老所書秦太虚《龍井記》石本，字畫雄放，但其文多缺處。其子寬因録全文於前，以便讀者。託吾友史明古求余題之。尹君之意，雖為故物重，然亦重乎米書，而又不無不重乎太虚之文也。君如重其文，則太虚又嘗有《龍井題名記》及東坡跋語，更録以附於後，則不獨全龍井之文，且并龍井之事全矣。余方與明古約，同遊杭豫期日月。而龍井者，杭之勝處也。至則當案記文所載，次第登覽，亦將為數語以續古人。歸，其為君再書以附之。（《龍井見聞録》卷六）

老龍井，宋人紀載未聞，始見《西湖遊覽志》。《咸淳臨安志》於龍井稱更上嶺背，《武林舊事》以下並稱在嶺之上。而今日龍井僅在山半，則昔之龍井并非今日之龍井也。據秦觀《遊記》：「院去龍井一里，遊客至壽聖者，皆取道井旁。」而張京元《西湖小記》：井在殿左，其説不合。……宋人秦觀、程珌、周必大所記，並先過嶺，次至井，然後至院，則井與院址並在嶺背，所以有過嶺越嶺之文。（同上卷十）

《上天竺山志》元浄有《次韻參寥子寄秦少游三絶》。時少游舉進士不得，蓋道潛原倡，秦觀亦有次韻。而施元之注蘇詩，以元浄詩繫蘇軾，莫可考，然詳詩格，知非蘇也。詩云：「秦郎文字固超然，漢武憑虚意欲仙。底事秋來不得解？定中試為問諸天。」「一尾追風抹萬蹄，崑崙元圃謂朝躋。回看世上無伯樂，却道鹽車勝月題。」「得失秋毫久已明，不須聞此氣峥嶸，何妨却伴參寥子，無數新詩咳唾成。」道潛《參寥子集·彭門書事寄少游三首》云：「我思君處君思我，此語由來自謫仙。欲借野人傳紙尾，詩憑新雁寄遼天。」「戲馬臺邊駐馬蹄，迴廊曲院總攀躋。秦郎前日曾來否？試拂凝塵覓舊題。」「百尺黄樓拂杳冥，樓前風物極峥嶸。東州詞客渾争詠，獨怪相如賦未成。」秦觀《淮海集·次韻參寥》云：「武林漁子入花源，但見秦人不得仙。會有黄鸝鳴翠柳，何妨白眼望青天。」「長安仕路與雲齊，倦僕羸驂不可躋。但得元暉曾折簡，何妨平子更安題。」「且折花枝醉復醒，人間時節易峥嶸。大瓠肯自羞無用，畫虎從人笑不成。」（同上）

【三賢祠塑像】龍井故有元浄畫像，見蘇軾《書贈游浙僧》。程珌《遊記》則增范仲淹、蘇軾、蘇轍、道潛凡五人。張雨詩則增胡則、趙抃、秦觀，而無仲淹，凡七人。（同上）

紀昀

【冷齋夜話十卷江蘇巡撫採進本】 宋僧惠洪撰。……又「郴亭湖廟」一條，捧牲請福者乃安世高之舟人，故神云「舟有沙門，乃不俱來耶」，非世高自請福也。又追叙漢時建寺乃為秦觀作《維摩贊》緣起，非記世高事也。其標題乃云《安世高請福郴亭廟，秦少遊宿此，夢天女求贊》，既乖本事，且不成文。（《四庫全書總目》卷一二〇子部雜家類四）

【敬齋古今黈八卷永樂大典本】 元李冶撰。……又如《淳化閣帖·漢章帝書〈千字文〉》，米芾《書史·黄伯思〈法帖〉》刊誤，秦觀《淮海集》俱以為偽帖，而冶據以駁《千字文》非周興嗣作。（同上卷一二二子部雜家類六）

【戒庵漫筆八卷浙江鮑士恭家藏本】 明李詡撰。……辨《兩山墨談》所稱蘇軾有妹嫁秦觀之誕妄諸條，為沙中金屑耳。（同上卷一二八子部雜家類存目五）

【淮海集四十卷，後集六卷，長短句三卷副都御史黄登賢家藏本】 宋秦觀撰。觀事蹟具《宋史·文苑傳》。觀與兩弟覿、覯皆知名，而觀集獨傳，本傳稱「文麗而思深」。《苕溪漁隱叢話》載蘇軾薦觀於王安石，安石答書述葉致遠之言，以為「清新婉麗，有似鮑、謝。」敖陶孫《詩評》則謂其詩「如時女步春，終傷婉弱。」元好問《論詩絶句》因有「女郎詩」之譏。今觀其集，少年所作，神鋒太儁或有之，概以為靡曼之音，則詆之太甚。吕本中《童蒙訓》曰：「少游『雨砌墮危芳，風軒納飛絮』之類，李公擇以為謝家兄弟不能過也。過嶺以後詩，高古嚴重，自成一家，與舊作不同。」斯公論矣。觀《雷州詩八首》，後人誤編之《東坡集》中不能辨別，則安得概目以小石調乎？其古文在當時亦最有名，故陳善《捫蝨新話》曰：「呂居仁嘗言少游從東坡游，而其文字乃自學西漢。以余觀之，少游文格似正，所進《策論》，頗若刻露，不甚含蓄，若比東坡，不覺望洋而歎，然亦自成一家。」云云。亦定評也。《王直方詩話》稱觀作《贈參寥》詩末句曰：「平康在何處，十里帶垂楊」，為孫覺所呵。後編《淮海集》，遂改云：「經旬滯酒伴，猶未獻長楊。」則此集為觀所自定。《文獻通考·別集類》載《淮海集》三十卷，又《歌詞類》載《淮海集》一卷，《宋史》則作四十卷。今本卷數與《宋史》相同，而多《後集》六卷，《長短句》分為三卷，蓋嘉靖中高郵張綖以黄瓚本及監本重為編次云。（同上卷一五四集部別集類七）

【坡門酬唱集二十三卷江蘇巡撫採進本】宋邵浩編。……前十六卷為軾詩，而轍及諸人和之者。次轍詩四卷，次黄庭堅、秦觀、晁補之、張耒、陳師道等詩三卷，亦録軾及諸人和作。（同上卷一八七集部總集類二）

【蘇門六君子文粹七十卷原任工部侍郎李友棠家藏本】不著編輯者名氏。……其文皆從諸家集中録出，凡《淮海集》十四卷，《宛邱集》二十二卷，《濟北集》二十一卷，……觀其所取，大抵議論之文居多，蓋坊肆所刊，以備程試之用也。（同上）

【後山詩話一卷江蘇巡撫採進本】舊本題宋陳師道撰。……今考其中於蘇軾、黄庭堅、秦觀俱有不滿之詞，殊不類師道語。（同上卷一九五集部詩文評類一）

【東坡詞一卷江蘇巡撫採進本】宋蘇軾撰。……此本乃毛晉所刻，後有晉《跋》云：「得金陵刊本，凡混入

黄、晁、秦、柳之作俱經芟去。(同上卷一九八集部詞曲類一)

【山谷詞一卷江蘇巡撫採進本】 宋黄庭堅撰。……陳振孫於晁無咎詞調下引補之語曰:「今代詞手,惟秦七、黄九,他人不能及也。」於此集條下又引補之語曰:「魯直間作小詞固高妙,然不是當行家語,自是著腔子唱好詩。」二説自相矛盾。考「秦七、黄九」語在《後山詩話》中,乃陳師道語,殆振孫誤記歟?(同上)

【淮海詞一卷浙江巡撫採進本】 宋秦觀撰。觀有《淮海集》,已著録。《書録解題》載《淮海詞》一卷,而傳本俱稱三卷。此本為毛晉所刻,僅八十七調,裒為一卷,乃雜採諸書而成,非其舊帙。其《總目》註:原本三卷,特姑存舊數云爾。晉《跋》雖稱訂譌搜遺,而校讎尚多疎漏。如集内《長相思》(鐵甕城高)一闋,乃用賀鑄韻,尾句作「鴛鴦未老否」。《詞彙》所載則作「鴛鴦未老綢繆」。考當時楊無咎亦有此調,與觀同賦。註云:用方回韻。其尾句乃「佳期未卜綢繆」。知《詞彙》為是矣。又《河傳》一闋尾句作「悶損人,天不管。」考黄庭堅亦有此調,尾句作「好殺人,天不管。」自註云:「因少游詞,戲以好字易瘦字。」是觀原詞當是「瘦殺人,天不管」,「悶損」二字為後人妄改也。至「喚起一聲人悄」一闋,乃在黄州詠海棠作,調名《醉鄉春》,詳見《冷齋夜話》,此本乃闕其題,但以三方空記之,亦為失考,今並釐正,稍還其舊。觀詩格不及蘇、黄,而詞則情韻兼勝,在蘇、黄之上,流傳雖少,要為倚聲家一作手。宋葉夢得《避暑録話》曰:「秦少游亦善為樂府,語工而入律,知樂者謂之作家歌。」蔡絛《鐵圍山叢談》亦記觀婿范温常預貴人家會,貴人有侍兒喜歌秦少游長短句,坐間略不顧温,酒酣歡洽,始問此郎何人。温遽起叉手對曰：「某乃山抹微雲女婿也。」聞者絶倒云云。夢得，蔡京客。絛，蔡京子。而所言如是，則觀詞為當時所重可知矣。（同上）

【姑溪詞一卷安徽巡撫採進本】宋李之儀撰。……之儀以尺牘擅名，而其詞亦工，小令尤清婉峭蒨，殆不減秦觀。（同上）

【盧川詞一卷安徽巡撫採進本】宋張元幹撰。……然其他作，則多清麗婉轉，與秦觀、周邦彦可以肩隨。（同上）

【竹屋癡語一卷安徽巡撫採進本】宋高觀國撰。……高郵陳造與史達祖二家為之序。此本為毛晉所刊，末有晉跋，僅録造序中所稱竹屋、梅溪語，「皆不經人道，其妙處少游、美成不及」數語，而不載全文。（同上卷一九九集部詞曲類二）

【後山詞一卷安徽巡撫採進本】宋陳師道撰。……胡仔《漁隱叢話》述師道自矜語，謂於詞不減秦七、黄九。今觀其《漁家傲》詞有云：「擬作新詞酬帝力，輕落筆，黄、秦去後無强敵。」云云，自負良為不淺。然師道詩冥心孤詣，自是北宋巨擘，至强回筆端，倚聲度曲，則非所擅長。……其《詩話》謂曾子開、秦少游詩如詞，而不自知詞如詩。蓋人各有能有不能，固不必事事第一也。（同上卷二〇〇集部詞曲類存目）

【秦張詩餘合璧二卷内府藏本】明王象晉編。……是書乃以宋秦觀《淮海詞》、明張綖《南湖詞》合為一編，以二人皆産於高郵也。然一古人，一時人，越三四百年而稱為合璧，已自不倫，況綖詞何足以匹

觀，是不亦老子、韓非同傳乎？（同上）

【詩餘圖譜三卷，附録二卷副都御史黄登賢家藏本】 明張綖撰。……末附《秦觀詞》及綖所作詞各一卷，尤為不倫。（同上）

于敏中等

【淮海集二函十册】 宋秦觀撰。觀字少游，高郵人。以薦授太學博士，遷國史院編修官，見《宋史·文苑傳》。書凡正集四十卷，後集六卷，長短句三卷。末有乾道癸巳林機跋，略云：里人王公之牧是邦，搜訪遺逸，校集成編，總七百二十篇，釐為四十九卷。版置郡庠，後記《淮海集》版數、紙數。貫陌列銜：右承事郎權發遣高郵軍主管學事兼管内勸農營田屯田事王定國，左修職郎高郵軍録事參軍兼推官兼教授趙伯肩，軍學諭韓濤、林涇楫校勘。又，紹熙壬子謝雩跋稱，以蜀本校，增字六十有五，去字二十有四，易誤字三百有奇，雩為高郵軍學教授所重校也。後大書謝君以理學名家，而留意字學，商榷此書遂為善本，尚恨其惜版，不悉改竄，然知書者亦可以類推。陽羡邵輯書於郡齋叢書堂。乃吴寬印。後歸常熟毛氏。有毛晉、汲古主人、毛扆、叢書堂印。（《欽定天禄琳琅書目後編》卷七）

【淮海集一函八册】 篇目見前宋版集部，無長短句三卷。（同上卷十一）

王昶

【雲仙引題仇十洲畫西園雅集圖，蓋摹李龍眠舊本也。西園為王晉卿居，故其家姬侍焉。此雅集必在元祐初，文忠、文定弟兄及山谷、少游輩皆在。其後諸公散去，且不久即被譴矣。圖向無年月，略考正之。】窗紫邀花，池青映竹，依稀禁籞名家。倚短杖，駐輕車，多是中朝俊侶，小集西園一徑斜。樂事賞心，談詩試墨，鬬酒分茶。　誰教畫人蟬紗，又翠鬢、雲鬟欲墮鴉。瓊海將行，玉堂難久，轉眼雲紗。一幅丹青，數成八八，付與高禪說夢華。内有圓通大師說無生法。蠶頭細字，想停雲叟，搦管咨嗟。前有文衡山題字。（《清名家詞·琴畫樓詞》）

徐瑶，字天璧，荆溪人。……狄立人云：「天璧才擅衆長，詞不一格，或瑰瑋如夢窗，或清勁如白石，或綺麗婉約如美成、少游。」（《國朝詞綜》卷十八）

王時翔，字抱翼，號小山，太倉人。……小山自跋云：「余年十五，愛歐文忠、晏小山、秦淮海之作，摹其艷，製得二百餘首。」（同上卷二十四）

趙翼

微之謂其（杜甫）薄《風》、《雅》，該沈、宋，奪蘇、李，吞曹、劉，掩顔、謝，綜徐、庾，足見其牢籠萬有。秦少游並謂其不集諸家之長亦不能如此，則似少陵專以學力集諸家之大成。明李崆峒諸人，遂謂李太白全乎天才，杜子美全乎學力。此真耳食之論也！（《甌北詩話》卷二）

其(蘇軾)掌二制,更奮筆攘袂於竄逐諸小人,謫詞申明罪狀,略無包荒,以致群小側目,即朔黨、洛黨等號為君子者,亦群起而攻之。先擊去其所薦引黄魯直、王定國、秦少游、歐陽叔弼等以撼之。(同上卷五)

東坡襟懷浩落,中無他腸。凡一言之合,一技之長,輒握手言歡,傾蓋如故……如李公擇、王定國、王晉卿、孫莘老、黄魯直、秦少游、晁補之、張文潛、趙德麟、陳履常等,固終始無間,甚至有為坡遭貶謫,亦甘之如飴者。(同上)

宋人詩,與人贈答,多有切其人之姓,驅使典故,為本地風光者。……秦少游贈坡詩:「節旄零落氈餐雪(蘇武),辨舌縱横印佩金(蘇秦)。」山谷贈坡詩:「人間化鶴三千歲(蘇耽),海上看羊十九年(蘇武)。」皆以切合為能事。(同上卷十二)

【劉後村詩多用本朝事(節録)】若以本朝事作詩料以供驅使,則唐以前無之,即唐人亦罕見。……以此見長者,莫如劉後村。……《送實之倅廬陵》云:「似聞黄谷登迂叟,且向清源訪醉翁。黄本何堪處秦觀,白麻近已拜申公。」(《陔餘叢考》卷二十四)

【蘇東坡、秦少游才遇(節録)】秦少游南遷至長沙。有妓生平酷愛秦學士詞,至是知其為少游,請於母,願托以終身。少游贈詞,所謂「郴江幸自繞郴山,為誰流下瀟湘去」者也。念時事嚴切,不敢偕往貶所。及少游卒於藤,喪還,將至長沙,妓前一夕得諸夢,即逆於途,祭畢,歸而自縊以殉。(同上卷四十二)

錢大昕

【觀(節録)】　秦觀字少游,陸游字務觀,皆去聲也。王景文詩:「直翁自了平生事,不了山陰陸務觀。」放翁見之,笑曰:「我字務觀,乃去聲,如何把做平聲押了?」(《十駕齋養新録》卷四)

【宋儒議論之偏】　劉後邨云:「考亭論荆公、東坡門人,寧取吕吉甫,而不取秦少游輩。其説以為吉甫猶看經書,少游翰墨而已。見《文獻通考》。」予謂少游之翰墨,猶足以潤身。吉甫附會介甫,至於壞亂天下,雖看經書何益哉?朱文公意尊洛學,故於蘇氏門人有意貶抑,此門户之見,非是非之公也。(同上卷七)

【蘇門四學士】　黄魯直、秦少游、張文潛、晁無咎,稱蘇門四學士。宋沿唐故事,館職皆得稱學士。魯直官著作郎秘書丞,少游官秘書省正字,文潛官著作郎,無咎官著作郎,皆館職,元豐改官制,以秘書省官為館職。故有學士之稱,不特非翰林學士,亦非殿閣諸學士也。唯學士為館閣通稱,故翰林學士特稱内翰以别之。(同上)

秦少游五十二觀,生皇祐元年己丑,卒元符三年庚辰。《揮麈餘話》云:案《本傳》及《誌銘》云,建中靖國元年卒,年五十三,而《龍井題名》:元豐五年,三十六。今按《年譜》引先生文集《題王氏齋壁》云:「皇祐元年,予先大父赴官南康,道出九江,予實生焉。」定為皇祐元年己丑生,而卒以元符三年,則壽止五十二矣。若據《龍井題名》則當以慶曆丁亥生,而壽亦不止五十三,今《題名》已不存,恐未可信。(《疑年録》卷二)

【淮海先生年譜跋】小峴觀察以新刊《淮海先生年譜》見示，蓋因康熙初侍御大音所輯而考正其舛誤，較舊本已極精審。大昕以文集及李氏《長編》、《顏魯公廟記》石刻反復尋繹，尚有當更正者。如文集《書王氏齋壁》一篇云：「皇祐元年，大父赴南康，道出九江，余實生焉。」又云：「後余迎老母來，為汝南學官。皇祐逮今四十一年。」自皇祐己丑至元祐四年己巳，恰四十一年，先生方在蔡州，自識年歲必無差譌。而譜繫此文於元豐八年，因歲數不合，輒改為幾四十年。此其當考正者一也。考元祐元年，先生赴蔡州任，其時劉貢父實知州事，是歲即被召去。其二年、三年，未知何人作守。至四年，向宗回任郡守，先生代為作謝表及記，其文皆載集中，此可為元祐四年在蔡州不在京師之證。而譜以代向公作啟繫於元年，此其當考正者二也。《宋史·哲宗紀》：元祐二年四月，復制科，蘇公薦先生賢良方正，闕在其時。明年應詔入京師，為言者所齮齕，引疾而歸，不得與試。集中《與許州范相公書》，載其事甚備，詩集亦有「白髮道人還省記，前年引去病賢良」之語。然則被召至京師，為忌者所中，復引疾歸汝南，實三年事，而譜繫於二年。此其當考正者三也。先生雖舉賢良，實未應試授官。直至四年六月，范忠宣公罷相出知許州，先生在蔡為屬吏，特薦充館職，再召，次年入京師，有秘書省校對黄本書籍之命，其時亦未除正字也。而譜載除太學博士兼正字於三年，與詩文集全不相應。此其當考正者四也。《長編》載元祐六年七月除正字，八月罷正字，依舊校對黄本書籍。故七年書《顏公新廟記》，結銜猶稱明州定海主簿、秘書省校對黄本書籍，蓋其時雖登館職，尚未脱選人之階。主簿為選人七階之一，乃空銜不到任也直到八年再除正字，始得改左宣德郎。而譜於三年三月，已有授左宣教郎

〔清〕　錢大昕

敕，顯繫後人贋作。此其當考正者五也。《宋史》：「元祐七年十一月癸巳，合祭天地於圜丘，集中《進南郊慶成詩》即其事也。而譜繫之四年，考四年行大饗明堂禮，非南郊，且繫九月，非十一月。此其當考正者六也。《宋史·文苑傳》所載，歷官無年月，又不言舉賢良引疾罷歸，及范忠宣薦館職事，然本集叙述分明，歲月與《長編》俱合，今書一通，以遺觀察芻蕘之言，不識有一得之可采否乎？辛楣錢大昕跋。（道光本《淮海集》卷首）

畢　沅

紹聖元年夏閏四月，貶通判杭州秦觀監處州茶鹽酒税，以劉拯言其影附蘇軾，增損實録也。（《續資治通鑑》卷八十三）

紹聖四年春，二月癸未，制：「吕大防責授舒州團練副使，循州安置；……其郴州編管秦觀，移送横州。」（同上卷八十五）

元符元年秋，九月庚戌，横州編管秦觀，特除名，永不收叙，移送雷州。（同上）

崇寧元年夏，五月乙亥，詔：「……秦觀……黄庭堅、晁補之……張巽等四十人，行遣輕重有差。唯孫固為神考潛邸人，已復職名及贈官，免追奪。」（同上卷八十七）

崇寧元年秋，九月己亥，御批付中書省：「應元祐責籍并元符未叙復過當之人，各具元籍定姓名進入。」於是蔡京籍文臣執政官文彦博等二十二人，待制以上官蘇軾等三十五人，餘官秦觀等四十八人，内

臣張士良等八人，武臣王獻可等四人，等其罪狀，謂之姦黨，請御書刻石於端禮門。（同上卷八十八）

崇寧二年夏，四月乙亥，詔：「蘇洵、蘇軾、蘇轍、黄庭堅、張耒、晁補之、秦觀、馬涓《文集》，范祖禹《唐鑑》，范鎮《東齋記事》，劉攽《詩話》，僧文瑩《湘山野録》等印板，悉行焚毀。」（同上）

崇寧二年秋九月，臣僚上言：「近出使府界，陳州士人有以端禮門石刻元祐姦黨姓名問臣者，其姓名雖嘗行下，至於御筆刻石，則未盡知。近在畿甸且如此，況四遠乎！乞特降睿旨，以御書刊石端禮門姓名下外路州軍，於監司長吏廳立石刊記，以示萬姓。」從之。（同上）

按：餘官中有秦觀。

崇寧三年夏，六月戊午，詔：「重定元祐、元符黨人及上書邪等者，合為一籍，通三百九人，刻石朝堂，餘並出籍，自今毋得復彈奏。」元祐姦黨，文臣曾任宰臣、執政官，司馬光等二十七人；待制以上官，蘇軾等四十九人；餘官，秦觀等一百七十六人。武臣，張巽等二十五人。内臣，梁惟簡等二十九人。為臣不忠，曾任宰相，王珪、章惇。（同上卷八十九）

崇寧三年夏，六月壬戌，蔡京奏：「奉詔，令臣書元祐姦黨姓名。恭唯皇帝嗣位之五年，旌别淑慝，明信賞罰，黜元祐害政之臣，靡有佚罰。乃命有司，夷考罪狀，第其首惡與其附麗者以聞。得三百九人，皇帝書而刊之石，置於文德殿門東壁，永為萬世子孫之戒。又詔臣京書之，將以頒之天下。臣敢不對揚休命，仰承陛下孝悌繼述之志，謹書元祐姦黨名姓，仍連元書本進呈。」於是詔頒之州縣，令皆刻石。（同上）

張思巖

《語林》秦太虛為賈御史彈，不當授館職。文潛戲太虛曰：「千餘年前，賈生過秦，今復爾也。」聞者以為佳謔。（《詞林紀事》卷六）

樓敬思云：「淮海詞，風骨自高，如紅梅作花，能以韻勝，覺清真亦無此氣味也。」（《詞林紀事》卷六）

吴錫麒

【高郵】山抹微雲秦學士，蘇門誰與敵才名。思君我欲發高唱，三十六湖煙月生。（道光本《高郵州志》卷十一下）

翁方綱

王半山「青山繚繞疑無路，忽見千帆隱映來」，秦少游「菰蒲深處疑無地，忽有人家笑語聲」所祖也。陸放翁「山重水複疑無路，柳暗花明又一村」，乃又變作對句耳。（《石洲詩話》卷三）

秦淮海思致綿麗，而氣體輕弱。非蘇、黄可比。（同上）

張文潛氣骨在少游之上，而不稱着色。一着濃絢，則反帶傖氣。故知蘇詩之體大也。（同上）

無咎才氣壯逸，遠出文潛、少游之上。而亦不免有邊幅單窘處。（同上）

「露花倒影柳三變，桂子飄香張九成。」「山抹微雲秦學士，露花倒影柳屯田。」阮亭自謂其「月映清淮何水部，雲飛隴首柳吴興」勝於前句。至若山谷云：「閉門覓句陳無己，對客揮毫秦少游。」而後人有句云：「揮毫對客曹能始，閉閣焚香尹子求。」此不謂之襲舊乎？（同上卷四）

吴騫

「渺渺孤城白水環，舳艫人語夕霏間。林梢一抹青如畫，知是淮流轉處山。」此秦少游《泗州東城晚望》詩也。見《淮海集》中，而沈歸愚入之《别裁集》。（《拜經樓詩話》卷二）

古來文章，雖不無一日之短長，然口述傳聞，亦多有紕繆，不足盡信者。《誠齋詩話》載：人有從秦少游許來見東坡。坡問：「少游近有何言句？」客舉秦燕子樓詞云：「小樓連遠横空，下臨繡轂雕鞍驟。」坡笑曰：「又連遠，又横空，又繡轂，又雕鞍，也勞攘。某亦有此詞云：『燕子樓中，佳人何在，空鎖樓中燕。』」按《高齋詩話》云：「少游在蔡州，有營妓婁婉字東玉者甚密，少游贈以詞云：『小樓連苑横空，下窺繡轂雕鞍驟。』云云。」此詞今見《淮海集》，竝非題燕子樓，《誠齋詩話》豈得諸傳聞？又譌連苑作連遠，下窺作下臨，而假東坡云云，大抵皆好事者之所為耳。（同上卷四）

李調元

【雨村詞話序（節録）】北宋自東坡「大江東去」，秦七、黄九踵起，周美成、晏叔原、柳屯田、賀方回繼之，轉相矜尚，曲調愈多，派衍愈別。……余之為詞話也，表妍者少，而摘媸者多，如推秦七，抑黄九之類，其彰彰也。蓋妍不表則無以著其長，媸不摘則適以形其短，非敢以非前人也，正所以是前人。（《雨村詞話》卷首）

【淮海遺詞】秦淮海遺詞散失，多見别本，而時刻不載。如《虞美人影》云：「碧紗影弄東風曉，一夜海棠開了。枝上數聲啼鳥，粧點知多少！　妒雲恨雨腰肢裊，眉黛不堪重掃。薄倖不來春老，羞帶宜男草。」可知此外軼詞更多矣。（同上卷一）

【山谷改少游詞】萬氏《詞律》：少游《河傳》詞末句云：「悶損人，天不管。」按：山谷和秦尾句云：「好殺人，天不管。」自注云：「因少游詞，戲以『好』字易『瘦』字。」是秦詞應作「瘦殺人」。今刊本皆作「悶損人」，蓋由未見山谷詞也。然巧拙亦於此一字見之，黄九不敵秦七，亦是一證。（同上）

【衠】秦少游《品令》後段云：「須管啜持，教笑又也何須肐織。衠倚賴臉兒得人惜，放軟頑道不得。」肐織、衠、倚賴，皆俳語。衠音諄，《西厢》「一團衠是嬌」，又一首云：「掉又臞，壓一。」掉又臞，壓一，皆彼時歌伶語氣也。末云：「語低低，笑咭咭。」即乞乞，皆笑聲。（同上）

【山谷十六歲作】秦少游《淮海集》，首首珠璣，為宋一代詞人之冠。今刊本多以山谷作雜之。黄九之不逮秦七，古人已有定評，豈容溷入。如《畫堂春》詞：「東風吹柳日初長，雨餘芳草斜陽。（下略）」氣薄語弱。此山谷十六歲作也，不應雜入。（同上）

【秦、黄並稱】劉後村克莊詞以才氣勝，迥非翦紅刻翠比。然服膺周清真邦彦不容口，見之於《最高樓》一詞云：「周郎後，直數到清真。」「欺賀、晏，壓黄、秦」人因有小周郎之目，本此。賀、晏、黄、秦，謂方回、小山、山谷、少游也。當時黄、秦並稱，大有老子、韓非同傳之歎。（同上卷三）

【綺園懷古】　懷古詞宜用《望海潮》調，始於秦少游廣陵諸懷古，及越州懷古等闋。本朝吴綺園茨於此體尤工，有懷古和韻五闋，直壓前人。（同上卷四）

宋秦觀《郭子儀單騎見虜賦》云：「彼何人斯？忽去幢幡之盛，果吾父也，敢論戈甲之精？」又，「據鞍以出，若乘擒虎之驄；失仗而驚，如棄華元之甲。」又，「遠同光武，輕行銅馬之營，近類曹成，獨造國良之壘。」叙事工整，豎義透快，兼能摹寫一時情景，以此步武坡公，殆有過之無不及也。（《賦話》卷五）

宋人律賦篇什最富者，王元之、田表聖、及文、范、歐陽三公，……山谷、太虚僅有存者。（同上）

蘭坡趙都承與懃家藏：……秦少游《手簡》。天臺謝奕修養浩齋家藏：……秦少游數帖。（《諸家藏書簿》卷五）

相城沈啟南家藏：……王文正、秦淮海、米襄陽、樓攻媿、楊慈湖諸賢手帖一卷。（同上卷六）

姚壎

【宋詩略序（節録）】　王黄州、歐陽文忠精深雄渾，始變宋初詩格；而一則學白樂天，一則學韓退之。……又若王介甫之峭厲，蘇子美之超横，陳去非之宏壯，陳無己之雄肆，蘇長公之門有晁、秦、張、王之徒，黄涪翁之派有三洪、二謝……，俱宗仰浣花草堂，或得其神髓，或得其皮骨，而原本未嘗不同。

（《宋詩略》卷首）

呂星垣

【龍井遊記】……龍井在延壽山風篁嶺，幽險絶。昔惟秦觀記言其奇。觀曰：「泉德至矣，美如西湖，不能淫之使遷。壯如浙江，不能威之使屈。獨受中資和養其源。……故嶺左右大率多泉，龍井其尤者也。」觀言善矣。向亦以觀為能言其奇，及余獨遊龍井歸，乃歎觀之言未盡其奇也。（《小方壺齋輿地叢鈔》第四帙）

萬蘭階

【文遊臺懷古】高臺何嶙峋，依舊峙土壘。在昔傳四賢，寄跡曾於此。龍圖老學士，髯秦其閭里。眉山意豪宕，落落時自喜。宰相後達人，頗不驕羅綺。譙集雲中仙，詩酒消傀儡。可以放眼界，城郭收席几，長嘯天風生，杯翻酹湖水。後來豈伊無，畢竟誰者是。烟花過一瞥，丸跳疾如駛。五百年口碑，南皮佳會耳。仰止景登臨，處處訪遺趾。遥想熙豐時，同兹風日美。摩娑重憐惜，幽討情未已。那須薦溪毛，一瓣心香裏。（道光本《高郵州志》卷十一下）

秦震鈞

【重修龍山世墓記(節録)】吾秦自處度公通判常州，因遷葬淮海公於無錫龍山之陽，曰團瓢。秦之祖塋始此。(《錫山秦氏文鈔》卷七)

鄒方鍔

【龍井游記】宋元豐間，有僧辯才者，住風篁嶺之壽聖院。去壽聖院一里，舊有龍井，辯才率其徒以浮屠法環而呪之，有大魚躍水上。觀者異焉，知井之有龍不謬，而其地遂大顯於時。……余讀秦少遊游記，稱兹泉受天地之中，資陰陽之和，以養其源，以推其緒餘，而潤澤萬物，所以頌兹泉之德甚盛。(《小方壺齋輿地叢鈔》第六帙)

謝啟昆

【讀全宋詩，仿元遺山論詩絶句二百首(選三首)】《離騷》課罷瀹花磁，想見揮毫對客時。亂絮嫣紅何處覓，朝華重遺鬢成絲。秦觀。

薔薇芍藥春風句，落葉青蟲秋日詩。未信女郎工此曲，看雲謝客已多時。

夢蝶真人客夢賒，多情相惱説梅花。西風吹墮藤花淚，甓社珠光掩月華。(《樹經堂詩初集》卷十一)

【謁秦少游祠二首】杖策呼龍伴夜吟，揮毫對客聽潮音。封侯那敵識蘇面，説偈同來印佛心。淮海無雙推國士，衣冠中歲宴瓊林。倚筇久作歸歟想，篁嶺風泉託意深。

被謫杭州又處州，觚稜十載夢仙遊。熙豐紹復憐諸老，黨籍遷移到遠陬。烏鵲闌干人去後，古藤花影月明秋。雨深溪路黄鸝語，彷佛先生在上頭。（同上卷十五）

【聞浙東水災，詩以訊之，兼柬秦廉訪小峴三首（選一首）】同官難得同西湖，氣類真如針芥乎。手足頭目交相扶，三公之樂樂如何？謂阮芸臺中丞、劉珵圃方伯。淮海聲名隆豸府，入覲歸來作霖雨。海棠橋畔風月古，相思樹好為君補。秦少游海棠橋在横州，今無海棠矣。（同上續集卷五）

【寄題横州海棠橋，時亦有修少游祠之舉】甓社珠光掩太虚，西風吹淚賜還初。貶官竟坐同奸黨，得罪非緣寫佛書。秀稻水清新雨足，海棠夢醒舊花疎。將軍好事今誰再，春韭秋蘋一企予。宋劉受祖《海棠橋記》：淳祐六年有驍騎將軍李公植捐貨帛三萬，率吏民共新之。

附：【秦小峴廉訪和作】郴江水接灕江水，元祐詞臣貶謫初。春草已湮吾祖跡，秋風忽枉故人書。祠荒古岸微雲抹，花落寒城畫角疎。幸有中丞能起廢，不須南望賦愁予。（同上卷六）

【懷人詩二十首（選一首，懷秦小峴）】手援同志少，饑溺切斯民。臂病常思退，官清不厭貧。海棠橋路迴，横州海棠橋，少游遺蹟也。蘭芷楚江春。一水盈盈隔，無緣接笑嚬。（同上卷八）

秦瀛

【文游臺】 㿝渺珠湖漫碧苔，文游舊蹟付蒿萊。十年魑魅愁遷客，一代英靈記黨魁。南國幾人同載酒，西風勸我獨登臺。人間天地烏紗落，淮海飄零只一盃。(《小硯山人詩集》卷二)

【重摹先淮海公遺像，以石刻寄處州嵌置圭山蓮城書院之壁，蓋公嘗貶處州監酒税，余將即圭山為公祠也。别以榻本贈嘉禾沈帶湖，帶湖用坡公與先淮海唱和詩韻見寄，余和韻答之，即書榻本後】 元祐黨籍紛竄投，我祖貶謫同罹憂。烏紗墮地老不俟，却作酒星來括州。官閑翻賴奸回力，彌勒同龕依净域。謗書日下那飛騰，水蜮腹蛇尤莫測。山僧留像何多情，優曇花開花滿庭。嶺海飄流古藤死，微雲尚抹蒼嵐杳。昨年行部青田縣，石泐祠荒辜夙願。何幸堂堂遺貌存，武林公廨今重見。像為族祖雲錦所藏，持以見示，因刻石。鎸工摹勒肖逼真，鬚眉拜識疑天人。蘇門君子淮海傑，常使照耀圭山新。七百年來事頻換，往蹟銷沈難具算。若箇題詩託鯉魚，三過堂前春水漫。(同上卷十)

【龍井淮海先生祠落成，二月四日王述庵昶少司寇至自松江，同潘德園庭筠侍御暨陳華南詔華秋槎瑞潢袁陶軒鈞汪小海淮邵右庵志純楊書巢秉初俞雲莊寶華錢梅溪泳余女婿施曾培詣龍井瞻拜祠下，酌泉煮茗，流連竟日，得詩二章】 我祖淮海彦，並名張晁黄。蘇門稱四賢，一時何堂堂。游越訪辯才，酌泉龍井旁。題名鑱石壁，作記留僧廊。其後十數載，出倅復來杭。艱屯中黨禍，中道貶括蒼。人世多波瀾，辯才亦已亡。往事認泥爪，遺蹟餘文章。耳孫忝竊禄，監司莅錢塘。峩峩起崇構，簷際雲迴翔。神靈庶棲止，一薦蘭杜芳。

青浦王侍郎，湖干弭車轍。武林潘侍郎，閑居味禪悦。同來拜新祠，躡衣踞磐石。吾黨八九人，一一岸巾幘。苔痕印芒履，竹色上瑶席。俎豆陳自今，風流緬在昔。仰觀春雲藹，俛睎寒泉碧。高譚愜幽愫，梅花落如雪。（同上）

【横州之海棠橋，先淮海編管邕州時與郡人祝姓對飲處也。錢學使裴山過此，繪圖於扇，題詩寄余，依韻答之，并寄謝蘇潭中丞】　蠻城偶駐使君驂，無復椰瓢對酒酣。舊是先公遷謫地，馬頭山色石橋南。

春深不見絢赬霞，寥落山農三兩家。寄語南康謝開府，為儂補種海棠花。

一去華光七百秋，括州祠宇又杭州。憑君屏面詩遥寄，棖觸胸中萬古愁。

山亭陳蹟費追摹，亭廢今猶見畫圖。我祖有靈應一笑，耳孫日日領兩湖。（同上卷十一）

【重修尊賢祠并增祀梁鴻議】　尊賢祠者，舊在慧山之二泉亭上，始為陸子祠。又為三賢祠，蓋湛長史挺、李丞相紳、陸桑苧羽三人也。明正德七年，文莊邵公寶增祀無錫令焦千之、御史錢顗先、淮海先生觀、尤文簡袤、處士仇瓚、義士張翼、中書舍人王紱為十賢堂。……（引自《錫山秦氏文鈔》卷七）

【先淮海公墓考】　先淮海公墓，舊縣志皆云在璨山。蓋本元王仁輔志，而舊年譜因之。今墓在惠山，非璨山。宋開禧年間永嘉失名《重修祠堂記》云：「政和中，遷葬常州無錫縣惠山之原，子孫因家焉。永康應純之建亭立石，俾秦氏知學者主其祀，是其始。」但云公葬惠山之原，不云璨山也。元初復没於豪右，教授虞薦發復之。自後屢有興廢。明季及國朝初年，儼海墹弱水鏞兩先生相繼規復，而亭與碑石廢不復存。天乳泉芳先生嘗取道青山，登山西南行半里至墓所，左顧璨山已在章山之外，因辨縣志及舊年譜之誤，而斷為惠山。且曰柳道傳之賦璨山制業也，曰秦墓在西。王文肅之志遯軒府君墓也，云府君墓在璨山，去少游冢一里許。以今攷之，公墓在璨山而西，一里而近，章、璨皆惠山之支峰，而墓實在惠山。嘉慶八年五月，瀛踰崗陟巘，再拜墓下，始知天乳先生考證之確。先是蓉莊從父震鈞先生出資修公墓，瀛擬重建亭，刻建炎四年誥敕。又考明萬曆三十九年，太階罄先生嘗建亭室於墓前。墓故有石坊石城青烏，言於法非宜，去之，是碑亭之所以累舉卒墜者，毋亦非形家所宜，與山形陡峻，可墓不可祠。祠之所在，記中未及載。天乳先生謂宜在惠、璨兩山之間，亦屬臆揣。萬一年代久遠，墓更湮没，瀛滋懼焉。爰於惠山去墓僅半里許之祖師殿，選屋三楹，捐資整葺，刻淮海、少章、少儀三公像，暨建炎四年誥，勒石而陷諸壁，為淮海公祠。蓋自公葬無錫，迄今七百年，所人但知城中師古河有公祠，而惠山舊祠則無有知者。今即旁近之地建祠守墓，其曷可緩至。吾家宗譜載瑞五府君，自常州遷無錫，當在宋理宗之季，而舊記則云政和中遷葬後，子孫即家焉。應公令秦氏知學者主公祠，亦系寧宗年間，俱在瑞五府君遷錫以前，與譜不合。所謂「家於是」及「知學者」何代何人，文獻闕略，都不可考。瀛故并識之，以俟後之人。（同上）

【先城集補序（節録）】吾秦氏遠祖自汴遷會稽，由會稽遷高郵。處度先生為官於常，復由高郵遷常州。而無錫之有秦氏，則自宋季端五公始遷無錫之胡埭。（同上）

【淮海先生年譜跋】　始祖淮海先生《年譜》，為國朝初年先生二十世孫監察御史鏞輯，蓋本諸萬曆壬午先生十八世孫武進族人名淇原本而加以案語，考證亦加詳焉。瀛少時於族父鈞儀處得見是本，板已遺失，流傳絶少。忽忽又三十餘年，流官於杭，會族人持是本至，即向于族父處所見者。爰於公暇，重事編次，缺者補之，誤者辨之。凡瀛之所案，但書「案」字於每條之上，其舊案及諸父所加增者，則書「案某某先生」云云，示不敢掠美前賢也。佐瀛參訂者仁和邵徵士志純之力為多云。嘉慶二年丁巳九月十五日，無錫二十八世孫瀛，謹述於浙江按察使官署之懷清堂。（同上）

【龍井新建淮海先生祠堂記】　龍井之名何以著？以辯才僧居龍井著也。辯才居龍井何以著？以余遠祖淮海先生為辯才作《龍井記》者也。先生以紹聖初嘗由國史院編修出為杭州通判矣，而其與辯才往還則在元豐二年，時先生方自淮如越省親，過錢塘與參寥訪辯才於壽聖院之潮音堂，憇龍井亭，據石酌泉，為之題名，又為之記。乾隆乙卯春，瀛監司浙右，過龍井，既嘗摹先生像，并補書《龍井題名》，鑱石嵌龍井壁間。既而思曰：吾祖文章氣節，與蘇文忠略同。兩公於杭皆有遺蹟。今文忠與李鄴侯、白刺史、林處士并祀孤山，稱四賢，而先生則無有祠而祀之。龍井，故先生舊遊處，不可以無祀，爰於隙地葺屋三楹，中奉先生栗主，而左則以辯才袝焉。瀛嘗按先生遊龍井，與辯才善，旋別去。其後先生倅杭在紹聖初，而辯才示寂以元祐八年，是先生再至杭州，辯才已没，而龍井之名猶特以先生與辯才而著。聖天子時巡莅止，親灑翰墨，天文炳煜，照耀山谷，蓋賢哲之流風遠矣。龍井故在風篁嶺上，俗稱老龍井，今龍井距風篁嶺半里許。所謂壽聖院、潮音堂都不可考。方先生倅杭，即道貶處州，是以無政績可見。今粟主稱杭州通判者，以先生嘗奉有倅杭之命，則從先生官宜也。祠之落成以嘉慶元年十二月朔日，董其役者，前浙江臨海縣知縣無錫華瑞潢、龍井僧廣浩。（同上）

【横州新建淮海先生祠堂記】横州故有先淮海先生祠，在城西之海棠橋。橋之上有淮海堂，明嘉靖初，吴興王濟言前守黄琮，曾改爲淮海書院。訪之僅存壞碑數通，已漫滅不可考，蓋先生編管横州時遺蹟也。上年嘉興錢君裴山以視學粤西，過之，賦詩繪圖寄瀛杭州。時南康蘇潭謝公適撫粤西，而瀛移臬來湖南，乃寓書以修復屬公。公已蠲俸緡，别於横州之秀川書院構屋三楹祀先生，而易秀川書院爲淮海書院，且命爲文記其事。瀛再拜喟然曰：有是哉，公之勤於是舉也！古君子不幸罹黨禍，遠竄荒徼，後之人每爲之憑吊而累欷，而非有大賢官於其地，則前賢之蹟亦往往聽其自廢，而不克長留於人間。先生當日自郴改横，又自横改嶺海。宋末知雷州事虞應龍嘗合祀萊公、東坡諸賢與先生於雷州西湖之上，文信國記之。今公鎮撫粤西，既修慶遠黄文節祠，又建祠祀先生。瀛非信國比，顧爲先生後人，不可無言，而公之賢當非虞公所及。古君子之所以不泯於奕世之遠者，不誠賴有賢者哉！且公之易秀川書院爲淮海書院也，抑又有説焉。《禹貢》稱淮海爲揚州，先生生高郵，揚州屬也，故世稱淮海先生。而公昔嘗守揚州，喜造就人士。横州古僻遠，而公欲使皆興起於人文，以比吾江左之盛，不亦韙與！祠經始以嘉慶六年某月某日，落成以是年某月某日，瀛不敏，謹序其凡復，爲享神之辭曰：

横州一角天南陲，千山萬山嚦子規。海棠花謝蠻江湄，熙寧遷客吁可悕。姓氏長落同文碑，華光亭下

〔清〕秦瀛

魂不歸。魑魅躑躅猿猱悲，中丞構築峨新祠。靈風颯沓帔神帷，寒泉秋菊𠻘一巵。嗟彼章、蔡骨已糜，維公彷彿猶在兹。（同上）

【書淮海先生《除太學博士敕》碑後】乾隆五十八年冬十二月，瀛以户部郎中出為温處兵備道。處之姜山，為宋酒税局，始祖淮海先生謫監郡酒税時居此。又，青田縣有慈仁院者，先生昔訪曇法師於是。官滿作詩留别。院僧繪像立祠。嘉泰間，郡守胡澄取先生像，刊石郡齋。瀛訪先生祠，已久廢，郡齋亦無先生像。未幾，瀛遷杭嘉湖道去。今年秋諗，處州守伊君湯安將於郡城之圭山蓮城書院，設先生位以存祠祀。會族祖雲錦來杭州，眎瀛所藏先生小像，又元祐三年《除太學博士校正秘書省書籍敕》一通。瀛敬謹重摹勒石，屬伊君嵌置蓮城書院之壁。案先生除博士，由蘇文忠公之薦，其後俱以黨禍被謫。先生始以國史院編修判杭，旋貶處州。且由處轉徙嶺南，殁於藤州之華光亭。瀛監司浙東，既過先生所嘗監税處，今官於杭，杭之天竺、龍井，皆有先生遺蹟，徘徊瞻仰，抑亦有厚幸矣。無錫裔孫瀛謹識於武林官舍，時乾隆六十年十一月既望後一日。（光緒《處州府志》卷八）

【處州萬象山淮海先生祠堂記】處州，故余遠祖淮海先生監酒税處也。先生在處時，嘗訪曇法師於慈仁院，既去，院僧繪像立祠，具戴《處州府志》。今祠廢，而像亦不可考。乾隆癸丑冬，瀛奉天子命，備兵温處，將欲重建祠而遽以遷調去。乙卯冬始自杭州刻先生像，移奉處州圭山之蓮城書院。又閱年，杭郡丞佟君奉檄權處州事，將行，來謁别，余語及之。佟君莅處州，以書來，諗曰：「書院地，故湫隘，不克稱。有萬象山者，故郡城最高處，其上為崇福寺，極爽塏。今以寺中之東偏三楹，重加黝堊，設神龕，奉先生像祀焉。祀之日，自郡大夫以下及處之士民，咸往瞻拜如禮。」此處州萬象山之所由有先生祠也。瀛惟先生少負經世略，彊志盛氣，好談兵，為蘇文忠公所賞。既而不效於世，迺一意託之於文章。迨坐黨籍，出倅杭州，言者論其增損實録，横罹貶謫，監酒税於此。而小人承望風指猶未已，卒以謁告寫佛書削先生秩，遷徙嶺南。《易》曰：「君子得輿，小人剥廬。」君子、小人之進退剥復，係乎國家之治忽。宋自黨禍興而神州陸沉，後世士君子過先生祠，所當太息痛恨於紹聖之已事也。顧當時之禍先生者，其骨已朽，而先生及諸君子之名，至今猶在天壤，亦可見小人之禍君子，無往不福君子，小人之智，適成為小人之愚已矣。而先生蹤跡所至，官於其地者，無不為之流連感慕，況又為其子孫如瀛者歟！瀛往來處州，未至萬象山，聞其地俯臨城郭，近挹溪光，望之若圖畫，蓋括蒼一郡之勝。而又與姜山近，即宋時酒税局。先生之靈，其憑依於是無疑也。佟君名仁，漢軍鑲藍旗人，由舉人出為知縣，遷杭州府總捕同知，今署處州府知府。祠之成，繄君成之。麗水縣知縣常熟邵培德，處州府教授海寧張駿，麗水縣典史無錫侯寶樹，并襄其事，例得具書。時嘉慶元年丙辰十二月望前五日。（同上）

洪亮吉

【同年瀛觀察浙江，重新淮海先生祠，落成索賦】　君於淮海稱初祖，我距忠宣亦末孫。各有祠堂留浙嶺，互將詩筆溯淵源。廿年何愧蘇持節，百首先唾陳閉門。今日奠公吾自忝，掃廳擬更潔清尊。（《北

江全集·卷施閣詩》卷十九）

闕　名

蘇門諸子，較江西派中諸人，是為爾雅。具茨妙有剪裁，補之才復寬綽，文潛以實力開張。淮海雖風骨俊秀，窘於邊幅，非晁、張之敵。東坡謂「秦得吾工，張得吾易」，未免阿私。（《静居緒言》）

顧光旭

【重修詠烈堂記】吾邑秦淮海先生祠，在第六箭河上，金匱山之右，中有堂顔曰「詠烈」，明長洲文肅公書也。秦氏自毘陵遷無錫，傳十餘世，始為祠祀先生於中，而配以抱拙、修敬、卑牧、中齋諸先生，同邑邵文莊公為之記。……乾隆乙巳，先生後裔因堂之舊，撤而新之，庀材鳩工，堂之規模，視昔有加。既成，屬光旭為記。予觀先生生平及所以有祀於吾邑者，文莊記之詳矣，而獨於斯堂之新，竊有感也。古之所謂賢人君子，其能推於當世而不朽於後世者，惟其人之自為之。若夫後之昌大顯鑠，則固有天焉，而不敢必也。先生當建中靖國初，罹黨禍，流離竄逐以死，此豈嘗自意後之昌大顯鑠遂至是耶？然其子孫保世，以滋大瓜瓞之盛甲於吾邑，蓋天將使夫有志之士，知所視傚，升其堂想其言論丰采，低徊眷慕而不能自已也。……光旭之居鄰於祠，恒仰先生之餘徽，與配享諸公之風渠，今又適逢堂之成，乃不敢以不文辭。謹泐數語，以誌秦氏之能弗替其先，與光旭平日景行之志云。（光緒刻本

翟顥

纏足見張邦基《墨莊漫録》。婦人之纏足傳記皆無所出。……至唐人詩則云，「六寸膚圓光緻緻」。宋秦少游詞則云，「脚上鞋兒四寸羅」。元人雜劇輒言「三寸金蓮」。見此事由漸而甚，不必鑿指某時某人創也。（《通俗編》卷十八）

元吴昌齡：東坡蘇小妹。按《歐陽文忠集·蘇明允墓志》云：「君三女，皆早卒。」按：明允一女適其母兄程濬之子之才，一女適柳子玉。而世俗云，小妹適秦少游，不見傳記，豈明允之最小女耶？惟元吴昌齡《東坡夢》雜劇為是言，並云其妹之名曰子美。（同上卷二十）

吴鼒

【嚴小秋詞序（節録）】小秋才原倜儻，旨自温柔，刻羽移宫，聲聲入律，淺斟低唱，言言當行。晏秘書夕陽一段，秦博士殘月三星，縱極悲凉，倍形深婉，此二妙也。（《吴學士文集》卷三）

劉邦柄等

十賢堂原在西湖上，咸淳九年知軍事虞應龍建，以祀宋丞相寇準、學士蘇軾、侍郎蘇轍、丞相趙鼎、李綱、樞密王巖叟、編修胡銓、正字

秦觀、參政李光、正言任伯雨也。（乾隆本《海康縣志》卷二）

孫星衍

《淮海集》四十卷，《後集》六卷。宋秦觀撰。《淮海詞》一卷。秦觀。（《孫氏祠堂書目》卷四）

凌廷堪

【秋日飲酒用秦太虛韻四首】　山居寂無事，養此衡茅真。秋風颯然至，黄葉落我身。感此悟物理，一故難更新。不如飲美酒，緬彼羲皇人。

舉杯追羲皇，何論秦與漢。蜾蠃螟蛉流，不復同憂患。二氏小智鑿，六藝大道散。獨醒洎沈酣，達觀本無間。

頽然卧前楹，呼童為煮茗。茗熟松風瀉，我醉方未醒。夢化蝴蝶形，神遊太古境。恍惚逢麯君，相與話酩酊。

覺來秋聲作，起拭蛟龍唇。幽咽不成曲，還酌梨花春。醉鄉有天地，寥廓誰與鄰。萬事皆不知，聊用怡吾神。（《校禮堂詩集》卷一）

【木蘭花慢高郵弔秦七】　挂蒲帆十幅，趁春色。過高郵，看水繞孤村，天粘茅草，景倩誰收？温柔泥人句好，正輕寒惻惻尚如秋。何處東風乍起，畫橈摇到前洲。　悠悠，過客偶停舟，慨古意難休。笑黨

籍碑中，干卿甚事，也預清流。探幽故山夢冷，問風光，可似古藤州？寂寂吟魂未返，甓湖煙柳生愁！（《梅邊吹笛譜》卷上）

錢泳

【家刻】余生平無所嗜好，最喜閱古法帖，而又喜看古人墨蹟，見有佳札，輒為雙鈎入石，以存古人面目。……是年秋八月，為韓城師禹門太守刻《秦郵帖》四卷，皆取蘇東坡、黄山谷、米元章、秦少游諸公書，而殿以松雪、華亭二家。時太守正攝篆秦郵。（《履園叢話》卷九）

【蘇小妹】或有問於余曰：「俗傳蘇小妹嫁秦少游事，有之乎？」余謝曰：「不知也。」時余適修《高郵州志》，翻閱《淮海集》，乃知少游之夫人姓徐氏，為里中富人徐天德之女。天德字賡實，號元孚，有義行。少游為作事狀載集中，而舊志竟未及。（同上卷二十四）

秦淮海書，世所罕見。惟文氏停雲館帖刻有數行。而少章翰墨尤為難得。師禹門司馬攝官高郵，屬余彙刻東坡、山谷、海岳諸書，而以此兩牘附之，將置之文游臺，真一時盛事也。梅華溪居士錢泳書。（《秦郵帖》卷三）

陳觀國

【高郵訪文游臺故蹟，弔秦少游先生】人生無百年，流水自千載。流水亦無定，浩浩歸江海。試看逝者機，轉眼知何在。不知文苑人，聲名長不改。緬想秦太虛，雄才抱磊磈。蘇門文字交，貶謫竟何罪？遺山誚女郎，無乃混豕亥。繫纜向珠湖，地窪衆流匯。村冷羃輕煙，草枯餘細蓓。勝事問文游，高臺空爽塏。懷古立斜陽，棹歌催欸乃。（道光本《高郵州志》卷十一下）

朱庭珍

自來詩家，源同流異，派别雖殊，旨歸則一。蓋不同者，肥瘦平險，濃淡清奇之外貌耳，而其所以作詩之旨及詩之理法才氣，未嘗不同。……至東坡則天仙化人，飛行絶蹟，變盡唐人面目，另闢門户，敏妙超脱，巧奪天工，在宋人中獨為大宗。……二晁尚有筆力，宛丘頗見氣格。淮海輩明麗無骨，時近於詞，無足論矣。（《筱園詩話》卷一）

古今大家，自曹子建始。漢代去古未遠，尚無以詩名家之學。……如陳後山、張宛丘、晁冲之、陳簡齋等，雖成就家數各異，然皆名家也。……及宋之秦淮海、梅聖俞、蘇子美、范石湖等，皆小家也。（同上卷二）

許寶善

【阮郎歸（湘天風雨破寒初）】　調本凄怨，詞更深婉，宜東坡之三歎不置也。（《自怡軒詞選》卷二）

【柳梢青（岸草平沙）】　清麗芊綿，換頭第二句，須拗乃入調。（同上）

【鵲橋仙(纖雲弄巧)】 七夕詞以此為最,以其本色耳。(同上)

【夢揚州(晚雲收)】 清麗芊綿,想見淮海風流絶世。詞中拗句,斷不可移易。(同上卷四)

張惠言

【詞選序(節録)】 宋之詞家,號為極盛,然張先、蘇軾、秦觀、周邦彦、辛棄疾、姜夔、王沂孫、張炎,淵淵乎文有其質焉。其蘯而不反,傲而不理,枝而不物,柳永、黄庭堅、劉過、吴文英之倫,亦各引一端,以取重於當世。而前數子者,又不免有一時放浪通脱之言出於其間。(《詞選》卷首)

黄丕烈

【校記】 以舊藏殘宋本《淮海長短句》校,宋本昔有調無題。此鈔又一本也,面目稍異,兹不悉改,但記異字。蕘夫。(手書於清初鈔本《淮海集·淮海居士長短句》集後)

【校記】 余向借無錫秦氏所藏《淮海集》宋本,手校一過,頗精審,惜為人購去。其底本係明細字刻本,忘其為何時刻矣。篋中但有宋刻後印文集一册。又,宋刻宋印與文集同行款之長短句殘帙,皆非秦氏藏本之宋刻,想宋時必非一刻也。此外又有《淮海閑居集》十卷,向為顧氏物,而今歸蔣氏者,似與此本同。此鈔本出香嚴書屋,因有孫潛印,故收之,文集四十卷,後集六卷,詞三卷,較為全備。及收得俞長孫的舊藏殘宋對勘,并搜得文集四十卷鈔本,更舊,亦出孫潛所藏,遂的對勘,始知余所藏者,即孫潛據以鈔録之本，而兹所云校者，亦即是本也。故校正於四十卷。後集及詞，又別據鈔録矣。明刻四十卷及後集，亦有藏本，向已遺忘。暇當出之以資對勘。因此益思宋刻不置云。蕘夫。（手書於清初鈔本《淮海集·淮海長短句補遺》集後）

【校記】此故友陶五柳主人未曾購得者，因曾借無錫秦氏宋刻四十卷全本手校過，故此不之重，其實非一刻也。今手校本已歸他所，自近又得一孫潛藏抄本，因出此殘帙勘之，略正幾字。中有《淮海閑居文集序》一葉，錯入二十三卷中，以別本《長短句》偶存全集序文證之却合。因得考見宋刻源流，莫謂竹頭竹屑，亦有用物也。蕘夫記。（手書於殘宋本《淮海集》後）

【跋尾】嘉慶庚午人日，書友以社壇吴氏所藏諸本求售，中惟《淮海居士長短句》最佳，因目録及上卷與中卷之二葉、四葉猶宋刻也。余所見《淮海集》宋刻全本，行款不同，無長短句，蓋非一刻。而所藏有殘宋本，行款正同。內有錯入《淮海閑居文集序》第三葉，與此目録後所列序中三葉文理正同，知全集或有長短句本也。惜此已鈔補，然出朱卧菴家舊藏，必有所本矣。置成之日，復翁記。（葉恭綽《淮海居士長短句》兩種宋本合刊本後附）

【跋尾】此册不止長短句之可寶也，前目録後有《淮海閑居文集序》四葉，尤為可寶。此前集之序，偶未散失，附此以存，俾考文集顛末。後來翻刻鈔傳之本俱無有矣，勿忽視之。道光元年四月，重檢並記。蕘夫。（同上）

葉恭綽案：「以上均從吴本移録。」

【跋尾】嘉慶庚午人日，書客以江鄭堂舊藏諸本一單見遺，惟殘宋刻《淮海居士長短句》最佳，因手校此。余舊鈔，未校入也。(同上)

【跋尾】庚午人日，書客攜殘宋刻來，目録及上卷全，中卷止有第二、第四葉。挑燈手校。復翁。(同上)

葉恭綽案：「此可證復翁所見者即吴本。」

【跋尾】《淮海居士集》前集四十卷，後集六卷，宋刻本，藏錫山秦氏。余從孫平叔借校，此甲子年事也。頃偶憶及，全集中不知有詞與否？因檢校本核之，彼第有詩文，不收詞也。可見殘宋本《淮海居士長短句》蓋專刻矣。甲戌二月三十日春分節，復翁記。時已斷九，寒猶未消，狂風震屋，密霰打窗。吴諺云「拗春冷」，今年更甚。(同上)

葉恭綽案：「此係復翁誤記，蓋此即故宫本，固明明有長短句也。」

焦循

【唐宋人詞用韻(節録)】毛大可稱詞本無韻，是也。偶檢唐、宋人詞，如秦觀《品令》用得織職吃錫日質不物惜陌。韋莊《應天長》用語午語否有。……按唐人應試用官韻，其非應試，如韓昌黎《贈張籍》詩，以城、堂、江、庭、童、窮一韻，則庚、青、江、陽、東、通協，不拘拘如律詩也。至於詞，更寬可知矣。秦觀《品令》云：「掉又耀，天然箇品格，於中壓一。簾兒下、時把鞋兒踢。語低低、笑咭咭。」……凡此

皆用當時鄉談里語，又何韻之有？（《雕菰樓詞話》）

【秦觀用土音】　秦少游《品令》，「掉又懼，天然箇品格」，此正秦郵土音，用箇字作語助，今秦郵人皆然也。《三百篇》如「其虛其邪，狂童之狂也且」，古人自操土音，北宋如秦、柳，尚有此種。南宋姜白石、張玉田一派，此調不復有矣。（同上）

阮　元

【淮海英靈集序（節録）】　淮海英靈者，宋高郵秦少游嘗名其集曰《淮海》，唐殷璠選唐詩亦曰《河嶽英靈集》矣。書成，雕板用廣流傳。（《揅經室二集》卷八）

【王竹所詞序（節録）】　詞人之作小令，以五代十國為宗，守其派者有晏氏父子、歐陽公、張先、秦觀、賀鑄、毛滂諸人。慢曲以清真、白石為宗，其流者有吴文英、張炎、盧祖皐、高觀國……（《揅經室三集》卷五）

【予告歸田，餞之於萬柳堂，即題其《城西草堂圖疊》，司寇和余萬柳堂四律韻（選一首）】　宫諭論文處，佳山昔詠歌。重來折殘柳，歸去製新荷。舊侶江湖少，遺編淮海多。元豐詩帖在，貞石待鐫磨。司寇時奉其先世淮海先生竹詩墨蹟卷共覽。（《揅經室四集》詩卷九）

【方圓菴記跋】　辯才故與蘇子瞻伯仲洎趙閲道、秦少游為方外交，其人可知已。太守請住名刹，晚年自天竺歸老龍井之山，結廬曰方圓。……萬曆丁酉重夏，知仁和縣事晉陵胡□跋。

右在龍井方圓菴。行書二十五行，行字不等。是刻米書最著，舊刻已亡。……又《淮海集》有《與黄魯直手簡》云：「辱手寫《龍井》、《雪齋》兩記，字畫尤清美，殆非鄙文所當。已寄錢唐僧摹勒入石矣。」則米書之外，兼有黃書。……（《兩浙金石志》卷六）

【秦郵帖跋】 師司馬權知高郵，雅意汲古，刻《秦郵帖》，置文游臺，皆蘇、黃、秦、孫諸賢文事也。司馬又增祀黃山谷、孫覽、孫巨源、秦少章、少儀、陳唐卿六君木主於四賢之後，洵稱佳事。元嘗見無錫秦小峴司寇家藏少游墨竹畫卷，且有題識如囑。梅溪錢君審定之，鈎勒一石，附於帖後，亦佳蹟也。乙亥冬，揚州阮元觀於南昌并識。（《秦郵帖》卷四）

王文誥

宋神宗元豐元年三月，秦觀投長篇來謁，和贈「夜光明月非所投」詩。誥案：此少游自徐赴京應舉，過宋見子由所贈詩，據此則少游到徐當在夏初以後。《施注》原編公贈秦觀秀才詩於此，最為確當。如再移前，則三月李公擇留徐多日，而諸詩皆不及少游，是其時未至，審矣。公擇既有書與子由，豈獨無書與公？是其去後遇於淮上，因携書以至又可知也。參寥到在九月，王鞏去後，《施注》原編尚有一半不誤。《查注》據《烏臺詩案》改編秦觀未到之前，則全誤矣。（《蘇文忠公詩編注集成總案》卷十六）

元豐二年六月泛舟城南，會者五人，以「人皆苦炎」為韻。……參寥、秦觀往遊何山，遂別公之越。誥案：參寥、少游去湖無月日可考。據此書則泛舟城南五人，分韻之作少游在焉，是兩人以六月去湖也。（同上卷十九）

元豐三年十月，李常自舒州來訪，因共論秦觀。誥案：秦觀謁公之後，李公擇未嘗與公相值，故此日必及之也。（同上卷二十）

元豐七年十一月，與杜介過邵伯埭，作《梵行寺山茶花》詩。至高郵與秦觀會。……秦觀追送渡淮，冬至日抵山陽。……與秦觀淮上飲别，作《虞美人》詞。誥案：此詞作於淮上，詞意甚明。而《冷齋夜話》以為維揚飲别者，誤。公與少游未嘗遇於維揚，且少游見公金山而歸，有公所寄書為據。（同上卷二十四）

宋哲宗元祐八年七月，秦觀始為正字兼國史院編修官。誥案：秦少游至是始為史官，為日無幾，似此蜀黨有何罪過，乃屢次重譴不已？元祐黨籍至列為餘官一百七十七人之首，皆可發一笑。群小但惡其類，並不計是非也。此書似作於七月間，少游為史官，乃六月之命。（同上卷三十六）

元符三年四月，得秦觀書。誥案：少游自處州徙郴州，又編管横州。其自横徙雷，據《宋史》載元符元年九月，雷、儋近便，年半不通一問，此必無之事也。大率少游以是年三四月始到雷，其前非史傳闕略，即有待質之事，未成行也。（同上卷四十三）

元符三年六月，吴令部夫已集，遂達徐聞，與秦觀、歐陽元老會。誥案：歐陽元老即海康令，乃秦少游在雷厚善者也。（同上）

元符三年六月二十五日，公將發，秦觀出《自挽詞》一篇相質，公以觀齊死生，了物我，不足為怪，遂行。誥案：少游已有詔放還，是年夏熱甚，大約以七月去雷，故八月尚在藤也。（同上）

元符三年九月七日，聞秦觀凶問，遂行，抵白州，遇陸齋郎，知觀在藤傷暑，卒於光華亭上，公大慟，作《歐陽元老書》。誥案：元老長官即海康令，蓋少游在雷相與厚善。公亦過雷，識之。（同上卷四十四）

舒位

【高郵懷秦太虛】 微雲衰草艷相傳，淮海風流五百年。眼底酒杯誰解唱，古來門巷總堪憐。三生桃葉論長恨，萬里藤花怨左遷。我掉扁舟弄明月，思君三十六湖邊。（《瓶水齋詩集》卷四）

郭麐

【高郵夜話】 以水為家逐雁鳧，水風獵獵戰菰蒲。青天倒影星沉海，明月滿船人弄珠。國士秦郎何處在？舟人漁子迭相呼。畫圖難寫此時景，郇不千里視一壺。國士秦郎此故鄉，楊誠齋詩也。（《靈芬館詩初集》卷三）

【詞有四派】 詞之為體，大略有四：風流華美，渾然天成，如美人臨粧，却扇一顧，花間諸人是也。晏元獻、歐陽永叔諸人繼之。施朱傅粉，學步習容，如宮女題紅，含情幽艷，秦、周、賀、晁諸人是也。柳七則靡曼近俗矣。姜、張諸子，一洗華靡，獨標清綺，如瘦石孤花，清笙幽磬……至東坡以横絶一代之才，凌厲一世之氣，間作倚聲，意若不屑，雄詞高唱，别為一宗。（《靈芬館詞話》卷一）

師亮采

【《秦郵帖》序】 嘉慶甲戌七月，余攝篆秦郵。暇時登文遊臺，謁四賢祠，意謂蘇文忠與孫莘老、王定國、秦淮海輩，嘗游是臺，而無諸公遺墨為闕典。乃屬金匱錢梅溪先生聚諸名蹟，刻石壁間，命曰《秦郵帖》，可增藝林中一段佳話也。次年秋八月，韓城師亮采書。（《秦郵帖》卷首）

市橋長昭（日本人）

【寄藏文廟宋元刻書跋】長昭夙從事斯文，經十餘年，圖籍漸多。意方今藏書家不乏於世，而其所儲，大抵屬輓近刻書，至宋元槧蓋或罕有焉。長昭獨積年募求，乃今至累數十種。此非獨在我之為艱，而即在西土亦或不易，則長昭之苦心可知矣。然而物聚必散，是理數也，其能保無散委於百季之後乎？孰若舉而獻之於廟學，獲藉聖德，以永其傳，則長昭之素願也。虔以宋元槧三十種為獻，是其一也。文化五季二月，下總守市橋長昭謹誌。（手書於日本藏南宋紹興刻本《淮海集》之後）

許昂霄

【滿庭芳（山抹微雲）】空回首「烟靄紛紛」。四字引起下文。又，自起至換頭數語，俱是追叙，玩結處自明。（《詞綜偶評》）

【滿庭芳（曉色雲開）】「曉色雲開」三句。天氣。「高臺芳樹」四句。景物。「東風裏」三句。漸説到人事。「珠鈿翠蓋」二句。會合。「漸酒空金榼」四句。離别。「疎煙淡日」二句。與起處反照作收。（同上）

【憶秦娥（暮雲碧）】暮雲碧，佳人不見愁如織。古詩：「日暮碧雲合，佳人殊未來。」（同上）

【畫堂春】高麗，直可使耆卿、美成為輿臺矣。（同上）

【南柯子（玉漏迢迢盡）】一鈎殘月照三星　照當作帶。（同上）

高攀桂等

【古蹟】光華亭　在縣東南，與浮重亭對峙。秦少游嘗憩息於其上，今圮。

江月樓　在城東橫街，俯臨綉江。宋紹聖間蘇軾登此，有記。秦少游嘗留題焉。即今之東門樓。

玉泉井　在城西南隅。秦少游詩中有「涵雲注玉」之句，蓋指此也。（《藤縣志》卷三）

【壇廟】八賢祠　在縣西永安門外，背山面北，宋淳熙間建。祀唐李靖、李白、宋之問，宋蘇軾、蘇轍、秦觀、黄庭堅、李光。（同上卷五）

張其錦

【梅邊吹笛譜跋（節録）】《梅邊吹笛譜》二卷，先師次仲先生所手定也。……詞者，詩之餘也，昉於唐，沿於五代，具於北宋，盛於南宋，衰於元，亡於明。以詩譬之，慢詞如七言，小令如五言。慢詞：北宋為初唐，秦、柳、蘇、黄如沈、宋，體格雖具，風骨未遒。片玉則如拾遺，駸駸有盛唐之風矣。（《清名家詞·梅邊吹笛譜》卷首）

宋翔鳳

【少游「斜陽暮」詞不重出】《漁隱叢話》曰：「少游《踏莎行》，為郴州旅舍作也。」黄山谷曰：「此詞高絶，但『斜陽暮』為重出，欲改『斜陽』為『簾櫳』。」范元實曰：「只看『孤館閉春寒』，似無簾櫳。」山谷曰：「亭傳雖未有簾櫳，有亦無礙。」范曰：「詞本摹寫牢落之狀，若曰簾櫳，恐損初意。」今《郴州志》竟改作「斜陽度」。余謂斜陽屬日，暮屬時，不為累，何必改。東坡「回首斜陽暮」，美成「雁背斜陽紅欲暮」，可法也。按引東坡、美成語是也。分屬日時，則尚欠明析。《説文》：莫，日且冥也，從日在草中。今作暮者俗。是斜陽為日斜時，暮為日入時，言自日昃至暮，杜鵑之聲，亦云苦矣。山谷未解暮字，遂生轇轕。（《樂府餘論》）

【念奴驕紱庭山抹微雲館圖】寫成寒景，記蓬萊閣裏，少游曾住。從古才人同韻事，傳得筵前新句。子舍春温，婿鄉雲遠，回首山多處。闌干拍遍，此情應待重譜。須認翠箔精簾，牙籤鈿鈿，一任經年去。庭院好留清影在，風月那時相許。畫本携將，吟懷未獨，莫説人如樹。故園消息，緑楊拕盡千縷。（《清名家詞·浮谿精舍詞》）

余成教

宋章聖謂「杜甫詩自可為一代之史」。蘇子瞻謂「子美詩外尚有事在」。秦淮海謂「擬諸孔子集清任和之大成」。葉夢得謂「工妙至到，人力不可及」。浦起龍謂「詩運之杜子美，世運之管子也。具有周公制作手段，而氣或近於霸。詩家之子美，文家之子長也。」（《石園詩話》卷一）

袁湘湄

【淮海集讀畢記】右《淮海集》四十卷，《後集》六卷，《詞集》三卷，嘉靖中所刻，今絶難得此本。向為先外祖孝廉府君故物，舅氏知棠學詩，舉以相貺。聞外家藏書甚多，今并散佚，此其僅存者。外祖姓沈氏，諱英登，戊午賢書，越二年而歿，年未登四十也。戊戌十一月九日讀畢記。（書於明嘉靖刻本《淮海集》後）

韓崇

【秦淮海墨竹詩元豐三年】右秦淮海《墨竹》詩七言古一首云。墨君款題「元豐三年上元日淮海居士秦觀。」計草書廿二行，字徑寸許。秦小峴司寇得真蹟，勒石錫山祠中。是詩不載《淮海集》，而詞意高古，狂草淋漓，向為式古卞氏所藏。翁覃溪閣學跋語，考證精確。昔年游宦山左，更見真本於東撫署中，今復覩墨刻，洵乎有墨緣也。（《寶鐵齋金石文跋尾》卷中）

【秦淮海賜研記元祐八年重刻本】右秦淮海《賜研記》，楷書八竹，在錫山祠，中云：「硯在鉅野李忠愍公祠堂内。忠愍官詹事時太子所賜。秦小峴司寇嘗得脱本，摹勒祠壁。」（同上）

吴衡照

【延露詞時逼秦、柳(節録)】 董東亭潮《東皋雜抄》：彭羨門晚年自悔其少作，厚價購其所為《延露詞》，隨得隨毁。與《北夢瑣言》載晉和凝事適相類。……詞中如《問病》云云，《閨恨》云云，《訊使》云云，《扶病》云云……姿致幽眇，神味綿遠，良由取境高，故時逼秦、柳。(《蓮子居詞話》卷一)

【詩女史記少游女詩不可信】 《詩女史》載靖康間《題驛壁》詩：「眼前雖有還鄉路，馬上曾無放我情。」為秦少游女。考少游女適范祖禹子仲温，所謂「山抹微雲女婿」也。與其妾紅鸞，俱不聞有流離事。而少游又不聞有第二女。《詩女史》之説，與《宋詩紀事》所引《梅磵詩話》，概不可信。祖禹謚正獻，見《困學記聞》，《宋史》失載。(同上)

【詞襲前人語】 詞有襲前人語而得名者，雖大家不免。如方回「梅子黄時雨」，耆卿「楊柳岸曉風殘月」，少游「寒鴉數點，流水遶孤村」，幼安「是他春帶愁來，春歸何處，却不解帶將愁去」等句，惟善於調度，正不以有藍本為嫌。(同上)

【詞貴雅正】 張玉田云：詞貴雅正，如周美成「最苦今宵，夢魂不到伊行。天便教人，霎時厮見何妨」，「許多煩腦，只為當時一晌留情」，所謂變淳泊為澆漓矣。韙哉是言。雅俗正變之殊，學者誠不可不辨。「銷魂當此際」，東坡所以致誚於少游也。(同上)

【言情之詞必籍景色映托】 言情之詞，必籍景色映托，迺具深宛流美之致。白石「問後約、空指薔薇，歎如此溪山，甚時重至。」又「想文君望久，倚竹愁生步羅韈。歸來後翠尊雙飲，下了珠簾，玲瓏閑看月。」似此造境，覺秦七、黃九尚有未到，何論餘子。(同上)

【李師師】宋徽宗在五國城為李師師作小傳，刻於臨安榷場，今亡之矣。考秦少游詞「看遍潁川花，不似師師好」；又「年來今夜見師師」。少游卒於紹聖間，是師師之生，必在元祐初。《東京夢華録》：李師師汴京角妓，有俠氣，號飛將軍。《汴都平康》記：政和平康之盛，李師師、崔念月皆著名。李生門第尤峻。(同上卷二)

【浙派三家】吾浙詞派三家。羡門有才子氣，於北宋中最近小山、少游、耆卿諸公，格韻獨絶。竹垞有名士氣，淵雅深穩，字句密緻。……(同上卷三)

【王時翔詞】太倉自梅村祭酒以後，風雅之道不絶。王小山時翔與同里毛鶴汀張健顧玉停陳埁倡詩社。……小山自跋云：「余年十五，愛歐陽文忠、晏叔原、秦少游之作，摹其艷製，得二百餘首。」蓋意主北宋，而以格韻自賞者。(同上卷四)

姚　椿

【山谷生日集吴山尊庶子才鼎齋分韻得人字】黄公天下士，孝友追古人，談道交周、程，歌詩邁晁、秦。台蕩及瀟湘，不為岳瀆臣。如來昔行處，掉臂轉法輪。生平東坡知，意與韓、孟親。丈夫重意氣，直道益見真。……(《通藝閣詩録》卷四)

周濟

晉卿曰：「少游正以平易近人，故用力者終不能到。」（《介存齋論詞雜著》）

良卿曰：「少游詞如花含苞，故不甚見其力量。其實後來作手，無不胚胎於此。」（同上）

西麓疲軟凡庸，無有是處。書中有館閣書，西麓殆館閣詞也。西麓不善學少游，少游中行，西麓鄉原。（同上）

【宋四家詞選目録序論（節録）】論曰：清真渾厚，正於鈎勒處見。……少游最和婉醇正，稍遜清真者，辣耳。少游意在含蓄，如花初胎，故少重筆。然清真沈痛至極，仍能含蓄。（同上《附録》）

【滿庭芳（山抹微雲）眉批】將身世之感打并入艷情，又是一法。（《宋四家詞選》）

【滿庭芳（曉色雲開）眉批】君子因小人而斥。（評上片）一筆挽轉。（評下片）應首句不忘君也。（評末句）（同上）

【望海潮（梅英疏淡）眉批】兩兩相形，以整見動。以兩「到」字作眼，點出「换」字精神。（同上）

【好事近（春路雨添花）眉批】隱括一生，結語遂作藤州之讖。造語奇警，不似少游尋常手筆。（同上）

【八六子（倚危亭）眉批】神來之作。（同上）

【金明池（瓊苑金池）眉批】此詞最明快，得結語神味便遠。（同上）

端木國瑚

【姜山秦淮海監酒税處詩】 鶯花昨夢總飄零，一笏姜山似舊青。木石流傳多氣韻，詞篇寄託有精靈。小塍荒草埋吟屐，古代蒼苔出酒瓶。土人掘得酒瓶，邵明府培悳作歌紀其事。太息藤州人去後，年年風月問園丁。（《太鶴山人詩集》卷一）

【游龍井觀董文敏臨米書龍井記石刻】 朝辭西子棹，獨挈謝公屐。龍泓緬澄虚，鶖嶺背婉嫿。竹露寒林扉，蘿風散絺綌。雲複岩欲陰，苔深徑逾窄。檻水摇空青，廊日漏虚白。僧留辯才風，客記太虚石。《龍井記》是秦少游為辯才作。奇崛顛米書，慘澹香光室。鴻鶩軼奇姿，蟬化眇靈蹟。邱壑道更親，煙霞世無隔。清猨叫岩秋，白鳥矯波夕。林鐘空際流，湖色遠峰碧。（同上）

【謁龍井秦淮海新祠觀察秦小峴先生建】 名山得名士，有奇山始吐。人去此山空，像寫山容古。我昔遊龍泓，獨叩禪堂鼓。舊院問潮音，寂寞已無主。斜陽下竹扉，晚靄迷花塢。歸去隔林鍾，響答湖中櫓。近聞祀先生，後人闢楝宇。配以辯才師，元豐游可數。清曉蠟屐來，寒泉薦芳杜。井冷月滿壑，岩陰雲在户。謂昔祀四賢，當以先生五。況倅括蒼時，余郡稱召父。今訪古藤陰，鶯花埋秋土。昔人蹟就荒，斯堂勤藻斧。莫令古苔生，寒煙迷秋雨。（同上）

沈　濤

《宋史·李濤傳》：周恭帝即位封莒國公，宋初拜兵部尚書。案：秦少游龍圖閣直學士《李公擇行狀》云：「遠祖濤，五代時號稱名臣。仕皇朝為兵部尚書，封莒國公。」《揮麈後録》亦言李濤至本朝以兵部尚書莒國公致仕。是信臣入宋始封莒國。史以為封於周恭帝時微誤。（《交翠軒筆記》卷三）

周儀暐

【秋籟吟詞序（節録）】同里趙收庵先生，家有班斿之書，早結鄭莊之客。……編録近著，輯為《亦有生齋詞鈔》四卷。頡頏晏、范，出入蘇、秦，銷稼軒激楚之音，擯夢窗浮懵之色，促拍短吟，長言永歎，莫不風雨和於節，絲竹赴於心。（《清名家詞·秋籟吟詞》卷首）

秦篤輝

東坡謂，「秦少游得吾工，張文潛得吾易。」論者謂張尤難，蓋不工不可以為易也，然工者首務哉。（《平書》卷七）

程恩澤

【高郵湖即事二首（選一首）】甓社湖中弄明月，一彈指頃廿餘秋。憶廿年前曾以扁舟過此湖。大珠已别孫莘老，小令空懷秦少游。紅葉打頭何處樹，白鷗飛盡一扁舟。而今重憶任公釣，知有潛蛟伏巨湫。（《程侍郎遺集》卷三）

馮金伯

【南宋諸公極妍盡致】詞以少游、易安為宗，固也。然竹屋、梅溪、白石諸公，極妍盡致處，反有秦、李所未到者。譬如絶句，至劉賓客、杜京兆，時出青蓮、龍標一頭地。漁洋山人（《詞苑萃編》卷二）

按：此則與王漁洋在《花草蒙拾》中所云有同亦有異，故復録。

【曹顧庵發雅音】近日詞家愛寫閨襜，易流狎暱，蹈揚湖海，易涉叫囂，二者交病。顧庵工於寓意，發為雅音，品格當在周、秦、姜、史之間。尤悔庵（同上卷八）

【張宏軒嘯谷詞】《嘯谷詞》，其源出於東坡，而温雅綿麗，含蓄不露，則斟酌於小山、淮海之間。孫愷似。（同上）

按：上海張宏軒錫懌，順治十二年進士。官泰安州知州，有《嘯谷餘聲》一卷。

【佟東白詞與秦、柳争長】佟東白詞，纏綿婉約，當與柳屯田、秦淮海争長。曹秋岳（同上）

【悔庵詞】　悔庵詞流麗圓轉，如細管臨風，新鶯啼樹。至其感慨恢諧，流傳酒樓郵壁，又天然工妙，直兼蘇、辛、秦、柳諸家所長。曹顧庵（同上）

【菊莊詞漸近自然】　詞之佳者，正以本色漸近自然，不在縷金錯采為工也。讀電發諸作，故得此意。至「一片殘陽在客衣」，直是神到語，雖秦七復生，亦當絶倒。尤悔庵（同上）

【竹垞詞與柳七、黄九争勝】　錫鬯天才踔厲，詩文膾炙海内，填詞與柳七、黄九争勝。徐菊莊（同上）

【徐湘蘋小詞絶佳】　徐湘蘋才鋒遒麗，生平著小詞絶佳，蓋南宋以來，閨房之秀，一人而已。其詞娣視淑真，姒蓄清照，至「道是愁心春帶來，春又來何處」，又「衰楊霜遍灞陵橋，何處是前朝」等語，纏綿辛苦，兼撮屯田、淮海諸勝。陳其年《婦人集》（同上）

李　佳

【南唐兩宋詞】　……秦少游詞：「斜陽處，寒鴉數點，流水繞孤村。」「郴江幸自繞郴山，為誰流下瀟湘去。」「雨打梨花深閉門。」賀方回詞：「一川煙草，滿城飛絮。梅子黄時雨。」……皆佳。（《左庵詞話》卷上）

【入作三聲】　《詞林正韻》有云：入聲作三聲，詞家多承用。如晏幾道《梁州令》：「莫唱陽關曲。」曲字作邱雨切，叶魚虞韻。……秦觀《望海潮》：「金谷俊游。」谷字叶公五切。又，《金明池》：「才子倒玉山休訴。」玉字叶語居切。……如此類不可悉數，故用其以入作三聲之例，而末仍列入聲五部，則入

聲既不缺，而入作三聲者皆有切音，人亦知有限度，不能濫施以自便。（同上）

蔡宗茂

【拜石山房詞序】詞盛於宋代，自姜、張以格勝，蘇、辛以氣勝，秦、柳以情勝，而其派乃分。……《拜石山房詞》……凡姜、張清雋，蘇、辛豪宕，秦、柳妍麗，固已提袂而合唱，無俟改弦而更張已。（《清名家詞·拜石山房詞》卷首）

錢泰吉

平湖家夢廬翁天樹，篤嗜古籍，嘗於張氏《愛日精廬藏書志》眉間記其所見，猶隨齋批注書録解題也。……更有宋版《琴趣外編》，乃歐陽文忠、黄山谷、秦淮海三人之詞稿也。（《曝書雜記》卷下）

龔自珍

【失題】未定公劉馬，先牽鄭伯羊。海棠顛未已，師子吼何狂？《楊叛》春天曲，藍橋昨夜霜。微雲才一抹，佳婿憶秦郎。（《龔自珍全集》第九輯）

馮馨等

文遊臺　在城東二里東嶽廟後。宋蘇軾過高郵，與寓賢王鞏、郡人孫覺、秦觀載酒論文於此。時守以群賢畢集，顏曰「文遊臺」。李伯時作圖刻之石，以為淮堧名勝之地。後祀四賢於其上。（道光本《高郵州志》卷二）

天壁亭　在多寶樓橋西。秦觀詩云：「吾鄉如覆盂，地據淮楚脊。環以萬頃湖，粘天四無壁。」亭故以此名，久廢。（同上）

繼雅亭　南門外客亭也。宋知軍陳鞏建。取秦觀詩「光華遠繼周王雅」之句，故名。久廢。宋陳造記，見《藝文志》。（同上）

孫兆溎

【巴陵樂府】　巴陵樂府，舊傳《臨江仙》一闋，為滕子京所作。其詞曰：「湖水連天天連水，秋來分外澄清。君山自是小蓬瀛。氣蒸雲夢澤，波撼岳陽城。　帝子有靈能鼓瑟，凄然依舊傷情。微聞蘭芷動芳馨。曲終人不見，江上數峰青。」又，秦少游前調云：「千里瀟湘挼藍浦，蘭橈昔日曾經。……曲終人不見，江上數峰青。」兩詞工力悉敵，末韻皆用錢起律句，何巧合耶。蓋古人名句，誰不習聞。適與景合，隨觸而來，固無意於蹈襲也。（《片玉山房詞話》）

江順詒

【詞不宜質實】張玉田云：「詞要清空，勿質實。清空則古雅峭拔，質實則凝澀晦昧。……。」詒案：以夢窗之才，尚不免質實之弊，後之尚詞藻者，可知矣。揚秦而抑柳，以辛、劉為别派，自是確論。（《詞學集成》卷五）

【詞壞於秦、黄、周、柳之淫靡】陶篁村《自序》云：「倚聲之作，莫盛於宋，亦莫衰於宋。嘗惜秦、黄、周、柳之才，徒以綺語柔情，競誇艷冶。從而效之者加厲焉。遂使鄭衛之音，泛濫於六七百年，而雅奏幾乎絶矣。」詒案：詞之壞，壞於秦、黄、周、柳之淫靡，非有巨識，孰敢議宋人耶？（同上）

【宋詞各造其極】蔡小石宗茂《拜石詞序》云：「詞勝於宋，自姜、張以格勝，蘇、辛以氣勝，秦、柳以情勝，而其派乃分。然幽深窅眇，語巧則纖，跌宕縱横，語粗則淺，異曲同工，要在各造其極。」詒案：此以蘇、辛、秦、柳與姜、張并論，究之格勝者，氣與情不能逮。（同上）

【詞非至南宋而敝】華亭宋尚木徵璧曰：「吾於宋詞得七人焉：曰永叔，其詞秀逸。曰子瞻，其詞放誕。曰少游，其詞清華。……。」詒案：舉宋人詞不下數十家，可謂崇論閎議矣。而不及碧山、竹屋、玉田、草窗，何也。其評語亦不甚允當。（同上）

【詞有詩文不能造之境】郭頻伽云：「詞家者流，源出於國風，其本濫於齊梁。自太白以至五季，非兒女之情不道也。宋之樂用於慶賞飲宴，於是周、秦以綺靡為宗，史、柳以華縟相尚，而體一變。

……。」詒案：有韻之文，以詞爲極。作詞者着一毫粗率不得，讀詞者着一毫浮躁不得。（同上）

【就詞字之意論詞】包慎伯大令世臣《月底修簫譜序》云：「意内而言外，詞之爲教也。然意内不可强致，言外非學不成。……若夫成人之速者，莫如聲，故詞名倚聲。聲之得者，又有三，曰清、曰脆、曰澀。不脆則聲不成，脆矣而不清，則膩，清矣而不澀，則浮。屯田、夢窗以不清傷氣，淮海、玉田以不澀傷格，清真、白石則能兼之矣。六家於言外之旨得矣，以云意内，惟白石、玉田耳。淮海時時近之。……」（同上卷六）

闕　名

曾見禹鴻臚之鼎繪《淮海先生像》，有漁洋題詩云：「風流不見秦淮海，寂寞人間五百年。」昔秦小峴侍郎每歲逢淮海生日，必設祭齋中，招同人賦詩。余謂當輯爲一編，使與壽蘇集同傳。（《天外蘋洲雜記》）

王敬之

【淮海集補遺序】今《淮海集》傳本，爲明工部郎中仁和李公之藻雕版，蓋依邑人南湖張公綖舊本而未加增訂者，其中譌脱頗多。原版庋藏公所，司事者不慎，致厄於爨下。今年邑人議爲重刊，敬之不揣固陋，與同志校正其譌脱之顯然者，付諸梓人，已將告成矣。因思《淮海集》外之作，多散見於群書，不可不亟爲補録。爰偕茆君雩水、金君雪舫共事搜輯，凡得賦詩文詞若干條，録爲一編，斷句亦附其末。匪敢謂無缺憾，掇拾前人所未及，盡後學之責而已。嘗攷少游遺文各體中，惟詞為多，足為「對客揮毫，不耐聚稿」之證。伏讀《欽定四庫全書提要》，《淮海詞》一卷，明毛晉所刻，僅八十七調，非其舊帙。案張本、李本所載長短句區為三卷，詞止七十七調，則毛氏本已多十調矣。浙中段氏本卷末專附補詞，僅就《草堂詩餘》所及編附，仍屬挂漏。且本集已載之詞，亦復列入，不足以稱善本。今據群書補録，較毛補差多。實為厚幸。未見之書，其待諸將來矣乎？又各家文集補編，多闌入佗人之作，如商丘宋氏施注《蘇詩補遺》，及黎川陳氏《黄文節公詩外集》，多載《淮海集》中詩是也。兹編所補，俱引原書，其下不敢參以臆見，亦深懼見誚於後來云爾。道光十有七年八月，邑後學王敬之謹序。（道光本《淮海集補遺》卷首）

【淮海集跋】　秦少游先生《淮海集》待重刊久矣。道光丙申歲，大興王司馬甫亭奉大府檄，來權楊河通判。其明年召高郵人士，咨訪文獻，敬之首以有宋黨禁君子孫、秦對，因及《淮海集》，司馬慨捐清俸為倡。敬之退而謀諸邑中好古同志，咸欣然有所附益，遂集梓人刊成。攷《淮海集》，前刊於明萬曆四十六年，其時捐俸者為提督河道、工部郎中仁和李公之藻。高郵河道之有部曹制使也，正德初由蕭縣移駐於斯。入國朝號南河分司，康熙三十一年，裁改楊河通判，今署前猶存水部樓焉。然則司馬之所司，即水部之所司也，其於《淮海集》率作興事，後先繼美如此，殆有時數存乎其間。……敬之幸斯集之刊成，而記其事所緣起，以告來者，庶幾庋藏寶惜，勿負司馬拳拳之意，無若前此之抱愧於水部，則敬之與同志所殷望於無窮者爾。邑後學王敬之拜手謹跋。（道光本《淮海集》後附）

【讀秦太虛淮海集】　應舉賢良對策年，儒生壯節早籌邊。可憐餘技成真賞，山抹微雲萬口傳。異代雌黄借退之，偏拈芍藥女郎詩。詩心花樣殊今古，肯有香奩知不知？罪狀搜求到佛書，臺中白簡意何居？汗牛著作今還在，一笑當時禁網疏。放翁軼事幻三生，事見《四朝聞見録》。南渡騷壇又擅名。新法周章和議起，忤時一樣意難平。（《小言集·愛日堂詩》）

【坡公生日依次設供，八聲甘州夾注】　揚州文士今年為淮海作八百生日會。（《小言集·宜略識字齋雜著》戊申歲。）

【龍井訪碑圖為雪舫題秦少游龍井記及題名】　黨人文并光偏安，追毁余重鎸宇完。此郎璧筆不自著，樹梢蛇體前書丹。國士故鄉居址傍，湖山勝地來幽訪。琅邪石墨片楮存，我想碑陰空悵望。（同上乙酉歲）

【滿江紅文游臺蘇東坡、王定國與孫莘老、秦太虛燕遊處。】　突兀高臺文采照，湖光卅六。七百載，龍眠圖畫，勝遊誰續？賓主東南三雅醉，海山題詠千豪禿。惹平生，讒餤是才名，孤臣逐。　苔莓徑，尋芳躅，能幾占，林泉福。只谿毛頻薦，冷澆醽醁。斗野亭餘屋采爛，玩珠樓賸波紋緑。讓登臨，閑挈隻雞來，漁樵局。（《清名家詞·三十六陂漁唱》）

陸以湉

【龍井寺(節録)】　余於咸豐元年重九日往游，寺宇全圮，殘碑斷碣，偃仆荒草間。僅存秦淮海祠廡三楹，壁間刊《龍井題名記》及無錫秦小峴侍郎瀛一跋一記，謝藴山中丞二詩。因恐數年之後并此亦毁，急録之以備湖山掌故。

跋云：「謹按：始祖淮海先生以宋元豐二年至杭州，與龍井僧辯才善，有《龍井記》、《龍井題名記》并見集中。元豐二年已未至今乾隆六十年乙卯，閱七百十有七年，而瀛以備兵浙西至龍井。《龍井記》故米襄陽書，今壁間碑石乃明華亭董文敏仿米書補書者。《龍井題名記》則尋覓不可得。瀛既屬長洲周瓚敬摹先生像，選工上石，並補録《龍井題名記》。鎸像後，付龍井僧嵌置寺壁。無錫裔孫瀛謹識。」(《冷廬雜識》卷七)

王尚賡

【鶯花亭詩】春風楊柳緑盈堤，為訪黄鸝到小溪。游子昔年餘韻杳，荒煙羃羃草萋萋。……城郭輕寒入柳圍，秦郎此處賦黄鸝。而今依舊黄鸝好，不見秦郎醉卧時。名賢高躅一時休，亭外鶯花似海愁。千古詞人知己少，令人能不憶儋州？(《麗水縣志》卷六)

潘德輿

……此如秦少游「携杖來追柳外凉，畫橋南畔倚胡牀。月明船笛參差起，風定池蓮自在香。」本是七絶，放翁七律直以此為前四句，殆秦集誤入耳。(《養一齋詩話》卷四)

李長吉「天若有情天亦老」，秦少游以之入詞，緣此句本似詞也。（同上卷五）

張文潛、秦少游並稱，而秦之風骨不逮張也。秦之得意句，如「雨砌墮危芳，風軒納飛絮」，「菰蒲深處疑無地，忽有人家笑語聲」，「林梢一抹青如畫，知是淮流轉處山」，婉宕有姿矣。較文潛之「新月已生飛鳥外，落霞更在夕陽西」，「斜日兩竿眠犢晚，春波一頃去鳧寒」，「欲指吴淞何處是，一行征雁海山頭」，……力量似遜一籌。蓋秦七自是詞曲宗工，詩未專門也。（同上）

予又考文潛所詣，在北宋當屬大家，無論非少游、無咎所能，即山谷、後山，亦當放出一頭地。蓋勁於少游，婉於山谷，腴於後山，精於無咎，蘇公以為超逸絶群，山谷以為「筆端可以回萬牛」，誠非虚譽。（同上）

秦氏觀曰：「杜子美之時，實集衆家之長，……子美其集詩之大成者與？……」按東坡云：「子美之詩，退之之文，魯公之書，皆集大成者也。」「集大成」之説，首發於東坡，而少游和之。然考元微之《工部墓誌》曰：「余讀詩至杜子美，而知大小之有總萃焉。上薄《風》、《雅》，下該沈、宋，言奪蘇、李，氣吞曹、劉，掩顔、謝之孤高，雜徐、庾之流麗，盡得古今之體勢，而兼人人之所獨專。能所不能，無可無不可，詩人以來，未有如子美者。」此即「集大成」之義，特未明言耳，則亦非東坡、少游之創論也。顧少游謂子美「集衆家之長」可，謂由於「適當其時」則不可。假令子美生於六朝，生於宋、元，將不能「集衆家之長」耶？抑非其時而遂降與衆家等也？少游，詞人之儁耳，論時則膠矣。且孔子所以為「聖之時者」，時中之義。今既謂子美「集詩之大成」，則宜取微之所言「無可無不可」者當之。（《養一齋李杜詩

秦雲錦

【重建歸山鳳麓宗祠記】　吾宗少游公發蹟淮海，蘇門居四學士之首。宋廷有六君子之名，忠孝傳家，歷世不替。處度公通判常州，遂家於常，瑞五公又自常遷錫。公於宋淳祐四年，建歸山鳳麓宗祠，……由宋而迄我朝，歷五百餘年。……乾隆丙寅先大夫薪巖公詔舉賢才，任閩中福寧郡守，復捐資葺。《錫山秦氏文鈔》卷五

黄立世

【高郵懷秦少游】　不見秦淮海，扁舟此日留。地當名士後，水竹亦風流。沙鳥閑相語，江花迥自愁。幽懷何處寫，玉笛起高樓。（《晚晴簃詩彙》卷一百三）

端木百禄

【秦淮海酒瓶歌】　白雲山人贈我淮海之酒瓶，外質古樸中瓏玲。云是姜山脚下土中出，土花斑剥莓苔青。我聞姜山昔有榷酒處，淮海風流杳難遇。黨人姓名蘇門留，壓捺頭銜曲部署。酒星謫下括州城，淪落一官何重輕。人為先生心不平，我為先生當濁世乃得揚其清。嗟彼毒手可感，落職適成先

生名。不然此瓶久矣埋荒烟，韜沉猶得影自全。何以造物年深不忍秘，幾經歷劫仍復留人間。令人摩挲舊事物，感遇吊古長流連。君不見，侯門當日盛鼎盤，金相玉質工雕鎸。一朝勢敗落人手，收藏終復羞權奸。即看此物出黄土，顯晦雖細非偶然。其中呵護有神力，醜質反藉高名傳。我欲攜之南園去買醉，照眼鶯花趁姿媚。但悲詩人已往如灰塵，孤亭冷落南園春。南園春老吟何苦？啼鳥無情花不語。一自藤陰夢不醒，溪山風月今無主。飲君酒，聽我歌，百年歲月愁蹉跎。人生難得朱顔酡，鶯花亭外春風多。有話不飲當奈何，吁嗟乎，有話不飲當奈何？（《石門山房詩鈔》）

【榷酒所詩】一徑入松林，松花墮如雨。古木葱蘢中，有宋榷酒所。緬昔秦少游，謫監村市酤。藤陰夢何短，風月莽誰主。遥遥八百年，鶯花渺今古。只奈酒瓶在，膨脝出黄土。（《麗水縣志》卷六）

姚儒俠

【疏影樓詞序】《疏影樓詞》凡四種，余友姚子野橋作，野橋為甬上名秀才，生禀異資，於學無所不窺。……詞又其末也，……追蹤秦、柳，胎息賀、史，取法於夢窗、草窗、白雲、白石之間。（《清名家詞·疏影樓詞》卷首）

宋茂初

【重刊淮海集序】吾郵碩彦，宋時多推孫、秦。孫著述最繁，而邑中罕傳。秦則《淮海集》四十六卷，

《詩餘》三卷，舊為明水部李公之藻所刊。乾隆年間，稍事修葺，而漫漶已甚。迄今又八九十年，并此漫漶者不可得。士大夫道出郵邑，耳淮海名，訪其書不獲，意趣索然。王君寬甫懼文獻之馴至於無徵也，亟取舊本，與同志諸君正其脱誤，釐為二十卷。又念集中尚多缺遺，復與茆君雩水，於集外搜採若干條，為《補遺》一卷，并付剞劂氏。一字之訛，必加糾正，閱八月而告成，洵盛舉也。人第見淮海詞賦，裔皇巍然，為文人之冠，不知其慷慨論事，所著皆可見之施行。同時鉅公口之不置，手之弗釋，有由然也。且其時金陵之學方盛，公未嘗附其燄；洛蜀之黨已成，公未嘗揚其波。後因黨籍，遂竄窮荒，轉徙靡常，而著書自娱，氣骨益峻。此高懷勁節，有方之莘老而無愧者。詞賦其緒餘焉耳。今其書具存，讀其書可想見其人。其人磊落而英多，其文潏盪而嵯峨。天下後世，灼然知賢人君子之留貽，一如精金美玉之照耀，是當與海内共寶之，非吾邑所得而私者也，而顧聽其散軼可乎？時邑當事，嘉是役之可不朽也，捐貲為之倡。寬甫因與同人，多方籌畫，以竣其事，蓋亦猶水部之志，而校讎加慎焉。語曰：莫為之後，雖盛弗傳。淮海有知，當輾然一笑也已。道光丁酉仲冬之月，邑後學宋茂初拜手謹序。（道光本《淮海集》卷首）

潘紹詒等

秦淮海祠，在萬象山。乾隆元年，温處道秦瀛摹像并宋元祐三年《除太學博士敕》，勒石蓮城書院。嘉慶元年，知府修仁移建於此。咸豐十一年毁於粵匪。同治七年，崇福寺僧正一募緣重建。（光緒《處州

府志》卷八）

鶯花亭：在南園，郡守范成大建。

宋學士秦觀監酒税署：在郡治姜山。山前為酒税局，秦觀謫監州酒税時居此。（同上卷九）

張吉安

【詩二首】通判杭州到栝州，官因詩謫也風流。我來七百餘年後，山抹微雲正晚秋。

鶯花亭子幾春風，一卧圓庵百慮空。才子回頭都是佛，而今彌勒一龕同。（光緒《處州府志》卷八）

吴世涵

【萬象山謁秦淮海先生祠詩】塵絲黯淡罷烏紗，酒監風流亦可嗟。野寺有僧猶竹柏，荒亭無臺更鶯花。高才幾輩登卿相，黨禍千秋誤國家。太息蘇門諸俊彦，誰令飄泊在天涯？（光緒《處州府志》卷八）

董　斿

【題詩】醉卧藤陰夢正長，炎風吹淚又蠻鄉。微雲競寫詞人句，衰草空迴學士腸。到眼魚豚皆別恨，驚心鼓角易斜陽。一龕今與彌陀共，不負當年爇瓣香。（光緒《處州府志》卷八）

【題秦少游監酒税處詩】地僻官閑亦可休，更承風旨苦吹求。宋朝詩句能招謗，不但東坡與少游。（同

上卷九）

蔣敦復

【周保緒詞(節録)】　蓋先生少年時，與張皋文翰風兄弟同里相切劘，又與董晉卿各致力於詞，啟古人不傳之秘。近來浙、吴二派，俱宗南宋，獨常州諸公，能瓣香周、秦以上，窺唐人微旨，先生其眉目也。(《芬陀利室詞話》卷一)

【詞律謬誤甚多】　萬氏《詞律》謬誤甚多，有最無理可作笑柄者。《雨中花》一調，共列十八首，令、慢不辨，皆謂之又一體。……末載淮海九十八字仄韻一首，《注》以為舊刻「見天風」八字句，細味之「寒」字下應有一叶韻字，乃作□空一字，自矜創獲，刻作「見天風吹落滿空寒□，皇女明星迎笑」云云。余案：「寒」字下非脱一字，乃誤併兩字作一字耳。「皇」字明係「白玉」二字，上句寒白，下句玉女，「白」字固韻。玉女峰在華山，試問「皇女」何解，萬氏恐亦不知也。(同上)

蔣超伯

【曹輔】　曹輔《顔文忠公廟銘》：禄山一呼，逆焰熾天。炎於崑岡，沸於百川。屹屹魯公，忠誠是仗，大義凛然，奮裾首唱。一清土門，數斬偽將，十有七州，聞風順嚮。屹屹魯公，剛實積中，學奥問博，涵演擴充。孝友施家，發為公忠，直道以行，孰顧我躬。讒口猰㺄，往齒其鋒。屹屹魯公，不戒於剛，婉變媚嫉，假手虎狼。公在鯇脆，得困之義，有嚴分守，卒遂吾志。屹屹魯公，風於百世。碑乃秦淮海書，有二王意。碑陰則米南宫記。陶八八授刀圭事。輔又工詩，其答晁無咎云：「下瞰群峰聳如槍，攀蘿捫壁疲獲臧。」不減文潛、少游輩也。（《南濱梏語》卷一）

徐時棟

【宋文鑑】　宋儒論古人，多好為迂刻之言。如蘇轍之論光武、昭烈，曾肇之論漢文，秦觀之論石慶，張耒之論邴吉，多非平情。孔子曰：「爾責於人，終無已時。」大抵皆坐此病。（《煙嶼樓讀書志》卷十六）

韓應陛等

【淮海集校記】　序中稱張世文刻此集於鄂，考之在嘉靖己亥秋九月，蓋抵乙巳重刻，止七年耳。世文名綖，有序一篇，今不抄。虛止間識。

又，綖序中云：山東新刻不全。今世有本，止四十卷，無後集暨詞集者，疑即其本也。西齋青軒又識。

咸豐九年六月二十四日，用宋板《淮海閑居集》十卷校，書友匆匆持去，草略已甚。宋本每半板九行，行十五字，小字同。每卷首有元官印。應陛。

書友蔣姓，原約二十五日清晨取去。乃復辭之，至二十六日酉時，增兩日也。……又重校過，自問庶無遺憾。（手書於嘉靖乙巳本《淮海集》卷首）

【校記】宋本《閑居集》□□□。此本一至十卷第同。咸豐九季己未七月二十七日校畢。宋本照工部尺，竪七寸二分，横一尺一寸六分，俱照墨匡，慎字缺筆，敦字或缺或否，字畫俱未及校也。應陛。（同上卷十）

【校記】卅日凡校十二卷。是日甚煩熱，申刻始有大風，吹雨數點，窗外蕉葉亦復可聽也。虛止。（同上卷十三）

【校記】自十四卷至此，皆六月一日校。凡十卷。（同上卷二十三）

【校記】六月初二日校六卷。（同上卷二十九）

【校記】自此卷至三十五卷，以奚子將假去，六月七日始取歸補校。讀書堂西齋虛止道人元之志。（同上卷三十）

姚文田

【山川】蜀井：《嘉靖志》云：在城東北蜀岡禪智寺内。岡上有井，其水味如蜀江甘冽，冠絶諸井。蘇子瞻、秦少游皆有題詠。（《揚州府志》卷八）

【冢墓】端明殿學士秦定墓：在西山秦家莊。定，高郵人，學士觀諸父也。（同上卷二十七）

【寺觀】醴泉寺：高郵州舊城西南，或云光孝寺。因有醴泉井，故名。宋秦觀《醴泉寺開堂疏》

五百羅漢院：焦里邨，宋僧諸千建，一名存居寺，又名華龍寺。宋秦觀《五百羅漢圖記》。（同上卷二十九）

【古蹟二】摘星亭：迷樓舊址。秦觀詩：「崑崙左右兩招提。」

斗野亭：在邵伯鎮，梵行院之側，宋熙寧二年建。《雍正志》。……蘇子瞻、子由及秦太虛、黄魯直、張文潛諸人，皆嘗觴詠於此，則以是為一邑之勝。

平山堂：在郡城西北五里蜀岡上，大明寺側。……秦觀詩：「棟宇高開古寺間，盡收佳處入雕欄。」（同上卷三十一）

【古蹟四】高郵州文游臺：在軍城東二里。舊傳蘇軾、王鞏、孫覺、秦觀諸公及李公麟嘗同遊，論文飲酒，因以文游名之。公麟畫為圖，刻之石。《輿地紀勝》。臺舊祀四賢於上。中更兵燹，宋淳熙王詗、嘉泰吴鑄、開禧張革、明正德胡堯元來守是郡，皆修葺之。國朝康熙元年知州曾懋蔚重修，雍正元年知州張德盛重修，乾隆三十二年山僧大悟增修。（同上卷三十三）

【金石】《揚州石塔佛舍芝室記》秦觀撰，無年月，在揚州。《禪智寺五百羅漢殿記》秦觀撰，米芾書，在高郵。泰州浮香亭，秦觀、蘇軾、蘇轍、參寥詩刻石。紹定元年州守陳垓立。（同上卷六十四）

曾國藩

【戲書秦少遊壁】微服過宋，謂少游過宋之南京，今之歸德也。宋父，以喻所盼者之父。百牢，喻百兩之禮。鸜鵒，喻此女也。秦氏，喻少游之夫人。兕，喻少游之子已長矣。「憶炊」句，喻少游昔年與妻同貧苦。「未肯」句，喻妻不欲少游納妾。「莫愁」句，勸少游妻無怨其夫。「但願」句，言富貴後不妨廣置姬妾也。任《注》云：觀此詩意，當是少游過南京時，有所盼，主翁待少游厚，欲令從歸，而其家難之也。（《求闕齋讀書録》卷十《山谷詩集》）

【次韻文潛】 淩江即淩雲、淩波之類。韓詩：「遂淩大江極東陬。」任《注》云：三豪當是東坡先生及范淳夫、秦少游，於時皆死矣。「有人」二句，謂安民修政，自有廟堂，諸人身任茲責，吾輩政可隱几學道，息諸妄念爾。末二句言賢愚邪正，久而自明，猶水清而石自見。（同上）

【花光仲仁出秦、蘇詩卷，思兩國士不可復見，開卷絶歎，因花光為我作梅數枝及畫煙外遠山，追少游韻記卷末】 仲仁蓋衡州花光山長老。「夢蝶」、「真人」，用《莊子》事，「籬落」、「逢花」，用陶潛事，以比秦少游逢花便醉也。法融禪師入牛頭山幽栖寺，有百鳥銜花之異。少游卒於藤州，其子處度稾殯於潭，故有「長眠橘洲」之句。「霜前草」，言喜尚未死也。（同上）

【戲答仇夢得承制】 秦少游作《任師中墓表》，云：元豐中朝廷治西南乞第之罪，至於斬將帥，絀監司，兩蜀騷然，四年而後定。黃口兒，指夏主乾順方幼也。（同上）

莫友芝

【淮海集四十卷，後集六卷，長短句三卷】 宋秦觀撰。《淮海集》有影宋抄本四十卷，後二集已佚，明初刊本。嘉靖中張綖刊本。萬曆十六年李之藻刊本。道光十七年高郵王敬之刊本，合為十七卷，後集二卷，補遺一卷。（《郘亭知見傳本書目》卷十三）

【淮海詞一卷】　宋秦觀撰。《詞苑英華》本。《淮海集》本。汲古一集。（同上卷十六）

秦緗業等

淮海泉　在惠山秦觀墓左石壁下，裔孫瀛謁墓得之，因名曰「淮海泉」。（光緒刻本《無錫金匱縣志》卷三）

國史院編修贈龍圖閣直學士秦觀墓　在惠山第一峰。觀以建中靖國中卒藤州，殯於潭州。政和中歸葬高郵。子湛倅常州，遷葬於此。元初墓為趙氏所據，教授虞薦發白於官，復之。舊志稱墓在璨山，誤也。秦瀛作《淮海墓考》，始辨正焉。（同上卷十二）

【重修洞庭秦氏宗譜序（節録）】　吾錫山之秦與洞庭之秦，同祖淮海公，淮海以上無考也。其由高郵遷武進者，為淮海公子處度，公子曰南翁；或言處度通判常州時即家焉。未知孰是。（《錫山秦氏文鈔》卷九）

劉熙載

東坡之文工而易，觀其言「秦得吾工，張得吾易」，分明自作贊語。文濳卓識偉論過少游，然固在坡函蓋中。（《藝概》卷一）

少游詞有小晏之妍，其幽趣則過之。梅聖俞《蘇幕遮》云：「落盡梅花春又了，滿地斜陽，翠色和煙老。」此一種似為少游開先。（同上卷四）

秦少游詞得《花間》、《尊前》遺韻，却能自出清新。東坡詞雄姿逸氣，高軼古人，且稱少游為詞手。山谷傾倒於少游《千秋歲》詞「落紅萬點愁如海」之句，至不敢和。要其他詞之妙，似此者豈少哉！（同上）

少游《水龍吟》「小樓連苑横空，下窺繡轂雕鞍驟」，東坡譏之云：「十三箇字只説得一箇人騎馬樓前過」，語極解頤。其子湛作《卜算子》云：「極目煙中百尺樓，人在樓中否？」言外無盡，似勝乃翁，未識東坡見之云何。（同上）

叔原貴異，方回贍逸，耆卿細貼，少游清遠。四家詞趣各别，惟尚婉則同耳。（同上）

東坡詞在當時鮮與同調，不獨秦七、黄九，别成兩派也。晁無咎坦易之懷，磊落之氣，差堪驂靳，然懸崖撒手處，無咎莫能追躡矣。（同上）

陸放翁詞，安雅清贍，其尤佳者在蘇、秦間。然乏超然之致，天然之韻，是以人得測其所至。（同上）

南宋詞近耆卿者多，近少游者少，少游疏而耆卿密也。（同上）

虞伯生、薩天錫兩家詞，皆兼擅蘇、秦之勝。張仲舉詞大抵導源白石，時或以稼軒濟之。（同上）

杜文瀾

詩之幽瘦者，宋人均以入詞，如「曲終人不見，江上數峰青」一聯，秦少游直録其語。若是者不少，是在填詞家善於引用，亦須融會其意，不宜全録其文。（《憩園詞話》卷一）

校書遇費解語，百思不得，迨以善本校出，有令人失笑者。如校《詞律》，秦少游《雨中花慢》詞，上句「滿空寒」三字，下句「皇女明星迎笑」六字。萬氏注云：按律少一字。余又覺「皇女」二字不可解。及得《淮海集》校之，乃上句為「寒白」，下句為「玉女」。鈔時誤鈔「玉」字一點，與白字併作皇字，此與俗傳羊血倉倉笑柄正相偶矣。（同上）

陸增祥

【宋浯溪題刻】山谷題名並詩，共十一行，正書，在浯溪磨厓之左。其後有宣和間人題語三行，似記模刻緣起也。……宣和跋所存二行，上下亦多磨損不全。考淡山岩有元祐中楚人高公傑子發題名，疑即此子發秀才也。讀山谷自題「惜秦少游已下世，不得此妙墨鑱崖石」之語，知當時此詩未及刻石，而墨蹟藏於子發秀才家，至宣和時乃勒石耳。「子」上一字當是「庚」，庚子乃宣和二年，在崇寧三年後十六年。少游卒於建中靖國元年，乃崇寧三年之前四年也。古泉山館《金石文編》。（《八瓊室金石補正》卷九十二）

【宋浯溪題刻】張耒詩高四尺，廣四尺四寸，詩十一行，行十三字，字徑一寸五分許，行書。跋五行，行廿二至廿四字不一，字徑寸許，正書。

右張耒詩，明代模刻，原石已亡矣。近時沈栗仲又書刻之。……又案：王象之《輿地碑記目·永州碑記》內，載秦少游《中興頌碑》，并録其詩，即此詩之首四句也。然則以此詩為少游作者，當有所據。（同上）

【米芾書踏莎行詞刻】分兩截。上截高尺許，廣一尺六寸，十一行，行七字八字，字徑八九分，行書。下截高七寸，廣一尺七分，十三行，行十字，字徑五分，正書。在郴州蘇仙嶺。

霧失樓臺，月迷津渡，桃源望斷知何處？可堪孤館閉春寒，杜鵑聲裏殘陽樹。　驛寄梅花，魚傳尺素，砌成此恨無重數。郴江本自繞郴山，為誰流下瀟湘去。

秦少游辭，東坡居士酷愛之云：少游已矣，雖萬人何贖。芾書。以上上截。

淮海詞，東坡語，元章筆，素號三絶碑。騷人詞客，得之寶惜。余來守是邦，首訪舊刻，把玩不置，因謁蘇仙山，少憩白鹿洞口。偶披蓁而上，有泉出乎兩山之間，於是草創小亭，環植桃栽，追思唐孫會「何異武陵之境」之句，慨悟少游「桃源望斷知何處」之所詠，命工以其詞鑱之石壁，尚與此景同傳不朽云。咸淳丙寅春辛卯月，邵武鄒恭跋。以上下截。

右秦少游詞。米元章行書，十一行，行八字，在郴州。下截為咸淳二年二月郴州守鄒恭跋，十三行，行十字，正書。乃記刻此詞之本末也。考黄山谷有跋秦少游《踏莎行》，即此詞也，云：右少游發郴州回横州，多顧有所屬而作，語意極妙，似劉夢得楚蜀間詩也。又《冷齋夜話》云：少游到郴州作長短句云云。……今以石刻校兩家所引，詞句有不同處，如「知何處」作「無尋處」，「殘陽樹」作「殘陽暮」，又「郴江本自繞郴山」之「本」作「幸」，似皆當以石刻為正。然據《漁隱叢話》引《詩眼》，謂淮海小詞云，「杜鵑聲裏斜陽暮」……則此句似經後人改定者，豈即出於元章之手邪？又考周益公有跋米元章書、秦少游詞云：「借眼前之景，而含萬里不盡之情；因古人之法，而得三昧自在之力。此詞此字所以傳世。」似亦即指此刻而言也。《郴州總志》云：鄒恭，咸淳元年，由奉直大夫知郴州，而不著其籍貫。據此刻，知為邵武人。案：「斜陽樹」，明浙板《淮海集》作「斜陽暮」。徐渭評云：《王直方詩話》載黄山谷惜此詞「斜陽暮」，意欲重易之，未得其字。今《郴志》遂作「斜陽度」，此亦何害，而病其重也，李太白詩，「睠彼落日暮」，即斜陽暮也。云云。渭所見《郴志》，乃萬曆胡漢本，今楊桑阿志已從《淮海集》改正，而不知石刻作「殘陽樹」也。《郴州總志》載少游此詞，題作《白鹿洞》。又載其《阮郎歸》一闋，又云：桃花流水溪，自蘇仙山中觀之前下，其水清，瀉經白鹿洞前，流入郴江古岸。秦觀三詞刊石上。云三詞，則二詞之外，豈尚有一詞，俱刻於此邪？（古泉山館《金石文編》）

《湖南通志》載此刻，脱「於是草創小亭，環植桃栽」十字。又誤白鹿洞之「鹿」為「蓮」，茲據石正之。石有剥蝕，仍據志補其闕。案：鄒恭跋云：素號三絶碑，則此詞此字本有石刻，鄒郴州殆以墨本重模於石壁耳。丙寅為咸淳二年。又「環植桃栽」之「栽」，或以為「李」字，於義自順，然諦審拓本，實是「栽」也。（《八瓊室金石補正》卷一百二十一）

端木埰

【齊天樂中秋後一日，太虚游龍井之日也，見東坡書事，生平酷愛此篇。丙戌中秋後一日，月明如畫，想太虚遊夕，亦無以過之。既小楷書坡文一通，復倚此闋，極致賞心。】太虚作記曾玆夕，探幽快乘清興。皓月中天，秋光似水，路入風篁支徑。山空夜静，愛行路松香。潄來泉冷，流水聲中，隔林依約度疏磬。　今宵風景未減，只蕭齋寂坐，塵念都屏。蘭紙書成，蟾光透入，净几明窗相映。盈盈照影，想此月清暉，古人同領。問月何如，一般清味永。（《清名家詞·碧瀣詞》）

葉廷琯

【陳雲翁論宋詩】雲伯先生，嘗言王禹玉「雪消華月滿仙臺」一律，雄麗高亮，視岑、杜諸公早朝唱和之作，幾欲過之。劉原父「凉風響高樹，清露墜明河」二語，雖使王、孟為之，應亦不過如是。至若秦少游之「雨砌墮危芳，風軒納飛絮」，則李公擇所云謝家兄弟得意詩也。然則論詩者，可定為宋不如唐，强分畛域乎！（《鷗波漁話》卷五）

俞樾

【精騎集】明何孟春《餘冬叙録》云：秦少游自言小時讀書，有强記之力，而常廢於不勤。及長，聰明衰耗，有勤苦之勞，而嘗廢於善忘。因讀《齊史》，見孫搴《答邢邵》曰：「我有精騎三千，足敵君羸卒數萬。」心善其説，因取經傳子史事之可為文用者，得若干條，為若干卷，題曰《精騎集》。朱子《與吕東萊書》：近見建陽印一小册，名《精騎》，云出賢者之手，不知是否。此書流傳，恐誤後生輩，讀書愈不成片段也。東萊之所名者，亦取之孫搴所云。而晦庵不言少游已有此集，何也？按此，則少游與東萊并有《精騎集》，今皆不傳。其書雖紫陽所不取，然使至今當存，亦學者所寶矣。（《茶香室續抄》卷十

三）

汪 淵

【書秦少游遣妾邊朝華詩後】小紅縱幸生前嫁，樊素方深别後愁。一樣情天恨難補，西風寂寞古藤州。（《晚晴簃詩匯》卷一百八十一）

徐 嘉

【題蘇門六君子詩文集擬顔延年五君詠體·豫章集】元祐四學士，涪翁標逸塵。瑰瑋妙當世，瘦硬彌通神。雲龍敵韓、孟，天馬先秦、陳。西江啟詩派，垂輝亦千春。（《味静齋集》詩存卷八）

【淮海集】太虚夙豪雋，慷慨文超然。郴、横再徙置，風影懷憂煎。不願萬户封，願得從坡仙。黄塵日月换，散漫留斯篇。（同上）

李慈銘

【赤城詞宋陳克撰（節録）】予嘗論詞固莫富於南宋，律亦日密，然語蕪意淺，俚鄙百出，此事遂成惡道。蓋《金荃》、《蘭畹》之旨，固蕩焉盡失，即小山、六一、淮海、安陸諸公之風神格韻，亦無復存者。（《越縵堂讀書記·文學》）

黄燮清

孫家穀，字曙舟，一字幼蓮。……姚野橋曰：「先生之詞，情婉意約，的宗秦、柳，其穠麗俊雅處，又與夢窗、西麓為近。」（《國朝詞綜續編》卷五）

丁紹儀

【秦觀、李演八六子詞】秦觀《八六子》云：「倚危亭。恨如芳草，（詞見本集，略）」與李演詞云：「乍鷗邊，一番腴緑……人歸緑陰自斜。」字句平仄如一，惟李詞首句不起韻，第五句用韻，與秦稍異。《詞律》、謂秦詞恐有訛處，未必然也。至秦詞「奈回首」作「怎奈向」，李詞「玉瓢」作「玉飄」，均係傳鈔之誤。（《聽秋聲館詞話》卷二）

【宋代兩師師】張子野《師師令》云：（詞略）蓋為汴京妓李師師作。秦少游亦贈以《生査子》云：（詞略）……《耆舊續聞》謂記徽宗幸李師師家事，美成因是詞幾被譴，師師身價鄭重可知。……惟子野係仁宗時人，少游於哲宗初貶死藤州，均去徽宗時甚遠，豈宋有兩師師耶？（同上卷十七）

陳彬華

【夢揚州夢遊平山堂下，彩雲已散，風景頓殊，醒後追思，不勝悵惘，因譜此解，用秦淮海韻。】碧雲收，奈夢雲，還自難休。

艷冶頓銷，瑟瑟蘆花摇秋。小雷塘外蘅蕪路，那更尋，香軟紅稠。徘徊處，凉生快，一分殘月凝愁。　猶記清狂勝遊，看鬢影衫痕，畫舫橋頭。載酒聽簫，幾樹垂楊勾留。一絲重覓曇華影，剩舊時，珠箔珊鈎。無賴甚，迷離幻境，空賦揚州。（《清詞綜補》卷四十二）

梁廷柟

朝中名賢書，惟蔡莆陽、蘇許公易簡、蘇東坡、山谷、蘇子美、秦淮海、李龍眠、米南宫、吴練塘（傅朋）、王逸老，皆比肩古人。（《洞天清禄集》（《東坡事類》卷二十一）

平步青

【唐宋文選（節録）】　御選《唐宋文醇》，採之葛氏，以宣公、衛公儷小杜，不若越縵六家評騭之精。前人未有見及者，北宋不選少游，南宋不選水心，元不選歐陽予功，宜越縵謂其未善也。（《霞外攟屑》卷六）

【淮海集刊誤】　《淮海集》卷三十三《葛宣德書舉墓銘》云：「長垣有地訟，更數令不决，其人執康定元年二月書契為證。君至，謂訟者曰：『爾所執，僞契也，康定改元，在寶元之冬，豈復有二月耶？』訟者詘服，吏大驚。君之為政明，多此類也。」按《宋史·仁宗紀》，寶元三年二月丙午，改元康定。長垣為畿邑，詔書行下，不過數日，訟者何不以此抵令？豈《淮海集》刊本有脱誤耶？（同上）

【秦淮海妻非蘇小妹】　《通俗編》卷三十七。「蘇小妹」條：「《歐陽文忠集·蘇明允墓志》云：『君三女，皆早卒。』按明允一女適其母兄程濬之子子才。庸按：文忠姊名八娘。子才字正輔。一女適柳子玉。按子玉子瑾，字仲遠，娶文忠堂妹小二娘，蓋中都公渙少女，非文忠同懷也。晴江誤。而世俗有云蘇小妹者，謂其適秦少游，豈明允之最小女耶？」考王應元撰《少游傳》云：「見蘇軾於徐州，為賦《黄樓歌》，以為有屈、宋才。」自此以前，二人未相識也。軾於治平應作熙寧。十年，始改知徐，而明允卒於治平三年，其三女皆已先歿，則安得有軾妹適少游事？俗所傳不見載記，惟元吴昌齡《東坡夢》雜劇為是言，並云其妹之名曰子美。雜劇之謬悠，詎可據以為實？庸按：寄園《寄所寄》卷八引雲谷《卧餘》云：「世傳蘇子瞻有小妹，嫁為秦淮海之妻，而造為無稽之談以實之，皆妄。《今古奇觀》卷十七一則，即雲谷所斥。按《墨莊漫録》云：「延安夫人蘇氏，丞相子容内也。有詞行於世，或以為東坡女弟適柳子玉者所作，非也。《菊坡叢話》云：「老蘇先生之女，幼而好學，慷慨能文，適其母兄程璿之子子才，作詩曰：『汝母之兄汝伯舅，求以厥子來結姻。鄉人婚嫁重母族，雖我不肯將安云。』人言蘇子無妹，却有此詩。然則子瞻固有二妹：一適柳子玉之子，一適程子才，而第非秦淮海耳。」張純照《遺珠貫索》亦引《卧餘》，删去《墨莊漫録》數語，而云故長公集有柳子玉倡和詩，又有柳氏二外生求筆跡詩，又有贈外生柳閎詩。東坡集又有《乳母任氏墓銘》，云乳亡姊八娘及軾，則東坡不特有妹，而且有姊，特早亡耳。《墨莊》以下至安云，《隨園詩話》卷十五。引之。或云今所傳蘇小妹之詩句、對語，見宋林坤《誠齋雜記》，原屬不根之談。按《淮海集》卷三十六《徐君主簿行狀》諱某，字成甫，高郵人。云：「子男五人：曰文通、文俠、文剛、文懷、文昌。女三人：曰文美、文英、文柔。……又以文美妻余。」如其志云，則淮海妻為徐文美，非文忠小妹。小説紛紛，何足信也！《戒庵漫筆》已引秦集，見《堅瓠丙集》卷三。《履園叢話》卷二十四「蘇小妹」條云：「余修《高郵志》，翻閲《淮海集》，乃知少游夫人姓徐氏，為里中富人徐天德之女。天德字賡實，號元孚，有義行，少游為作事狀載集。而舊志竟未及。」徐君名為集所不載，字又異，豈梅谿所見秦集為别本耶？（同上卷九）

按：平步青，字景孫，號常庸。

丁　丙

【淮海集四十卷，後集六卷，長短句三卷明嘉靖己亥刊本】　秦觀少游。觀高郵人，登進士第。元祐初除校勘黄本書籍。紹聖初除名，編隸横州，遇赦北歸，至藤州卒。《宋史·文苑傳》稱觀與兩弟覿、覯皆知名，而觀集獨傳。集舊為三十卷，見《晁志》。又《淮海閑居集》十卷，《淮海詩餘》一卷。《宋史》謂文集四十卷，蓋合前二集而言也。《經籍考》歌詞有《淮海集》一卷，即詩餘也。版舊藏國子監，歲久漫漶，儀真黄雪洲中丞瓚刻於山東，高郵州守張綖參校監本、黄本，再刻於鄂州。既而鄂版毁於火，高郵州守胡民表復刊，使江都盛儀為序，并列《宋史》本傳與張綖原序，又使綖弟繪為後序。（《善本書室藏書志》卷二十八）

【淮海集四十卷，後集六卷明山東刊本】　秦觀少游。此本前後無序跋，又無《長短句》三卷，刊版較大於嘉靖本，按張氏綖序云：「北監舊有集版，歲久漫漶。近日山東新刻不全，予迺以二集相較，刻之郡齋。」所謂不全者，殆因未刻長短句耳。然則此集為儀真黄雪洲中丞瓚先刻於山東者歟？按《山東通志·職官表》：巡撫都御史黄瓚，直隸人，正德間任。(同上)

【淮海集四十卷，後集六卷，長短句三卷明萬曆戊午刊本】宋高郵秦觀少游撰，明仁和李之藻振之校。右為明萬曆戊午，敕理河道工部郎中仁和李之藻校刻，高郵州知州海鹽王廷俊同校。同列名參閲者，則同知階州蹇遇泰，判官漳州康萬有，浮梁曹一誠，署學正晉江韋泰福，訓導潁州王文炳，鄒縣趙一介，陽城閻敬，貢生王應元，庠生陳有典、張承華……。而之藻序其前曰：「方其壯歲登朝，致身史局，才名重於海内，第令肯稍脂韋，即拾級可躋宰執。……余所為三復遺文，重為讐校也。」同時巡按太原姚鏞並為序，并刻張綖、盛儀舊序及王應元撰郡志本傳。(同上)

【淮海詞三卷明鈔本，鑑止水齋藏書】秦觀少游。觀有《淮海詞》三卷，《書録解題》作一卷。毛晉所刻亦一卷，乃雜採諸書而成，非其舊帙。此明鈔三卷，後有嘉靖己亥中秋南湖張綖跋。(同上卷四十)

【蘇門六君子文粹前記(手書)】《蘇門六君子文粹》七十卷，明刊本，不著編輯姓氏，或傳陳亮所輯，亦無確據。……其文皆從諸家集中録出，凡淮海十四卷，宛邱二十二卷，濟北二十一卷……板刻雖在崇禎，而雕鏤出於武林，益可珍也。前有雲間陳繼儒序，有曹氏巢南是亦樓藏書印，趙氏鑑藏諸册記。(《蘇門六君子文粹》卷首)

譚獻

【高郵】 蘭槳盈盈動水濱，棲鴉點點度湖漘。使從衰草微雲裏，想見風流淮海人。（《復堂類稿》卷三）

【評秦觀滿庭芳】 淮海在北宋，如唐之劉文房。（《復堂詞話》）

【評陸游朝中措】 放翁穠纖得中，精粹不少；南宋善學少游者惟陸。（同上）

【篋中詞】 沈遹駿倚聲柔麗，探源淮海、方回，所謂層臺緩步，高謝風塵，有竟體芳蘭之妙。（同上）

王闓運

【滿庭芳（山抹微雲）】 庶常散館，出京至黄村，齊聲一歎。（《湘綺樓評詞》）

【滿庭芳（曉色雲開）】 與前調一段結句，一意一調，然不嫌再見。（同上）

陸心源

【姚勔傳】 姚勔，字輝中，趙州山陰人，嘉祐四年進士。……擢右正言，奏御史中丞趙君錫雷同俯仰，無所建明。既薦秦觀才美，後因屬官有言，旋行陳首，取捨翻復，貽笑多士。（《元祐黨人傳》卷二）

張佩綸

前如慶曆，後如元祐，皆史之所推為主聖臣賢者，實則一味粉飾敷衍而已。……當時惟坡公洞達民情，深識國勢，如唐之贊皇、明之江陵一流，惜其猶染樂全、六一習氣，動喜安佚，而在朝不久。所收羅僅黄、張、晁、秦諸人，特詞客，非大才。（《澗于日記》光緒己丑年二月初七日）

閱《淮海集》。蘇門四學士如淮海者，向特以詞人目之，及讀其《財用》策兩篇，所見乃超出宋人熙、豐、元祐諸公之表，其上譏新法也，而其末云：「今國家北有抗衡之虜，西有假息之羌，……則不可有如管仲、范蠡、蕭何之所為也，亦惡乎而不可哉！」亦不甚取温公一派。其文雖不及畢西臺，然議論識力沾溉於子瞻者不淺矣。（同上壬辰年八月初三日）

閱《秦淮海集》。淮海有《法帖通解》，辨證閣帖。摘録之。《千文》乃梁武得羲之所書千字，使周興嗣次之。蔡遠浪《釋辰宿》一帖，興嗣文也，豈得為《漢章帝書》。歐陽文忠以謂前世學書者已有此語，不始羲之，殆亦可疑。（《辨漢章帝書》）。古文雖非科斗，而世常謂之科斗，以其類科斗爾。此帖題曰《倉頡書》，不與科斗相類，乃近大、小二篆。（《辨倉頡書》）。仲尼銘季子墓，字徑尺餘。唐張從紳記舊本湮滅，開元中，元宗命殷仲容摹榻。至大曆中蕭定又刻於石。此字乃後人依仿。（《辨孔子書》）。漢碑存者皆隸，而程邈此帖乃小楷，豈敢信以為秦人？（《辨史籀、李斯》）。文忠考《魏》、《吴》二志，權以是年閏十月方取荆州，至十二月竣。明年正月告捷，繇焉得於閏月先賀？（《辨鍾繇》）。

以上各條，均極諦當。其論懷素草書，引歐陽文忠云：「魏晉時人逸筆餘興，初非用意，自然可喜。後人乃棄百事而以學書為事，如一未至，至於終老窮年，疲弊精神，而不以為苦，是真可歎也。懷素之徒是已。」文忠此論，可謂名言。雖永叔、少游均不以書名，未足服善書者之以而闞其口。然士大夫立身已自有不朽者在，詩文已是餘事，書則更是餘事。轉取工於書，遂欲以此傲天下士，實則人亦污下其書，世亦不及寶之矣。（同上癸巳正月初十日）

瞿　鏞

【淮海先生文集二十六卷宋刊殘本】　題秦觀少游。原書四十六卷，今存卷一至十八，二十七至三十四，前有自序云：「元豐七年冬，余將赴京師。……號《淮海閑居集》云。」序後又有無名氏題記云：「右學士秦公元豐間自序云耳，故存而不廢。今又采拾遺文而增廣之，合為四十有六卷。大概見於後序，覽者悉焉。」惜後序亦已闕矣，每半葉九行，行十五字，首葉板心有「眉山文中刊」五字，慎、敦、廓字闕筆，寧宗時蜀中刻本也。以明嘉靖間張綖刻本對校，張本譌字甚多。（《鐵琴銅劍樓藏書目録》卷二十）

【淮海集四十卷，後集六卷，詞三卷明刊本】　此本為嘉靖間南湖張綖倅鄂州時所刻，有序，卷第與宋本同，蓋其集本淮海先生手自編定也。卷首有竹垞藏本朱記。（同上）

馮煦

【論詞絶句（選一首）】楚天涼雨破寒初，我亦迢迢清夜徂。淒絶柳州秦學士，衡陽猶有雁傳書。秦少游。（《蒿庵類稿》卷七）

宋至文忠，文始復古，天下翕然師尊之，風尚為之一變。即以詞言，亦疏雋開子瞻，深婉開少游。（《蒿庵論詞》）

後山以秦七、黄九並稱；其實黄非秦匹也。若以比柳，差為得之。（同上）

少游以絶塵之才，早與勝流，不可一世；而一謫南荒，遽喪靈寶。故所為詞，寄慨身世，閑雅有情思，酒邊花下，一往而深，而怨悱不亂，悄乎得《小雅》之遺。後主而後，一人而已。昔張天如論相如之賦云：「他人之賦，賦才也；長卿、賦心也。」予於少游之詞亦云：他人之詞，詞才也；少游、詞心也。得之於内，不可以傳。雖子瞻之明雋，耆卿之幽秀，猶若有瞠乎後者，況其下邪？（同上）

淮海、小山，真古之傷心人也。其淡語皆有味，淺語皆有致，求之兩宋詞人，實罕其匹。（同上）

《姑溪詞》長調近柳，短調近秦，而均有未至。（同上）

劍南屏除纖艶，獨往獨來，其逋峭沈鬱之概，求之有宋諸家，無可方比。《提要》以為詩人之言，終為近雅，與詞人之冶蕩有殊，是也。至謂游欲驛騎東坡、淮海之間，故奄有其勝，而皆不能造其極；則或非放翁之本意歟？（同上）

【一枝花曉經秦郵過故居作】　帆影收殘驛，問訊鷗邊消息。未黄寒柳下，曉風急。湖水湖烟，一抹傷心碧。甚處尋秦七，衰草微雲，依然舊日詞筆。　霜重城陰濕，歸路暗驚非昔。東偏三五畝，薜蘿宅。十載塵顔，算只有頽波識。俊遊忘不得，認秃樹荒祠，乳鴉猶帶離色。（《全清詞鈔》卷三十六）

秦元慶

【淮海集序】　此先淮海公所撰著也。淮海公生宋仁宗之世，以翰林起家，不罄其施以殁。殁而《淮海集》始出，海内傳頌，幾乎家有其書。國朝段斐君刻於浙中，板最完善。慶高祖茂修公自吴遷楚，携原槧本篋藏以示後人，令無墜先業。惟是楚南坊間，向無精本。先伯祖介景公欲重梓之，未果。咸豐初，賊蹂躪大江南北，凡書之善本在其地者，蕩軼無存。其存者亦皆剥蝕殘缺，不復可收拾。區區是集，其與存者幾何？嘗慨《李義山集》，殁數十年，始克成書，尋被族子纂去百有餘年，而後行世。慶食舊德，今且數十世，恒愧無以迪前人光。而是書也，經兵燹，歷星霜，僅有存者，不思所以廣其傳，不幾重為先人戚乎？爰出所藏，精繕校刊，以竟先志。又，原刻未有年譜，年譜成於宗老大音先生，重訂於宗人小峴侍郎，復經少詹錢辛楣先生釐正，考據詳覈，尤為可珍。兹從宗牒敬録，並付手民，登諸卷首，庶讀是書者，得所是證，藉以論世知人。昔昌黎韓氏新修《滕王閣記》，自以列名三王之後有榮幸焉。慶之為是刻，既免為義山族子，而先伯祖未逮之志，亦於是乎成。雖未敢擬迹昌黎，然記所謂「有善而弗知、知而弗傳」者，庶幾免於君子之所耻。斯則後世子孫與有榮幸者夫！爰述其

顛末，綴數行，以志弗諼。同治癸酉暮春，裔孫元慶筱浦謹跋。（清同治十二年秦氏家塾本《淮海集》後附）

繆荃孫

【淮海集四十卷，後集六卷，詞三卷】 明嘉靖己亥南湖張綖倅鄂州所刻本，卷第與宋本同。（《藝風藏書記》卷六）

黄氏

【如夢令（門外緑陰千頃）】 沈際飛曰：「不勝情」三字，包裹前後。秦少游又有春景一闋曰：「鶯嘴啄花紅溜，燕尾點波緑皺。指冷玉笙寒，吹徹小梅春透。依舊，依舊，人與緑楊俱瘦。」沈際飛深賞其琢句奇峭，然細玩終不如此首韻味清遠。「不勝情」，從「千頃」字、「相應」字生出。因「不勝情」而行行而無人，只見「風弄一枝花影」，更難為情。「一枝」字幽雋。（《蓼園詞評》）

【菩薩蠻（金風簌簌驚黄葉）】 按「匝」字從「轉」字生來。匹月由東而西，轉於高樓之上者已匝也。通首亦清微澹遠。（同上）

【阮郎歸（春風吹雨遶殘枝）】 沈際飛曰：諱愁無奈，想深且慧。又曰：既已「翻身整頓」，終不禁「應劫」之遲。寫生手「應劫」，猶言應敵。按此詞疑少游坐黨被謫後作。言己被謫而衆謗尚交搆也。「遶」字有糾纏不已之意。風雨相逼，至「花無可飛」，則慘悴甚矣。「池」「欲生漪」，亦「吹綯一池」之意也。

「日西」言日已暮，而時已晚也。「整頓殘棋」而「應劫遲」，言欲求伸而無心於應敵也。辭旨清婉悽楚。結末「沈吟」二字，妙在尚有含蓄。（同上）

【眼兒媚（樓上黄昏杏花寒）】按此久别憶内詞耳。語語是意中摹想而得，意致纏綿中繪出，盡是鏡花水月。與杜少陵「今夜鄜州月」一律同看。（同上）

【桃源憶故人（碧紗影弄東風曉）】沈際飛曰：「海棠開了」下，轉出「啼鳥」粧點，趣溢不窘。奇筆。按第一闋言春色明艷，動閨中春思耳。次闋言抑鬱無聊，青春已老，羞望恩澤耳。託興自娟秀。（同上）

【鷓鴣天（枝上流鶯和淚聞）】《古今詩話》：此詞形容愁怨之意最工。如後疊「甫能炙得燈兒了，雨打梨花深閉門」，頗有言外之意。孤臣思婦，同難為情。「雨打梨花」句，含蓄得妙，超詣也。（同上）

【鵲橋仙（纖雲弄巧）】按《七夕歌》，以雙星會少别多為恨。少游此詞，謂「兩情若是久長」，不在「朝朝暮暮」，所謂化臭腐為神奇。凡詠古題，須獨出新裁，此固一定之論。少游以坐黨被謫，思君臣際會之難，因託雙星以寫意。而慕君之念，婉惻纏綿，令人意遠矣。（同上）

【蘇東坡虞美人（波聲拍枕長淮曉）】揚州廨，王敦所創，開東西南三門，俗謂之西州。《冷齋夜話》云：東坡與少游維揚飲别作此。世傳賀方回作，非也。山谷亦云，大觀中，於金陵見其親筆，實東坡詞也。只尋常贈别之作，已寫得清新濃厚如此。想是時少游在揚州，而東坡自汴抵揚，又與之飲别也。首一闋，是東坡自叙其舟中抵揚情事。第二闋，是叙與少游情分，「風鑑在塵埃」，是惜少游，此其所以煩惱也。（同上）

【踏莎行（霧失樓臺）】《冷齋夜話》云：「少游到郴州作此詞，東坡絶愛其尾兩句，自書於扇曰：少游已矣，雖萬人何贖。」按少游坐黨籍，安置郴州。首一闋是寫在郴，望想玉堂天上，如桃源不可尋。而自己意緒無聊也。次闋言書難達意，自己同郴水自遶郴山，不能下瀟湘以向北流也。語意凄切，亦自藴藉，玩味不盡。霧失月迷，總是被讒寫照。（同上）

【蝶戀花（鐘送黄昏鷄報曉）】沈際飛曰：朱顔緑髮，變為鷄皮老人，能不感慨系之？又曰：後段占多許地步，開多許眼光，詞之得致亦在此。前闋言世事無窮，忙者自相促迫，人自催老而物自循環也。次闋言天下惟閑中日長耳。「登樓望青山一點」，正是閑處所。此詞似屬閲歷有得之言。（同上）

【千秋歲（柳邊沙外）】《冷齋夜話》云：「少游小詞奇絶，詠歌之，想見其神情在絳闕道山之間。」按此乃少游謫虔州思京中友人而作也。起從虔州寫起，自寫情懷落寞也。「人不見」，即指京中友。故下闋直接「憶昔」四句。「日邊」，東京友也。「夢斷」、「顔改」、「愁如海」，俱自歎也。（同上）

【八六子（倚危亭）】沈際飛曰：「長短句偏入四六，《河滿子》之外，復見此而已。」寄託耶，懷人耶，詞旨纏綿，音調凄婉如此。（同上）

【滿庭芳（曉色雲開）】此必少游被謫後作。雨過還晴，承恩未久也。「燕蹴紅英」，喻小人之讒搆也。「榆錢」，自喻也。「緑水橋平」，喻隨所適也。「朱門」、「秦箏」，彼得意者自得意也。前一闋叙事也，後一闋則事後追憶之詞。「行樂」三句，追從前也。「酒空」二句，言被謫也。「豆蔻」三句，言為日已久也。「憑欄」二句結。通首黯然自傷也，章法極綿密。（同上）

【滿庭芳(碧水驚秋)】亦應是在謫時作。「風摇」二句,寫得蘊藉。非故人也,風也,能弗黯然。酒未醒,愁已先回,意亦曲而能達,結句清遠。(同上)

【風流子(東風吹碧草)】《長恨歌》:「天長地久有時盡,此恨綿綿無絶時。」此必少游被謫後,念京中舊友而作。託於懷所歡之辭也。情致濃深,聲調清遠。回環洛誦,真能奕奕動人者矣。(同上)

【金明池(瓊苑金池)】吴融詩:「三點五點映山雨,一枝兩枝臨水花。」沈際飛曰:「人生有幾韶光美,倒盡金樽拼醉眠。」朱淑真云:「願教青帝常為主,莫遣紛紛點翠苔。」秦作曼聲,琳琅振耳。前闋寫韶光婉媚,奕奕動人。次闋起處「願朱顔留住」,意已感慨。至結句猶峻切,語意含蓄得妙。(同上)

楊鍾羲

張秋水《高郵弔秦淮海》云:「南湖秋水亂寒煙,小庾鄉關感暮年。四海詞名歐、柳共,蘇門交誼李、張前。醉回遠道藤州夢,山抹微雲學士篇。一樹垂楊枚叔里,西風閑拂酒人船。」(《雪橋詩話初集》卷十)

邵懿辰、邵章

【淮海集四十卷,後集六卷,長短句三卷。宋秦觀撰】明初閩刻本。明嘉靖中張綎刊本。萬曆四十六年李之藻刊本。道光十七年高郵王敬之刊本十七卷,後集二卷,詞一卷。補遺一卷。

【附録】藏有嘉靖乙巳高郵守胡民表重刊張綖本。(詒讓)嘉靖本有江都盛儀前序。郡人張繪後識。足本。吴縣潘尚書有黄蕘圃舊藏宋本。(懿榮)

【續録】宋紹興壬子謝雩校本,見《天禄後目》。宋乾道癸巳王定國刊本。元刊本,無長短句。明初黑口刊本。宋刊明印本。明嘉靖己亥刊本,行款與張綖本同、前有黄吉士序文。又嘉靖乙巳江都盛儀序,言板舊藏國子監,儀真黄瓚一刻於山東。高郵張綖參校監本、黄本,再刻於鄂州,為《淮海集》四十卷,為後集六卷,為長短句三卷。未久,鄂板亦毁於火,高郵守胡民表又捐俸復刻云云,蓋即翻張綖本也。明段之錦刊本。影宋鈔本四十卷。清嘉慶刊本。四部叢刊本。(《增訂四庫簡明目録標注》卷十五)

【蘇門六君子文粹七十卷。不著編輯者名氏。或題陳亮,無所據也。所録凡秦觀、張耒、晁補之、李廌、黄庭堅、陳師道六家之文。】崇禎六年新安胡仲修刊本。有刊本甚精,似與《三蘇文粹》同選合刻。

【續録】明刊本。傅沅叔有吴兔床舊藏汲古閣刊本。(同上卷十九)

【淮海詞一卷宋秦觀撰一集。】汲古閣刊本。

【續録】宋刊本。《詞苑英華》本。《淮海集》本。黄丕烈手校本三卷。舊鈔三卷本。明鈔三卷本。明萬曆戊午李之藻刊本。民國故宫博物院影印宋刊本。番禺葉氏影印宋刊本。彊村叢書本。四部叢刊本。(同上卷二十)

王文進

【淮海先生文集四十卷，後集六卷】　宋秦觀撰。宋眉山刻，大字本，存卷一至十八卷，二十七至三十四，半葉九行，行十五字，白口，卷一題《淮海先生閑居集》，首葉板心下「眉山文中刊」五字，第七葉板心下「南仁刊」三字，元豐七年自序，宋諱避至「廓」字，卷中補鈔七葉。有元官印，郁松年泰豐、田耕堂、虞山瞿紹基書印。（《文禄堂訪書記》卷四）

【淮海集四十卷，後集六卷，長短句三卷】　宋浙刻本，存卷十二至二十五，半葉十行，行十九字至二十一字，白口，板心上記字數，下記刊工姓名劉文、劉仁，黄丕烈跋。又，清黄丕烈、韓緑卿據宋校虛止閣鈔本，半葉十二行，行二十六、七字。嘉靖乙巳盛儀序。黄蕘夫跋，見題識。

書衣韓氏題曰：「咸豐戊午六月朔日，得之滂喜園黄氏，十一月冬至前一日，囑族姓重裝舊鈔各校本。」應陛手記印。

某氏手跋曰：「序中稱張世文刻此集於鄂，考之在嘉靖己亥秋九月，蓋抵乙巳重刻，止七卷〔年〕耳。世文名綎，有序一篇，今不鈔，虛止閣識。」

又，綎序中云，「山東新刻不全」。今世有本，止四十卷，無後集暨詞集者，疑即其本也。西齋蕘竹軒又識。

三十日凡校十二卷。是日甚煩熱，申刻始有大風，吹雨數點，窗外蕉葉亦復可聽也。虛止。

自□卷至三十五卷，以奚子將假去。六月七日始取歸補校，讀書堂西齋虛止道人元之志。

黄氏手跋遺刊曰：「自十二至二十五卷，偶得宋本殘帙，藏篋中久矣。兹收此舊鈔，出為對勘，用墨識之。惜缺葉連篇，仍多漏略。蕘夫。」

韓氏手跋曰：「咸豐九年七月二十四日，用宋板《淮海閑居集》十卷校，書友匆匆持去，草略已甚。宋板每半葉九行，行十五字，小字同。每卷首有元官印。應陛。」

酉時得兩日之力，又重校一過，自問庶幾無憾矣。其書現在上海郁氏。二十六日申刻。應陛手校印。

虛止閣校一至四十卷。黄蕘圃墨筆校，用殘宋本十二卷至二十五卷、《長短句》。南宋本《閒居》校一卷至十卷，應陛手校，己未七月。

書中朱筆，據後序識語曰：虛止閣西齋，有《竹軒》三十卷，後曰讀書堂，西齋虛止道人元之，不知究係何許人也。記以俟攷。應陛。讀有用書齋印。

按序後朱筆稱，世文有序一篇，今不鈔。其筆意與書首序傳等同，疑道人即鈔書人也。書中筆跡非□，要為道人屬人鈔者耳。據末黄跋云：此本出亦孫潛藏鈔本，何以此本亦有孫潛藏書印也？豈道人即孫款？抑其此書并歸孫敷？又記。應陛印。

此書書面紙原用黑紙，黄氏藏。以朱秋田云：金雲莊家書用黑裝面，歷驗果然。書中顧未有金氏印記，現已改裝，無從認得，特記此，俾人知所由來也。應陛手記。應陛印。

有孫潛、黄丕烈蕘圃、古婁、韓氏應陛、載陽父子珍藏善本印。(同上)

【淮海集長短句一卷】 清錢遵王、何小山據宋校明李建芝刻本，半葉八行，行二十字，白口，板心下刊「戲鴻館」三字，書衣唐百川隸書曰：淮海居士長短句。知不足齋舊藏，錢遵王、何小山斠宋本，怡蘭堂藏。

錢氏手跋曰：「戊午九月二十七日，從不全宋槧本校一過。述古主人遵王。」

何氏手跋曰：「辛巳五月二十三日，再以殘宋本校，缺更倍於錢所見本，而刻則一也。小山。」

鮑氏手題曰：「乾隆丙戌十二月二十日，鮑氏知不足齋收藏。」

張氏手跋曰：「叔弢屬校此集，爰從友人趙斐雲假得日本寫真宋槧完本，合故宫及吴縣潘氏所藏兩殘帙，補校一過，以其同是高郵軍學刻也。錢、何原校為朱、墨二筆，兹用藍筆以别之，丙子仲秋庾樓。」

有唐百川鴻學大關、唐氏怡蘭堂珍藏、周暹、庾樓手校印。(同上)

胡薇元

【東坡詞】《東坡詞》一卷。《東坡詞》本二卷，毛晉得金陵刊本，凡混黄、晁、秦、柳之作，悉芟之，故只一卷。(《歲寒居詞話》)

【山谷詞】《山谷詞》一卷。晁補之、陳後山，皆謂今代詞手惟秦七、黄九。然山谷非淮海之比，高妙處只是著腔好詩，而硬用䰀字、豚字，不典。(同上)

【淮海詞】《淮海詞》一卷，宋秦觀少游作，詞家正音也。故北宋惟少游樂府語工而入律，詞中作家，允在蘇、黄之上。少游婿范温，常在某貴人席上，其侍兒喜歌少游詞，略不顧温，酒酣，始問此郎何人。温叉手起對曰：「温乃山抹微雲女婿也。」一座絶倒。其詞為當時所重如此。（同上）

【竹屋癡語】《竹屋癡語》，高觀國賓王詞。高郵陳造與史達祖為之序。……陳唐卿云：「竹屋詞要是不經人道語，其妙處，少游、美成亦未及也。」語雖過當，要亦格調不凡耳。（同上）

張德瀛

【詞之六至】釋皎然《詩式》謂詩有六至：至險而不僻，至奇而不差，至麗而自然，至苦而無蹟，至近而意遠，至放而不迂。以詞衡之，至險而不僻者，美成也。……至麗而自然者，少游也。……（《詞徵》卷一）

【北宋五子】同叔之詞温潤，東坡之詞軒驍，美成之詞精邃，少游之詞幽艷，無咎之詞雄邈。北宋惟五子可稱大家。（同上卷五）

蔣兆蘭

【清真詞中之聖】詞家正軌，自以婉約為宗。歐、晏、張、賀，時多小令，慢詞寥寥，傳作較少。逮乎秦、柳，始極慢詞之能事。其後清真崛起，功力既深，才調尤高。……可謂極詞中之聖。（《詞説》）

【七家詞選】戈順卿《宋七家詞選》，標舉詞家準的，詳於南宋者，以詞至南宋始極其精也。其實北宋慢詞如淮海、屯田，並臻極詣，亦治詞家所不容舍也。戈選不收，猶為缺憾。(同上)

沈祥龍

【詞有婉約，有豪放】詞有婉約，有豪放，二者不可偏廢，在施之各當耳。房中之奏，出以豪放，則情致絶少纏綿。塞下之曲，行以婉約，則氣象何能恢拓？蘇、辛與秦、柳，貴集其長也。(《論詞隨筆》)

【詞重發端】詩重發端，惟詞亦然，長調尤重。有單起之調，貴突兀籠罩，如東坡「大江東去」是。有對起之調，貴從容整鍊，如少游「山抹微雲，天黏衰草」是。(同上)

【言情貴真】詞之言情，貴得其真。勞人思婦，孝子忠臣，各有其情。古無無情之詞，亦無假託其情之詞。柳、秦之研婉，蘇、辛之豪放，皆自言其情者也。必專言懊儂、子夜之情，情之為用，亦隘矣哉！(同上)

【詞當意餘於辭】詞當意餘於辭，不可辭餘於意。東坡謂少游「小樓連苑横空，下窺繡轂雕鞍驟」二句，只説得車馬樓下過耳，以其辭餘於意也。(同上)

【詞須情景雙繪】詞雖濃麗而乏趣味者，以其但知作情景兩分語，不知作景中有情、情中有景語耳。「雨打梨花深閉門」、「落紅萬點愁如海」，皆情景雙繪，故稱好句，而趣味無窮。(同上)

【詞當辨韻味】詞之藴藉，宜學少游、美成，然不可入於淫靡。綿婉宜學耆卿、易安，然不可失於纖巧。

雄爽宜學東坡、稼軒，然不可近於粗厲。……此當就氣韻趣味上辨之。（同上）

吴昌綬

示悉。吾師不忘《酒邊》，弟子益以《醉翁》為重。……《楝亭書目》尚有淮海、山谷《琴趣》，似是宋坊間匯集。（《藝風堂友朋書札》下册）

《瞿穎山書目》，是否有刻本？綬欲刻之。《楝亭書目》所録《琴趣》五家，即授經與綬之醉翁、二晁也。惟秦、黄不知流落何所。（同上）

此次景模宋詞雖多，然皆南渡後本。聞潘文勤舊藏《淮海長短句》殘帙，是北宋本，曾乞古微借摹未果。吾師可否婉商仲午先生，用一好手景寫，决不傷礙原書。（同上）

沈曾植

【宋詞三家（節録）】白石老人，此派極則，詩與詞幾合同而化矣。吴夢窗、史邦卿影響江湖，别成絢麗，特宜於酒樓歌館，飣坐持杯。追擬周、秦，以纘東都盛事，於聲律為當行，於格韻則卑靡。（《海日樓札叢》卷七）

【博古堂帖三種跋二篇（選一篇）】《蘭亭》一百十七刻，宋理宗内府所藏，復歸賈平章。其目載《輟耕録》。己集有《玉枕》又有彭城小字，庚集有秦少游小字。然則《玉枕》之刻，不始賈氏。而小字《蘭

亭》，宋賢先有為之者，近人止知子昂，陋矣。（《海日樓題跋》卷二）

【潑墨齋法帖跋（節録）】　卷十為宋蘇洵、蘇軾、蘇轍、范純仁、王十朋、秦觀、文天祥，元趙孟頫、趙麟、張雨、鮮于樞、倪瓚，内趙十八帖劇佳，蘇書刻亦精美，或皆從真蹟出。（同上）

【弇州拈出香弱】　……余少時亦醉心此境者，當其沉酣，至妄謂午夢風神，遠在易安以上。又且謂易安倜儻有丈夫氣，乃閨閣中之蘇、辛，非秦、柳也。（《菌閣瑣談》）

【漁洋論濟南二安】　易安跌宕昭彰，氣調極類少游，刻摯且兼山谷，篇章惜少，不過窺豹一斑。（同上）

《詞筌》：「長調推秦、柳、周、康為協律。」先生批云：「以宋世風尚言之，秦、柳為當行，周、康為緦律；四家並提，宋人無此語也。」（手批《詞話》三種）

按：手批《詞話》三種，沈曾植著，龍榆生輯録。下同。

彭孫遹《金粟詞話》：「詞家每以秦七、黄九並稱。」先生批云：「當時並未齊名。明世諸公，無聊比附耳。」（同上）

祖同

【淮海集校記】　辛卯三月，就瞿氏書目宋刻殘本所校各字，對録一過，其中亦有未訛而復正訛者，可見疏漏不免。惜不獲原書一細勘之。祖同記。（手書於明嘉靖刻本《淮海集》封面扉葉。此書現存北京圖書館）

【淮海居士長短句校記】　辛卯十一月，復以滂喜齋所藏宋槧長短句景印本校一過。宋槧本亦小有脱

訛，但《長相思》一調，竟補五字，否則真不可誦矣。祖同又記。（同上）

彦修

【淮海集前記】吴江袁氏藏書極富，湘湄尤博雅好古，工詩詞。子晟工古文。余官吴江時，其家時已中落矣。晟先卒，湘湄以道光初元孝廉方正徵，著《秋水池堂集》，與郭麐頻伽齊名，亦卒。袁氏書多歸范氏。余得《唐文粹》、《淮海集》、《中州名賢文表》、《周櫟園詩文集》。《秦集》及《文集》，皆有湘湄題字，可珍也。（書於明嘉靖本《淮海集》扉葉，此書現藏北京圖書館）

林紓

【淮海集選序】吕居仁稱，少游文字自學西漢，而《捫蝨新話》則謂其刻露，不甚含蓄，若比東坡，不覺望洋而歎。實則二説皆似是而非。西漢之文，藏鋒而内轉，響堅而不梠，文綺而非靡。少游發露無遺，去西漢遠矣。集中如《魏景傳》及《心説》，皆直造蒙莊之室，為東坡集中所無。又《弔鎛鍾文》古色斑斕，又與東坡殊其狀况。唯策論則與東坡同一軌轍。吕居仁稱其學西漢者，殆指鎛鍾之文。而陳善之斥其不及東坡者，以東坡之文恣而有檢，趣而能韻，廣渺浩瀚中能自為收束，此少游之所短也。實則學東坡之似者，無若少游，此少游之所以不及東坡也。楊西亭學石谷之畫，酷似石谷，人亦知有石谷而已，何必西亭。然余之選評淮海者，蓋世人多震淮海之詩及詞，而不及其文，亦一憾事。

故取以問世，亦欲少游文章之光氣不没於人間也。辛酉嘉平閩縣林紓識。（《林氏選評名家文集·淮海集》）

【黄樓賦并引】「天作遺公」句，不是説樓，正以此樓塞河患後始成，故接處即承起。河决其下，「慮異日之或然」，則文中鎖筆也。「哀彈豪吹」以下四語，真掇得宋玉之精華，自是才人極筆。（同上）

【寄老庵賦】末句見微旨。（同上）

【湯泉賦】子瞻跋云：（語見《湯泉賦》後附注，從略）光怪陸離中音調諧婉，直逼蕭穎士，非李華所及。（同上）

【歎二鶴賦】言下若不勝其慨。（同上）

【朋黨上】小人得罪君子，君子雖有權不之較也；君子取怨小人，小人即無權亦必報復。猶之胡人以殘殺為生業，舉旗皆能戰。中華文勝，言戰非其匹也，文决小人卒得志。千古不刊之論，行文尤警醒動人。（同上）

【朋黨下】此非論體，直是一篇辯證之書，明白曉暢極矣。（同上）

【人材】文即勿以寸朽棄連抱之材，意推闡而辯明之，讀之頗有英爽之氣。（同上）

【法律上】此篇立論正。（同上）

【法律下】此篇决弊精。（同上）

【官制上】以資望定入仕之途，復能指出太用資望者之弊，大有分風擘流之能力。（同上）

【官制下】痛論寄禄格之弊，自是見到當日陞轉濫處，然易極則國家慶賞窒而不行，句語如鐵鑄。（同上）

【將帥】宋鑒於唐藩鎮之禍，故無特將專師之人，用一狄武襄猶懷疑忌，而進退賞罰盡付其人能動聽邪？然文字實切中北宋之流弊。（同上）

【辯士】叙三德五機，大似素書。至論戰國之辯士，謂事求遂不問禮之得失，功求成不問義之存亡，語如鐵鑄，一字不可移易，想長公見之亦當却步。文前緊後鬆，真舒暢自由之作。（同上）

【謀主】此文純學《孫子》十三篇，中間引據古事，妙不即説出，先將其所以然及所當然辨别分明，以下始將史事分疏，此是行文先占便宜處。若先引古事，而後加以論斷，便是一節史評，不見論斷之能矣。（同上）

【兵法】通篇用譬喻及徵引。初不足異，收處以冷雋語點醒，覺前半常調為之一洗而空。（同上）

【盗賊上】大旨全在禽賊禽王，亦是常解。然招降窮治兩弊，却説得切實無論。其曰負罪者未必死，被汙者必不免，窮深極邃，文無遺義，髣髴蘇家議論。（同上）

【盗賊中】任法不任吏，一語直道破千古治盗流弊。中間雜引古事，固是賣弄家私，然眉目井然，使少年見之，亦不至廢書而不讀。（同上）

【盗賊下】方鎮皆選列校以主牙兵，是唐藩鎮之漸也。欲用以收羅庶雄，則先以士人為雉媒，議論可云奇闢，然不可行也。而行文自饒英氣。（同上）

【韋元成論】據禮以争，立論甚正。（同上）

【石慶論】石慶終於相位，謂為田蚡之所致，真史眼如炬。凡精明强毅之君，恒懼為人所劫制，其視柔懦之臣，固屬無用，然正恃有己之精明，使之備位，亦不至自掣其肘，此石慶之所以得全也。蓋有田蚡之跋扈，所以曲全石慶之無能，既揭漢武之心，亦形石慶之劣。（同上）

【李陵論】　此論殊平平。（同上）

【陳寔論】　拈一時字，是説不得已也。太邱等於李東陽，顧太邱為時所諒，官不高而行高也。東陽則病在位高，而又不及時而去，故無諒之者。文言身可詘而道不可詘，其辨甚微。（同上）

【袁紹論】　文隨引隨結，氣定神閑。末段奇峰陡起，始折入田豐，氣力極偉。（同上）

【魯肅論】　魯肅沈厚而見遠，周瑜聰明而量狹，謂借荆州正肅所以保吴，當時情事未必有此，然論自新闢。（同上）

【王導論】　趙穿弑君，盾使之迎立新君，是欲以勞掩罪，此不待辯而知其包存禍心。傳固但述其事，然微旨即見諸叙事之中，文言經誅志、傳述事二語，真成鐵案。中間論疑似之獄，甚有理解。天下正於疑似中，竊藏無數罪人耳。（同上）

【王儉論】　王儉之不及謝安，自是常解。（同上）

【韓愈論】　説韓氏雖未盡其妙，文能以杜為配，先主後客，亦文心之變幻處。（同上）

【李泌論】　唐之失，不止不圖范陽，尤在分任賊將。有一禄山，而田承嗣、李懷仙諸人皆禄山也。當日若直搗其巢，草薙而禽獮之，則賊將當慄懼，將不敢有分符之望，言至切中流弊。（同上）

【白敏中論】　推度白敏中之心，以黨牛故決為贊皇所惡，似非妄語。文之援引成案，確不可易。（同上）

【王朴論】論大小堅脆，卓然遠識，似陸宣公疏中語。（同上）

【陳偕論】陳直躬畫，東坡曾題其上曰：「野雁見人時，未起意先改。君從何處看，得此無人態。」蓋稱其體物之工夫。直躬為偕子，尚見賞於東坡，則偕之畫雖不傳之後，而淮海稱之，决非虚語。（同上）

【魏景傳】力闢寂滅，導引兩家，斷之以玄同，其解甚高。所謂生而行，死而伏，冥然日用而不知者，即莊子所謂古之真人。不知説生，不知惡死，其出不訢，其入不距，翛然而往，翛然而來，意脱胎而來，蓋與化為體。氣聚而生，生為我時，氣散而死，死為我順，一不關懷，即所謂冥然日用而不知也。真人蓋知，用心則背道，助天則傷生，故有所不為。同叟言多詞費，故少游以數語斷之，其識高於同叟也。（同上）

【心説】此篇注重在聖神二字。所謂無心忘有者，即太冲莫勝也。冲虚不見優劣，即不見勝負優劣。勝負皆出於心，既有此心，即不能淡然常得，泊然無為，何能造於玄默。故惟聖人始能忘有。其云無所取捨，死生不得與之變，即未始出吾宗也。宗，根極也，未始出即未嘗出，未嘗出則真在矣。變化無常而常，根諸冥極未嘗有外，未嘗有外則何所不在，任世之變化頹靡，而神人不變也。理本《莊子》之《應帝王》，而少游强之以己意，頗足耐人尋味。（同上）

【答傅彬老書】東坡所長，豈但文章。少游知東坡深，故言之真切。（同上）

【與蘇公先生簡】語近晉人。（同上）

【與蘇公先生簡】述俗事初無俗調。（同上）

【與孫莘老學士簡】晉人小簡，多言俗事，而偏不俗，由胸次高尚耳。此書乃酷類晉人。（同上）

【與黄魯直簡】魯直小簡甚佳，此作亦有意追摹之。（同上）

【與蘇子由著作簡】文頗矜重。（同上）

【與李德叟簡】簡約有致。（同上）

【與蘇黄州簡】此書頗有情文。（同上）

【與參寥大師簡】此簡中叙無數事，欲隨節斬截，自關筆妙。（同上）

【弔鎛鍾文】豈止惜一鎛鍾，亦寓悼惜人材之意。（同上）

【遣瘧鬼文】此脱胎送窮之文，奇驚黠黑，滿紙突兀，自是才人極筆。首一段寫瘧之狀，僕則五次嘗之，一無差謬，真善於體物矣。（同上）

【代祭韓康公文】此祭獻肅文也。公諱絳，封康國公。所謂伯氏，仲氏，并及仲文持國也。文亦雅逸。（同上）

【李狀元墓誌銘】文極嚴潔，銘詞亦凄咽動人。（同上）

【徐氏夫人墓誌銘】清簡有致。（同上）

【虞氏夫人墓誌銘】虞氏直一常婦人，本無可紀，以陸承議之言，嘉其有情而為之辭。末數語頗有韻致。（同上）

【瀘州使君任公墓表】通幅為任公理枉入手，即痛斥部使者之開邊，叙任公兩次定策，皆不能用，且含

冤至死。文於字裏行間皆寓怨憤，其使氣處較蘇長公為遜，然提挈安頓亦自有法。（同上）

【書王蠋事後文】凡論古之文有關係者，亦不過一二語。此文浩瀚流衍，極力馳騁，讀者目迷五色，乃不知其關係處在田單之復齊，由王蠋激之，則蠋之於齊關係為不少矣。有是大關係而史公不為立傳，故少游為之書後，即韓公之傳許遠，歐公之傳王鐵槍也。文人讀書得閑，往往為不可磨滅之文字，如此類者是。（同上）

【書輞川圖後】信手拈來，初不經意，然頗無俗調。（同上）

【高無悔跋尾】跋尾，跋諸巨公尺牘之尾也。因諸公之重無悔，則不能不叙其生平。然家有名兄，不能不聯彙出之。觀其下筆時，與尺牘若不相涉。收束一語，全神皆動。（同上）

【録壯愍劉公遺事】遺事，補傳誌傳之所不及。安陸事以天語實之，頗覺骨重神寒。（同上）

【法帖通解序、漢章帝書、倉頡書、仲尼書、史籀李斯、鍾繇、懷素】《通解自序》言：灼然可考者，疏記之；疑者闕之。然考處甚精覈，而疑處亦極有理。當時精考據者以劉貢父為最，常笑歐九不讀書，以《集古録》歐公有言皆引貢父，故貢父從而輕之。少游與貢父同時，此數篇之文，語語皆有根據。然長公文字未嘗有此。《懷素》篇末措語神似歐公，則少游似又學歐公矣。（同上）

【書晉賢圖後】凡負大名者，古書古畫經其審定，人多不敢異議。龍眠精於畫，而又博雅，未必無見。然而少游但以圖中人狀態，決其非醉。即由醉字生出波瀾，至以鈍僧比龍眠，書生自喻，由畫中被冤之客，跌落文潛及己，妙語横生。又將龍眠擡高，忽又疑他評畫時亦是醉語。將一醉字弄玩如宜僚

之丸，隨心高下，真聰明臻於極地。（同上）

【書蘭亭叙後】　此特一段蘭亭之補注，無甚意味。（同上）

【上吕晦叔書】　此亦干人之書，才士之所不免。然論東西漢之士，真識高於頂。（同上）

【謝王學士書】　語頗歷落有致。（同上）

【謝曾子開書】　文頗自占身分。（同上）

【與喬希聖論黄連書】　藥所療疾，其過適所以為疾，的是名言。（同上）

【與鮮于學士書】　行文有激昂之氣。（同上）

【龍井記】　此文挾有奇思，施以壯彩，不克以為泉，奇矣。不克以為泉，乃更奇。然無一誘字，無一脅字，則不克不暇，均無着落。不克為泉者，人誘於西湖之明媚，不留意於泉，所以不克。不暇為泉者，人脅於江湖之澎湃，不重視於泉，所以不暇。用思之深刻，大是聰明人吐屬。（同上）

【閑軒記】　文有奇氣。（同上）

【芝室記】　浮屠之言，蓋謂心自心，物自物。所謂善想者，以芝生適在廬墓之時，芝本無情，而自廬墓之善想者觸之，即據以為瑞由己生耳。譬如為不善者，已蓄惡情，果有不祥之物適當其前，人即以為此惡情之感召也。所謂天下之物皆吾心者，蓋謂祥與不祥皆心造也。果善惡畢寂，情想究空，則芝瑞亦復何有，此即莊子彼是俱忘之義也。少游湛深佛理，能叙僧言，安有不知不過不欲，將産芝之瑞應當面抹殺耳。自是行文應有之例。（同上）

【送錢秀才序】　一味使才，行文頗乏静氣。（同上）

【送馮梓州序】　此文若出自歐公，必吞咽不肯吐露如此。（同上）

【忌狂謬（節録）】　祝枝山作《罪知録》，且歷詆韓、歐、蘇、曾六家之文，謂「韓論易而近儇，形麤而情霸，其氣輕，其口誇，其發疏躁。歐陽如人畢生掎喪，終身不披袞繡。東坡更作儇浮，的為利口，譁獷之氣，肆溢舌表，使人奔迸狂顛不息。……至於老泉、潁濱、秦、黄、晁、張，則尤不足齒數。」枝山之意，唯尊柳州。（《春覺齋論文·論文十六忌》）

陳廷焯

【賀、周詞勝諸家】　昔人謂東坡詞勝於情，耆卿情勝於詞，秦少游兼而有之。然較之方回、美成，恐亦瞠乎其後。（《詞壇叢話》）

【不能以繩尺律東坡】　東坡詞獨樹一幟，妙絶古今，雖非正聲，然自是曲子内縛不住者。不獨耆卿、少游不及，即求之美成、白石，亦難以繩尺律之也。後人以繩尺律之，吾不知海上三山，彼亦能以丈尺計之否耶？（同上）

【秦、柳有可議處】　秦、柳自是作家，然却有可議處。東坡詩云「山抹微雲秦學士，露華倒影柳屯田」，微以氣格為病也。（同上）

【秦、柳情景俱勝】　秦寫山川之景，柳寫羇旅之情，俱臻絶頂，有不可以語言形容者。（同上）

【子野詞獨開妙境】張子野詞，才不大而情有餘，别於秦、柳、晏、歐諸家，獨開妙境，詞壇中不可無此一家。（同上）

【詞評附録詞後】……山抹微雲秦學士，露華倒影柳屯田，曉風殘月柳三變，滴粉搓酥左與言。一句之工，形諸口號。他如賀梅子、張三影、王桐花、崔黄葉、崔紅葉、竹影詞人之類，古今不可悉數，品隲自應不爽。（同上）

【自序】……後人之感，感於文不若感於詩，感於詩不若感於詞。詩有韻，文無韻，詞可按節尋聲，詩不能盡被絃管。飛卿、端己，首發其端，周、秦、姜、史、張、王，曲竟其緒；而要皆發源於《風》、《雅》，推本於《騷》、《辯》，故其情長，其味永，其為言也哀以思，其感人也深以婉。（《白雨齋詞話》）

唐五代詞，不可及處正在沉鬱。宋詞不盡沉鬱，然如子野、少游、美成、白石、碧山、梅溪諸家，未有不沉鬱者。（同上卷一）

張子野詞，古今一大轉移也。前此則為晏、歐，為温、韋，體段雖具，聲色未開；後此則為秦、柳，為蘇、辛，為美成、白石，發揚蹈厲。氣局一新，而古意漸失。（同上）

蔡伯世云：「子瞻辭勝乎情，耆卿情勝乎辭，辭情相稱者，惟少游一人而已。」此論陋極。東坡之詞，純以情勝，情之至者詞亦至，只是情得其正，不似耆卿之喁喁兒女私情耳。論古人詞，不辨是非，不别邪正，妄為褒貶，吾謂不然。（同上）

東坡、少游，皆是情餘於詞，耆卿乃辭餘於情，解人自辨之。（同上）

秦七、黄九，并重當時，然黄之視秦，奚啻碔砆之與美玉？詞貴纏綿，貴忠愛，貴沈鬱，黄之鄙俚者，無論矣。（同上）

黄九於詞，直是門外漢，匪獨不及秦、蘇，亦去耆卿遠甚。（同上）

秦少游自是作手，近開美成，導其先路；遠祖温韋，取其神不襲其貌，詞至是乃一變焉。然變而不失其正，遂令議者不病其變，而轉覺有不得不變者。後人動稱秦、柳，柳之視秦，為之奴隸而不足者，何可相提並論哉！（同上）

少游詞最深厚、最沈著，如「柳下桃蹊，亂分春色到人家」，思路幽絶，其妙令人不能思議，較「郴江幸自繞郴山，為誰流下瀟湘去」之語，尤為入妙。世人動訾秦七，其所謂井蛙謗海也。（同上）

少游《滿庭芳》諸闋，大半被放後作。戀戀故國，不勝熱中，其用心不逮東坡之忠厚，而寄情之遠，措語之工，則各有千古。（同上）

少游名作甚多，而俚詞亦不少，去取不可不慎。（同上）

張綖云：「少游多婉約，子瞻多豪放，當以婉約為主。」此亦似是而非、不關痛癢語也。誠能本諸忠厚，而出以沈鬱，豪放亦可，婉約亦可；否則豪放嫌其粗魯，婉約又病其纖弱矣。（同上）

詞至美成，乃有大宗。前收蘇、秦之終，後開姜、史之始，自有詞人以來，不得不推為巨擘。後之為詞者，亦難出其範圍。（同上）

板橋詞云：「少年學秦、柳，中年學蘇、辛，老年學劉、蔣。」真是盲人道黑白，令我捧腹不置。（同上）

梅溪《玉蝴蝶》云：「一笛當樓，謝娘懸淚立風前。」幽怨似少游，清切如美成，合而化矣。（同上卷二）

陳唐卿云：「竹屋、梅溪詞，要是不經人道語，其妙處，少游、美成亦未及也。」此論殊謬。夫梅溪求為少游、美成而不足者，竹屋則去之愈遠，烏得謂周、秦所不及？且作詞只論是非，何論人道與不道？若不觀全體，不究本原，徒取一二聰明新巧語，遂歎為少游、美成所不能及，是亦妄人也已矣！（同上）

少游、美成，詞壇領袖也。所可議者，好作艷語，不免於俚耳。故大雅一席，終讓碧山。（同上）

詞法莫密於清真，詞理莫深於少游，詞筆莫超於白石，詞品莫高於碧山，皆聖於詞者。而少游時有俚語，清真、白石間亦不免，至碧山乃一歸雅正。（同上）

李易安詞，獨闢門徑，居然可觀。其源自從淮海、大晟來，而鑄語則多深造，婦人有此，可謂奇矣。（同上）

南宋白石、梅溪、夢窗、碧山、玉田輩，固是高絶，北宋如東坡、少游、方回、美成諸公，亦豈易及耶？況周、秦兩家，實為南宋導其先路，數典忘祖，其謂之何？（同上卷三）

竹垞詞，疏中有密，獨出冠時，微少沈厚之意。其《自題詞集》云：「不師秦七，不師黄九，倚新聲玉田差近。」夫秦七、黄九，豈可並稱？師玉田不師秦七，所以不能深厚。不知秦七，亦何能知玉田？彼所知者，玉田之表耳。（同上）

千古詞宗，温、韋發其源，周、秦竟其緒，白石、碧山，各出機杼，以開來學。嗣是六百餘年，鮮有知者。（同上卷五）

中白先生叙《復堂詞》有云：「夫義可相附，義即不深，喻可專指，喻即不廣。託志帷房，睠懷君國，温、韋以下，有蹟可尋。然而自宋及今，幾九百載，少游、美成而外，合者鮮矣。」（同上）

彭駿孫《詞藻》四卷，品論古人得失，欲使蘇、辛、周、柳，兩派同歸。不知蘇、辛與周、秦，流派各分，本原則一。（同上）

《宋七家詞選》甚精，戈載編，若更以淮海易草窗，則毫髮無遺憾矣。（同上）

大抵北宋之詞，周、秦兩家，皆極頓挫沈鬱之妙。而少游託興尤深，美成規模較大，此周、秦之異同也。（同上）

周、秦詞以理法勝，姜、張詞以骨韻勝，碧山詞以意境勝。要皆負絶世才，而又以沈鬱出之，所以卓絶千古也。（同上卷六）

喬笙巢云：「少游詞，寄慨身世，閒雅有情思，酒邊花下，一往而深，而怨誹不亂，悄乎得《小雅》之遺。」又云：「他人之詞，詞才也，少游，詞心也。得之於内，不可以傳，雖子瞻之明儁，耆卿之幽秀，猶若有瞠乎後者，況其下耶？」此與莊中白之言頗相合，淮海何幸，有此知己。（同上）

熟讀温、韋詞，則意境自厚；熟讀周、秦詞，則韻味自深；熟讀蘇、辛詞，則才氣自旺；熟讀姜、張詞，則格調自高。（同上卷七）

彭駿孫《金粟詞話》云：「詞人用語助入詞者甚多，入艷詞者絶少，惟秦少游『悶則和衣擁』，新奇之甚，用『則』字亦僅見此詞。」按此乃少游惡劣語，何新奇之有？至用「則」字入詞，宋人中屢見，如「拌則而今已拌了，忘則怎生便忘得。」又「憶則如何不憶」之類，亦豈謂之傹見？董文友詞云：「暗笑那人知未，薄倖從前既。」押「既」字穩而有味，似此方可謂善用語助入艷詞者。（同上卷八）

讀古人詞，貴取其精華，遺其糟粕。且如少游之詞，幾奪温、韋之席，而亦未嘗無纖俚之語。讀《淮海集》，取其大者高者可矣。若徒賞其「怎得香香深處，作箇蜂兒抱」等句，則與山谷之「女邊著子，門裏安心。」其鄙俚纖俗，相去亦不遠矣。少游真面目何由見乎？（同上）

東坡、稼軒、白石、玉田，高者易見，少游、美成、梅溪、碧山，高者難見，而少游、美成尤難見。美成意餘言外，而痕蹟消融，人苦不能領略。少游則義蘊言中，韻流絃外，得其貌者，如鼷鼠之飲河，以為果腹矣，而不知滄海之外，更有河源也。喬笙巢謂：「他人之詞詞才也，少游詞心也。」可謂卓識。（同上）

聲名之顯晦，身分之高低，家數之大小，只問其精與不精，不係乎著作之多寡也。……詞中如飛卿、端己、正中、子野、東坡、少游、白石、梅溪諸家，膾炙人口之詞，多不過二三十闋，少則十餘闋或數闋，自足雄峙千古，無與為敵。（同上）

唐宋名家，流派不同，本原則一。論其派別，大約温飛卿為一體，韋端己為一體，馮正中為一體，張子野為一體，秦淮海為一體，蘇東坡為一體……其間惟飛卿、端己、正中、淮海、美成、梅溪、碧山七家殊途同歸，餘則各樹一幟，而皆不失其正，東坡、白石尤為矯矯。（同上）

詞有表裏俱佳，文質適中者，温飛卿、秦少游、周美成、黄公度、姜白石、史梅溪、吴夢窗、陳西麓、王碧山、張玉田、莊中白是也，詞中之上乘也。（同上）

【如夢令（門外鴉啼楊柳）】起伏照應，六章如一章。仿佛飛卿《菩薩蠻》遺意。（《詞則·大雅集》卷二）

【如夢令（遥夜月明如水）】此章離別。（同上）

【如夢令（幽夢匆匆破後）】別後。映起句「門外鴉啼楊柳」。（同上）

【如夢令（池上春歸何處）】上章春半，此章春暮。（同上）

【如夢令（鶯嘴啄花紅溜）】映起章句，亦申明五、六章之意。（同上）

【江城子（江城楊柳弄春柔）】「飛絮」九字凄咽，以下盡情發洩，恰終未道破。（同上）

【浣溪沙（漠漠輕寒上小樓）】宛轉幽怨，温、韋嫡派。（同上）

【虞美人（高城望斷塵如霧）】沈玉。（同上）

【八六子（倚危亭）】寄概無端。（同上）

【滿庭芳（山抹微雲）】詩情畫景，情詞雙絶，此詞之作，其在坐貶後乎？（同上）

【滿庭芳（紅蓼花繁）】警絶。（同上）

【滿庭芳（碧水驚秋）】《滿庭芳》諸闋，大半被放後作。戀戀故國，不勝熱中，其用心不迷東坡之忠厚，而寄情之遠，措詞之工，則各有千古也。（同上）

【望海潮（梅英疏淡）】思路雋絶，其妙直令人不可思議。（同上）

【生查子（眉黛遠山長）】雅臻是詞場本色。少游名作甚多，而俚詞亦不少，去取不可不慎。（同上）

【好事近（春路雨添花）】筆勢飛舞。少游後至藤州，醉卧光華亭而卒，此為詞讖矣。（《詞則·別調集》卷一）

【江城子(南來飛燕北歸鴻)】亦疏落，亦沈鬱。(同上)

【鷓鴣天(枝上流鶯和淚聞)】不經人力，自然合拍。(同上)

【南歌子(玉漏迢迢盡)】雙關巧合，再過則傷雅矣。(《詞則·閑情集》卷一)

【玉樓春(春容老盡芙蓉)】頑艷中有及時行樂之感。(同上)

【水龍吟(小樓連苑横空)】前後闋起處醒「樓」、「東」、「玉」三字，稍病纖巧。(同上)

【海棠春(流鶯窗外啼聲巧)】「睡未足」句，終嫌俚淺。(同上)

秦寶瓚

【淮海先生詩詞叢話序】始祖淮海先生，學問文章負盛名於北宋元豐間，雖半由於蘇長公之延譽，而吐屬清雋，亦非凡響所能彷彿。是以四學士中，公尤與先生親善，良有以也。所著詩古文詞全集，久已刊行於世，其餘詩詞之散見於雜録者，亦復不少。或已入正集，而一經論説，則藻繪更新；或未入正集，而吉光片羽，賴以採拾，其間固别具精神。族弟特臣，以經學世家，留心翰墨，先匠之遺文，賴其搜訪而手録成編者，已得若干卷。癸丑仲秋，復集是册見示，大都由諸名人詩話雜著中摘出者。卷頁雖少，而精金美玉，人所共賞，况乎天半朱霞，餘綺成綵，回光所被，草木華滋。即嘗一臠，何嘗不可知其梗概，如欲闚完豹，則固有全集在也。夫卷頁少則人易披覩，卷頁繁則望而畏難，此固人之常情，而少之所以勝多也。他日印成精本，别樹一幟於全集外，俾燈前酒後，快覩争先，其有裨於風

雅為何如乎？有味哉，有味哉！吾弟此舉，殊不可少矣。癸丑嘉平月，裔孫寶瓚謹序。（《淮海先生詩詞叢話》卷首）

陳衍

余叙胡式清詞云：「夫争清空與質實者，防其偏於澀也；争婉約與豪放者，防其流於滑也。二者交病，與其滑也，寧澀矣，謂澀猶爾於雅也。今試取晏元獻、秦淮海、周清真諸家詞讀之，非當行本色、清空而婉約者乎？（《石遺室詩話》卷二十）

【卷一按語】　此録亦略如唐詩，分初、盛、中、晚。……今略區元豐、元祐以前為初宋；由二元盡北宋為盛宋，王、蘇、黄、陳、秦、晁、張具在焉，唐之李、杜、岑、高、龍標、右丞也；……（《宋詩精華録》卷一）

秦觀，字少游，一字太虛，高郵人，官至國史院編修。〔選評〕六首（同上卷二，下同）

《春日五首（録一首）》　遺山譏「有情」二語為女郎詩。詩者，勞人思婦公共之言，豈能有《雅》、《頌》而無《國風》，絶不許女郎作詩耶？

《贈女冠暢師》　末韻不著一字，而濃艷獨至。《桐江詩話》以此道姑為神仙中人，殆不虛也。

按：有四首無評語，從略。

【題山谷梨花詩後】　豫章《梨花詩》，刻在《秦郵帖》。字字冰雪詞，合入次山篋。筆筆畫葡萄，鬚梗與枝葉。……我思文遊臺，當年幾人躡。東坡與淮海，雙井未步屧。後人此刻石，連類遂牽涉。蔡侯

畫錦堂，米家書畫艓。女郎詞自佳，請誦韻再疊。（《石遺室詩集補遺》）

文廷式

【滿庭芳擬秦少游】　蘸水蘭紅，黏天草碧，征帆初過瀟湘。別時不覺，別後轉淒涼。前路煙波浩渺，行行遠，觸緒堪傷。雲間雁，月明孤影，愁絶楚天長。　思量，他日事，心期暗卜，燈穗成雙。但千萬丁寧，莫損年芳。牢繫同心結子，五湖約，頭白何妨。風兼雨，夢魂難度，攲枕聽寒江。（《清名家詞·雲起軒詞》）

朱祖謀

【跋尾】　蕘翁得此，以校舊鈔本。《淮海詞》為雲間韓緑卿所藏，老友曹君直手録遺余，刻入《彊村叢書》中。蕘翁跋稱：宋刻全集，但有詩文而不收詞，可見長短句為專刻。此帙跋又稱藏有殘宋本，行款正同，内有錯入序文亦同，知全集或有長短句。其説兩歧。全集藏錫山秦氏，今不知尚存否？願湖帆求得之，以參斠其説也。丁卯歲寒，孝臧跋於思悲閣。

葉恭綽案：此跋為朱古微先生手書。（葉恭綽《淮海居士長短句》兩宋合印本後附）

【跋尾】　秦太虚《淮海長短句》，流傳善本甚稀。余往年校刊是詞，曹君直以所録松江韓氏本見貽，出自黄蕘圃據宋本手校，而所據宋本未得見也。後識吴湖帆，始得見潘氏滂喜齋所藏宋本，即蕘圃據以校勘者。今歲葉遐庵以影印故宫藏宋本見貽，始見錫山秦氏家藏宋本已入秘府，亦蕘圃所經見者。兩本本同出一版，而詞集或有時特印單行，致蕘圃間滋迷惑，實則滂喜齋藏本亦即《淮海全集》中物也。遐庵既幸兩宋本之復見，又傷兩宋本之僅存，乃取兩宋本之屬於原版者，并合影印；其兩本皆缺者，則取潘氏本補葉，以其出朱卧庵手校，精審也。遐庵又以歷代所刊《淮海集》今存者尚十餘種，乃鉤考其源流統緒及字句異同，為《淮海詞版本系統表》、《淮海詞經見各本概要表》、《淮海詞經見各本字句異同表》、《現存淮海詞兩宋本比較表》各一。復別為《南宋本校記》及《兩宋本各序跋摘要》彙印於後，精密貫串，得未曾有。余聞遐庵治事精幹，不圖治學翔實亦如此。遐庵先德，三世以詞名嶺海，家學所承，遠有端緒。其所作亦把臂前賢，成連海上，能移我情，載覽茲編，逌然神往已！庚午孟冬之月，朱孝臧跋。(同上)

胡玉縉

【淮海集四十卷，後集六卷，長短句三卷】今本卷數與《宋史》相同，而多《後集》六卷，《長短句》分為三卷，蓋嘉靖中高郵張綖以黄瓚本及監本重為編次云。

瞿氏《目録》有宋刊殘本，云：「自序後又有無名氏題記云：『右學士秦公元豐間自序云耳，故存而不廢，今又采拾遺文而增廣之，合為四十有六卷。』」玉縉案：據此，則《後集》六卷宋本已有，不始於張綖本也。瞿《録》又校張本譌字一百七八十處，附於後。(《四庫全書總目提要補正》卷四十六)

李盛鐸

【淮海集四十卷宋秦觀撰】　明刊本，明嘉靖胡民表重刻嘉靖一八年張綖刊本。《目録》有抄配。半葉十二行，行二十一字。《目録》後有「嘉靖己亥孟秋刊」一行。四十卷末有「後學張綖校正」一行。嘉靖乙巳孟夏江都盛儀序，嘉靖己亥張綖序。盛序謂集板舊藏北京國子監，歲久漫漶。儀真黄雪洲中丞瓚一刻於山東，高郵張世文州守綖參校監本、黄本再刻於鄂州。未幾，鄂板復燬於火，高郵州守胡君民表乃求善本捐俸復刻以傳云。（《木樨軒藏書題記及書録·書録》卷四）

【淮海集四十卷，後集六卷，長短句三卷宋秦觀撰】　明刊本，明萬曆李之藻刻本。有抄配。題「明仁和李之藻振之校」，有萬曆戊午之藻序。據張綖序，《淮海集》北監舊板歲久漫漶，近日山東新刻不全，予乃以二集相校刻之，是為嘉靖己亥鄂中刊本。據盛儀序，鄂板燬於火，高郵州守胡民表求善本捐俸復刻以傳，是為嘉靖乙巳高郵刊本。北監舊板不知何人所刻，或為宋刊。明刻當以盛序中所謂儀真黄雪洲中丞瓚刻於山東者為最前，余藏有其本，果勝其他明刻也。（同上）

【淮海集四十卷宋秦觀撰】　明刊本。序跋缺。半葉十行，行二十一字。相傳此本為黄瓚刻於山東者，以較他本，殊有勝處。（同上）

【淮海居士長短句三卷宋秦觀撰】　影宋抄本，清抄本。半葉九行，行十五字。前有《淮海閑居文集序》。末有黄蕘圃跋。（同上）

按：原有蕘圃跋二則，已見前，從略。

陳洵

【源流正變】……宋詞既昌，唐音斯暢。二晏濟美，六一專家。爰逮崇寧，大晟立府，制作之事，用集美成。此猶治道之隆於成康，禮樂之備於公日，監殷監夏，無間然矣。東坡獨崇氣格，箴規柳、秦，詞體之尊，自東坡始。（《海綃説詞》）

况周頤

劉夢得《憶江南》云：「春去也，多謝洛城人。弱柳從風疑舉袂，叢蘭裛露似霑巾。獨坐亦含顰。」流麗之筆，下開北宋子野、少游一派。唯其出自唐音，故能流而不靡。（《蕙風詞話》卷二）

有宋熙豐間，詞學稱極盛。蘇長公提倡風雅，為一代山斗。黄山谷、秦少游、晁無咎皆長公之客也。山谷、無咎皆工倚聲，體格於長公為近。唯少游自闢蹊徑，卓然名家。蓋其天分高，故能抽秘騁妍於尋常擩染之外，而其所以契合長公者獨深。張文潛《贈李德載》詩有云：「秦文倩麗舒桃李。」彼所謂文，固指一切文字而言。若以其詞論，直是初日芙蓉，曉風楊柳，倩麗之桃李，容猶當之有愧色焉。王晦叔《碧雞漫志》云：黄、晁二家詞，皆學坡公，得其七八。而於少游獨稱其俊逸精妙，與張子野並論，不言其學坡公，可謂知少游者矣。（同上）

廖世美《燭影摇紅》過拍云：「塞鴻難問，岸柳何窮，别愁紛絮。」神來之筆，即已佳矣。换頭云：「催促年光，舊來流水知何處。斷腸何必更殘陽，極目傷平楚。晚霽波聲帶雨，悄無人、舟横古渡。」語淡而情深。令子野、太虚輩為之，容或未必能到。（同上）

王文簡《倚聲集》序：「……詩餘者，古詩之苗裔也。語其正則南唐二主為之祖，至漱玉、淮海而極盛，高、史其嗣響也。語其變則眉山導其源，至稼軒、放翁而盡變，陳、劉其餘波也。有詩人之詞，唐、蜀、五代諸人是也。有文人之詞，晏、歐、秦、李諸君子是也。有詞人之詞，柳永、周美成、康與之之屬是也。有英雄之詞，蘇、陸、辛、劉是也。」（《蕙風詞話·續編》卷一）

淮海詞：「怎奈向、歡娱漸隨流水。」今本「向」改「何」，非是。「怎奈向」宋時方言，它宋人詞亦有用者。（同上卷二）

陳仲賓等

【藝文】　秦觀詩

《流杯橋》　曲水分山陰，輿梁勝溱洧，一詠見高風，駟馬安足取。

《玉井泉》　雲蒸昆山液，月浸藍田英。臨風咽沆瀣，滿腹珠璣鳴。

《光華亭》　霞通海天曙，月來東山白。共是憑欄人，誰足當秋色。

《江月樓(二首)》　仙翁看月三百秋，江波日去月不流。肯因炎塵暝空闊，直與江月同清幽。

蒼梧雲氣眉山雨，玉簫三弄無今古。九天雨露蟄蛟龍，琅玕長憑清虚府。（《藤縣志》卷二十）

按：上録數詩，《淮海集》未存，録以待考。

謝章鋌

【詞話中警語】……小調不學《花間》則當學歐、晏、秦、黄，總以不盡為佳。（《賭棋山莊詞話》卷一）

【朱竹垞詞】國初詞場諸老，藴藉端推竹垞，即紙醉金迷，亦復令人意遠。……比之「小樓連苑」，「一鈎斜月」，使君英雄，何讓秦七！（同上卷二）

【雨村詞話之誤】羅江李雨村調元著《詞話》四卷，其於詞用功頗淺，所論率非探源，沾沾以校讎自喜，且時有剿説，更多錯繆。……惟以黄九不及秦七，痛闢其俚鄙諸作，則誠非隨聲附和者比。（同上卷三）

【黄甌論詞】康熙中，閩縣黄御卜名甌著《數馬堂問答》，自天文至數學二十卷，曾於親舊見其稿本。……御卜又謂，詞體如美人含嬌掩媚，秋波微轉，正視之一態，旁觀之又一態，近窺之一態，遠窺之又一態。數語頗俊，然此亦謂温、李、晏、秦耳，若蘇、辛、劉、蔣，則如素娥之視虚妃，尚嫌臨波作態。（同上卷七）

【竹垞論詞】竹垞曰：「世人言詞，必稱北宋，然詞至南宋始極其工，至宋季而始極其變。」此為當時孟浪言詞者，發其實，北宋如晏、柳、蘇、秦，可謂之不工乎？（同上卷九）

【鄭燮詞】　揚州鄭板橋燮大令，書畫步武青藤山人，自稱其書為六分半。……又云：「少年游冶學秦、柳，中年感慨學蘇、辛，老年淡忘學劉、蔣，皆與時推移，而不自知者，人亦何能逃氣數也。」此皆身歷艱苦之言，不止長短句一道為然也。（同上）

【蘇、辛藩籬獨闢】　晏、秦之妙麗，源於李太白、温飛卿。姜、史之清真，源於張志和、白香山。（同上）

【詞綜失載杜牧八六子】　《詞綜》一書，采摭精富矣，而失載杜樊川之《八六子》。……第此詞後片一連四句無韻，不應如是之疏。檢《詞綜》所選少游之作亦然，第上片又微有不同。而《詞律》楊纘、晁補之等篇，則第四句皆有韻。（同上卷十）

【小山詞社】　雍正、乾隆間，詞學奉樊榭為赤幟，家白石而户梅溪矣。惟王小山太守時翔及其姪漢舒秀才策，獨倡温、李、晏、秦之學。其時和之者，顧玉停行人陳垿、毛鶴汀博士健、徐冏懷秀才庚，又有素威略、穎山嵩、存素愫三秀才，皆王門一姓之俊。（同上卷十一）

【宋人尚艷詞】　……定遠又曰：「坡公謂秦太虚乃學柳七作曲子，秦愕然以為不至是，是艷詞非宋人所尚也。」其説俱詳《鈍吟文稿》。夫詞始於太白，盛於飛卿，何嘗不是唐季。宋人亦何嘗不尚艷詞，功業如范文正，文章如歐陽文忠，檢其集，艷詞不少。（同上）

【兩宋詞評】　北宋多工短調，南宋多工長調。北宋多工軟語，南宋多工硬語。然二者偏至，終非全才。歐陽、晏、秦，北宋之正宗也。（同上卷十二）

【一句兩韻】　無名氏《鞓紅》云：「悄不管桃紅杏淺。」管與淺叶。少游《夢揚州》云：「望翠樓簾捲金

鉤。」樓與鉤叶。此句法亦本《毛詩·秦風》「于嗟乎不承權輿」，乎與輿叶也。（同上）

【張維屏《聽松廬詞鈔》】《聽松廬詞鈔》，番禺張子樹維屏撰。子樹一字南山，早負才名，居官亦有聲。……南山曰：「詞家蘇、辛、秦、柳，各有攸宜，軌範雖殊，不容偏廢。」（《賭棋山莊詞話續編》卷三）

葉德輝

【州軍學本】紹熙壬子三年。高郵軍學刻秦觀《淮海集》四十九卷。見《天禄琳琅後編》七。（《書林清話》卷三）

【郡齋本】嘉定庚午三年。高郵郡齋汪綱刻陳旉《農書》三卷，秦觀《蠶書》一卷，見《天禄琳琅》二。嘉定甲戌七年。真州郡齋刻陳旉《農書》三卷。秦觀《蠶書》一卷。見《陸志》。（同上）

按：《陸志》指陸心源《皕宋樓藏書志》。

【郡庠本】乾道癸巳九年。高郵郡庠刻秦觀《淮海集》四十九卷，見《天禄琳琅後編》七。（同上）

【眉山文中】刻《淮海先生文集》二十六卷。見《瞿目》。云板心有「眉山文中刊」五字。（同上）

按：《瞿目》指瞿鏞《鐵琴銅劍樓書目》。

書林劉宗器安正堂：萬曆壬辰二十年。刻宋秦觀《淮海集》四十卷，《後集》六卷。見《袁簿》。（同上卷五）

按：《袁簿》指袁芳瑛《卧雪廬藏書簿》。

蔣廷黻

【滿庭芳秋夜不寢，擬淮海詞意】　更不成眠，何曾是醒。晚凉猶帶餘酲。滿庭花霧，蝶夢杳難尋。秋到簾帷深處，遥天外，一笛銷沈。披衣坐，博爐香燼，寶篆自添温。　卅年尋舊夢，阻風聽水，幾度銷魂。看斷霞明滅，依約行雲。欲採蘋花寄與，人千里，淡月黄昏。霜砧動，栖鴉驚起，無語掩重門。

（《全清詞鈔》卷三十六）

秦國璋

【淮海集考】　元豐間，公自定其文為十卷，號《淮海閑居集》。後有稱三十卷者，見《郡齋讀書志》及《世善堂書目》。有稱四十卷者，見《宋史》及《季滄葦書目》。有稱四十六卷者，見瞿氏《鐵琴銅劍樓藏書録》所載宋寧宗時眉山文中刊本。惟陳振孫《書録解題》作前集四十卷，後集六卷，長短句三卷，最為足本。明嘉靖時張綖刻本因之。此卷數之可考也。若槧本之見於著録者，則先五世祖文恭公藏有北宋官本《淮海集》四十六卷。錢文瑞稱其墨痕、紙色晶瑩奪目，定為初搨無疑。合之瞿氏所藏南宋本，是宋時有兩刊本矣。明正德間，儀徵黄震洲中丞瓚以國子監所藏舊版歲久漫漶，重刻于山東，無長短句。嘉靖己亥，高郵張世文州守綖以黄本不全，乃參校監本、黄本，再刻於鄂州，為前集四十卷，後集六卷，長短句分上中下三卷，還其舊觀。未幾，鄂版毁於火。嘉靖乙巳，高郵州守胡民表求得善本，復捐俸刻之。萬曆戊午，敕理河道工部郎中仁和李之藻薈萃諸本，編次成書，又校刻焉。有藻自序，巡按太原姚鏞序，并刻高郵張綖舊序，及王應元撰郡志本傳。即今文瀾閣所録四庫書之本也。乙卯九月，余於浙江圖書館見之。而邵亭《知見傳本書目》，尚有明初刊本。合之黄、張、胡、李諸本，是明時有五刊本矣。清乾隆時以李之藻本修補，道光丁酉，高郵王敬之重刻，改併為二十卷，補遺一卷，附年譜，見張文襄《書目答問》。而邵亭謂王刊本合為十七卷，後集二卷，補遺一卷，與《答問》卷數不同，未知孰是？至汲古閣所刻《淮海詞》一卷，《淮海琴趣》一卷，《蘇門六君子集》中《淮海集》十四卷，則又選輯之本與全集并行者矣。（《錫山秦氏文鈔》卷十）

【淮海先生詩詞叢話跋】始祖淮海先生，直聲介節，義不苟容，卒至流離放逐，死於道路，讀史者無不哀其遭際之不幸。然摛辭棪藻，方駕蘇、黄，斷句零章，膾炙人口，迄今倚聲家推為作手，尊為詞宗，固較諸生前富貴、而文采不表於後世者，所得為已多也。昔族祖小峴司寇，嘗有《淮海先生年譜》之訂，於先生出處大節，述之綦詳，而遺聞軼事，或多從略，固亦體例使然，有不能兼收並載者。余嘗欲網羅散失，以補其缺。……因從他書廣加搜輯，排比次第，成《淮海先生詩詞叢話》一卷。自始遇東坡，服官京都，以至竄徙南荒，蹤跡所留，莫不有韻事流傳，成為故實。一展卷而流風餘韻如在目前，有足與《年譜》相發明者。若夫諸家評論之語，推崇者固多，譏彈者間亦有之，彌足以見先生之真，固無容為之曲諱者也。編寫既竟，遂以付諸剞劂，傳播藝林。癸丑六月國璋識。（《淮海先生詩詞叢話》後附）

王蘊章

【題辭齊天樂正宮】淮海先生文章氣節，掉鞅一世，自後人以秦七、黄九並稱。或遂僅以詞人目之，失先生矣。東坡於四學士中最善先生，斜陽客館之思，明月瓊樓之什，興懷君國，易地皆同，沆瀣之合，有以哉！秦君特臣近有先生《詩詞叢話》之輯，余曩跋其詩，所謂「别親風雅，使《花間》說詩，偶落筌蹏，仿草窗談雅」者是也。展卷留連，意有未盡，再賦此解，以誌慨慕：斷腸誰唱江南句？方回只今難問。孤館鵑聲，驛橋魚素，覓遍桃源無分。黨碑名姓，只山抹微雲，自傳幽恨。喚起紅紅，古香片片袖紅搵。籤縢閑徵往事，風流原未墜、舊家疏俊。鳳紙言愁，烏絲界淚，賸有鶯花消領。芮國器《鶯花亭》詩云：「人言多伎亦多窮，隨意文章要底工？淮海秦郎天下士，一生懷抱百憂中。」郭十三最賞之，嘗書作條幅，懸諸座右。蟾蜍硯潤，更說與《薲洲》、《雅談》堪並。門掩春寒，玉簫還譜韻。（《淮海先生詩詞叢話》卷首）

【《淮海先生詩詞叢話》跋（節録）】今年春識秦君特臣於海上，手其所輯《淮海先生詩詞叢話》相示，匯灟汋灆，沃為一源，合酥酪醍醐於同味，曩時饑渴為之一慰。竊惟先生，文采風流，睥睨當代，元祐間稍稍遇矣。紹興黨禍，仍遭竄謫以死，其遇不可謂不窮。而直聲介節，歷千數百年而未泯。文字流傳亦遂摩長公之壘，奪山谷之堅，定論所在，前有無咎，後有菊莊，先生有知，亦可不唱淮水淮山總是愁矣。清門綺藻，越世彌新，小峴鄉先輩既為先生作年譜壽世，今特臣復從而發揚光大之，則是編也語其造詣，其猶謝公《述德篇》乎？君如幼度，遂文軌枌梓之思；我愧方回，為山抹微雲作賦。甲

寅荷花生日，蕁農王藴章跋於四嬋娟室。（同上書，後附）

張元濟

【淮海集，宋刊本，存九卷，一册】所存者卷二十一至三，論。卷二十四、五，傳説。卷二十六、七，表。卷二十八、九，啓。與嘉靖張綖本編次相同，半葉十行，行二十一、二字。板心上記字數，中題秦卷幾。下記刻工姓名，所存各卷，有劉仁、劉志、潘正、曲釿、劉文、劉玉、周價、劉元中八人。友人葉玉虎近印故宫及吴氏藏本《淮海長短句》，行款板式，與此均合，且刻工姓名同者四人，可斷為同一版刻。宋諱敬、徵、桓、構、慎、敦等字，均闕筆。甯宗嫌名擴、廓、郭等字不避，當刊於光宗之世。常熟瞿氏有殘宋刻，行款不同，為甯宗時蜀中刊本，稍一對勘，微見差異。（《涵芬樓燼餘書録·集部》）

徐　珂

【詞學名家之類聚（節録）】明崇禎之季，詩餘盛行，人沿竟陵一派。入國朝，合肥龔鼎孳、真定梁清標，皆負盛名。而太倉吴偉業尤為之冠，其詞學屯田、淮海，高者直逼東坡。……其後繼起者，有前七家、後七家，前十家、後十家之目。前七家者，華亭宋徵輿、錢芳標，無錫顧貞觀，新城王士禎，錢塘沈豐垣，……芳標字葆馚，原出義山，神味絶似淮海。貞觀字華峰，號梁汾，考聲選調，吐華振響，浸浸乎薄蘇、辛而駕周、秦。士禎字貽上，號阮亭，别號漁洋山人，尤工小令，逼近南唐二主。豐垣字遹

聲，其詞柔麗，源出於秦淮海、賀方回。（《近詞叢話》）

【題辭《減字木蘭花》】　微雲衰草，曲水亭邊秋漸老。亭在無錫惠山。祖研留傳，鉛槧殷勤不計年。　緑深文字，斷錦零縑憑料理。珍重吟身，淮海風流有替人。（《淮海先生詩詞叢話》卷首）

陳　鋭

【詞中側協】　詞中側協，如夢窗《西平樂》：「歎廢緑平煙帶苑，幽渚塵香蕩晚。」苑、晚為韻。……若淮海《八六子》詞之斷、晚與減，本不同部，必非韻協。（《褭碧齋詞話》）

【宋四君相合】　讀《姑溪詞》，而後知清真之大。讀《友古詞》，而後歎淮海之清。四君者，極相合者也。由其合以求其分，庶見廬山真面。（同上）

曹元忠

【跋尾】　《淮海居士長短句》三卷，見《書録解題》。嘉慶間，蕘翁得江子屏家殘帙，以校舊鈔本。除《長相思》畢曲「不應同是悲秋」句為各本所無外，其餘勝處，舊鈔本悉與相同，惟稱《淮海詞》為異。意丁松生《藏書志》所稱明鈔《淮海詞》三卷、後有嘉靖己亥南湖張綖跋者，當與此舊鈔本同出宋刊；以張綖曾刻《淮海集》四十卷、後集六卷、長短句三卷於鄂州，即直齋著録本也。舊鈔本所出既同，又得蕘翁以宋刊殘帙校定，彌足珍已。彊村每言《淮海詞》無善本，因録此雲間韓緑卿前輩舊藏士禮居本寄

之。癸丑六月庚子望，曹元忠客讀有用齋寫記。（葉恭綽《淮海居士長短句》兩宋合印本後附，並見《彊村叢書》本）

葉恭綽案：以上均從朱彊村刊本録出。案：《韓緑卿藏書目》有《淮海集》兩種，均鈔本：一為文集四十卷，後集六卷，《淮海長短句》三卷，又《長短句補遺》，有蕘圃手校，並虚止閣朱筆校；一為《淮海居士長短句》三卷，經蕘圃以宋本校，並跋。韓氏藏書近方將出售，而不欲人參觀。將來此兩種不知尚能留存國内否也？恭綽記。

邵祖壽

紹聖元年甲戌，四十一歲　少游寄詩：「解手亭皋纔幾月，春風已復動林塘。……聞説邦人比召棠。」按少游是年坐黨籍，改館閣校勘出為杭州通判。此詩當作於春間。（《張文濳先生年譜》）

夏敬觀

【冒疚齋（節録）】　宋詞少游、耆卿、清真、白石，皆余所宗尚。夢窗過澀，玉田稍滑，余不盡取。謂余棄秦、柳，小姜、張，則冤矣。（《忍古樓詞話》）

【跋尾】　少游詞清麗婉約，辭情相稱，誦之迴腸蕩氣，自是詞中上品。比之山谷，詩不及遠甚，詞則過之。蓋山谷是東坡一派，少游則純乎詞人之詞也。東坡嘗譏少游：「不意别後，公却學柳七！」少游學柳，豈用諱言？稍加以坡，便成為少游之詞。學者細玩，當不易吾言也。（手校《淮海詞》後附）

蔡嵩雲

【自然與人工各占地位】　詞尚自然固矣，但亦不可一概論。無論何種文藝，其在初期，莫不出乎自然，本無所謂法。漸進則法立，更進則法密。……宋初小令，如歐、秦、二晏之流，所作以精到勝，與唐五代稍異，蓋人工甚於自然矣。(《柯亭詞論》)

【少游小令出自六一】　少游詞，雖間有《花間》遺韻，其小令深婉處，實出自六一，仍是陽春一派。慢詞清新淡雅，風骨高騫，更非《花間》所能範圍矣。(同上)

【蕙風詞及其詞話】　蕙風詞，才情藻麗，思致淵深。小令得淮海、小山之神，慢詞出入片玉、梅溪、白石、玉田間。吐屬雋妙，為晚清諸家所僅有。(同上)

沈焜

【題辭】　山抹微雲妙詞旨，蘇門乃有秦學士。迄今九百有餘春，文采風流猶未已。賢孫崛起繼高郵，香名藉甚梁溪里。斑管豪時對客揮，吟箋亂處呼兒理。誰知中有傳家集，摭拾遺編補殘史。小峴侍郎次年譜，網羅散失無餘矣。君今事外更搜求，腹笥便便誰得似？繄余幼習《淮海詞》，未得其門空仰企。文人落拓例屯蹇，造物忌才類如此。不然生當元祐年，更況坡翁是知己。海内争傳秦七名，一時才藻無倫比。如何垂老坐遷貶，鬱鬱古藤蔭下死。死而有後死猶生，零章斷句寶孫子。試問黄、晁名與齊，可有抱殘賢後起？吁嗟斯文將喪時，瓦釜雷鳴黄鐘毁。枉拋心力溺詞章，他日知誰珍故紙？（《淮海先生詩詞叢話》卷首）

葉楚傖

【題辭】誰為趙宋之瓊玖？端禮逐臣十八九。文章我數蘇與歐，騰驤踔厲豈無偶？淮海先生裼裘來，歌詞風骨世無有。自云天子念老臣，一謫再謫堅其守。中州之氣盡衡郴，蜿蟺磅礴窮而走。丹砂竹箭不可當，驚人好句如何朽。元祐以後一千年，先生之孫我之友，能讀詩書數古典，有懷拳拳不敢苟。得此狂笑入人間，一時神氣各抖擻。嗚呼！一時神氣各抖擻，先生幸而有賢後。（《淮海先生詩詞叢話》卷首）

汪　煦

【題辭】淮海詩孫文章伯，徵文考獻綿世澤。韻事微雲女婿傳，傷心子夜朝華出。蠹簡叢殘探索勞，名流逸事供搜輯。藤陰醉卧又幾時？回首繁華白駒隙。春江花月足流連，獨抱閑情工著述。我來同時天涯客，海角羈栖歸未得。楹書愁聽浙江濤，網羅散失三歎息。轅駒局促數潮汐，笑看天壤朱成碧。無奈前游意惘然，人生何事多蠟屐？與君携手登高臺，兩情相對自脈脈。會見題辭滿海隅，不堪持贈歌無射。（《淮海先生詩詞叢話》卷首）

傅增湘

【淮海先生閑居集四十卷宋秦觀撰。存卷一至十八、二十七至三十四，計二十六卷】　宋蜀刊本，半葉九行，行十五字，白口，左右雙欄，版心上魚尾下題秦目，下記葉數。卷一第一葉下題「眉山文中刊」五字。避宋諱至廓字止。

按：此蜀刻大字本，與蘇文忠、蘇文定、陳後山三集全同，當為同時同地所刊也。（海虞瞿氏藏書。）（《藏園群書經眼録》卷十三，下同）

【淮海集四十卷，後集六卷，長短句三卷宋秦觀撰存卷三十至四十，共十一卷，内卷三十缺一、二葉，三十四缺四、五葉，三十六缺十六葉，三十七缺一、二葉，三十八缺九、十葉，三十九缺一葉】　宋乾道九年高郵軍學刻紹熙三年謝雩重修本，半葉十行，行二十一至二十四字不等，白口，左右雙欄，板心上記字數，下記刻工人名，有曲釿、劉仁、劉志、劉明、劉文、劉宗、李憲、潘正、周佾、趙通等。魚尾下作秦卷幾。宋諱桓、構、慎闕末筆。

此自午門紅本袋中清出者，今歸北京圖書館。（壬戌）

【淮海集四十卷，後集六卷，長短句三卷宋秦觀撰】　宋乾道九年高郵軍刊紹熙三年謝雩重修本，半葉十行，行二十一字，白口，左右雙欄，版心上記字數，下記刊工姓名。首《閒居文集序》，次舒王《答蘇内翰薦秦公書》，次曾子開《答書》，次蘇内翰《答書》，次後山居士撰《淮海居士字序》。後有嚴繩孫《跋》。

此書余在故宮御花園位育齋撿出，重裝付善本書庫。前有原簽題一葉。（戊辰）

【淮海集四十卷宋秦觀撰，存卷十二至二十五，計十四卷】 宋乾道九年高郵軍刊紹熙三年謝雩重修本，十行二十一字，白口，左右雙欄，版心上記字數，下記人名。各卷中間有缺葉。黄蕘圃丕烈《跋》録後：

「此故友陶五柳主人為余購得者，因借無錫秦氏宋刻四十卷全本手校過，故此不之重，其實非一刻也。今手校本已歸他所，而近又得一孫潛藏鈔本，因出此殘帙勘之，略正幾字，中有《淮海閑居集序》一葉錯入二十三卷中，以别本《長短句》偶存全集序文證之却合，因得考見宋刻源流，莫謂竹頭木屑非有用物也。蕘夫記。」（乙丑）

【淮海集四十卷宋秦觀撰，存卷八至十二】 明刊本，十行二十一字，白口，四周雙欄。

按：此寫刻本，與張綖本不同。（余齋藏）

【淮海集四十卷，後集六卷，長短句三卷宋秦觀撰】 明嘉靖二十四年胡民表刊本，十二行二十一字。前黄吉士序，次嘉靖己亥張綖序，次嘉靖乙巳盛儀序。《後集》有嘉靖乙巳張繪序。詞後有嘉靖己亥張綖跋。

按：據序，乃高郵州守胡民表以張綖本捐俸翻刻。張繪即綖之弟。（余藏）

忠謨謹按：此書别有跋，收入《藏園群書題記三集》卷六。

【淮海集四十卷，後集六卷，長短句三卷宋秦觀撰】 明刊本，十二行二十一字，白口，單欄。前有嘉靖乙巳江都盛儀序，又己亥張綖序。目後有「嘉靖戊午春，漢中府重刊」一行，蓋秦中翻張綖本也，相距已

二十年矣。（癸酉）

【淮海集四十卷，後集六卷，長短句三卷，補遺一卷宋秦觀撰】　舊寫本，十二行二十五字。前有嘉靖乙巳江都盛儀刻書序。虛止閣校一至四十卷，盛序後有虛止閣朱筆跋，又西齋有竹軒跋，卷三十後有讀書堂西齋虛止道人元元跋朱筆。黄蕘圃丕烈校殘宋本十二至二十五卷，又《長短句》。韓緑卿應陛校南宋本《閒居集》一至十卷。（癸酉十一月十二日見，周叔弢藏。）

【宋詩三十七家】　明潘是仁訒叔甫輯校，九行十九字。有李維楨序。詩皆分體。林逋六卷、唐庚七卷、米芾、蔡襄、秦觀、王曾……（同上卷十七）

【六家文選六十卷唐五臣并李善注，存二十六卷】　宋刊大字本，半葉十一行，行十八字，注雙行二十六字，白口，左右雙欄，版心記《文選二》，下記葉數，最下加魚尾，下記刊工姓名。……

按：是書字體古茂疏勁，版式闊大，與眉山刊蘇文忠、蘇文定、秦淮海諸集相類，蓋即蜀中刊本。（同上）

【精騎六卷】　宋刊本，中版心，半葉十三行，行二十三字，白口，四周雙欄。目録每卷上有黑蓋子，目後有牌子，……第五卷曾南豐文，張右史文，秦少游。……皆摘録文字精要，為帖括之用。（同上）

【淮海集長短句一卷宋秦觀撰】　明刊本，八行二十字。題「明郡人李廷芝九畹、長洲袁玄又玄校」二行。版心有「戲鴻館」三字，葉陰葉陽各為單欄，字體俊逸，兼作行書，似手書上版。後刻東坡、山谷二跋，亦行書。

錢遵王用朱筆校宋本，後題二行云：「戊午九月廿七日從不全槧本校一過，述古主人遵王。」何小山煌以墨筆再校，跋細字於標題下云：「辛巳五月廿三日再以殘宋本校，缺更倍於錢所見本而刻則一也。小山。」又有「乾隆丙戌十二月二十日鮑氏知不足齋收藏」題識。（周叔弢藏，乙亥正月六日見。）（同上卷十九）

【淮海詞三卷宋秦觀】　舊寫本，九行二十八字。黄蕘圃丕烈以宋刻本校過，有《跋》鈐有：「蕘圃手校」朱、「平江黄氏圖書」朱、「黄丕烈印」朱、「蕘圃」朱、「復翁」白。（同上）

按：傅氏所録黄丕烈《跋》二則，已見前。

梁啟超

【浣溪沙（漠漠輕寒上小樓）】　奇語。（《飲冰室評詞》）

王國維

有有我之境，有無我之境。「淚眼問花花不語，亂紅飛過秋千去。」「可堪孤館閉春寒，杜鵑聲裏斜陽暮。」有我之境也。「采菊東籬下，悠然見南山。」「寒波澹澹起，白鳥悠悠下。」無我之境也。有我之境，以我觀物，故物皆著我之色彩。無我之境，以物觀物，故不知何者為我，何者為物。（《人間詞話》）

境界有大小，不以是而分優劣。「細雨魚兒出，微風燕子斜。」何遽不若「落日照大旗，馬鳴風蕭蕭。」「寶簾閑掛小銀鈎」，何遽不若「霧失樓臺，月迷津渡」也。（同上）

梅聖俞《蘇幕遮》詞:「落盡梨花春事了。滿地斜陽,翠色和煙老。」劉融齋謂:少游一生似專學此種。(同上)

馮夢華《宋六十一家詞選序例》謂:「淮海、小山,古之傷心人也。其淡語皆有味,淺語皆有致。」余謂此唯淮海足以當之。小山矜貴有餘,但可方駕子野、方回,未足抗衡淮海也。(同上)

少游詞境最為凄婉。至「可堪孤館閉春寒,杜鵑聲裏斜陽暮。」則變而凄厲矣。東坡賞其後二語,猶為皮相。(同上)

「風雨如晦,雞鳴不已。」「山峻高以蔽日兮,下幽晦以多雨。霰雪紛其無垠兮,雲霏霏而承宇。」「樹樹皆秋色,山山盡落暉。」「可堪孤館閉春寒,杜鵑聲裏斜陽暮。」氣象皆相似。(同上)

詞之雅鄭,在神不在貌。永叔、少游雖作豔語,終有品格。方之美成,便有淑女與倡伎之別。美成深遠之致不及歐、秦,唯言情體物,窮極工巧,故不失為第一流之作者。但恨創調之才多,創意之才少耳。(同上)

詞忌用替代字。美成《解語花》之「桂華流瓦」,境界極妙。惜以「桂華」二字代「月」耳。夢窗以下,則用代字更多。其所以然者,非意不足,則語不妙也。蓋意足則不暇代,語妙則不必代。此少游之「小樓連苑」,「繡轂雕鞍」,所以為東坡所譏也。(同上)

白仁甫《秋夜梧桐雨》劇,沈雄悲壯,為元曲冠冕。然所作《天籟詞》,粗淺之甚,不足為稼軒奴隸。豈創者易工,而因者難巧歟?抑人各有能有不能也?讀者觀歐、秦之詩遠不如詞,足透此中消息。(同上)

詩至唐中葉以後，殆為羔雁之具矣。故五代北宋之詩，佳者絶少，而詞則為其極盛時代。即詩詞兼擅如永叔、少游者，詞勝於詩遠甚。以其寫之於詩者，不若寫之於詞者之真也。（《人間詞話删稿》）

詞之最工者，實推後主、正中、永叔、少游、美成，而此南宋諸公不與焉。（同上）

唐五代之詞，有句而無篇。南宋名家之詞，有篇而無句。有篇有句，唯李後主降宋後之作，及永叔、子瞻、少游、美成、稼軒數人而已。（同上）

北宋人如歐、蘇、秦、黄，高則高矣，至精工博大，殊不逮先生（周清真）。故以宋詞比唐詩，則東坡似太白，歐、秦似摩詰，耆卿似樂天，方回、叔原則大曆十子之流。（《人間詞話附録》）

【樊志厚：王静安人間詞甲稿叙】……温、韋之精艷，所以不如正中者，意境有深淺也。《珠玉》所以遜《六一》，《小山》所以愧《淮海》者，意境異也。……夫古今人詞之以意勝者，莫若歐陽公，以境勝者，莫若秦少游。至意境兩渾，則惟太白、後主、正中數人足以當之。静安之詞，大抵意深於歐，而境次於秦。（同上）

【觀堂舊藏《詞辨》眉間批語】温飛卿《菩薩蠻》：「雨後却斜陽，杏花零落香。」少游之「雨餘芳草斜陽。杏花零落燕泥香。」雖自此脱胎，而實有出藍之妙。（同上）

【觀堂舊藏《詞辨》眉間批語】予於詞，五代喜李後主、馮正中，而不喜《花間》。宋喜同叔、永叔、子瞻、少游，而不喜美成。南宋只愛稼軒一人，而最惡夢窗、玉田。（同上）

〔清〕王國維

樊志厚

【觀堂長短句序】王君静安，將刊其所為《人間詞》。……君之於詞，於五代喜李後主、馮正中，於北宋喜永叔、子瞻、少游、美成，於南宋除稼軒、白石外，所嗜蓋鮮矣。（《清名家詞·觀堂長短句》卷首）

瞿良士

【淮海集四十卷，後集六卷，詞三卷明刊本】咸豐九年歲在己未八月二十日，以瞿氏所得汪氏舊藏《淮海先生文集》宋刻殘本校勘一過，自月初展卷，至是而畢。惜宋刻零落，不獲全璧為遺憾耳。松雲居士記。（《鐵琴銅劍樓藏書題跋集録》卷四）

周慶雲

【題辭】淮海無雙天下士，盛名當日已如此。别有傷心人不知，夕陽孤館鵑聲裏。我昔讀公時，青蟲相對吐秋絲。我昔讀公詞，微雲山抹付紅兒。闃寂風流幾百載，髯翁涪翁今誰在？識字晁歸來，腸斷賀方回，争似君家述祖德，百城萬卷搜求力？苕溪漁隱不可作，垂虹亭長亦安托？收拾聲聞歸一編，珠林玉樹仙乎仙。著書早辦千秋筆，文游臺上老秦七。（《淮海先生詩詞叢話》卷首）

龐樹柏

【題辭減字木蘭花】 風流淮海，老去投荒名尚在。千里瀟湘，聽到鵑聲更斷腸。用《詞苑叢談》語意。 叢殘重理，堪喜劫灰寒不死。莫對秋鐙，彈淚秋風哭古藤。（《淮海先生詩詞叢話》卷首）

季錫疇

【淮海集首葉眉批】 宋本每葉十八行，行十五字。首葉板心有「眉山文中刊」五字，題低三字。書中廓字闕末筆，寧宗時刻本也。（書於明嘉靖己亥刻本《淮海集》首葉）

【書末校記】 咸豐九年，歲在己未八月二十日，以瞿氏所得汪氏舊藏《淮海先生文集》宋刻殘本校勘一過，自月初展卷，至是而畢。惜宋刻零落，不獲全璧為遺憾耳。松雲居士記。（同上）

劉炳照

【題辭踏莎行借碧山題草窗詞韻】 皓月當時，微雲絶調。東流淘盡詞人少。扁舟幾度訪秦郵，文游臺下惟衰草。 梅驛孤吟，藤陰幽抱。和天也瘦誰知道？銅駝巷陌换年華，乘風歸去懷坡老。（《淮海先生詩詞叢話》卷首）

陳世宜

【題辭聲聲慢】　微雲情緒，《小石》宗風，蟲絲夜吐秋深。月冷鈎殘，天涯無限傷心。瀟湘帶愁流後，賸黄鸝、長伴孤吟。寥落感，是人和天瘦，又到而今。　重把珍聞收拾，對飛花片片，獨弔藤陰。劫火灰平，人間享帚千金。方回一般腸斷，更西河、墨淚盈襟。芳草恨，算江南幽夢未沉。（《淮海先生詩詞叢話》卷首）

秦毓鈞

【秦觀】　字少游，一字太虚，高郵人。少以文名，著籍蘇門弟子，學者稱淮海先生。宋元豐八年進士，除蔡州教授，嗣以賢良方正薦，歷官至國史編修。尋坐黨籍，出通判杭州，忌者追論不已，貶處州稅。又徙雷州。徽宗立，復宣德郎，放還，至藤州而卒。建炎四年追贈龍圖閣直學士。紹興中遷葬無錫惠山。明正德間邵文莊公寶先祀公於惠山之十賢堂，裔孫鋭奉檄建專祠於六箭河上。著有《淮海文集》四十卷、後集六卷、長短句三卷行世。事具《宋史·文苑傳》並清《一統志》、《揚州府志》、《江南通志》。

毓鈞案：先生著籍蘇門，又嘗受業於曾南豐，博綜史傳，通覽佛書，講習醫藥，明練法律，少豪雋，慷慨溢於文詞。蘇長公見先生《黄樓賦》，許為有屈、宋才。嘗薦之於王荆公，稱先生行義修飾，才敏過人，有志於忠義者。邵文莊稱先生文麗思深，風致清逸。與黄、陳數子並游蘇門，亟見稱許。既入史院，不幸死於遷謫。至於今誦其言，想望其豐采者，猶肅然起敬，謂當與文忠並垂不朽云。

毓鈞又案：吾宗秦氏，少游先生以前不可考。先生上世居江南，中徙淮揚，為高郵州武寧鄉左厢里人。大公承議公，父元化，公諱無考。皇祐元年承議公赴官南康，道出九江，實生先生。熙寧三年叔父定登葉祖洽榜進士，授會稽尉，後仕至端明殿學士。卒葬江都西山秦家莊，有秦端明墓。元豐八年先生登焦蹈榜進士。元祐六年先生弟少章登馬涓榜進士，調仁和主簿。先生作詩送之云：「我宗本江南，為將門列戟。……風流以及汝，三通桂堂籍。」又云：「終從大人議，税駕邗溝側。」此其證也。子處度公湛，官常州通判，卜居於常，地號秦村。卒葬花墓塘，見《武進陽湖縣志》。子孫聚族而居，其後分洞庭秦氏，分無錫秦氏，分嘉定秦氏，為三大支。留於常者，北徙洛陽鎮，有洛陽譜；南徙馬蹟山，有夫椒譜。居秦村者，别為東西宅，纂修秦村舊、濟二譜。或分無錫之陡門，有陡門譜；或分江陰之水南，有水南譜。類皆常州一支所旁濩流衍者。其上海一派詆諆錫譜，謂先生後裔世居高郵，以閘溪譜為最確。然按之高郵譜，則謂洪武初福陸公自錫遷郵，與大音先生説密合。閘溪譜説，未詳其所自來，俟考。

毓鈞又案：先生之游錫，時當元豐二年己未，先生年三十一，將如越省大父承議公。會蘇公自徐徙知湖州，遂與偕行，過無錫，游惠山，和三唐人詩三首。蘇公及參寥子同賦。七月乃復自吴興過杭，中秋後一日同參寥子月夜杖策渡風篁嶺，謁辯才法師於潮音堂，作《龍井題名記》。是為先生游錫歲月。迨改葬於錫，舊譜稱政和間，似沿《常州府志》而誤。考咸淳《毘陵志·秩官門》：添差常州通判軍國事一員，宋初置，省於建炎，復於紹興。而處度公湛則以紹興二年四月莅任，四年九月改任。《陵墓門》則載：「秦龍學墓在惠山，其長子湛倅常日遷葬。」是淮海公改葬年月彰彰可考。又元王仁輔《無錫州志》：「宋淮海先生龍圖墓，在慧山西南三里。政和中，以黨錮未解藁葬高郵，子湛為常州通判，遷葬公於無錫之開元鄉。」據此，是政和間僅藁葬高郵耳。自處度公任常州通判，始遷葬於錫。二書為宋元遺著，似較府志可信。（《錫山秦氏文鈔》卷首）

【秦湛】字處度，號濟川，淮海先生子。宋紹興中任常州府通判，因卜居武進之新塘鄉。仕至宣德郎。著有《吕好問回天録注》。配享淮海祖祠。（同上）

【錫山秦氏文鈔例言】吾家自淮海公遊錫，愛慕無錫山水，同蘇長公、參寥大師有和三唐人惠山詩之作，膾炙藝林。迨復處度公遷葬公於惠山第一塢啟門錫山之下，是為無錫有秦之始。……以淮海、處度二公遺文别為一編，以示先河。（同上）

葉恭綽

【彙合宋本兩部重印淮海長短句序】秦少游《淮海詞》，宋刊可考者凡三種：一、乾道間杭郡所刊《淮海全集》之《淮海長短句》三卷本；二、南宋長沙所刊《百家詞》中之《淮海詞》；三、南宋某處所刊《琴趣外編》中之《淮海琴趣》。二、三兩種，今皆不可得見。世所存者只杭郡本二部而已：一為故宮所藏，原藏無錫秦氏一為吴縣吴湖帆所藏，原藏潘氏滂喜齋且皆非全璧。世曾兼見此二宋本者，殆只黄蕘圃。見後幅按語。汲古閣輯詞至富，乃稱《淮海詞》「從無的本」，其他可知。乾隆間修《四庫》諸臣，亦未一見宋本，致疑全集分卷為張綖所亂，而非原書之舊。説見後幅。自秦氏藏本入宫，滂喜齋本又秘藏吴下，致朱彊村、王幼遐、吴印臣、陶蘭泉四家刻詞時，均未得全見此兩本。朱氏跋吴本及陶氏刊詞叙録，均太息引為慊事。余居海上，數與湖帆往還，因得見滂喜齋一本。嗣袁守和同禮寓書，謂將影印故宫藏本，閲數月而寄滬。於是兩本原狀，皆得寓目。余審諦數四，覺宋刊佳處，不一而足，且可釋明清兩代校刻家無數之疑。因取所見《淮海詞》凡十三種，彙而校之，編為四表：一、《淮海詞版本系統表》；二、《淮海詞經見各本概要表》；三、《淮海詞經見各本字句異同表》；四、《現存淮海詞兩宋本比較表》。條分縷析，自謂頗極詳密，蓋前此固尚無人以此十三種本從事彙校者也。《淮海詞》經此整理，版本字句之異同變遷，胥可瞭然。因思宋本《淮海詞》，天壤間只存此二部，而所存原版葉數又不一，既同出一版，似不如裒兩本之屬於原版者，合而影印，以存其真。因商之袁、吴二氏，得其許可，印以行世，并附所撰四表暨校勘隨筆各條。其兩本内序、跋、識語之可資考證者，一并附入。至兩本原缺各葉，均經鈔補，而所從出不同。吴本似從張綖本出，且又出朱卧庵手，訛誤較少。故此次凡兩本無原版之葉，則用吴本之鈔補葉，而將故宫本異同注出，庶真相可稽，而《淮海詞》可據此為比較最善之本。獨惜康熙時黄子鴻尚及見之《淮海琴趣》，今已了無踪跡。長沙本久不可得見，無從為最有力之校證，是可歎也！至是書之校勘借録，多賴張菊生元濟、徐積餘乃昌、袁守和同禮、趙蜚雲萬里、趙叔雍尊嶽、龍英生沐勳、吴瞿庵梅、吴湖帆諸先生之力。其繕寫則賴何君誌杭、時君巽庵。合并聲謝。民國十九年十月，葉恭綽記於上海寓廬之遐庵。（《淮海居士長短句》兩宋合印本卷首）

【宋版淮海詞校印隨記】綽案：故宫所藏《淮海全集》，乃錫山秦氏家藏本。其以何因緣入清宫，今不可考。向疑朱古老跋内「全集存錫山秦氏」云云，似秦氏别有一藏本。今午晤詢古老，始知其曩時亦得自傳聞，並未目驗。然則故宫所藏，蓋即秦本之全璧，吴本僅單行長短句而已。《淮海全集》目録，確係自宋時即定為四十卷，又，後集六卷，長短句三卷。得此可以證明紀氏《四庫全書總目》以為此種分卷，由於明嘉靖張綖重編，蓋屬不確。至《文獻通考》載：「淮海集三十卷」，「三」字或「四」字之誤。《宋史》作四十卷，或只舉文集而言，或漏載後集，均未可知。長短句以三卷為一卷，或因篇帙無多，三卷合裝一册，故遂以為一卷。如此解釋，則一切可以貫通無滯矣。《閑居文集自序》在元豐七年，時公方三十六歲，所編卷數，不能以為定本，故不必據以疑四十六卷及三卷之編訂也。《直齋書録解題》及李之藻、張綖、胡民表刊本均係四十卷，又，後集六卷，長短句三卷。以意度之，《淮海全集》目録確自宋時即如此編定，不過印行時或有單行之舉，而文學家記述，有時亦欠周密，遂致參差。即如故宫本嚴秋水跋稱：「右《淮海集》四十卷，後集六卷」云云，竟不提及長短句，而長短句固在該帙内。詎能因嚴跋漏載，遂謂當時未編入耶？故宫本之鈔補葉，係根據何本，故宫原本未有聲明。然臆揣當是根據李之藻本。蓋以兩本相校，如《八六子》之「紅袂」誤作「紅社」，《鵲橋仙》之「傳恨」誤作「傳恨」，《一落索》之「空飛」作「飛空」，《虞美人》第三首之「夕陽」作「斜陽」：兩本皆同，而他本均與之不同，即其確證也。兩本同出一版，已無可疑。惟究係何時、何地所刊，尚無確證。然竊意主乾道間刊於杭郡者為是。蓋兩宋公私書籍，刊於杭者最多，而南宋尤盛。宋亡，其版必偕他版同入西湖書院之庫，逮明初遂移入南雍。其不見於《太學經籍志》者，殆偶然疏漏耳。至由南監曾否移於北監，張綖序所謂「北監舊有集版」一語有無根據，現已無從考證。或者張序之「北」字，乃「南」字之訛，未可知也。吴本鈔補葉，出自朱卧庵，當係據張綖本，較故宫本之鈔補葉為佳。故此次付印，凡無宋版之葉，即用吴本之鈔補葉。第卧庵鈔手欠整齊，故屬何志杭君重為謄録，而將故宫本之異同，悉注於上。又故宫本下卷末葉係原宋版，而依故宫本及吴本兩鈔補葉之行款，至末葉均不能與之吻合。余知鈔補葉之行款，必與宋本不同，致有此病。因悉心推敲，將各鈔補葉悉照原來宋版排比，如下半闋皆提行寫，及一調而有數首者，所有「其二」、「其三」等字，均提行寫，到末葉恰相銜接，一字不差，足證兩本之鈔補葉，均非照原版，而此悉重行鈔補為較得其真也。又吴本《調笑令》之標題，如「王昭君」及「詩曰」、「曲子」、「右一」等字，其地位高下，亦與原宋版不同。今據故宫本下卷第一葉原版格式，改歸一律。民國十九年十月，葉恭綽記。（同上）

吴湖帆

【跋尾】 第一卷宋刻本《夢揚州》换頭「長記」二字，誤刻於上疊過拍下。《雨中花》「滿空寒白，玉女明星迎笑」二句，「白玉」二字，誤刻「皇」字。「在天碧海」句，「在」字下應缺一字。《長相思》歇拍完全，各本皆缺。惟此調又見《賀方回詞》卷一，作《望揚州》。案：楊補之《逃禪詞·長相思》：「己卯歲留途上，追用方回韻。」第二卷《菩薩蠻》「翠幕」，應從毛氏本作「幔」。《滿庭芳》「搜攬」，應從毛作「攪」。第三卷《臨江仙》首句「挼藍浦」，應從毛作「接」。此皆微有舛誤應校正處。集中勝處可校他刻者正多，亦無用余之贅述矣。戊辰冬日，吳湖帆跋於梅影書屋。（葉恭綽《淮海居士長短句》兩宋合印本後附）

【跋尾】己巳七月，番禺葉遐庵丈見視《故宮善本書影》，載《淮海集》總目一葉，文集首葉，長短句首葉，嚴秋水題跋一葉。案：嚴氏跋時康熙甲戌，藏無錫秦對巖宫諭處，淮海先生二十四世孫也。彊村老人跋云：「全集藏無錫秦氏，今不知尚存否？」朱氏應見秋水之跋，不知已歸内府，藏之位育齋，疑乾隆間《四庫》進本也。此册僅存長短句首葉，互校遠勝内府本之漫漶。嚴氏跋謂「北宋刻，即雪洲黄氏所稱監本，惜歲久漫漶」者也。兩本行款筆道全同，而此册之清楚精緻，令人神往，足徵内府本為元印，此或北宋刻也。「《淮海集》重雕本先後四家：儀真黄中丞刻於山東，高郵張牧刻於鄂州，胡民表刻於高郵，最後李之藻薈萃諸家，編次成帙，至今流傳坊間。而卷帙互異，篇次多不詮整。」此秋水跋中語。七夕大雨，燈下遺悶書。

葉恭綽案：「此亦吳湖帆所跋。」（同上）

【題識】淮海居士，丁元豐盛世，上承晏、柳，下啟周、辛，嘯傲蘇門，自擅雅操。雖「香囊」「羅帶」，見譏於眉山；而「飛蓋」「華燈」，盛傳於洛下。況「揮毫萬字，一飲千鍾」，其豪情豈讓「大江東去」哉？顧自北宋迄今，疊經喪亂，天水舊刊，幾等球圖。所傳長短句八十餘首，經張、黄、胡、李、段、毛諸家，各就所見，重梓行世。雖不失為淮海功臣，而篇次錯雜，定非舊觀。此番禺葉丈遐庵所以有宋刻本《淮海長短句》合印之舉也。案宋刻全集，惟故宮有之，而鈔補甚多，亦非足本。嚴秋水謂「歲久漫漶」者是也。其黃復翁、潘文勤公遞藏之殘宋本，今歸余所僅有。第一卷全，第二卷之第二、第四兩葉，前有《閑居文集序》四葉而已。余嘗以故宮本對校，知同出一源，惟印刷較清楚耳。若《木蘭花慢》、《金明池》、《喜春來》諸闋，二書俱不載。疑所遺亦不止此耳。遐庵又為《秋夢詞》，係家學相承，綵翰不輟。近居滬，與余閑日過從，譚藝甚歡。論及秦詞，世無定本，將以故宮及敝笈兩殘宋本合影印之；并以宋以後各家刻本十三種，彙校其字句異同，别附《寫刻系統表》及《校勘記》於後，凡數萬言。致力綦勤，於淮海可謂無遺憾矣。兩宋本得此為延津之合，抑亦讀書諸君子之所快也！庚午十月，吳湖帆識於梅影書屋。（葉恭綽《淮海居士長短句》兩宋合印本卷首）

余嘉錫

秦少游五十二　觀　生皇祐元年己丑　卒元符三年庚辰

《揮麈餘話》云：「案：本傳及志銘云『建中靖國元年卒，年五十三』，而《龍井題名》，『元豐五年，三十六。』」今案：年譜引先生文集《題王氏齋壁》云：「皇祐元年予先大父赴官南康，道出九江，余實生焉。」定為皇祐元年己丑生，而卒以元符三年，則壽止五十二矣。若據《龍井題名》則當以慶曆丁亥生，而壽亦不止五十三。今《題名》已不存，恐不可信。

案：《揮麈餘話》卷二所引本傳，謂宋國史也。今《宋史》本傳，但云「徙雷州，徽宗立，復宣德郎，放還，至藤州卒」，不言何時。年譜據《蘇東坡集》，定為元符庚辰八月十二日卒，錢氏從之，是也。《龍井題名》見《淮海集》卷三十八。道光時高郵刻本在卷十七。此據涵芬樓影印明刻本。《東坡續集》卷十二，東坡有跋。《宋文鑑》卷百三十一，《咸淳臨安志》卷三十七，其文皆曰：「元豐二年中秋後一日，余自吴興道一作過杭，東還會稽，龍井辯才大師，以書邀余入山。」云云，實不作元豐五年，亦無「年三十六」之語。《餘話》所引，非王仲言記憶之疏，則所見之本有誤耳。然錢氏謂《題名》今已不存，則非也。（《余嘉錫論學雜著·疑年録稽疑》）

英啟等

【古蹟】洗墨池。在縣治南，宋蘇軾洗墨處。國朝康熙間通判宋犖浚池置亭，移建雪堂於池東，竹樓於池西，為祠祀宋王禹偁、蘇軾、張耒、秦觀，曰四賢祠。（《黄州府志》卷三）

【壇廟】蘇文忠祠。……國朝宋犖記，仕而過黄，靡不言蘇子瞻、王元之，至於張文潛、秦少游，非其忘之，即不知之矣。（同上卷五）

吴　梅

【跋尾】戊辰歲暮，湖帆出示此册，為滂喜齋舊藏。計目録二葉，《淮海閑居文集序》四葉，長短句上卷七葉，中卷第二、第四兩葉，餘皆朱卧庵鈔補。先後爲明吴文定、文壽承、周天球、李日華，清朱卧庵、黄蕘圃、張芙川、沈韻初所藏，最後歸潘文勤，詳見《滂喜齋藏書記》中。余校讀之，「驚」字、「桓」字缺筆，足徵宋刊。而諸調换頭皆提行書寫，又爲宋人刻詞之證。《水龍吟》「小樓連遠」不作「連苑」；《滿庭芳》「天連衰草」不作「天粘」，「寒鴉萬點」不作「數點」；《長相思》畢曲「不應同是悲秋」句亦完好無缺：此佳宋本佳處。惟目録中《桃源憶故人》作《桃源》；《夢揚州》换頭「長記曾陪燕游」句，以「長記」二字屬上疊：此則微有疏舛，顧無害其爲精本也。卧庵補鈔，未明言所自出，鄙意當從張南湖本補録。余舊藏南湖刻《淮海集》，爲嘉靖己亥刊本。南湖名綖，即作《詩餘圖譜》者。集共四十卷，後集六卷，長短句三卷，刊於鄂州。據曹君直元忠云：當依陳氏《書録解題》所著録本重刊者，是亦出於宋刊也。就此三卷中，較卧庵鈔補本，已一一符合。張本諸詞换頭，皆空一格。朱鈔自《阮郎歸》起，不空格，不提行。《滿庭芳》以下至終卷，换頭概空一格，與宋刊每首提行不同。同牌諸詞，張本書一「又」字，朱鈔作「其一」、「其二」，此亦略異。又《調笑》十首，張本先書題目，次「詩曰」，次「曲子」（朱鈔《烟中怨》一首脱「曲子」二字一行），後列「右一」、「右二」云云，其體亦與朱鈔同。然則卧庵所據，即是張本，而張本亦出宋刊，是此册彌足珍矣！蕘翁跋文推崇卧庵，頗爲有識，特未考明所據何本。因取舊藏張本斠校一過，并書鄙見於後。湖帆或不以爲非與？霜厓居士吴梅跋。（葉恭綽《淮海居士長短句》兩宋合印本後附）

段朝端

《秦淮海帖》：「觀本欲詣門下請辭，適鄉人喬吏部約同行。」按喬執中，字希聖，高郵人，元祐初為吏部郎中，見《宋史》本傳。（徐集小箋》卷上）

太虚過淮，嘗獲參晤。《節孝先生文集》卷十《寄秦少游》云：「子用心於我，知者蔡彥規。」蓋秦取於徐，徐取於蔡。事具《淮海集》。皆姻家也。卷十六《謝秦少游并簡參寥》二律，蓋兩人同詣先生，故先生以詩謝之。又，卷十六有《送秦少游》一絕，少游次先生見寄韻云：「我生季葉中，乃與古人遇。」（同上卷上）

倪為山陽令，與先生唱和尤多。《節孝先生文集》卷四《贈倪敦復》云：「北軒主人吴中清，所居才義皆有名。」……秦觀《淮海集》、張耒《柯山集》皆有《題倪敦復北軒》詩。（同上卷中）

潘飛聲

【題辭】孤村流水夕陽時，怕落耆卿格調卑。一抹微雲禪意在，只應琴操續填詞。

樓頭燕子屬誰家，天女維摩好散花。不信先生偏薄倖，修真可事遣朝華。

雙鬟傳唱感龍標，那似詩魂入夢遥。千古佳人殉才子，情根入地恐難銷。

述祖文章兩代雄，藤花開落怨東風。千年不見秦淮海，繞扇歌雲想像中。（《淮海先生詩詞叢話》卷首）

龔嘉儁等

秦淮海祠：初在上扇二圖龍井寺側，祀宋秦觀。（《兩浙防護録》）。今别祀孤山白公祠後楹。道光間裔孫杭嘉湖道秦瀛創立。（《杭州府志》卷十）

龍井：在風篁嶺，本名龍泓，産茶最佳。宋元豐中僧辯才即其處為亭。……井有記，秦少游撰。（同上卷二十三）

秦觀游龍井題名：《兩湖志》：在龍井。秦觀紹聖初通判杭州，題名當在其時。（同上卷九十六）

秦觀《跋辯才十題》：《兩湖志》：舊在龍井寺。元豐二年八月秦觀跋，辯才徒懷楚刻石。（同上卷九十八）

孫壽芝等

《栝蒼彙記》載其（秦觀）文英閣在櫸山下。二律云：「都門將酒惜分携，歸路駸駸望欲迷。千里又看新燕語，一聲初聽子規啼。春風天上曾揮翰，遲日江邊獨杖藜。回首三山樓角晚，斷雲流水自東西。」「流落天涯思故園，散愁郊外任蹣跚。雲歸邃谷知無雨，風捲寒溪近没灘。已覺雁將歸楚澤，遥知春又到長安。桑林麥隴依稀是，只欠秦川萬里寬。」二詩《淮海集》不載，詩云「歸路駸駸」，又云「流落天涯」，語意違反，殆非一時之作，亦未必文英閣作也。（《麗水縣志》卷十四）

裘凌仙

【千秋歲謹步淮海公棲霞寺題壁原韻】　溪邊林外，紅雨隨波退。思往事，心堪碎。微風飄鬢絲，清露沾襟帶。愁懷最，春殘花落孤雲墜。　舊雨何由會，客路誰傾蓋。監酒處，遺容在。古今時代異，俯仰滄桑改。姜山下，漁樵猶説秦淮海。（《全清詞鈔》卷三十四）

胡　適

【校輯宋金元人詞序（節録）】　在文學演變史上，詞即是前一個時代的曲，曲即是後一個時代的詞，根本上並無分別。山谷、少游都曾作俚俗的曲子。（《校輯宋金元人詞》卷首）

【秦少游詞】　秦少游詞亦有佳語。《滿庭芳》：「高臺芳樹，飛燕蹴紅英。舞困榆錢自落。秋千外，緑水橋平。」《好事近夢中作》：「飛雲當面化龍蛇，夭矯轉空碧。醉卧古藤陰下，了不知南北。」《金明池》：「更水繞人家，橋當門巷，燕燕鶯鶯飛舞。」（鶯燕本雙聲字，疊用之音調甚佳。）　又《八六子》前半闋云：「倚危亭，恨如芳草，萋萋剗盡還生，念柳外青驄别後，水邊紅袂分時，愴然暗驚。」（此神來之筆也！）（《胡適古典文學研究論集·胡適留學日記》三，一九一五年六月六日）

趙萬里

【跋尾】《淮海居士長短句》三卷，附刻宋本《淮海集·後集》後，以諱字及刊工筆勢觀之，當系乾道中浙中刊本，其版至明季猶存。張綖序重刻《淮海集》云，「北監舊有集版」，疑北監乃南監之誤。然不見於黄佐《南雍志·經籍考》，蓋至嘉靖間，監中已無存矣。故傳世此本，以後印者為習見。宋及元初印本，則希如星鳳矣。并世公私藏家，如常熟之瞿、德化之李、吴興之蔣及北平圖書館所藏殘帙，均不附長短句。潘氏《滂喜齋藏書志》，有宋本《淮海居士長短句》三卷本，今未知存亡。此本長短句赫然具在，雖間有鈔補，亦足寶也。持校明嘉靖間南湖張綖校刻《淮海集》附刻本，此本即張刻所自出，合者固十之八九，然亦有足訂張刻之誤者。如《望海潮》「茂草臺荒」，張本「臺荒」作「荒臺」；《水龍吟》「小樓連遠横空」，張本「遠」作「苑」，「疏簾半捲」，張本「疏」作「朱」；《滿庭芳》「寒鴉萬點」，張本「萬」作「數」；《一落索》「楊花終日飛空舞」，張本「飛空」作「空飛」；《阮郎歸》「身有恨」，張本「身」作「更」，又「那堪腸已無」，張本「已」作「也」；《滿庭芳》「驟雨才過還晴，古臺芳榭」，張本「才」作「方」，「古」作「高」；又「開瓶試，一品香泉」，張本「瓶」作「尊」；《調笑令》詩「越公萬騎鳴簫鼓」，張本「簫」作「笳」，曲子「舊歡新愛誰是主」，張本「是」作「為」；《虞美人》「緑荷多少斜陽中」，張本「斜」作「夕」；《臨江仙》「獨倚危檣情悄悄」，張本「檣」作「樓」，等均是。其他《廣陵懷古》、《越州懷古》、《别意》、《春思》諸題，宋本皆無之，張本殆涉諸選本而誤，并當據以删正。昔歸安朱氏校勘《淮海詞》，據松江韓氏讀有用書齋藏黄堯圃校鈔本入録，欲求宋槧一校，苦不可得，且並張綖刊本，亦未迻校，今此本出，亦足彌朱氏之缺憾矣。傳世秦詞，以毛氏汲古閣本為最劣。其底本亦當自三卷本出，惟前後倒置，又妄據他書增入《如夢令》等十闋。除《喜春來》或確係淮海佚詞外，余率據《類編草堂詩餘》及明人所輯《續草堂詩餘》、《古今詞統》内録出，實則均非秦作，其誤與毛氏所刻蘇子瞻、周美成、李清照詞均同，實無足怪也。試于宋人載籍中求淮海佚詞，則僅于《陽春白雪》一卷得《木蘭花慢》一首，《苕溪漁隱叢話》前集卷五十引《冷齋夜話》今本《夜話》無此文及《全芳備祖》前集卷七《海棠門》得《喜春來》一首而已。《喜春來》毛本已收之，而《木蘭花慢》緣《陽春白雪》一書乃晚出，明萬曆間陳耀文輯《花草粹編》，清康熙間朱彝尊輯《詞綜》時俱未見。故諸本并未及，然氣弱不似他作，姑附以存疑可也。至《直齋書録》所載長沙坊刻《百家詞》，有《淮海詞集》一卷，及宋時秦詞之别本，與三卷本有無異同，則不可知矣。十九年五月，海寧趙萬里跋。（故宫博物院圖書館影印《淮海居士長短句》後附）

【校輯宋金元人詞序（節録）】《琴趣外篇》，乃閩中書肆所刻，毛子晉有影宋寫本歐陽修《醉翁琴趣》、晁元禮《閑齋琴趣》、晁無咎《晁氏琴趣》各六卷。此外毛斧季校本《淮海詞》，亦時引琴趣，知尚有《淮海琴趣》。（《校輯宋金元人詞》卷首）

【引用書目·類編草堂詩餘四卷明嘉靖間刻本。（節録）】《滿庭芳》（晚兔雲開）一闋，確係秦少游詞，分類本脱注「前人」二字，此本以為秦作，固無可疑也。（同上）

梁啟勳

【調名(節録)】《花非花》始於白居易之「花非花，霧非霧。」《章臺柳》始於韓翃之「章臺柳，昔日依依今在否？」《憶王孫》始於秦觀之「萋萋芳草憶王孫。」(《詞學》上編)

【小令與長調(節録)】宋人開口便學杜詩，格高氣粗，出語便自生硬，終是不合格。其間若淮海、耆卿、叔原輩，一二語入唐者有之，通篇則無有云。(同上)

陳匪石

【填詞須據名家(節録)】即以《詞律·發凡》所舉《水龍吟》結拍論，淮海為「念多情但有，當時皓月，照人依舊」，東坡為「細看來，不是楊花，點點是離人淚」，清真為「恨玉容不見，瓊英謾好，與何人比」，白石為「甚謝郎，也恨飄零，能道月明千里」，夢窗九首則上四例皆有。明楊慎論《淮海詞》，「有」字、「照」字、「舊」字各一拍，「强作解事，不明樂章」，固為竹垞所譏。即《詞律》謂首句一領四以下四字兩句，亦豈免削足適屨。(《聲執》卷上)

【鍊字鍊句(節録)】所謂自然，從追琢中來。吾人讀陶潛詩、梅堯臣詩，明白如話，實則鍊之聖者。珠玉、小山、子野、屯田、東山、淮海、清真，其詞皆神於鍊。不似南宋名家，鍼線之蹟未滅盡也。(同上)

【行文兩要素】行文有兩要素，曰氣、曰筆。氣載筆而行，筆因文而變。……故詞之為物，固衷於詩教

之温柔敦厚，而氣實為之母。但觀柳、賀、秦、周、姜、吴諸家，所以涵育其氣，運行其氣者即知。(同上)

【樂府雅詞】宋人選宋詞之總集，以曾慥《樂府雅詞》為最早。……又以百餘闋不知姓名者，標為《拾遺》。……晏同叔有《訴衷情》、秦淮海有《阮郎歸》、《海棠春》、《南歌子》三首，見《拾遺》下。秦刻為之補注，而舊鈔本無注，則當時仍待訪詢者。曾氏未見各家詞集可知也。(同上)

【心日齋詞録】心日齋《十六家詞録》，周之琦所選，時在道光二十三年，所録為温庭筠、李煜、韋莊、李珣、孫光憲、晏幾道、秦觀、賀鑄、周邦彦、姜夔、史達祖、吴文英、王沂孫、蔣捷、張炎、張翥十六家。自言為平生得力所自，故輯而録之。末各綴一絶句，皆能得其真詮。……蓋限定家數之總集，只《戈選》、《周録》，而周之異於戈者，則上起唐代，下迄於元。北宋增小晏、秦、賀，雖似不出温柔敦厚之範圍，而門户加寬，且已知崇北宋矣。(同上)

【宋詞舉·論北宋六家】周邦彦集詞學之大成，前無古人，後無來者。……秦觀為蘇門四子之一，而其為詞，則不與晁、黄同賡蘇調。妍雅婉約，卓然正宗。(同上)

附録

秦觀集善本書目

【淮海集四十卷，後集六卷，長短句三卷】　宋秦觀撰。宋紹興年間刻本(此集現藏日本淺草文庫)。

【淮海集四十卷，後集六卷，長短句三卷】　宋秦觀撰。宋乾道九年高郵軍學刊，元明遞修補本，十二册。

【淮海集四十卷，後集六卷，長短句三卷】　宋秦觀撰。清乾隆間寫文淵閣《四庫全書》本。十二册。

【淮海集鈔一卷】　宋秦觀撰。清康熙間吴氏原刊本及乾隆間《四庫全書》、《四庫全書薈要本·宋詩鈔》之一。

【淮海先生文粹十四卷】　宋秦觀撰。清錢謙益校、日本傳鈔明崇禎六年新安胡仲修武林刊《蘇門六君子文粹》本，二册。(以上《故宫博物院善本舊籍總目·集部别集類》)

【淮海先生閑居集四十卷】　宋秦觀撰。宋刻本，六册。存二十六卷。一至十八，二十七至三十四。

【淮海集四十卷，後集六卷，長短句三卷】　宋秦觀撰。宋乾道九年高郵軍學刻，紹熙三年謝雩重修本。(缺葉缺字清初毛氏汲古閣影宋抄補)。十册。

【淮海集四十卷，後集六卷，長短句三卷】　宋秦觀撰。明嘉靖十八年張綖刻本。季錫疇校並跋。五册。

【淮海集四十卷，後集六卷，長短句三卷】　宋秦觀撰。明嘉靖二十四年胡民表刻本。五册。

【淮海集四十卷，後集六卷，又三卷】　宋秦觀撰。明萬曆四十六年李之藻刻本。六册。

【淮海集四十卷，後集六卷】　宋秦觀撰。明刻本。四册。

【淮海先生文集四十卷，後集六卷，長短句三卷，補遺一卷】　宋秦觀撰，清初抄本，黄丕烈韓應陛校並跋。六册。

【淮海集十七卷，後集二卷，詞一卷，補遺一卷，續補遺一卷】　宋秦觀撰。

【考證一卷】　清王敬之、茆泮林、金長福撰。

【重編淮海先生年譜節要一卷】　清秦瀛撰。清道光十七年、二十一年王敬之等刻本。傅增湘校跋。並録嚴繩孫題識。六册。

【淮海集長短句一卷】　宋秦觀撰。明戲鴻館刻本。錢曾、何煌、張允亮校並跋。一册。（以上《北京圖書館善本書·集部》）

引用書目

臨川先生文集　宋王安石撰　中華書局一九五八年版
節孝先生文集　宋徐積撰　楚州叢書本
河南程氏外書　宋程顥、程頤撰　中華書局一九八一年版
蘇軾詩集　宋蘇軾撰　中華書局一九八二年版
蘇軾文集　宋蘇軾撰　中華書局一九八六年版
欒城集　宋蘇轍撰　四部叢刊影印明嘉靖本
欒城集　宋蘇轍撰　上海古籍出版社一九八七年版
龍川略志　宋蘇轍撰　中華書局一九八二年本
古今詩話　宋李頎撰　中華書局宋詩話輯佚本
真率記事　宋闕名撰　説郛本
孔氏談苑　宋孔平仲撰　寶顔堂秘笈本
道山清話　宋闕名撰　百川學海本

樂圃餘稿　宋朱長文撰　文淵閣四庫全書本
參寥子詩集　宋道濳撰　四部叢刊影印宋刊本
黄山谷詩集　宋黄庭堅撰　四部備要據宋槧本
豫章黄先生文集　宋黄庭堅撰　四部叢刊影印宋乾道本
山谷全書　宋黄庭堅撰　清光緒甲午刊本
山谷題跋　宋黄庭堅撰　津逮秘書本
豫章黄先生詞　宋黄庭堅撰　中華書局全宋詞本
曲阜集　宋曾肇撰　豫章叢書本
淮海集　宋秦觀撰　宋蜀刻大字本
淮海集　宋秦觀撰　宋紹興年間刻本
淮海集　宋秦觀撰　宋紹熙壬子刻本
淮海集　宋秦觀撰　明嘉靖己亥張綖刻本
淮海集　宋秦觀撰　明嘉靖乙巳胡民表刻本
淮海集　宋秦觀撰　明萬曆戊午李之藻刻本
淮海集　宋秦觀撰　明段之錦刻本
淮海集　宋秦觀撰　清康熙己巳翻刻明本

淮海集　宋秦觀撰　清初鈔、黄丕烈校本
淮海集　宋秦觀撰　殘宋本黄丕烈校
淮海集　宋秦觀撰　道光十七年至二十一年王敬之刻本
淮海集　宋秦觀撰　同治癸酉秦氏家塾本
淮海居士長短句　宋秦觀撰　故宫博物院圖書館影印宋乾道本
淮海居士長短句　宋秦觀撰　葉恭綽宋本兩種合印本
日涉園集　宋李彭撰　豫章叢書本
寶晉英光集　宋米芾撰　湖北先正遺書本
慶湖遺老詩集　宋賀鑄撰　宋人集乙編
鷄肋集　宋晁補之撰　四部叢刊影印明詩瘦閣仿宋本
晁氏琴趣外篇　宋晁補之撰　中華書局全宋詞本
後山居士文集　宋陳師道撰　上海古籍出版社影印宋蜀刻大字本
後山談叢　宋陳師道撰　寶顔堂秘笈本
後山詩話　宋陳師道撰　中華書局歷代詩話本
張右史文集　宋張耒撰　四部叢刊影印舊鈔本
柯山集　宋張耒撰　清武英殿聚珍叢書本

姑溪居士文集　宋李之儀撰　粵雅堂叢書本

濟南先生師友談記　宋李廌撰　北京中國書店影印宋咸淳本

嵩山文集　宋晁説之撰　四部叢刊影印宋乾道本

晁氏客語　宋晁説之撰　北京中國書店影印宋咸淳本

道鄉集　宋鄒浩撰　四庫全書本

侯鯖録　宋趙令畤撰　知不足齋叢書本

泊宅編　宋方勺撰　中華書局一九八三年版

王直方詩話　宋王直方撰　宋詩話輯佚本

李希聲詩話　宋李錞撰　宋詩話輯佚本

石門文字禪　宋惠洪撰　四部叢刊影印明徑山寺本

冷齋夜話　宋惠洪撰　津逮秘書本

天厨禁臠　宋惠洪撰　中華書局上海編輯所影印明本

潛溪詩眼　宋范温撰　宋詩話輯佚本

藏海詩話　宋吴可撰　中華書局歷代詩話續編本

石林詩話　宋葉夢得撰　中華書局歷代詩話本

避暑録話　宋葉夢得撰　津逮秘書本

石林燕語　宋葉夢得撰　中華書局一九八四年版
浮溪集　宋汪藻撰　清武英殿聚珍叢書本
嬾真子　宋馬永卿撰　四庫全書本
鐵圍山叢談　宋蔡絛撰　中華書局一九八三年版
梁谿漫志　宋費衮撰　上海古籍出版社一九八五年版
步里客談　宋陳長方撰　墨海金壺本
太倉稊米集　宋周紫芝撰　四庫全書本
竹坡詩話　宋周紫芝撰　中華書局歷代詩話本
梁溪集　宋李綱撰　清刊本
茶山集　宋曾幾撰　清武英殿聚珍叢書本
紫微詩話　宋吕本中撰　中華書局歷代詩話本
童蒙詩訓　宋吕本中撰　宋詩話輯佚本
高齋詩話　宋曾慥撰　宋詩話輯佚本
春渚紀聞　宋何薳撰　中華書局一九八三年版
四六話　宋王銍撰　百川學海本
默記　宋王銍撰　中華書局一九八一年版

觀林詩話　宋吴聿撰　中華書局歷代詩話續編本

彦周詩話　宋許顗撰　中華書局歷代詩話本

蘆川歸來集　宋張元幹撰　上海古籍出版社一九七八年版

横浦日新　宋張九成撰　商務印書館影印張氏藏本

相山集　宋王之道撰　四庫全書珍本初集本

能改齋漫録　宋吴曾撰　上海古籍出版社一九六〇年版

猗覺寮雜記　宋朱翌撰　知不足齋叢書本

邵氏聞見後録　宋邵博撰　中華書局一九八三年版

毘陵集　宋張守撰　清武英殿聚珍叢書本

欒城先生遺言　宋蘇籀撰　百川學海本

雙溪集　宋蘇籀撰　粤雅堂叢書本

五總志　宋吴炯撰　知不足齋叢書本

雲谷雜記　宋張淏撰　中華書局一九五八年版

曲洧舊聞　宋朱弁撰　知不足齋叢書本

風月堂詩話　宋朱弁撰　寶顔堂秘笈本

碧溪詩話　宋黄徹撰　中華書局歷代詩話續編本

竹洲集　宋吴儆撰　四庫全書本
浮山集　宋仲并撰　四庫全書珍本初集本
韻語陽秋　宋葛立方撰　中華書局歷代詩話本
湖山集　宋吴芾撰　四庫全書本
獨醒雜志　宋曾敏行撰　知不足齋叢書本
艇齋詩話　宋曾季貍撰　中華書局歷代詩話續編本
昭德先生郡齋讀書志　宋晁公武撰　宛委别藏影印宋淳祐本
苕溪漁隱叢話　宋胡仔撰　人民文學出版社一九八一年版
古今詞話　宋楊湜撰　趙萬里校輯宋金元人詞本
墨莊漫録　宋張邦基撰　四部叢刊影印明鈔本
桐江詩話　宋闕名撰　宋詩話輯佚本
藝苑雌黄　宋嚴有翼撰　宋詩話輯佚本
漫叟詩話　宋闕名撰　宋詩話輯佚本
續資治通鑑長編　宋李燾撰　四庫全書本
甕牖閑評　宋袁文撰　上海古籍出版社一九八五年版
庚溪詩話　宋陳巖肖撰　中華書局歷代詩話續編本

東都事略　宋王偁撰　四庫全書本
碧鷄漫志　宋王灼撰　知不足齋叢書本
容齋隨筆　宋洪邁撰　上海古籍出版社一九七八年版
夷堅志　宋洪邁撰　中華書局一九八一年版
劍南詩稿　宋陸游撰　中華書局一九七六年版
渭南文集　宋陸游撰　中華書局一九七六年版
老學庵筆記　宋陸游撰　中華書局一九七九年版
范石湖集　宋范成大撰　中華書局一九六二年版
益公題跋　宋周必大撰　津逮秘書本
清波雜志　宋周煇撰　四部叢刊影印宋刊本
誠齋集　宋楊萬里撰　四部叢刊影印宋鈔本
誠齋詩話　宋楊萬里撰　中華書局歷代詩話續編本
揮麈録　宋王明清撰　四部叢刊影印宋鈔本
玉照新志　宋王明清撰　寶顔堂秘笈本
雪山集　宋王質撰　清武英殿聚珍叢書本
畫繼　宋鄧椿撰　津逮秘書本

朱子語類　宋朱熹撰　中華書局一九八六年版
江湖長翁集　宋陳造撰　四庫全書本
丘文定公詞　宋丘崈撰　彊村叢書本
宋文鑑　宋吕祖謙編　四部叢刊影印宋刊本
攻媿集　宋樓鑰撰　清武英殿聚珍叢書本
燕喜詞　宋曹冠撰　别下齋叢書本
東塘集　宋袁説友撰　四庫全書珍本初集本
淳熙稿　宋趙蕃撰　清武英殿聚珍叢書本
環溪詩話　宋吴沆撰　學海類編本
捫蝨新話　宋陳善撰　津逮秘書本
葉適集　宋葉適撰　中華書局一九六一年版
習學記言　宋葉適撰　四庫全書本
杜工部草堂詩話　宋蔡夢弼撰　中華書局歷代詩話續編本
坡門酬唱集　宋邵浩編　四庫全書本
野客叢書　宋王楙撰　中華書局一九八七年版
荆溪林下偶談　宋吴子良撰　寶顔堂秘笈本

吴氏詩話　宋吴子良撰　學海類編本
臞翁詩集　宋敖陶孫撰　汲古閣影印南宋六十家集
澗泉日記　宋韓淲撰　清武英殿聚珍叢書本
賓退録　宋趙與時撰　上海古籍出版社一九八三年版
銘水集　宋程珌撰　四庫全書本
張氏拙軒集　宋張侃撰　四庫全書珍本初集本
履齋示兒編　宋孫奕撰　知不足齋叢書本
宋宰輔編年録　宋徐自明撰　中華書局一九八六年版
東澤綺語　宋張輯撰　彊村叢書本
鶴山先生大全文集　宋魏了翁撰　四部叢刊影印宋刊本
貴耳集　宋張端義撰　中華書局一九五九年版
寶真齋法書贊　宋岳珂撰　清武英殿聚珍叢書本
後村先生大全集　宋劉克莊撰　四部叢刊影印舊鈔本
後村詩話　宋劉克莊撰　中華書局一九八三年版
蘭亭考　宋桑世昌撰　知不足齋叢書本
鶴林玉露　宋羅大經撰　中華書局一九八三年版

游宧紀聞　宋張世南撰　中華書局一九八一年版
秋崖集　宋方岳撰　四庫全書本
皇宋書録　宋董史撰　知不足齋叢書本
梅花衲　宋李龏撰　知不足齋影寫南宋八家集
南宋館閣續録　宋闕名撰　四庫全書本
詩人玉屑　宋魏慶之撰　上海古籍出版社一九七八年版
竹溪十一稿詩選　宋林希逸撰　汲古閣影印南宋六十家集
直齋書録解題　宋陳振孫撰　清武英殿聚珍叢書本
黄氏日抄　宋黄震撰　乾隆三十三年刻本
咸淳臨安志　宋潛説友撰　道光庚寅振綺堂仿宋重雕本
困學紀聞　宋王應麟撰　商務印書館一九五九年版
娱書堂詩話　宋趙與虤撰　中華書局歷代詩話續編本
雲烟過眼録　宋周密撰　十萬卷樓叢書本
武林舊事　宋周密撰　浙江人民出版社一九八四年版
癸辛雜識　宋周密撰　津逮秘書本
文山先生全集　宋文天祥撰　四部叢刊影印明刊本

詩林廣記　宋蔡正孫撰　中華書局一九八二年版
霽山集　宋林景熙撰　四庫全書本
詞源　宋張炎撰　人民文學出版社一九八一年版
子虛啽囈集　宋宋無撰　清刻本
滹南遺老集　金王若虛撰　四部叢刊影印舊鈔本
遺山先生文集　金元好問撰　四部叢刊影印明鈔本
稼村類稿　元王義山撰　四庫全書珍本初集本
紫山大全集　元胡祇遹撰　四庫全書本
郝文忠公集　元郝經撰　嘉慶戊午刻本
秋澗先生大全文集　元王惲撰　四部叢刊影印明刊本
陵陽集　元牟巘撰　四庫全書本
桐江集　元方回撰　宛委別藏本
桐江續集　元方回撰　四庫全書珍本初集本
瀛奎律髓彙評　元方回等評　上海古籍出版社一九八六年版
古梅遺稿　元吳龍翰撰　宋人集甲編本
梅磵詩話　元韋居安撰　中華書局歷代詩話續編本

西巖集　元張之翰撰　四庫全書珍本初集本
玉斗山人文集　元王奕撰　枕碧樓叢書本
庶齋老學叢談　元盛如梓撰　四庫全書本
清容居士集　元袁桷撰　四部叢刊影印元刊本
柳待制文集　元柳貫撰　四部叢刊影印元刊本
金華黄先生文集　元黄溍撰　四部叢刊影印元刊本
日損齋筆記　元黄溍撰　金華叢書本
吴禮部詩話　元吴師道撰　中華書局歷代詩話續編本
東維子文集　元楊維楨撰　四部叢刊影印明舊鈔本
純白齋類稿　元胡助撰　金華叢書本
研北雜志　元陸友仁撰　四庫全書本
午溪集　元陳鎰撰　四庫全書珍本初集本
製曲十六觀　元顧瑛撰　學海類編本
宋史　元脱脱等撰　中華書局校點本
夷白齋稿　元陳基撰　四部叢刊影印明鈔本
張光弼詩集　元張光弼撰　四部叢刊影印明鈔本

繪圖寶鑑　元夏文彦撰　津逮秘書本
蓮堂詩話　元祝誠撰　琳琅秘室叢書本
書史會要　元陶宗儀撰　四庫全書本
宋學士文集　明宋濂撰　四部叢刊影印明正德刊本
可傳集　明袁華撰　四庫全書珍本初集本
文淵閣書目　明楊士奇等撰　嘉慶庚申刊本
詩淵　明闕名輯　書目文獻出版社一九八四年版
永樂大典　明解縉等編　中華書局影印本
歸田詩話　明瞿祐撰　中華書局歷代叢話續編本
水東日記　明葉盛撰　中華書局一九八〇年版
菉竹堂書目　明葉盛撰　粤雅堂叢書本
讕言長語　明曹安撰　寶顔堂秘笈本
瓠翁家藏集　明吴寬撰　四部叢刊影印明正統刊本
李東陽集　明李東陽撰　岳麓書社一九八四年版
紀録彙編　明沈節甫輯　涵芬樓影印明萬曆本
唐伯虎全集　明唐寅撰　中國書店一九八五年影印舊刊本

洹詞　明崔銑撰　四庫全書本
渚山堂詞話　明陳霆撰　人民文學出版社一九六〇年版
無錫縣志　明吴鳳翔、李舜明等撰　明弘治七年刻本
七修類稿　明郎瑛撰　中華書局一九五九年版
太史升菴全集　明楊慎撰　清乾隆六十年刊本
詞品　明楊慎撰　人民文學出版社一九六〇年版
草堂詩餘選評　明楊慎撰　明刻本
詩餘圖譜　明張綖輯　詞苑英華叢書本
逸老堂詩話　明俞弁撰　中華書局歷代詩話續編本
西湖游覽志餘　明田汝成撰　上海古籍出版社一九五八年版
嘉靖惟揚志　明胡植等撰　上海古籍書店一九六三年影印明本
蓉塘紀聞　明姜南撰　藝海珠塵本
草堂詩餘雋　明李攀龍撰　明刻本
戒庵老人漫筆　明李詡撰　中華書局一九八二年版
類編箋釋續選草堂詩餘　明錢允治撰　明萬曆刻本
草堂詩餘正集　明沈際飛撰　明刻本

草堂詩餘別集　明沈際飛撰　明刻本
海陵秦氏族譜　明顔頤壽等撰　明嘉靖甲申刻本
詞評　明王世貞撰　天都閣藏書本
皇明文衡　明程敏政輯　四部叢刊影印明嘉靖丁亥本
續焚書　明李贄撰　中華書局一九五九年版
國史經籍志　明焦竑撰　粤雅堂叢書本
世善堂藏書目録　明陳第撰　知不足齋叢書本
汝南遺事　明李本固撰　借月山房彙鈔本
秦張兩先生詩餘合璧　明王象晉編　詞苑英華本
少室山房筆叢　明胡應麟撰　中華書局一九五八年版
詩藪　明胡應麟撰　上海古籍出版社一九七九年版
太平清話　明陳繼儒撰　偉文圖書公司影印明刊本
蘇門六君子文粹　闕名撰　四庫全書本
爰園詞話　明俞彦撰　蕙風簃藏本
詩源辯體　明許學夷撰　人民文學出版社一九八七年版
怡致堂詩話　明李日華撰　學海類編本

袁宏道集箋校　明袁宏道撰　上海古籍出版社一九八一年版

珂雪齋近集　明袁中道撰　上海書店重印襟霞閣本

隱秀軒文餘集　明鍾惺撰　明天啟壬戌刻本

古今譚概　明馮夢龍撰　文學古籍刊行社一九五四年影印明本

吹景集　明董斯張撰　適園叢書本

北游録　明談遷撰　中華書局一九六〇年版

梅花草堂筆談　明張大復撰　上海古籍出版社影印明崇禎刻本

庚子銷夏記　明孫承澤撰　四庫全書本

牧齋初學集　清錢謙益撰　上海古籍出版社一九八五年版

絳雲樓書目　清錢謙益撰陳景雲注　粵雅堂叢書本

尊水軒集略　清盧世潅撰　清順治刊本

宋元學案　清黄宗羲撰　中華書局一九八六年版

湖海樓詞　清高佑釲撰　上海書店清名家詞叢書本

書影　清周亮工撰　上海古籍出版社一九八一年版

歷代詩話　清吴景旭撰　中華書局一九五八年版

百末詞　清尤侗撰　清名家詞叢書本

堯峰文鈔　清汪琬撰　四部叢刊影印林佶寫刊本

宋論　清王夫之撰　中華書局一九六四年版

填詞雜説　清沈謙撰　中華書局詞話叢編本

棠村詞　清梁清標撰　清名家詞叢書本

詩筏　清賀貽孫撰　上海古籍出版社清詩話續編本

毛翰林詞　清毛奇齡撰　清名家詞叢書本

湖海樓詞　清陳維崧撰　清名家詞叢書本

炊聞詞　清王士禄撰　清名家詞叢書本

原詩　清叶燮撰　人民文學出版社一九七九年版

季滄葦書目　清季振宜撰　粤雅堂叢書本

詞綜　清朱彝尊撰　上海古籍出版社一九七八年版

述古堂藏書目　清錢曾撰　粤雅堂叢書本

宋詩鈔　清吴之振、吕留良等　中華書局一九八六年版

詞家辨證　清李良年撰　學海類編本

遠志齋詞衷　清鄒祇謨撰　賜硯堂叢書本

蒼梧詞　清董元愷撰　清名家詞叢書本

詞統源流　清彭孫遹撰　學海類編本
詞藻　清彭孫遹撰　學海類編本
金粟詞話　清彭孫遹撰　詞話叢編本
延露詞　清彭孫遹撰　清名家詞叢書本
西陂類稿　清宋犖撰　康熙刻本
漫堂説詩　清宋犖撰　上海古籍出版社清詩話本
式古堂書畫彙考　清卞永譽撰　四庫全書本
漁洋山人精華録　清王士禛撰　四部叢刊影印林佶寫刻本
池北偶談　清王士禛撰　中華書局一九八二年版
香祖筆記　清王士禛撰　上海古籍出版社一九八二年版
居易録　清王士禛撰　康熙辛巳年刻本
花草蒙拾　清王士禛撰　昭代叢書本
分甘餘話　清王士禛撰　康熙戊子刻本
漁洋詩話　清王士禛撰　上海古籍出版社清詩話本
衍波詞　清王士禛撰　清名家詞叢書本
西圃詞説　清田同之撰　詞話叢編本

七頌堂詞繹　清劉體仁撰　詞話叢編本

古歡堂集　清田雯撰　清刊本

詞苑叢談　清徐釚撰　上海古籍出版社一九八一年版

錦瑟詞　清汪懋麟撰　清名家詞叢書本

載酒園詩話　清賀裳撰　上海古籍出版社清詩話續編本

皺水軒詞筌　清賀裳撰　詞話叢編本

汲古閣珍藏秘本　清毛扆撰　士禮居黄氏叢書本

詞律　清萬樹撰　中華書局一九五八年版

杜少陵集詳注　清仇兆鰲撰　文學古籍刊行社一九五五年重印商務印書館版

江西詩社宗派圖録　清張泰來撰　中華書局清詩話本

隱緑軒題識　清陳奕禧撰　涉聞梓舊叢書本

敬業堂詩集　清查慎行撰　四部叢刊影印原刊本

詞潔輯評　清先著、程洪撰　詞話叢編本

古今詞話　清沈雄撰　澄暉堂刊本

通志堂集　清納蘭性德撰　上海古籍出版社影印康熙刻本

文瑞樓藏書目　清金檀撰　讀畫齋叢書本

欽定詞譜　清陳廷敬、王奕清等撰　北京中國書店影印康熙内府刻本

漢詩總説　清費錫璜撰　中華書局清詩話本

釀蜜集　清浦起龍撰　光緒二十七年刊本

一瓢詩話　清薛雪撰　人民文學出版社一九七九年版

彈指詞　清顧貞觀撰　清名家詞叢書本

宋詩紀事　清厲鶚撰　上海古籍出版社一九八三年版

鄭板橋集　清鄭燮撰　上海古籍出版社一九七九年版

錫金識小録　清黄卬撰　光緒庚午排印本

沙河逸老小稿　清馬曰琯撰　粤雅堂叢書本

西湖漁唱　許承祖撰　乾隆十六年刊本

御製詩　清愛新覺羅·弘曆撰　清武英殿聚珍叢書本

隨園詩話　清袁枚撰　人民文學出版社一九八二年版

耘圃詩鈔　清李繩撰　乾隆甲寅鐫本

西湖紀游　清張仁美撰　借月山房彙鈔本

煙霞萬古樓文集　清王曇撰　粤雅堂叢書本

龍井見聞録　清汪孟鋗撰　光緒甲申嘉惠堂本

四庫全書總目　清紀昀撰　商務印書館排印本
天禄琳琅書目　清于敏中等撰　光緒甲申長沙刻本
琴畫樓詞　清王昶撰　清名家詞叢書本
國朝詞綜　清王昶纂　四部備要據原刻本校刊
甌北詩話　清趙翼撰　人民文學出版社一九八一年版
陔餘叢攷　清趙翼撰　商務印書館一九五七年版
十駕齋養新録　清錢大昕撰　商務印書館一九八三年版
疑年録　清錢大昕撰　粤雅堂叢書本
續資治通鑑　清畢沅編　中華書局一九五七年版
詞林紀事　清張思巖撰　成都古籍書店一九八二年版
石洲詩話　清翁方綱撰　人民文學出版社一九八一年版
拜經樓詩話　清吴騫撰　拜經樓叢書本
雨村詞話　清李調元撰　詞話叢編本
雨村賦話　清李調元撰　函海本
諸家藏書簿　清李調元撰　函海本
宋詩略　清汪景龍、姚壎編　乾隆庚寅竹雨山房刻本

樹經堂詩集　清謝啟昆撰　嘉慶七年刻本

小硯山人詩集　清秦瀛撰　嘉慶二十二年刻本

洪北江詩文集　清洪亮吉撰　四部叢刊影印北江遺書本

静居緒言　清闕名撰　上海古籍出版社清詩話續編本

通俗編　清翟灝撰　函海本

吴學士文集　清吴鼒撰　光緒壬午刻本

海康縣志　清劉邦柄等撰　清乾隆辛未刻本

孫氏祠堂書目　清孫星衍撰　岱南閣叢書本

校禮堂詩集　清凌廷堪撰　安徽叢書本

梅邊吹笛譜　清凌廷堪撰　清名家詞叢書本

履園叢話　清錢泳撰　中華書局一九七九年版

筱園詩話　清朱庭珍撰　上海古籍出版社清詩話續編本

自怡軒選　清許寶善評選　嘉慶元年刻本

詞選　清張惠言撰　中華書局一九五七年版

雕菰樓詞話　清焦循撰　詞話叢編本

揅經室集　清阮元撰　四部叢刊影印原刊本

兩浙金石志　清阮元撰　光緒十六年浙江書局重刻本

蘇文忠公詩編注集成總案　清王文誥撰　清嘉慶二十三年刻本

瓶水齋詩集　清舒位撰　畿輔叢書本

靈芬館詩集　清郭麐撰　嘉慶丁卯刻本

靈芬館詞話　清郭麐撰　詞話叢編本

秦郵帖　清師亮采編　高郵縣政協據原拓影印本

詞綜偶評　清許昂霄撰　詞話叢編本

藤縣志　清高攀桂等撰　嘉慶丙子刻本

樂府餘論　清宋翔鳳撰　詞話叢編本

浮谿精舍詞　清宋翔鳳撰　清名家詞叢書本

石園詩話　清余成教撰　上海古籍出版社清詩話續編本

寶鐵齋金石文跋尾　清韓崇撰　滂喜齋叢書本

蓮子居詞話　清吴衡照撰　詞話叢編本

通藝閣詩録　清姚椿撰　清刊本

介存齋論詞雜著　清周濟撰　人民文學出版社一九五九年版

宋四家詞選　清周濟編　古典文學出版社一九五八年版

太鶴山人詩文集　清端木國瑚撰　道光二十年刻本
交翠軒筆記　清沈濤撰　道光戊申刻本
秋籟吟詞　清趙懷玉撰　清名家詞叢書本
平書　清秦篤輝撰　湖北叢書本
程侍郎遺集　清程恩澤撰　粵雅堂叢書本
詞苑萃編　清馮金伯撰　詞話叢編本
左庵詞話　清李佳撰　詞話叢編本
拜石山房詞　清顧翰撰　清名家詞叢書本
曝書雜記　清錢泰吉撰　式訓堂叢書本
龔自珍全集　清龔自珍撰　上海人民出版社一九七五年版
高郵州志　清馮馨等修　道光二十五年增修本
片玉山房詞話　清孫兆溎撰　詞話叢編本
詞學集成　清江順詒撰　詞話叢編本
小言集　清王敬之撰　道光二十八年刻本
三十六陂漁唱　清王敬之撰　清名家詞叢書本
天外蘋州雜記　清闕名　清刊本

國朝金陵詩徵　清朱緒曾撰　光緒十二年刻本

冷廬雜識　清陸以湉撰　中華書局一九八四年版

養一齋詩話　清潘德輿撰　上海古籍出版社清詩話續編本

石門山房詩鈔　清端木百禄撰　清刊本

疏影樓詞　清姚燮撰　清名家詞叢書本

芬陀利室詞話　清蔣敦復撰　詞話叢編本

南滑楛語　清蔣超伯撰　江蘇廣陵古籍刻印社筆記小説大觀第三十五册

煙嶼樓讀書志　清徐時棟撰　民國十七年鄞徐氏邃學齋鉛印本

揚州府志　清姚文田等撰　嘉慶十五年刻本

求闕齋讀書録　清曾國藩撰　清同治刊本

郘亭知見傳本書目　清莫友芝撰　宣統元年刊本

水雲樓詞　清蔣春霖撰　清名家詞叢書本

藤香館詞　清薛時雨撰　清名家詞叢書本

無錫金匱縣志　清秦緗業等撰　光緒七年刻本

藝概　清劉熙載撰　上海古籍出版社一九七八年版

東湖叢記　清蔣光煦撰　雲自在龕叢書本

憩園詞話　清杜文瀾撰　詞話叢編本
八瓊室金石補正　清陸增祥撰　文物出版社一九八五年版
碧瀣詞　清端木埰撰　清名家詞叢書本
鷗波漁話　清葉廷琯撰　江蘇廣陵古籍刻印社筆記小説大觀第十九册
春在堂全書茶香室續鈔　清俞樾撰　光緒二十五年重定本
味静齋集　清徐嘉撰　民國間排印本
越縵堂讀書記　清李慈銘撰　商務印書館一九六三年版
聽秋聲館詞話　清丁紹儀撰　上海醫學書局印行
東坡事類　清梁廷枏撰　道光庚寅刊本
霞外攟屑　清平步青撰　上海古籍出版社一九八二年版
善本書室藏書志　清丁丙撰　清光緒辛丑刊本
復堂類稿　清譚獻撰　光緒己卯刊本
復堂詞話　清譚獻撰　人民文學出版社一九五九年版
湘綺樓評詞　清王闓運撰　詞話叢編本
元祐黨人傳　清陸心源撰　光緒甲申刻本
錫山秦氏詩鈔　清秦彬輯　道光己亥刻本

澗于日記　清張佩綸撰　豐潤澗于草堂石印本
鐵琴銅劍樓藏書目録　清瞿鏞撰　常熟瞿氏罟里家塾本
蒿庵論稿　清馮煦撰　民初刻本
蒿庵論詞　清馮煦撰　人民文學出版社一九五九年版
藝風藏書記　清繆荃孫撰　清光緒庚子刊本
藝風堂友朋書札　清繆荃孫等撰　上海古籍出版社一九八〇年版
蓼園詞評　清黄氏撰　詞話叢編本
雪橋詩話　清楊鍾羲撰　南林劉氏求恕齋叢書本
增訂四庫簡明目録標注　邵懿辰　邵章撰　半巖廬所箸書
文禄堂訪書記　清王文進撰　光緒壬午年刻本
歲寒居詞話　清胡薇元撰　詞話叢編本
詞徵　清張德瀛撰　閣樓叢書本
詞説　清蔣兆蘭撰　詞話叢編本
論詞隨筆　清沈祥龍撰　詞話叢編本
海日樓札叢、海日樓題跋　清沈曾植撰　中華書局一九六二年版
菌閣瑣談　清沈曾植撰　詞話叢編本

林氏選評名家文集·淮海集　清林紓選評　商務印書館版
春覺齋論文　清林紓撰　人民文學出版社一九六二年版
詞壇叢話　清陳廷焯撰　詞話叢編本
白雨齋詞話　清陳廷焯撰　人民文學出版社一九五九年版
白雨齋詞話(足本)　清陳廷焯撰　齊魯書社一九八三年版
詞則　清陳廷焯編選　上海古籍出版社一九八四年版
晚晴簃詩匯　清徐世昌撰　一九二九年天津徐氏退耕堂刊本
石遺室詩話　清陳衍撰　商務印書館一九二九年版
宋詩精華録　清陳衍評點　商務印書館排印本
石遺室詩文集　清陳衍撰　石遺室叢書本
雲起軒詞　清文廷式撰　清名家詞叢書本
彊村叢書　清朱祖謀編　宣統丁巳刻本
四庫全書總目提要補正　清胡玉縉撰　中華書局一九六四年版
木樨軒藏書題記及書録　清李盛鐸撰　北京大學出版社一九八五年版
海綃翁説詞稿　陳洵撰　詞話叢編本
處州府志　清潘紹詒等撰　光緒三年刻本

蕙風詞話　清況周頤撰　人民文學出版社一九六〇年版
藤縣志　清陳仲賓等撰　光緒戊申刻本
賭棋山莊詞話　清謝章鋌撰　詞話叢編本
書林清話　清葉德輝撰　中華書局一九五七年版
横州志　君實鍾、施獻璜撰　光緒己亥據乾隆十一年本補刻
淮海先生詩詞叢話　清秦國璋輯　民初無錫秦嘉會堂刻本
涵芬樓燼餘書録　張元濟撰　商務印書館排印本
近詞叢話　徐珂撰　詞話叢編本
裦碧齋詞話　陳鋭撰　詞話叢編本
張文濳先生年譜　邵祖壽撰　宣統三年刻本
忍古樓詞話　夏敬觀撰　詞話叢編本
柯亭詞論　蔡嵩雲撰　詞話叢編本
藏園羣書經眼録　傅增湘撰　中華書局一九八三年版
飲冰室評詞　梁啟超撰　廣東人民出版社藝蘅館詞選本
人間詞話　王國維撰　人民文學出版社一九六〇年版
觀堂長短句　王國維撰　清名家詞叢書本

鐵琴銅劍樓藏書題跋集録　瞿良士撰　上海古籍出版社一九八五年版
小方壺齋輿地叢鈔　王錫祺輯　光緒丁丑年刻本
錫山秦氏文鈔　秦毓鈞輯　民國十九年詠烈堂本
全清詞鈔　葉恭綽編　中華書局一九八二年版
余嘉錫論學雜著　余嘉錫撰　中華書局一九六三年版
黄州府志　英啟等撰　光緒十年刻本
徐集小箋　段朝端撰　楚州叢書本
杭州府志　龔嘉儁等撰　清光緒二十四年刻本
麗水縣志　孫壽芝等撰　民國刻本
胡適古典文學研究論集　胡適撰　上海古籍出版社一九八八年版
校輯宋金元人詞　趙萬里撰　民國二十年中央研究院歷史語言研究所印本
詞學　梁啟勳撰　北京中國書店一九八五年版
聲執　陳匪石撰　詞話叢編本
全宋詞　唐圭璋編　中華書局一九六五年版
故宫博物院善本舊籍總目　臺北市一九八三年版
北京圖書館善本書目　中華書局一九五九年版